施仲謀　何志恆　主編

中國語文教學新探

U0061870

商務印書館

中國語文教學新探

主　　編：施仲謀　何志恆

責任編輯：鄒淑樺

封面設計：趙穎珊

出　　版：商務印書館（香港）有限公司
　　　　　香港筲箕灣耀興道 3 號東滙廣場 8 樓
　　　　　http://www.commercialpress.com.hk

發　　行：香港聯合書刊物流有限公司
　　　　　香港新界大埔汀麗路 36 號中華商務印刷大廈 3 字樓

印　　刷：美雅印刷製本有限公司
　　　　　九龍觀塘榮業街 6 號海濱工業大廈 4 樓 A 室

版　　次：2019 年 5 月第 1 版第 1 次印刷
　　　　　© 2019 商務印書館（香港）有限公司
　　　　　ISBN 978 962 07 0560 1
　　　　　Printed in Hong Kong

編輯委員會

主編

施仲謀教授（香港教育大學）

何志恆博士（香港教育大學）

編輯

梁佩雲博士（香港教育大學）

梁　源博士（香港教育大學）

文英玲博士（香港教育大學）

謝家浩博士（香港教育大學）

張連航博士（香港教育大學）

張壽洪博士（香港教育大學）

編務助理

劉淑華小姐（香港教育大學）

*按漢語拼音序排列

序　言

　　我們現正處於一個知識經濟時代。知識型社會需求多元，而教室內學生的學習差異日益擴大。今天的學校教育，並不限於知識傳遞，更包括文化承傳、品德培育等方面。而社會對教師的要求，也不止於嫻熟的教學技巧。教師必須具備良好的反思能力，能對教學實務，以至宏觀的教學形勢作出準確的判斷，並須與時並進，不時更新教學理念。教師要把教學與研究融為一體，透過教研優化教學。

　　近年不同地區的語文教育改革都在如火如荼進行，無論在課程設置、教材和教學法的創新，以至語文教師發展等範疇的研究，都有可觀的成果。香港教育大學中國語言學系一向致力推動語文教育與研究發展，並透過舉辦國際學術會議、出版學報、專書等平台，讓世界各地的語文教育工作者交流教研成果，推動各地語文教育持續發展。

　　出版專書方面，中國語言學系先後出版了《漢語教學與研究新探》及《漢語教學與文化新探》，好評如潮，獲得學術界一致肯定。今年再接再厲，出版《中國語文教學新探》，分享語文教育前沿成果，展現語文教育的最新動態。本書收錄海內外學者論文二十三篇，分語文教育及評估、中文作為第二語言學習，以及大學語文教育課程等序列。其中閱讀範疇有三篇，寫作範疇有兩篇，文字古籍有兩篇，說話語音有四篇，文化品德教學有四篇，電子學習有兩篇，語文評估有一篇，中文作為第二語言學習有三篇，大學語文教育課程有兩篇，冀能反映相關學科的最新研究成果。所有稿件均經匿名評審，具備高品質學術內涵，極具參考及應用價值。

　　本書荷蒙古川裕教授（大阪大學）、劉樂寧教授（哥倫比亞大學）、孟柱億教授（韓國外國語大學）、陶紅印教授（加州大學）、謝錫金教授（香港大學）、

信世昌教授（國立台灣師範大學）、袁博平教授（劍橋大學）、張洪明教授（威斯康辛大學）、鄭國民教授（北京師範大學），以及本校陳國球教授、李子建教授、鄭吉雄教授、朱慶之教授等諸位國際傑出學者擔任顧問，施仲謀教授及何志恆博士統籌編務工作，梁佩雲、梁源、文英玲、謝家浩、張連航、張壽洪等諸位博士擔任編輯委員，劉淑華小姐擔任編務助理，同事審閱文稿，排版校對，敬業樂業，令人欽佩！最後，承蒙商務印書館 (香港) 有限公司毛永波先生、鄒淑樺小姐精心策劃出版工作，俾本書得以順利付梓，在此一併致謝。

施仲謀　何志恆

目　錄

基於語料庫語言學的「古代漢語」科目教學內容研究 *

朱慶之　　王嬋娟　　邱冰　　皇甫偉　　鄧佩玲　　張連航

摘　要

　　香港教育大學於 2010-2011 年度新開辦「語文研究榮譽文學士」課程，其中的「古代漢語」是「語言學」範疇的必修核心科。該科目旨在通過講授先秦時期的典範文言文，建立學生對古代漢語書面語的感性認識，並配合理論知識的教授，使感性認識上升到理論層面，從而提升學生閱讀理解古代典籍的能力。

　　作為高等院校中國語言文學專業的核心科目之一，「古代漢語」的開設至少已有六十年的歷史，正式出版的教材超過二百種。從古漢語知識體系及現代教學理念等角度對反映在這些教材中的教學內容及設計進行觀察和分析，可以發現一些不足。具體而言，就是語言知識點和文選的取捨安排大多依據編者的個人經驗及喜好，缺乏科學嚴謹的理論依據，亦不便於對教與學的成效進行量化評估。除此之外，作為教材，它們的共同缺陷是通用性差，不能滿足不同層次和要求的學習需要。

　　我們認為，不論何種科目，其教學內容的確定應該建立在科學研究的基礎之上。就「古代漢語」科目而言，一方面應根據古代文獻的實際，參考諸如詞彙中的詞頻、句式中的句頻及其在教學中的重要程度等等因素，對教學內容作出選

＊ 本文是香港教育學院（現香港教育大學）「基於語料庫語言學的『古代漢語』單元教學內容研究」項目 (A Corpus-based Study on the Content and Framework of the New Core Course Classical Chinese in BALS Programme) (FLAN/TDG001/CHI/09-10) 的階段性成果報告。
朱慶之，香港教育大學中國語言學系，聯絡電郵：qingzhi@eduhk.hk。
王嬋娟，香港教育大學中國語言學系，聯絡電郵：cjwang@eduhk.hk。
邱冰，北京語言大學人文社會科學學部，聯絡電郵：sukhii@163.com。
皇甫偉，北京科技大學計算機與通信工程學院，聯絡電郵：huangfuwei@ustb.edu.cn。
鄧佩玲，香港大學中文學院，聯絡電郵：tangpl@hku.hk。
張連航，香港教育大學中國語言學系，聯絡電郵：linhong@eduhk.hk。

擇；另一方面，可參考一般語言教學及教材編寫的作法，根據對應的語言能力等級將教學內容劃分為若干個級別，以滿足不同專業或層次學生的學習需要。

本文將介紹這個研究設想的第一步，僅涉及「初級古代漢語」教學內容。研究主要利用語料庫語言學的研究方法，構建及製作「初級『古代漢語』科目教學內容分析語料庫」，逐步統計並調查詞彙、語法、文字及文化知識點的出現頻率及其重要程度，再據此列出「古代漢語」科目應有的教學知識點及科學的教學次序。此研究結果可為日後實驗教材的編寫提供理論依據和幫助。

我們希望本研究的開展能為高校的「古代漢語」教學提供新思路和新方案，使其能從傳統的經驗式過渡到現代的科學式，以便落實「成果為本學習」(Outcome-based Learning, OBL) 的教學理念，真正提高教學成效，並為當代的古代漢語教學改革提供一些借鑒。

關鍵詞　　「古代漢語」科目　教學內容　初級古代漢語　語料庫　「成果為本學習」

一、前言

香港教育大學於 2010-11 年度開始設立「語文研究榮譽文學士」(BA (LS)) 課程，課程架構主要包括「語言學」、「文學」、「文化與傳意」三個範疇。在語言學範疇下又分設多個現代漢語及古代漢語類科目，「古代漢語」、「漢字學」及「漢語音韻學」三科便是古代漢語類的核心必修科。

本研究計劃的開展，最初是為了配合新設 BA (LS) 課程的需要，以及校方推行「成果為本學習」(Outcome-based Learning, OBL) 的教學要求。研究擬在對以往的「古代漢語」科目教學從設計理念到教學內容的選編思路進行反思的基礎上，按照現代教學理念設計更優化的「古代漢語」科目教學內容和教學方案，為編寫出適合課程要求的「古代漢語」科目的教材提供理論依據和技術幫助。

二、對現有「古代漢語」科目教學內容的反思

作為高等院校中國語言文學專業的基礎工具課,「古代漢語」科目在大學中文系的課程設置中具有重要地位。科目的設立可上溯至上世紀 50 年代,迄今為止編寫出版的教材多達 200 餘種。對於各個學校「古代漢語」科的教學內容,我們可以通過這些教材來了解。

就內容形式而言,這些教材可略分為「通論」及「通論與文選結合」兩大類。[1]「通論」式以語文知識講授為主體,內容包括文字、聲韻、語法及詞彙等範疇,代表教材有周秉鈞主編的《古漢語綱要》、張雙棣等編的《古代漢語知識教程》等。「通論與文選結合」式則包括語文知識及文選兩方面內容,部分教材更添加了常用詞及練習題等資料。此類型教材又分為兩類,一類是通論與文選分立,如張世祿、洪成玉分別主編的兩本《古代漢語教程》;另一類是語言知識與文選混編,如王力主編的《古代漢語》、洪波主編的《立體化古代漢語教程》。

以往的教材各有其產生的時代背景和特定的教學目的及對象。但是,用現代的語言教學理論和「學生為中心」教育理念的視角來審視,這些教材所反映的課程架構及內容安排中的確存有明顯的不足。現擇其大要分述如下:

第一,在教學內容的選編上,絕大多數教材既沒有科學系統的理論框架,亦未能客觀反映古漢語中各種語言現象的出現頻率及其重要性。教材編寫往往僅憑編者的個人經驗及興趣來決定,或者陳陳相因。就具體教學內容而言,「教甚麼」以及「怎麼教」都缺乏理論研究基礎。圍繞「教甚麼」的問題諸如:「古代漢語」科目的教學知識點究竟有哪些?哪些應該教,哪些可以不教?針對不同的教學對象和要求,針對不同的教學時數,教學知識點應如何調整?等等;圍繞「怎麼教」的問題諸如:不同教學知識點之間存在組合和聚合的複雜關係,這些知識點呈現的先後次序該如何安排?單個知識點放在通論中教,還是放在文選中教,抑或放在常用詞中教,其依據是甚麼?等等。現有教材對以上這些問題的忽視,導致不

1　劉家忠 (2005) 曾經將古代漢語教材分為五種類型,包括:1. 只講通論 (或稱常識);2. 通論與文選相結合;3. 通論、文選、常用詞結合;4. 通論、文選、練習、參考資料相結合;5. 通論、文選、題庫相結合。

同教學內容之間難以互相促進，教與學都勞多而功少。

第二，在教學成效的評估上，絕大多數教材都未能釐清所涉及的語言知識點與不同語言能力等級之間的關係，沒有建立科目教學量化標準，無法對教與學的質量進行量化考核。按照「成果為本學習」(OBL) 的教學理念，教材所反映的教學內容應該有助於科學量化評估其最終學習成效。一方面教材使用者（教者）可根據學習者的程度、等級及需要選擇合適的教材，並對教學進度、考核內容及形式有科學、準確的掌握；另一方面學習者可根據循序漸進原則逐步掌握不同難易等級的知識點，對照知識點的學習數量和學習成效，就能了解自己在語言能力等級上的實際進步情況。目前看來，現有教材尚且不能為教材使用者（教者）和學習者帶來以上幫助。

第三，在編寫體例上，絕大部分教材為「校本」甚至「科本」，即為不同學校的教師為了自己所教的科目自編的教材，一校一本甚至一科一本的現象十分普遍。[2] 編寫者往往根據特定教學時數和教學要求調整內容的編排，而忽略了古漢語知識體系或學習者需要。以致一方面在教學內容上互相承襲少有創新，另一方面在教材的通用性上存在很大局限，造成不同程度的資源浪費。

以上缺失雖然有些匪夷所思，卻是「古代漢語」教材的現實，也是「古代漢語」科目教學內容的現實。前些年，已有學者曾經就有關問題作出呼籲，提出調整教學內容、重新編寫「古代漢語」教材的迫切需要。如朱慶之 (2009) 曾經指出：「新編古代漢語教材的需要已經出現。但須是真正的『新』的教材。新教材要盡可能避免老教材的不足和局限，要考慮到當代大學教育的新需要，同時借鑒國外教材的優點，而不是對現有教材進行剪裁，或進行不同規模的重複。」

有鑒於此，我們萌發了「另闢蹊徑」、基礎研究先行的想法。即按照 OBL 的教學要求，從古代漢語知識點的研究入手，科學地確定「古代漢語」科目教學內容中的重點、要點和難點，以及教甚麼、怎麼教的問題。為改革此科目的教學

2　王力的四卷本《古代漢語》教材是為二年四學期制的「古代漢語」課而編寫的，因此分為四冊，每學期一冊。其後「古代漢語」的課時不斷減少，從三個學期到兩個學期，因此先後出現郭錫良等主編的三卷本和兩卷本《古代漢語》教材。如果在同一學校，不同科系的「古代漢語」學時不同，像是中文系為兩個學期，歷史系為一個學期，則會再為歷史系編寫一本專用的教材。

內容，最終編寫新的「古代漢語」教材奠定理論研究的基礎。

三、改革「古代漢語」科目教學內容的基本思路和工作步驟

本研究的基本思路是將古代漢語的教學從傳統的經驗式過渡到現代的科學式，「古代漢語」科目的教學內容，無論語言知識點或文選，其取捨及排序均需建基於圍繞古漢語知識體系和語言能力等級而做的專門研究之上。因此，研究工作將以語料庫語言學作為基本的理論指導，採用定性分析和定量分析相結合的做法，分階段和分語體（文言文和白話文）[3] 調查古代文獻中語言知識點的具體情況及分佈，了解它們與古代漢語閱讀能力養成的相關性和重要程度，構建一個「『古代漢語』科目教學知識點語料庫」。這個語料庫不但能夠提供古代漢語教學知識點的全部內容，還能夠幫助選擇合適、匹配的知識點和文選，根據語言能力等級目標和教學時數，合理安排教學的輕重緩急、先後順序。我們相信，只有如此，才能從根本上改善「古代漢語」教學內容長期存在的不足，提升教與學的效能，實現 OBL 理念指導之下的科學量化地評估教學成果。

落實以上思路的工作步驟大概有以下幾項：

第一、最大限度地參考現有的古代漢語研究成果，分語體分階段對古代漢語的知識點（與現代漢語不同者）作出全面的整理和描述。

第二、以第一項的工作為基礎，建立標注語料庫。此語料庫將具有幫助確定古代漢語教學內容的功能，包括檢索、統計、排序、計算權重、幫助選擇文本等等。

第三、根據第二項的結果，擬定出不同等級的「古代漢語」教學內容的最低要求。

3　廣義的「古代漢語」有兩種主要的書面形式——文言文和白話文，兩者的差異巨大。現代以來，古代白話文獻愈來愈受到學術界的重視，其中的白話文學已經成為大學「中國古代文學」科目的重要內容，更成為「中國古代文學」研究範疇的重要內容。對於中文系的學生而言，只了解白話文的語言特點，並不能滿足閱讀古代文獻的需要，也不能很好地學習和了解中國古代白話文學。「古代漢語」科主要教授先秦時期的典範文言文。

第四、設計不同等級的「古代漢語」教學內容並提供選用的依據，回應「教甚麼」和「怎麼教」等等的具體問題。

第五、設計合乎「成果為本學習」(OBL) 理念的教與學的評核指標。

第六、編寫實驗教材，進行教學實驗，並分析教學成效。

總括而言，本研究的推行主要有以下目的：

1. 研究結果可為新的「古代漢語」課程設計提供堅實的理論基礎。藉助語料庫的統計分析，遴選出由淺入深、循序漸進的語言知識點及相應的文選篇目，由此確定科學系統化的古漢語教學內容。

2. 研究結果有助精確擬定「成果為本學習」(OBL) 的教學目標及測量標準。不僅使教與學的內容均變得易於估量；亦能根據不同能力、等級學生的不同需求而作出調整，促進教學效能的提升。

3. 研究結果可為「古代漢語」科目的教學及教材編寫提出新思路和新方案，有助開發適用於不同教學對象和教學時數的通用型「古代漢語」科目教材。

四、「初級古代漢語」教學內容研究之簡介

如前文所述，「古代漢語」教學內容應該是分級別、分層次的，大體可分為「初級古代漢語」、「中級古代漢語」和「高級古代漢語」三個內容等級階段。其中「初級」階段主要學習先秦散文為代表的文言文，「中級」階段則擴展至漢唐散文，「高級」階段則以白話文（如變文、話本小說、唐詩、宋詞、元曲）為主。大學中文系的學生，建議從「初級古代漢語」學起，之後再學習「中級古代漢語」，而「高級古代漢語」可作為選修課。因此，按照現有的課程設計，教學內容可以分為幾個子計劃依次序選定。我們目前正在進行的就是第一個子計劃，旨在建立「初級古代漢語」教學內容的理論基礎。

這個子計劃的核心是建構一個「初級『古代漢語』科目教學內容分析語料庫」，範圍主要包括以先秦散文為代表的典範文言文。研究內容主要參照王力《古代漢語》的架構，分為詞彙、語法、文字和文化常識四個部分。為了便於分內容分階段操作，計劃建立四個次語料庫，統計及調查四類語言知識點的出現頻率和

使用情況。其結果可作為編寫實驗教材的基礎，也可用於評估題目的擬定。

相關工作分為五個階段進行：

第一階段：語料庫語料的確定

本階段主要確定語料並對語料進行適當加工。語料以先秦散文為主，兼顧時間跨度和材料類型，適當選取經、史、子、集部的作品，如從《禮記》、《荀子》、《戰國策》、《詩經》等選篇，力求能夠涵蓋上古漢語的所有基本和重要的語言現象。

第二階段：詞彙狀況的調查

本階段主要探討詞彙的語義和用法，利用語料庫的分析和統計，重點調查在古今語義和用法上存有不同差異程度的詞彙。具體工作包括：a. 切分詞語，進行詞頻的統計。b. 探討高頻詞的古今語義和用法，歸納詞彙知識點分類細則。c. 將詞彙知識點按其出現頻率及重要性分層次排序，構建「詞彙知識點次語料庫」。d. 將本階段的理論研究成果應用於對教材及教學內容的分析。

第三階段：語法狀況的調查

本階段建基於前階段的研究結果，利用語料庫的分析和統計，重點調查和探討語料中語序、虛詞和「詞類活用」的出現狀況。具體工作包括：a. 探討上古漢語中的典型虛詞及句法特徵。b. 藉助語料庫計算典型虛詞和句類的出現頻率，並分析相互關係。c. 統計導致特殊動賓關係的「詞類活用」現象。d. 確定語法教學知識點，按出現頻率及邏輯順序排序，構建「詞彙知識點次語料庫」并嘗試應用。

第四階段：文字通假現象的調查

本階段主要探討文字通假的現象。高校中文系在課程設置時通常會將「古代漢語」與「漢語音韻學」、「漢字學」一併列為古代漢語類的核心必修科目，三個科目均涉及古文字的教學。「古代漢語」一科強調工具性與實用性，故相關教學內容會集中於文字的通假現象上。通假是指古籍中借用讀音相同或相近的字代替本字，是古代文本常見的用字現象之一，也是影響閱讀理解古書的主要原因之一。本階段的具體工作包括：a. 藉助語料庫的統計，列出常見的通假現象及其頻率。b. 歸納及探討語料所見本字與借字間的對應關係。c. 按通假現象的出現頻率和習得程度確定其重要性，進而確定文字知識點及作出順序排列。

第五階段：文化常識的調查

本階段主要探討文化常識對閱讀理解古代文獻的影響。決定語言能力等級的因素眾多，詞彙、語法及文字知識點通常是在形式上考察的重要性，但文化常識部分卻是因為內容本身影響古代漢語學習效果。本階段的具體工作包括：a. 藉助語料庫的統計，列出語料中的文化常識及其出現頻率。b. 分析并歸納文化常識在古今漢語中差異程度。c. 按文化常識的出現頻率、古今差異和習得程度確定其重要性，進而確定文化常識知識點及作出順序排列。

五、「初級古代漢語」教學內容研究工作的具體進展

「初級『古代漢語』科目教學內容分析語料庫」的建構從 2012 年開始進行，計劃的五個階段已進行到第三階段。階段研究的成果，已經開始應用於「古代漢語」科目的教學與相關教材研究。主要進展茲述如下。

第一階段進展狀況：語料庫語料的確定

語料的選擇是語料庫構建的基礎性工作。我們參考各教材（包括「古代漢語」和「中國古代文學」兩個科目）的選文範圍，在傳世的先秦文獻中，首選十六部作品作為語料庫的構建素材。所選作品列表如下：

表 1. 語料列表

作品	詩經	禮記	左傳	國語	戰國策	老子	論語	孟子
總字數（萬字）	3.0	9.8	19.4	7.0	12.2	0.5	1.6	3.5
作品	墨子	莊子	荀子	韓非子	呂氏春秋	商君書	管子	孫子
總字數（萬字）	7.6	6.4	7.5	10.6	10.0	2.0	12.6	0.6

十六部作品均選自上古漢語的經典典籍，成書年代從西周、春秋至戰國（少量作品可能在西漢匯集成書），共計 114 萬字。由這些作品構成的語料，在材料類型、時間跨度和總字數等諸方面均較為全面豐富，可覆蓋先秦漢語中絕大部分

基本和重要的語言現象。在「初級『古代漢語』科目教學內容分析語料庫」及相關次語料庫的構建和研究過程中，為避免工作的重複，我們參考了台灣中央研究院的上古漢語語料庫成果[4]（魏培泉等，1997）。以下將詳細介紹迄今為止取得的調查結果及進展狀況。

第二階段進展狀況：詞彙和語義狀況的調查

本階段主要是調查語料中的詞彙和語義狀況，集中於詞彙現象的探討。

在「初級『古代漢語』科目教學內容分析語料庫」十六部作品的 114 萬餘字中，實際收錄的詞語共計 55647 個，其中單音詞為 20749 個，雙音詞為 31962 個，其餘多音詞為 2936 個。在詞頻統計上，位於前 10 位的詞語分別是助詞「之」（31492 次）、「不」（29620 次）、「也」（28276 次）、「而」（24599 次）、代詞「之」（20094 次）、「以」（18532 次）、「其」（16680 次）、「曰」（16591 次）、「於」（12416 次）和代詞「者」（10537 次）。按照詞頻進行排序，排序位置靠後的詞語，其詞頻逐步降低，如此可整理繪製出上古漢語詞語詞頻排序與詞頻的關聯曲線（圖 1）。

圖 1. 上古漢語詞語詞頻排序與詞頻的關聯曲線

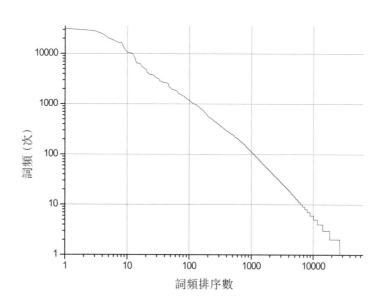

4　中央研究院上古漢語標記語料庫，取自 http://lingcorpus.iis.sinica.edu.tw/cgi-bin/kiwi/akiwi/kiwi.sh

　　如圖 1 所示，在語料庫收錄的五萬餘詞語中，大約有半數在語料庫中僅出現一次；詞頻超過 10 次的詞語約為 6600 個，不足總詞語數量的 12%；詞頻超過 100 次的詞語約為 1100 個，只佔總詞語數量的 2%；而詞頻統計中排序最前的 10 個詞語，出現次數均超過 10000 次。總體而言，詞頻高的詞語佔據總詞彙的比例相當有限。

　　詞頻是詞彙教學的重要依據。所掌握的高頻詞排序越靠前、數量越多，對詞彙現象的覆蓋便越廣。而高頻詞佔總詞彙數量的比例有限，為提升教學效率，確定教學內容時可以有選擇地優先教學高頻詞，而推遲甚至忽略教學低頻詞。如圖 2 所示，由於排序靠前的高頻詞出現次數極多，統計表明，僅掌握前 100 位高頻詞，就可達到語料庫全部詞彙知識的 40% 的覆蓋程度；如能掌握前 1000 位高頻詞，則可達到語料庫全部詞彙知識的 66% 的覆蓋程度。隨後的覆蓋程度增長逐漸放緩，如必須掌握前 3795 個高頻詞，才可以達到 80% 覆蓋；而如果希望達到 90% 的覆蓋則必須學習前 12425 個高頻詞。這些統計結果對不同能力等級的教學內容的確定、以及同一等級的不同教學內容的安排提供了量化分析的基礎。

圖 2. 上古漢語詞語詞頻排序與覆蓋度的關聯曲線

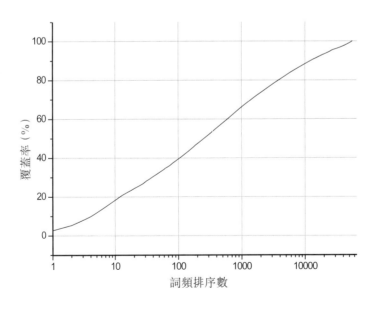

　　統計結果已表明，高頻詞具有較廣的詞彙知識覆蓋程度，有助提升學習效率，理應成為詞彙教學的優先內容。然而在實際教學內容的安排中，對這些高

頻詞應如何取捨，又該如何排序，還需要進一步的研究。根據不同學習者所具備的現代漢語和古代漢語知識，這些高頻詞大致可以分作三類（邱冰、朱慶之，2014）：

（1）古今的語義和用法基本相同。該上古高頻詞語在現代漢語中仍然使用，並且用法和語義基本相同，例如「春」、「夏」、「秋」、「冬」、「貴賤」等。這些與現代漢語基本相同的上古高頻詞為人熟知，不必列入詞彙教學知識點。

（2）古今的語義和用法有一定差異。該上古高頻詞在現代漢語中仍然使用，但是用法和語義有所區別，例如「金」，古代指黃金或青銅，而現代漢語中則主要指黃金或泛指金屬。這些高頻詞需結合學習者對古代漢語的習得程度來判定是否列為詞彙教學知識點。

（3）古今的語義和用法差異巨大。該上古高頻詞在現代漢語中已基本不再使用，或者即使仍在使用其語義和用法也與古代有巨大差異，例如動詞「之」、「去」等。這些高頻詞通常列為相對重要的教學知識點，並根據其出現頻率及學習者的習得程度來決定教學的先後次序。

參考以上分類，我們（Qiu B, Zhu Q, 2014）試結合學習者習得程度將不同詞頻的上古詞彙知識點劃分為三個層次，如表 2 所示：

表 2. 上古漢語詞彙知識點分類細則

古代漢語詞頻	受眾熟悉程度	習得差異程度	知識點
常用	熟悉	不同	重點知識點（A）
		相同	不列入知識點（C）
	陌生	不同	一般性知識點（B）
		相同	一般性知識點（B）
罕用	熟悉	不同	不列入知識點（C）
		相同	
	陌生	不同	
		相同	

上古高頻詞在古今漢語中的差異程度是不易把握的，並不存在明確統一的標準。為了獲得較為準確可信的分析結果，研究主要利用《現代漢語詞典》和《古

漢語常用字字典》等工具書籍，對比高頻詞的古今語義和用法，此外再以人工經驗輔助判定。

本階段建成的「詞彙知識點次語料庫」包括約 40000 條語料例句的語義標註，參考上古漢語詞彙知識點分類細則，可獲得詞頻排序最前的 3800 個高頻詞的分類情況及其在教學內容中的取捨結果。前 3800 個高頻詞（在作為語料的上古 16 部文獻作品中最低出現 17 次）中，可以列為重點教學知識點的有 748 個，列為一般性教學知識點的有 896 個，剩餘約 2000 個詞語不列入教學知識點，結果如表 3 所示。

表 3. 上古漢語詞彙教學知識點量化統計

知識點	數量
重點知識點（A）	748
一般性知識點（B）	896
總計	1644

因為古今漢語之間的繼承性，一位學習者如果熟習現代漢語但完全沒有學過「古代漢語」，仍可閱讀一定的古代文獻。參考以上詞彙知識點的分類情況及量化統計結果，可推斷出這位學習者已掌握 3800 個常用高頻詞中所有 C 類非教學知識點，其覆蓋度大約為 33.5%，[5] 相當於可讀懂三分之一的古代文獻。如果這位學習者從最高頻的知識點開始學習，掌握了前 100 個重點教學知識點，經過測算大概可以讀懂古代文獻中三分之二的內容。如表 4 所示，詞彙教學知識點的覆蓋度及教學效果可量化估算。在此量化研究的基礎上，可設置對應不同能力等級的古代漢語詞彙教學內容。

5　古代漢語罕用詞的比例極低，可忽略不做統計。

表 4. 上古漢語詞彙教學知識點的覆蓋度分析

掌握的知識點數	覆蓋度（百分比）
0	33.5
100	63.3
300	68.7
500	71.2
800	72.9
1000	73.7
1644（全部）	75.4

「初級『古代漢語』科目教學內容分析語料庫」中「詞彙知識點次語料庫」的建立，有助量化統計並深入認識「初級古代漢語」詞彙教學內容的不同層次及位次。在此基礎上，我們（邱冰等，2016）提出了將此語料庫應用於教材開發上的新思路。首先，利用「詞彙知識點次語料庫」可量化統計現有教材的文選中 A 類及 B 類知識點的分佈及覆蓋率，調查結果便於確定教學重點、安排教學次序。其次，藉助語料庫分析得出的知識點的組合關係和聚合關係，可幫助構建科學的知識體系。在此體系中處於相似或相關位置的知識點，可用於相應能力等級的練習、考試和評估。

在不斷深入分析詞彙教學知識點的基礎上，我們（邱冰等，2018）還總結出了通過統計 A、B 類知識點計算教材預期成效的方法，可用於評估古漢語教材的學習曲線和教學成效。以此方法量化分析王力《古代漢語》和王碩《漢語古文讀本》這兩種性質不同、文選編排順序不同的教材，對比分析兩者的篇幅、知識點分佈和學習曲線，最終得出的結果佐證了學界對兩種教材的定性認識。這也是「詞彙知識點次語料庫」在詞彙知識點研究層面的一次應用檢驗，進一步證明了以語料庫語言學方式進行「古代漢語」科目教學內容研究的正確性和價值。

第三階段進展狀況：語法狀況的調查

詞彙研究在取得初步的成果之後已告一段落，第三階段語法狀況的調查開展正借鑒詞彙研究的經驗有序進行。

漢語語法範疇的表達方式有兩種，一是語序，一是虛詞。這是「古代漢語」

科教學語法知識點研究的兩個重點。除此之外的第三個重點就是導致「特殊動賓關係」產生的「詞類活用」現象。虛詞部分可參考第二階段詞彙知識點中的虛詞調查成果，結合句子實例歸納總結不同虛詞的特點和使用頻率。「詞類活用」是古今漢語共同的語法現象，但導致特殊動賓關係的「詞類活用」則為古代漢語專有，是語法教學的難點。不過，限於篇幅，這兩項在本文中暫不作展開。

語序具體反映在句式中。古漢語句式類型較多、標記複雜，各種語法現象也相互關聯耦合，故本階段首選考察與現代漢語相比差異較大的句式。依據《簡明漢語史》（向熹，2010）、《古漢語語法及其發展》（楊伯峻、何樂士，2001）等多部代表性語法著作，選取確定首批上古漢語重點句式教學知識點，分別從典型句式和語序兩方面考察：在典型句式上，選取考察存在明顯古今差異的判斷句、被動句和比較句；在語序上，選取考察有較大古今差異的賓語前置和介詞結構。以下分別簡介這些上古漢語典型句式特徵及其表現形式：

(1) 不同于現代漢語中統一的「是」字判斷句，上古漢語判斷句從西周開始發展，至春秋戰國愈發紛繁複雜，共計有十種形式（向熹，2010：143-146），主要表現為判斷句有無繫詞或其他標誌成分。如表 5 所示。

表 5. 上古漢語句法教學知識點：判斷句

小類	句式
無繫詞或其他標記成分	A+B
有繫詞	A+ 惟（維）+B A+ 是 +B A+ 為 +B
有判斷副詞或其他標記成分	A+B+ 也 A+ 者 +B+ 也 A+ 者 +B B+A+ 是也 A+ 乃（即）+B A+ 非（匪）+B

(2) 上古漢語的被動關係除了以一般句式結合語境來表示意念上的被動，還可以其他十一種被動句形式來表達（向熹，2010：148-153）。這些被動句式自商

代甲骨卜辭中開始出現，春秋戰國先後又產生了多種形式。先秦時期應用最廣的被動句式是「於 (于)」字式。如表 6 所示。

表 6. 上古漢語句法教學知識點：被動句

小類	句式
一般句式	以一般句式表示被動意義
被動句式	「於 (于)」字式 「為」字式 「見」字式 「為……於 (于)……」式 「見……於 (于)……」式 「為……所……」式 「被」字式 「為……之……」式 「為……之所……」式 「為……見……」式 「為……所見……」式

(3) 上古漢語的比較句多以形容詞為謂語，對事物形狀的比較可分為等比、差比、極比三類，每一類又有不同的主要句式 (楊伯峻、何樂士，2001：733-742)。如表 7 所示。

表 7. 上古漢語句法教學知識點：比較句

小類	句式
等比	(A) 形‧於 (于)‧B (A)‧(不) (何)‧形‧B (A) 形‧若 (如、似)‧B (A) (不) 與 B‧形 (A) 如 (比、似…) B 樣 (般)‧形 (副) 如 (似、像、合…) B 一般 (樣)
差比	(A) 形‧於 (于)‧B A 形 B A‧形‧焉 A 有形於 B，無不及焉 A 之形‧有過 B，無不及焉 (A) 形‧過 (似) (倍)‧B (A) 不如 (若) B‧之‧形‧也 (A)‧比 (較) (視) B‧(為) 形

極比	A·莫·形·於（于，乎）·B A·莫·形·焉 A·孰·形·於 B A·孰·形·焉 何·A·形·焉 無·A·形·焉 （A）·毋·如·B·形 （A）·無（莫）·如（若）·B A·最（絕、偏…）·形

（4）常見的賓語在動詞之後的語序，古今漢語基本一致。但上古漢語中賓語位置往往有很大的靈活性，常置於動詞之前。上古漢語賓語前置句型可分為七種，分別出現在肯定句、否定句、疑問句、強調句中（向熹，2010：153-160）。如表 8 所示。

表 8. 上古漢語句法教學知識點：賓語前置

小類	句式
肯定句賓語前置	O+V
疑問句賓語前置	
否定句賓語前置	否定詞 +O+V
有語氣副詞或（及）有複指代詞	惟 +O+V O+ 是（之、斯、焉）+V 惟（維、唯）+O+ 是（之）+V O+ 之為 +V 維 +O+ 之為 +V

（5）上古漢語介詞結構有動詞前和動詞後兩種句法位置。可概括為：「介詞+處所／對象」形成的介詞結構在動詞後；「介詞＋工具」形成的介詞結構在動詞前後均可（張赬，2002）。圍繞介詞結構的描述，還有一些語法現象可以加入討論，例如介詞結構中介詞的省略、賓語的前置等等。如表 9 所示。

表 9. 上古漢語句法教學知識點：介詞結構

小類	句式
介詞結構在動詞後	「介詞 + 處所 / 對象」
介詞結構在動詞前後均可	「介詞 + 工具」
介詞省略	（介詞）+ 賓語
賓語前置	賓語 + 介詞

以上是暫定作為句法教學知識點的句類及句式情況。我們將藉助已有詳細語法標註的上古漢語語料庫，識別句中各個成分及其相互之間複雜的語法關係，經由電腦可將具代表性的相關句子剖析成結構樹，以初步確立句法分析和句法知識點判斷系統。對已完成的文言代表句式結構樹，一方面可參照語法書籍中的句法分析內容進行人工對比，調整分析判斷系統功能使之更趨完善；另一方面還可與已有的文言句式結構樹研究成果相對照（陳鳳儀等，1999）。如此不斷調整句式分析的範圍和量化分析統計結果，最終確定古今漢語間存在較大差異的句法教學知識點。於此同時，基於「初級『古代漢語』科目教學內容分析語料庫」下的「語法知識點次語料庫」的建設也可啟動。

「語法知識點次語料庫」的構建步驟設想如下：

首先，對照已確定的句法教學知識點及詞彙次語料庫中的虛詞研究成果，從上古漢語語料庫中選取句子語料，對相關句子從句式、語序、虛詞和詞類活用等方面進行標記。進而分析調查這幾方面的重疊效果和相互關係。

隨後，抽選滿足不同語法現象分佈的代表句式，調查其剖析結果及標記，並加以人工檢驗及修正。對於存在歧義的語法結構形式及標記，提出處理原則。

完成之後的「語法知識點次語料庫」能顯示重點句式、語序、虛詞和詞類活用的典型語法特徵，使用者可以透過其用戶介面的工具選項，達到這幾類語法特徵的查詢、統計等功能，為語法教學內容的確定和教材的編寫提供依據。

六、結語

　　為了滿足新型的，即符合 OBL 教學理念、分等級或分層次的「古代漢語」課程內容設計和與之相適應的通用型多卷本教材編寫的要求，本文提出研究先行的思路。研究採用語料庫語言學的方法，建立一個「『古代漢語』科目教學內容分析語料庫」。這個語料庫以知識點的使用頻次和重要程度為參考點，能夠系統調查並分析詞彙、語法、文字和文化常識四類知識點在文獻中的分佈情況，展現不同類別的知識點之間的相關性，為每個知識點在教學上的位次和權重提供依據，並在文選的選擇上發揮重要的指導作用。在此研究基礎上可編輯出版符合 OBL 教學理念的教材。

　　然而，古代漢語的教學內容研究是一項非常複雜的工作，可以利用的已有研究成果很少。而藉助「『古代漢語』科目教學內容分析語料庫」的建設制定「古代漢語」科目的教學內容，是一個具有交叉學科意義的新的研究領域，亦是一項龐大的系統工程，同樣缺乏直接相關的成果可資利用。顯然，要想實現上述設想和目標，既不可能畢其功於一役，也絕非短時間能夠完成，更不可能僅靠個別團隊的單打獨鬥。

　　因此，一方面，我們按照上述的計劃，從建立「初級『古代漢語』科目教學內容分析語料庫」入手，按照詞彙、語法、文字、文化常識的順序，逐步推進，取得階段成果之後再謀求整合；另一方面，也盼望認同我們基本理念的同行，在條件允許的情況下，嘗試開展同類的研究工作。在此基礎上，大家能夠切磋商量，取長補短。我們相信，這項研究不僅對「古代漢語」課程的建設有直接的價值，對與「古代漢語」相關的基礎學科的發展，對基於語料庫的古代漢語研究，以及語料庫語言學自身的發展也具有非常正面的意義。

參考文獻

陳鳳儀、蔡碧芳、陳克健、黃居仁 (1999)〈中文句結構樹資料庫的構建 (Sinica Treebank)〉，《中文計算語言學期刊》，4 (2)。

洪波 (2005)《立體化古代漢語教程》，北京：高等教育出版社。

劉家忠 (2005)〈關於《古代漢語》課教學內容及教學方法的思考〉，《濰坊學院學報》，第 1 期，頁 47。

邱冰、皇甫偉 (2016)〈古代漢語教學知識點語料庫的構建及應用〉，第二屆「古漢語教學與研究之回顧與展望」工作坊，香港：香港教育大學。

邱冰、皇甫偉、朱慶之 (2018)〈基於語料庫的古代漢語教材預期成效評估方法及應用〉，《中文信息學報》，第 32 卷第 6 期。

邱冰、朱慶之 (2014)〈面向古代漢語教學的語料庫建設及教學應用〉，第十五屆漢語詞彙語義學國際研討會，澳門：澳門大學。

王力 (1999)《古代漢語》，北京：中華書局。第 3 版校訂重排本。

魏培泉、譚普森、劉承慧、黃居仁、孫朝奮 (1997)〈建構一個以共時與歷時語言研究為導向的歷時語料庫〉，《中文計算語言學期刊》，2 卷 1 期，頁 131-145。

向熹 (2010)《簡明漢語史》，北京：商務印書館。

楊伯峻，何樂士 (2001)《古漢語語法及其發展 (修訂本)》，北京：語文出版社。

張穎 (2002)《漢語介詞詞組語序的歷史演變》，北京：北京語言文化大學出版社。

張世祿 (2009)《古代漢語教程》，第 3 版，上海：復旦大學出版社。

張雙棣、張聯榮、宋紹年、耿振生 (2002)《古代漢語知識教程》，北京：北京大學出版社。

中央研究院上古漢語標記語料庫，取自 http://lingcorpus.iis.sinica.edu.tw/cgi-bin/kiwi/akiwi/kiwi.sh

周秉鈞 (1981)《古漢語綱要》，長沙：湖南人民出版社。

朱慶之 (2009)〈局部著眼，專家直指當前中文學科教材「軟肋」〉，《教材周刊》，北京：高等教育出版社。

Qiu B, Zhu Q. (2014) *Corpus building for the outcome-based education of the ancient Chinese course*, Chinese Lexical Semantics. Springer International Publishing, 2014:3588.

A Corpus-Based Study on the Teaching Content of Classical Chinese

ZHU, Qingzhi WANG, Chanjuan QIU, Bing
HUANGFU, Wei TANG, Pui Ling CHEUNG, Lin Hong

Abstract

There are several deficiencies in the existing teaching contentof Classical Chinese. In order to meet the requirement of Outcome-Based Learning (OBL), this research aims to lay a scientific, systematic and quantitative foundation for the teaching content and framework of Classical Chinese. The study adopted a perspective of corpus linguistics and evaluated the vocabulary and syntax in Classical Chinese in terms of their frequency of use, familiarity to the learners and difference from those in Modern Chinese.Following statistical analyses, we have taken an attempt to build a corpus for Classical Chinese teaching.This research will contribute to the transition from traditional experiential teaching to modern scientific teaching for the Classical Chinese education. Based on previous research, the content of the teaching material and the order in which they are organized can be established, and the compiling of new teaching materials will also discussed for tentative exploration.The clearly defined knowledge objectives also make it possible to evaluate the learning outcome of the students.

Key words   Classical Chinese subject, teaching content, primary Classical Chinese, corpus, OBL

語文素養與文言學習

廖佩莉

摘　要

　　「語文素養」和「文言學習」是近年教育界的熱話。「語文素養」是學生經長時期語文學習所累積的「學養」（語文知識和能力）和「涵養」（對語文的興趣，文本中蘊藏的情感、態度、價值觀）。文言學習能培養學生的語文素養。學生多閱讀文言，有助他們打下語文的基礎；同時又能培養他們的品德情意和價值觀。本文最後是從課程、教法和評估方面提出一些建議，指出文言學習對培養語文素養的重要性。

關鍵詞　　語文素養　文言學習　學養

一、前言

　　懂駕車，並不表示他有良好的駕車態度。

　　懂閱讀，並不表示他擁有良好閱讀習慣。

　　具語文能力，也不表示他必具備語文素養。

　　上述例子說明學習者雖有知識和能力，但並不一定代表他在這知識和能力範疇所擁有的素養。「語文素養」和「文言學習」是近年教育界的熱話。培養學生的語文能力固然重要，但培養學生的語文素養是語文教學的趨勢。究竟甚麼是「語文素養」？文言教學有甚麼目的？文言學習如何能培養學生的語文素養？本

廖佩莉，香港教育大學中國語言學系，聯絡電郵：plliu@eduhk.hk。

文旨在討論上述問題，文中最後從課程、教法和評估方面提出一些建議，指出文言學習對培養語文素養的重要性。

二、語文素養

隨着社會發展，教育改革，傳統語文課程的目標，注重培養學生的語文能力，不足涵蓋學習的需要。「語文素養」是近年學習語文的核心價值。 2001 年 7 月頒佈的《全日制義務教育語文課程標準 (實驗稿)》明確使用「語文素養」一詞，說明九年義務教育階段的語文課程，學生必須致力發展語文素養，之後「語文素養」更被廣泛運用。香港教育局課程發展處 2010 年出版《新高中課程中國語文》提及「中國語文課程重視培養學生的語文素養。」課程發展議會 (2017) 進一步強調中國語文教育的課程發展方向是提升學生的「語文素養」，指出教師須給予學生豐富、均衡的語文學習經歷，包括聆聽、説話、閱讀、寫作及其綜合運用；加強培養學生的品德情意，提高他們的道德操守，滋養情意；加強學生文化的學習，培養他們對中華文化的認識；加強培養學生自主學習語文的興趣、態度、習慣和能力等等，都是提升學生語文素養的建議，但文件卻沒有提及「語文素養」的定義。

根據《現代漢語詞典》解釋「素養」為平日的修養。「素」是指一向以來，「養」是指修養。修養是理論、知識、思想和待人處事方面所具的一定水平。點擊《百度百科》，「語文素養」是指學生在語文方面表現出的「比較能穩定的、最基本的、適應時代發展要求的學識、能力、技藝、情感和價值觀」。學者對「語文素養」的解説也眾説紛紜。有學者認為語文素養是語文知識和能力的總稱 (黃朝軍，2010)；也有學者認為語文素養重視提高學生的品德修養和審美情趣，使他們逐步形成良好的個性和健全的人格 (曹恩堯，2010)。其實「語文素養」是包涵學生在知識、能力、情感態度和價值觀等在語文方面的整體和綜合的表現。學生須具備：

- 語文知識和能力
- 情感態度和價值觀

綜合而言，「語文素養」是學生須經長時期語文學習所得的「學養」，包括對語文的認識和運用語文的能力；同時學生在語文學習修煉過程中所得的內隱「涵養」，包括對學習語文的興趣、態度、習慣和文本背後所表達的價值觀等的綜合素養。換言之，「語文素養」是學生長時期語文學習所得的「學養」和「涵養」。

三、文言教學的目的

上述歸納的「語文素養」定義，與文言教學的目的是一脈相承的。根據《古漢語知識辭典》的解說，文言是指古代漢語的書面語言形式之一。馬蒙（1979）指出「古漢語」一般籠統的稱做「古文」或「文言」。《文心雕龍》提出「今之常言，有文有筆，以為無韻者筆也，有韻者文也」。「文」就是指詩、辭、賦等作品；「筆」是指文言散文。所謂「文言學習」是泛指教導學生學習中國古代有韻和無韻的作品。

香港課程文件沒特別提及文言教學的目標，但香港中國語文課程目標是「工具性」和「人文性」並重（廖佩莉，2012），文言教學的目標也是一樣「工具性」和「人文性」，亦即是「情」「理」兼備。所謂「情」的目標是指培養學生的學習興趣和文中包涵情意態度，即劉寶秀（2004）所指「感受文章內蘊之美」；「理」的目標是指培養學生的語文能力。這能力包括解讀文言字詞和文本的能力（陳如倉，2011）。廖佩莉（2015）將文言文教學的目的歸納為：

- 培養學生理解淺易文言的能力；
- 培養學生閱讀文言的興趣；
- 體味作者的思想感情。

課程發展處編訂（2007）的《中學中國語文建議學習重點》零碎指出了第三和四學習階段（即中學階段，中一至中六）文言學習重點。現根據這文件將文言教學的學習重點，整理如下：

1. 語文基礎知識：是指學生須認識古漢語詞匯的特點（如多用單音詞及通假、一字多音、一詞多義、詞類活用）；認識常見的文言句式（如被動句、判斷句、問句、否定句、賓語前置、句子成分省略）。

2. 閱讀：是指學生須理解常用文言虛詞的意義及其用法，聯繫古今詞義的關係，比較古今詞義的異同。

3. 感受和鑒賞：學生要感受作品的藝術形象、語文之美，體味作品的思想感情。

上述列出語文基礎知識和閱讀方面是指「培養學生理解淺易文言的能力」(理解文言中字、詞、句)，即是語文的「學養」；至於感受和鑒賞方面 (感受作品的藝術形象、語文之美，體味作品的思想感情) 是培養學生閱讀文言的興趣和培養他們的情意態度和價值觀，是語文學習所得的「涵養」。可見「語文素養」一詞的意思，與文言教學的目的是互相呼應的。

四、文言學習能培養學生的語文素養

學習文言的有助培養學生的語文素養，這份素養必先經長時期的積累和沉澱，學生必須多閱讀文言。假以時日，這種積累必能提升學生的語文的「學養」和「涵養」，兩者是相輔相成。

(一) 文言學習能積累語文「學養」，有助學生打下語文的基礎

文言是白話的根基，學生多讀文言 能加強他們的語文知識。從學習語文的角度來看，王力 (2002) 認為學習古漢語，不但可以提高閱讀文言文能力，同時也可以提高閱讀現代書報和寫作能力。他解釋現代漢語是由古代漢語發展而來的，現代的漢語的語法，詞匯和修辭法都是從古代文學語言裏繼承過來的。他又認為古代漢語修養較高，對閱讀現代文章和寫作能力也較高 (王力，1997)。由此可知，要學好現代漢語，最好要有古漢語的修養。中學生學習一定數量優秀文言詩文，是全面提高語文素質的有效途徑，幫助學生打下扎實的語文基礎 (徐莉莉，2010)。

學生從文言的字詞、句、語感三方面打下扎實的語文基礎。就字詞而言，文言的用字很精準，是學生學習用字的典範。例如王安石《泊船瓜洲》：「京口瓜洲一水間，鍾山只隔數重山。春風又綠江南岸，明月何時照我還？」其中「春

風又綠江南岸」一句，巧用一個「綠」字，卻不用「到」尤為人津津樂道。「綠」是指綠化，作動詞用。其實，李白《侍從宜春苑賦柳色聽新鶯百囀歌》也有：「東風已綠瀛州草」中的「綠」字，也是「綠化」之意；將形容詞活用為動詞。古文用字的精準，是學生要學習的地方。

就句子而言，文言多運用簡潔的句子。例如歐陽修《賣油翁》：「陳康肅公堯咨善射，當世無雙，公亦以此自矜。嘗射于家圃，有賣油翁釋擔而立，睨之，久而不去。見其發矢十中八九，但微頷之。」短短四十多字，已清楚交代了人物的特點和神態，事情的發生的經過和結果。又以《出師表》為例，有謂「先帝知臣謹慎，故臨崩寄臣以大事也。受命以來，夙夜憂嘆，恐託付不效，以傷先帝之明，故五月渡瀘，深入不毛…」短短幾句話，已交代了諸葛亮輔助劉禪的原因，諸葛亮的戰戰兢兢，恐負劉備所託的心情和過往的戰績。學生多閱讀，能有助他們運用簡潔句子表情達意。

文言朗讀亦有助培養學生的語感。很多古文雖不是韻文，但作者能善用具節奏感的長短句。例如《左傳》的《燭之武退秦師》：「越國以鄙遠，君知其難也，焉用亡鄭以陪鄰？鄰之厚，君之薄也。若舍鄭以為東道主，行者之往來，共其乏困，君亦無所害……」又例如薛福成《貓捕雀》：「……物與物相殘，人且惡之，乃有憑權位，張爪牙，殘民以自肥者，何也？」

這些古文讀來跌宕有致，鏗鏘有力，學生在朗讀過程中自然感受箇中的語感。付艷青（2010）認為朗讀是憑借聲音語調領會作者思想情感的閱讀方法，是把無聲的文字化為有聲的語言。把單純的視覺作用轉化為各種感覺的綜合作用，從而加強對書面語言的理解和掌握。學生讀多了，自然掌握語感，奠定了他們的語文基礎。所謂「熟讀唐詩三百首，不會吟詩也會偷」，真是一點也沒錯。

(二) 文言學習能積累語文「涵養」，有助學生培養個人的品德情意和價值觀

學生若能進行大量誦讀，積累典範的文言章句，便能幫助他們真切地體驗字裏行間作者的感情（周慶元、胡虹麗，2009），便能讀出感情。學生通過閱讀和欣賞一些優美的古文，自然而然地得到感染，滋養情意和培育品德，甚至發展為自己的價值觀念和倫理觀（課程發展議會，2017）。

文言學習也是學生接觸中華文化及品德情意的學習的好時機。課程發展議

會（2017）認為透過中華文化及品德情意的學習，加強價值觀教育。中國語文教育重視學生價值觀和態度的培養，中國語文的學習，除了培養聽說讀寫的語文能力和思維能力外，也包括性情的陶冶、品德的培養。學生閱讀經典篇章，既可學習篇中情理、認識中華文化，亦有助培養「堅毅」、「尊重他人」、「責任感」、「禮貌」、「承擔精神」、「誠信」和「關愛」等價值觀和態度。

其中以「關愛」為主題的古文比比皆是，例如《孟子・梁惠王上》有云：「老吾老以及人之老，幼吾幼以及人之幼。天下可運於掌。」意思是「我們要孝敬自己的長輩，但也不忘記關愛其他與自己沒有親緣關係的老人。在疼愛自己的後輩的同時，也不應忘記愛護其他與自己沒有血緣關係的小孩。」這種「推己及人」的想法正是現今學生要學習的地方。又例如杜甫《茅屋為秋風所破歌》「安得廣廈千萬間，大庇天下寒士俱歡顏，風雨不動安如山。」杜甫認為只要人人安居，即使自己凍死也心滿意足！他對人民的關愛，是很值得讚揚。具人生哲理和價值觀的古詩文多不勝數，上述的兩個例子只是鳳毛麟角而已。

學生從文言學習中領會蘊涵在文章中的情感美，理解文中的感情，和作者同喜同悲，共樂共怒（都吉鯤，2011）。值得注意的是，隨着學生年齡的增長、閱歷豐富了，這種植根於他們心中的「向善，關愛」的意識將會逐漸明朗，直至他們長大成人，文言中蘊藏的一些哲理，做人處事態度仍能保持在心中，成為他們的人生座右銘。閱讀文言能讓學生理解世間許多做人道理，這有助培養高尚的情操和價值觀。

更重要的是，文言的流傳，保存了中華民族豐富的文化遺產（田小琳，1994）。古代經典集合了古人智慧和經驗，得以代代流傳，構成了民族精神的重要部份，形成了民族素養。學生能從古代經典中欣賞博大精深的中國文化和承傳優良的民族精神。這種從閱讀文言中漸漸獲得的「涵養」，是我國文化承傳不可或缺的元素。

五、建議

既然文言學習能積累語文的「學養」和「涵養」，那麼教師可怎樣幫助學生

學習文言，提升語文的素養？很多人認為文言難讀，很難引起學生的興趣，其實文言內所包涵的哲理，是歷久彌新。教師宜多注意如何引導學生欣賞，引起他們的興趣，從而產生情意，養成閱讀興趣和習慣，在潛移默化中提升他們的語文素養。

(一) 課程：加入文言學習

現時香港着眼於中學文憑考試中加入指定文言篇章，和討論應加入篇章的數目。其實只要適合幼兒和小學生能力和興趣的文言篇章，也可建議加入課程。香港有些幼稚園和小學也加入詩詞的課程，有些幼稚園學生已懂背誦《三字經》、《百家姓》，《千字文》，效果也不錯。小學可於高小時增加較多音節優美、琅琅上口的短淺古詩文。課程發展議會 (2017) 指出學生升中後所接觸的文言篇章會較多，教師可讓學生多接觸文言作品，引導他們多誦讀，感受作品的情意。課程發展議會 (2017，頁 10) 建議如下：

> 學校可循序漸進，從小步子出發或由一些試點做起，例如：因應學生文言學習的情況，參考教育局提供的《積累與感興—小學古詩文誦讀材料選編》和《積學與涵泳—中學古詩文誦讀材料選編》，逐步為不同學習階段、級別的小學或中學生編選校本古詩文誦讀篇目，以進一步加強文學、文化的積澱。至高中時，更需注意與課程指定文言經典學習材料的配合。

這些建議是很值得參考。學校更可鼓勵學生多進行伸延課外閱讀，付艷青 (2010) 認為必須擴大閱讀，學生在閱讀中積累語言。至於高中學生，教師可提供推薦一些古文賞析和古文導讀的篇章，幫助他們更深入理解和評價文本的內容。

(二) 教法：生活化的指導

1. 注重「古語當時興」

教師多可介紹古漢語的詞源，很多古漢語是現時也流行的用語，即是「古語當時興」。在日常生活中，現時流行的字詞，其實是來自古語，文言其實並不是遙不可及，不能理解。要增加學生對古語的興趣，教師可多留意和介紹生活中的

字、詞和句的用語來源。例如現代常用「潮人」來形容追上潮流的人，「潮」是潮流。早在孫焯《望海賦》已有記載「潮流」這個詞：「商客齊唱，潮流往還。」這是指海水漲落形成水流的氣勢和影響，即潮流的意思。現常說的「奸」字，諸葛亮《出師表》早有云：「若有作奸犯科及為忠善者，宜付有司論其刑賞。」「作奸」是指「作惡」，「奸」字泛指「邪惡、陰濕、狡詐」的意思。

現在常有人說「大人」一詞，也沿自古語，《古漢語常用詞詞典》解釋有兩個意思：一是長輩的尊稱；二是居於高位的人。《呂氏春秋・勸學》：「理勝義立則尊矣，王公大人弗敢驕也。」現常有人用「老婆大人」尊稱自己的妻子；「法官大人」尊稱法官。又例如《史記・項羽本紀》有謂「楚戰士無不一以當十。」中的「一以」即「以一」，意思是「以 個」，「用一個」，它是賓語前置（徐安崇、隆林，1996），現在也有人用「以一當十」形容武藝高強。

詩詞中也有常用佳句，例如唐李商隱《無題》有云：「……身無彩鳳雙飛翼，心有靈犀一點通。」蘇軾《水調歌頭》：「……人有悲歡離合，月有陰晴圓缺，此事古難全。但願人長久，千里共嬋娟。」其中的「心有靈犀一點通」和「但願人長久，千里共嬋娟。」是現時日常生活常引用的詩句。教師可多介紹有些古漢語與現時的用詞是有關連的，加強學生對學習文言的興趣。

2. 加強歷久彌新的感受

古代作品的內容看似與我們的生活風馬牛不及，但它是生活的反映，若教師能將古代和現實生活串連一起，尋找古今情懷的共通點，便能引起學生情緒的共鳴和學習的興趣。所以教師如何把文言帶進生活讓學生感悟，是很重要的。換言之，文言文內容不應脫離生活，讓人文情感走進文言課堂，學生在情感上產生共鳴（陳光輝，2011），是教師設計文言教學時要考慮的重點。

例如歷黎江（2009）曾提議通過《石鐘山記》來研究蘇軾的教子方式，是否為現今青年人所接受。教師可採用現今社會個案探討孟子《魚我所欲也章》「捨生取義」的哲理。教師又可用《愛蓮說》和學生分析君子的特徵，並請他們用現今人物舉例說明。教師也可和高中生討論如向運用孔子《論語》的哲理幫助他們待人處世。學習文言不是「過時」的，當中的哲理是歷久彌新的。

3. 重視大量閱讀和朗讀

所謂「開卷有益」，多閱讀對學習有一定有幫助。「讀」包括閱讀和朗讀。

閱讀能有助鞏固語文的學養，學生大量閱讀文言，從讀中積累語言，在不知不覺中打下扎實的語文基礎。朗讀也不容忽視。陳光輝（2011）批評現時的文言教學是重「講」而輕「讀」，意思是教師講得多，學生讀得少。其實朗誦和背誦是需要的（王元達，2001；朱莉，2008；趙春秀，2008；林永波 2011，吳媛媛，2012）。誦讀是學好文言的基礎，除了讀準字音外，還要讀出感情（金文芳，2009），將作者的思想感情用聲韻表達出來（陳曉萍，2012）。若教師在課堂上預出充分的時間讓學生吟誦古文，養成習慣，學生便能有效掌握文言的節奏和感受文中表達的情感。培養學生的吟誦習慣對於語言積累的意義是不容小覷的。從大量朗讀古文中能讀出感情（金文芳，2009），是積累語文素養的一種方法。

（三）評估：擴闊評估的方法

現時教師多用傳統的紙筆測考來評估學生學習古詩文的理解，然後給予評分。若加上教師要學生不斷地操練試題，他們只會對文言生厭，不想接觸文言。所以，教師還可以多善用不同的評估課業，擴潤評估模式。

評估課業不單是指練習，紙筆測驗和考試，它也包括了學生在日常學習的評估活動。教師可利用多媒體網絡，提供具素質的網址，讓學生會自行選擇喜愛的篇章自學。現時互聯網上常有很多中國經典的詩詞和文言文的語譯篇章，有賞析的介紹和朗讀示範，可幫助學生自行學習。多媒體網絡能改變學生在文言傳統教學中被動學習的位置，成為自主學習（李小雲，2007）。教師可鼓勵學生多收集經典文句和寫感受，將文中的精闢句子和見解，寫在筆記簿上（付艷青，2010）。現代的電腦和手提電話更能方便學生記錄這些句子。閱讀紀錄，讀書扎記，是評估學生閱讀文言的課業。此外，學生在平日課堂的朗讀和角色扮演，也可以評估他們的表現。這些從平日學習活動中的評估，既可減少學生對文言的恐懼，又能引起他們對文言學習的興趣。

六、結論

　　要學生學好中文，不單是要他們有一定水平的語文能力，他們也須具備語文素養。可能有教師認為學生要具備語文能力已很困難，培養學生語文素養更是難上加難。如何培養學生的語文素養？文言學習是其中重要的一環。

　　從課程方面來說，可由幼稚園開始、小學和中學加入適合學生能力和興趣的文言篇章，讓他們自小培養喜愛閱讀文言。筆者期望學生能主動多閱讀古文，形成喜歡閱讀的習慣，這是提升語文素養重要法門。就教法而言，教師應多運用生活化的指導，探究古今情懷的共通點，讓學生投入欣賞和學習古詩文。就評估方而言，教師可採用不同類型的評估課業。

　　「語文素養」是學生須經長時期語文學習積累所得的「學養」和「涵養」。教師必要讓學生多接觸文言，感受和欣賞文言中的真、善、美，引起學生的興趣，陶冶性情。這份語文的「學養」和「涵養」是現在和未來中國語文教育的核心價值和方向。

參考資料

曹恩堯 (2010)〈把握語文教育特點 提高學生語文素養〉,《中國教育學刊》,1,頁 51-54。

陳光輝 (2011)〈文言文教學存在的弊病及其矯正策略〉,《現代閱讀》,12,頁 76。

陳如倉 (2011)〈淺談初中文言文教學的現狀與策略〉,《科教縱橫》,12,頁 219。

陳曉萍 (2012)〈浸潤涵泳,體味其中—讓文言教學綻放生命之異彩〉,《劍南文學 (經典教苑)》,6,頁 83-86。

都吉鯤 (2011)〈讓文言文教學充滿審美愉悅〉,《中學語文》,6,頁 33-34。

付艷青 (2010)〈努力提高學生的語文素養〉,《文學教育》,(1A 卷),頁 38-39。

黃朝軍 (2010)〈在生活實踐中提高學生語文素養〉,《文學教育》,(9),頁 58-59。

教育局課程發展處 (2010)《新高中課程中國語文》,香港:香港政府印務。

金文芳 (2009)〈「活」乃文言教學之魂〉,《語文學刊》,3B,頁 25-28。

課程發展處編訂 (2007)〈中學中國語文建議學習重點〉,香港:教育局課程發展處。

課程發展議會 (2017)〈中國語文教育 學習領域課程發展指引 (小一至中六)〉。香港:教育局課程發展處。

廖佩莉 (2012)〈從香港中國語文科課程的目標和評估趨勢析論中文科教師給予學生的回饋〉,《教育研究月刊》,215,頁 122-133。

廖佩莉 (2015)〈析論香港文言教學的現況和對策〉,《中國語文通訊》,94 (1) 4,頁 45-57。

歷黎江 (2009)〈反思文言教學的新迷失〉,〈語文教學與研究〉,5 期,頁 62-63。

李小雲 (2007)〈當文言文教學遇上多媒體網絡〉,《中國科技創新導刊》,頁 469,150。

林永波 (2011)〈文言文教學的困惑及其對策〉,《文教資料》,2 期,頁 60-62。

劉寶秀 (2004)〈讓源頭活水,走進文言教學〉,《太原教育學院學報》,22 (3),頁 73-74。

馬蒙 (1979)〈古漢語在中學中國語文課程中的地位問題〉。收錄於香港語文教育研討會編輯委員會編:《語文與教育:一九七九年香港語文教育研討會》,頁 105-108,香港:香港語文教育研討會。

田小琳 (1994)〈文言教學面面觀 —— 從課程、教材、教法看文言教學〉。收錄於

田小琳、李學銘、鍾嶺崇編：《語大教學面面觀》，頁 313-319，香港：香港文化教育出版社。

王力 (1997)《古代漢語》，北京：中華書局出版。

王力 (2002)《古代漢語常識》，北京：商務印書館。

王元達 (2001)〈優化文言教學的幾點思考〉，《教育實踐與研究》，2，頁 23-24。

吳媛媛 (2012)〈文言教學實踐在古代漢語教學中的策略探究〉，《黑龍江高教研究》，220，頁 93-194。

徐安崇、隆林 (編) (1996)《中學語文知識辨析》，北京：語文出版社。

徐莉莉 (2011)《語文課程改革後的文言教學》，http://www.hkedcity.net/iclub_files/a/1/74/webpage/ChineseEducation/2nd_issue（下載日期 16/5/2018）

趙春秀 (2008)〈高中文言文教學誦讀方法指導〉，《科學之友》，12，頁 125-127。

周慶元、胡虹麗 (2009)〈文言文教學的堅守與創新〉，《中國教育學刊》，2，頁 74-77。

朱莉 (2008)〈創新文言文誦讀教學法的探索〉，《語文學刊》，2，頁 72-73。

Chinese Accomplishment and Classical Chinese Study

Liu, Pui Lee

Abstract

Chinese accomplishment and Classical Chinese Study are two hot topics of the education sector recently. Chinese accomplishment can be defined as "Through long term intensive language learning, students can raise their language knowledge and ability. At the same time, they can conserve their interest in learning language and appreciate those emotion, attitude and values." Classical Chinese learning can cultivate students' language accomplishment. Reading more Classical Chinese, students can consolidate their language foundation, their moral affection and values. In the last part of the essay, the author from the perspectives of curriculum, teaching methodology and evaluation, pinpoints on the importance of Classical Chinese study in cultivating students' Chinese accomplishment.

Keywords   Chinese accomplishment, Classical Chinese study, learn to raise

民國時期語文教科書中的域外遊記篇章分析

廖先

摘　要

　　本文以民國時期語文教科書中的域外遊記為研究對象，以探討這些篇章的呈現特點及其對當時學生語文學習的價值。近年來，民國語文教科書與域外遊記分別引起了學者較多關注，但甚少研究將二者結合在一起作討論。本研究分析了北京師範大學館藏的 60 套初中語文教科書，統計域外遊記的篇數和頻次、出現年段以及作者群。結果發現相當數量的旅外遊記出現在當時的語文教科書中，這些遊記一方面是初中中低年段學生語言學習的範文，另一方面也可擴大學生視野，引導學生反思中西文明。編者們注重選擇當時的名家名篇，並選入了一些女性作家的篇章，在當時社會中頗有教育價值。

關鍵詞　　民國　語文教科書　域外遊記

　　當今社會國際化日益加劇，各種文化相互交融。身處這樣的文化格局中，語文教育一方面要引導學生學習中華文化，同時也應令他們接觸和認識世界各地的文化，建立起多元文化的觀念。這在課程文件中均有明確的說明。如香港《學習領域課程指引》(小一至中六) 確定中國語文教育課程發展的一個基本理念是「讓學生認識和欣賞世界各民族的文化，吸收精華，具備國際視野和容納多元文化的胸襟」(課程發展議會，2017，頁 16)。中國內地《義務教育語文課程標準》也在陳述總體目標時強調須令學生「認識中華文化的豐厚博大，汲取民族文化智

廖先，香港教育大學中國語言學系，聯絡電郵：xliao@eduhk.hk。

慧。關心當代文化生活，尊重多樣文化，吸收人類優秀文化的營養，提高文化品位」（中華人民共和國教育部，2011，頁 6）。這是一項重大的文化任務，語文教科書作為教與學的主要媒介，自然需承擔起介紹外國文化與引導學生學習的重要責任。

在這一方面，民國時期教科書中的不少篇章都體現了外國的文化信息，其中主要類型是外國文學作品和域外遊記。近年來，民國教科書中的外國文學作品已得到一些關注（如管賢強、鄭國民，2015、2016），但域外遊記篇章的選入情況還較少被提及。因此，本研究的主要目的一是了解民國語文教科書選入域外遊記的意圖，二是探討域外遊記篇章的選入特點，從而進一步認識民國時期語文教科書的編選情況，為當前教科書編寫者提供一些有價值的經驗。

一、文獻綜述

（一）民國語文教科書的選文研究

教科書的首要屬性是師生開展教學的主要媒介。它既是課程標準的直接體現，也是教師的「教本」和學生的「學本」（王榮生，2007）。穆濟波（1923）很早之前就指出語文學科「關係民族精神，建國基礎，一切文化傳統所在」。作為學生增長知識、認識世界的重要媒介，教科書的選文都是編者深思熟慮的結果，反映一定的社會、文化價值取向（鍾朋，2011）。近年來，民國時期的語文教科書正引起學者們越來越多的興趣，雖然年代已較為久遠，但由於這些教科無論是選文內容還是編輯風格上都獨具一格，對當今的語文教科書編寫仍具有重要的價值。綜觀現有的研究，多數的研究集中在教科書選文上（韓建立、樊超，2017）。這些研究也主要包括兩個方向。

宏觀地看，教科書的編寫很大程度上是社會各種力量共同影響的結果。李斌（2016）頗為全面地檢閱了民國時期各個年代的語文教科書，揭示出這些教科書背後不同社會力量之間的複雜關係。例如孫夢嵐（2010）、郭聖林（2014）均指出民國的小學語文教科書的選文已較能體現兒童的視角。趙獻春和潘斌軍（2005）探討了民國初中語文教科書的價值取向，發現隨着時代的變遷，不同時代的選文

的主題有所不同。如教科書的在民國初年已增加不少反映新社會思潮的篇章。雷實 (2013) 雖然肯定了民國教科書的優點，但也指出當時教科書還存在相當不足，如語言文白夾雜、只是表面意義的「兒童中心」等。王明建 (2012) 從另外的角度整理了民國時期由商務印書館和中華書局出版的小學語文教科書，根據篇目的內容指出篇章中對「中華民國」的想像有三大主題：追求獨立、開放與民主、共和；現代農工商齊驅並進；現代文明容納且革新傳統文化。

採用微觀視角的研究也很多。張心科、鄭國民 (2008) 重點探討了民國時期語文教科書中課文編排方式，認為這些課文主要按「論理」或「心理」兩種方式編排而成。更多的學者關注的是部分特定作品的收錄與傳播情況，特別是一些經典課文或常見作家的作品收錄情況，如《故鄉》(趙新華，2015)、《槳聲燈影裏的秦淮河》(林長山，2013)、《賣火柴的小女孩》(林長山，2014)，胡適及周作人的作品 (劉緒才，2015a，2015b) 等。此外，部分學者也關注到篇章選文的地域特徵，如趙新華 (2014a，2014b) 分析了語文教科書中與新疆、西藏相關的篇目，探討了這些百年歷程中這些篇章出現的特點。

值得一提的是，不少研究者已關注起教科書中的外國文化相關選文。新文化運動以來，各種新思潮湧進中國，人們急切地想去了解外界的世界。為此，不少教科書都收錄了外國文學作品。劉洪濤 (2003) 統計了 1920-1949 年間的部分初、高中教科書中的外國文學作品，分析了這些作品的作者及譯者。管賢強、鄭國民 (2015、2016) 則特別地分析了民國各時期語文教科書的翻譯作品收錄情況，借此反映當時外國文化是如何被引介到教科書中。然而作為介紹外國文化的另一種途徑，域外遊記的收錄情況卻還未得到學者們的充分關注。

以上文獻表明，當前不少研究都是採用「以小見大」的做法，通過調查一些特定選文的在民國時期語文教材的選錄情況，反映一定的社會和文化變遷。沿着這樣的研究思路，我們以教科書中的域外遊記為對象，作進一步分析和探討。

(二) 遊記在教科書中的角色

語文教材選入遊記是古已有之的。在古代一些類似語文教材的「文選」中，遊記佔有重要的篇幅。如《昭明文選》已經選入謝靈運等人不少的遊詩作品。到了明清時期，《古文觀止》《古文辭類纂》成為學生語文學習的重要內容，此時遊

記已是教材選文中的重要部分。姚鼐所編《古文辭類纂》分選文為 13 類，其中雜記類選入的多是名家遊記，《古文觀止》以朝代為線索選文，但韓愈、柳宗元、蘇軾等人的遊記作品，仍在入選之列。在當前的小學語文課本中，遊記也是經常出現。所以，遊記一直以來都是語文學習裏一項繞不開的重要內容。

　　遊記對學生的學習具有多重意義。一方面，它是學習語言的材料。由於不少遊記的語言比較優美、細緻，而且帶入了作者的親身見聞、情感，非常適合學生閱讀和借鑒。特別是對於民國時期的語文教學來說，當時正處於文言文教學向白話文教學過渡的階段。仲九 (1925) 指出，當時在選文時尤其要注意選擇一些記敍文，「大概記敍文在現在最缺乏，說明文也很少，這幾年來國語文出產量恐怕是論說文最多了……」，因此他主張在「傳記、歷史、日記、遊記」中都各選幾篇。宋文翰 (1931) 提醒教者，「國文教科書所以選史傳，選遊記，選古人嘉言懿行，……目的並不在於教學生明瞭及記憶其內容，是因為文字必附於思想或感情或其他事蹟、自然現象等始具有意義，借此以見古人運用文字的技巧及其發表的方式，藉此以增進學者閱讀與發表文字的能力」。

　　另一方面，遊記也可開拓學生的視野，認識不同地區的風土人情。張燕 (2015) 認為學習遊記可以「領略壯美景色」、「感悟樂觀情懷」。此外，張元濟 (1907) 在他所主編的《高等小學用最新國文教科書》中，也明確指出「本編兼采中外遊記，以養成國民冒險之精神」。可見，選入遊記在當時的教科書中被寄予了多種的期望。

　　遺憾的是，目前探討教科書中遊記的論作相對較少。部分研究者分析了當前教科書中的山水遊記，但都是集中在古代的遊記 (如張燕，2015；蔣蘇雅，2017)。在台灣，黃寶園和張秀瓊 (2006) 以內容分析法調查了當地四個版本的小學國語教科書中 86 篇遊記篇章。結果發現低年級的教科書中較少遊記文章，多數分佈在中高年級。每個版本中平均每冊約 2 篇。他們的結果顯示這些遊記的地點主要在台灣本地，較少國外的篇章。周韋筠 (2016) 也分析了台灣三個版本的國小語文教科書中的遊記篇目，指出國外遊記在教科書中的比重不高，寫作題材偏好自然景觀及人文景觀，主旨多突出環境教育的議題。因此，本研究以民國時期語文教科書作對象，將在一定程度上彌補當前研究不足的情況。

(三) 域外遊記的研究

中國有着悠久的遊記傳統。東漢馬第伯《封禪儀記》是中國最早的遊記,到漢魏六朝,遊記文體正式誕生,山水遊記之作不絕如縷;唐宋時期,文人柳宗元、蘇軾、王安石、陸游等為其中的遊記名家;明清時期,徐霞客跋涉 30 餘年寫成的《徐霞客遊記》既是地理著作,也是遊記名篇。此外,袁宏道、袁枚、姚鼐等人的遊記篇章也都為人們所稱道。到了晚清民國時期,隨着交通工具進步以及中外文化交流頻繁,國人旅行範圍擴大,域外遊記獲得了極大的繁榮 (鍾叔河,2010)。域外遊記「可以看作是國人開眼看世界的直接文獻,所以這些遊記格外地具有了傳統與現象、東方與西方文化碰撞及轉型的意義」(李嵐,2007,頁 11)。本文研究的對象主要是晚清以來以白話文寫成的域外遊記。

遊記一般是人們記敍旅行過程中所見所聞和獨特感受的文章 (王宏喜,1992)。本文所討論的「域外遊記」,是人們經歷跨國旅行,接觸到了其他國家的地理、社會環境、日常生活、文化制度後寫成的遊記。域外遊記一般以記敍性的散文形式出現,也包含日記、隨筆雜論、信函等形式。

當前的域外遊記研究一般有兩個思路。一種思路是總結當時遊記寫作的特點,如李一鳴 (2013) 整理了不同時期中國現代散文的寫作特點,其中就提及數量龐大的海外遊記。另一種思路是從域外遊記中窺測旅行者們建立起的域外形象。如孟華 (2006) 通過對晚清時期的遊記研究提示了人們心目中法蘭西浪漫形象的由來,說明域外遊記在構建他者形象時總是扮演着形象構建者的角色。周憲 (2000) 則撰文分析了旅行者的眼光與現代性體驗之間的關係。他勾勒了晚清以降旅行者眼光變化的軌跡,在這過程裏旅行者關注點從器物轉向制度和精神的解釋。由於這些研究都並非在教科書的語境下開展,我們的研究將為探討域外遊記提供一個新的視角。

二、研究方法

本研究採用文獻分析法。文獻分析法是一種質性研究方法,主要由研究者對現在或特別收集而來的文獻資料作分析、比較和綜合,作出自己的解釋

（Bowen, 2009）。這是一種分析教科書時經常採用的方法。

以北京師範大學圖書館館藏解放前中小學語文教材為研究內容，涉及學段為初中。研究的程序是研究者先由到圖書館借閱有關教材抄錄各冊書目錄，確定域外遊記課文篇目，之後再對搜集的篇目做統計分析。由於年代久遠，各版教科書損毀嚴重，加之近年來多人翻閱，損壞益甚。在本研究中，我們只能找到 60 套民國教材，並以此作分析。由於各套教科書的完整程度不一，因此統計數值或有偏差，但仍能大致反映整體概貌。

判定域外遊記主要一看域外，二看旅行。有些作品雖然寫到了國外事物，卻不是自己旅行見聞，故不能歸在此類。例如周作人的《新村的理想與實際》、《日本的新村》經常被選入教科書，介紹日本的新村，但卻不是旅行的見聞，而是通過報刊、圖書了解到的，所以就不是遊記。不過，他另外一篇描寫新村的作品《游日本新村記》則是作者在新村考察期間的見聞，可以歸入域外遊記。

限於篇幅，本論文暫只對這些域外遊記作初步的分析，包括總體數量、出現的年段、入選率最高的篇章、作者群。這些項目在之前相關文獻中是經常被分析到的（黃寶園、張秀瓊，2006；周韋筠，2016），從中我們看出當時語文教科書編者選取域外遊記的特點。

三、結果與討論

（一）教科書中域外遊記概況

根據北京師範大學館藏的 60 套民國時期初中語文教科書，統計出民國時期語文教材裏選入了 71 篇域外遊記，共出現 280 次。依出現頻次計算，平均每套教科書有 4 篇域外遊記。可見，域外遊記在民國時期的語文教科書中佔據着一定地位。

在這 71 篇遊記中，8 篇為文言寫成，其他都是白話文作品。查閱這些遊記的寫作時間，多數文言遊記均寫於 1900 年以前，而白話文遊記則多創作或發表於 1920 年後。這些篇章可以說濃縮了國人近百年來考察國外的歷程，這也呼應了當時仲九（1925）提出需在教科書多選入遊記的要求。

按照現有材料，首次選入域外遊記的語文教材，是 1908 年吳曾祺編選的（上海商務印書館出版）《中學國文教科書》[1]。該教材第一冊「清代」部分的選文裏選入了清人薛福成的《觀巴黎油畫記》。

不過在 1910-1920 年間的教科書，極少看到其他域外遊記的作品。直到 1920 年洪北平編纂出版的《白話文範》[2] 裏，才開始重新選入了 6 篇域外遊記，分別是梁啟超的《歐遊心影錄楔子》、《巴力門逸話》、《亞爾莎士洛林兩州紀行》、《威士敏士達寺》以及周作人的《遊日本雜感》、《訪日本新村記》。此後，域外遊記才開始頻繁出現在教科書中。多部教材是以單篇形式選入的，有些教材則設置了一些域外遊記單元。如朱文叔 (1933) 編的《初中國文讀本》第五冊特設兩個單元「日本國志序」、「歐美文化之素描」[3]，選入的都是域外遊記。戴叔清 (1933) 編的《初級中學國語教科書》第三冊第一課選入的是四篇關於南洋的通信[4]，主要內容是「敍述南洋各地的風土人情，以及僑民生活等等」（第三冊第一課目教學提要）。朱劍芒 (1934) 則強調讓學生領略國內外名勝，各冊內容的地域範圍逐漸擴展，「如寫景，先列鄉村、城市，次及國內名勝與國外名勝」[5]。這些說明，當時的語文教科書編者，是有明確意識要編入域外遊記作品的。

(二) 域外遊記的年段分佈

經過統計，域外遊記在各套初中教材的第一冊（卷、編）出現了 99 次，在第二冊（卷、編）出現了 71 次，在第三冊（卷、編）出現了 42 次，在第四冊（卷、編）出現了 27 次，在第五冊（卷、編）出現了 26 次，在第六冊（卷、編）出現了 15 次。

---

1 薛福成《觀巴黎油畫記》出現在吳編本《中學國文教科書》第一冊中，出版者為上海商務印書館。館藏版次為「中華民國二年三月訂正八版」，註明初版為「戊申年 (1908) 九月」。李杏保、顧黃初 (1997) 指出吳所編這套教材在清末被廣泛採用，而且在民國初年因教材缺乏，眾書局紛紛將原教材改頭換面為新教材。按此推斷，《觀巴黎油畫記》在初版時選入是極有可能的。

2 洪北平、何仲英 (1920)《白話文範》，上海：商務印書館。

3 朱文叔編，舒新城、陸費逵校 (1933)《初中國文讀本》，上海：中華書局。

4 戴叔清編 (1933)《初級中學國語教科書》，上海：上海文藝書局。

5 朱劍芒編譯 (1934)《朱氏初中語文（初級中學學生用）》，上海：世界書局。

可見，域外遊記主要出現在中低年級的語文教科書中。這似乎也符合這當時教材選文的編排順序。當時教材裏大多遵循這樣的編排方式：「第一年注重記事及寫景物之文，第二年注重說明及抒情，第三年多進以議論。」[6] (編輯大意) 域外遊記的主要內容是記敘行旅所見所聞，自然成為教材選入的記事文裏重要部分。

尤其是在初一、二年級，學生理解抽象義理的能力尚不充分，而對具體事件與物件的描寫卻饒有興趣，因而記事、寫景一類文章的入選就十分必要，而且是要選入「近人所記單純事實、部分的景物」的文章才可真正為學生理解。現代認知心理學指出，兒童的認知發展是遵循一個從具體運算階段向形式運算階段漸進規律的過程，在學習特徵上表現為由具體經驗思維向抽象思維的過渡 (張春興，1998)。因此這種編排方式在某種程度上是與學生的認知發展水平相適應的，這也再次說明當時的教科書重視從學生的視角出發編選篇章 (孫夢嵐，2010；郭聖林，2014)。

(三) 入選率最高的篇章

統計各個篇章在教科書中出現的次數，取前 10 名，列表 1 如下。

表 1. 選入次數最多的域外遊記篇章

排序	篇名	入選次數	作者	語體
1	歐遊心影錄楔子	23	梁啟超	白話
2	我所知道的康橋	21	徐志摩	白話
3	巴黎觀油畫記	20	薛福成	文言
4	紅海上的一幕	11	孫福熙	白話
5	凡爾登	10	梁啟超	白話
6	東西文化之界線	10	胡　適	白話
7	收穫	10	綠　漪	白話
8	巴力門逸話	9	梁啟超	白話
9	斐律賓百震亨瀑布遊記	9	蔣維喬	文言
10	記威士敏士達寺	8	梁啟超	白話

6　馬厚文編，柳亞子、呂思勉校 (1933)《初中國文教科書》，上海：光華書局。

分析這 10 篇頗受歡迎的旅外遊記，首先可以認為它們在語言上都是典範。例如徐志摩《我所知道的康橋》語言優美，情感細膩，文中的景色描寫更是迷人。此外，表 1 中的《我所知道的康橋》、《紅海上的一幕》、《收穫》、《斐律賓百震亨瀑布遊記》無論在寫景、敍事、抒情上，都是值得學習借鑒的佳作。

編者頻頻選入這些遊記的另一個原因可能是希望引起學生對東西文明的思考。民國的教科書在選文時通常很注重回應當時的社會思潮，如國民精神、科學、中西文明等。如陳彬龢編訂《新時代國語教科書》就宣稱該套教材的選文標準之一即「確立科學觀念」[7]。朱文叔的《初中國文讀本》同樣強調「本組各文，皆以振起民族精神為主旨。」

就這 10 篇遊記來說，除了《紅海上的一幕》、《斐律賓百震亨瀑布遊記》、《我所知道的康橋》之外，其餘 7 篇文章均不同程度地體現了東西文明、科學、國民精神等主題。如梁啟超在《巴力門逸話》、《記威士敏士達寺》等文章裏介紹了英國人的法治觀念和國民精神，同時也在《歐遊心影錄楔子》、《凡爾登》中談到了戰爭對西歐文明的破壞。此外，薛福成讚美法國人不忘國恥、奮發向上的「國民精神」，綠漪和胡適作品中則體現了「科學」與「文明」的主題。可見，這些主題都是教科書編者有意呈現並希望學生思考的。

(四) 域外游記的作者群體

從作者角度來分析，教材中域外遊記的作者們人數較多，而且身份多樣。他們的作品被選入教材的數量有所不同，反映出不同的受歡迎程度。

表 2. 域外遊記各作者作品選入量統計

序號	作者	作品數	身份簡單說明
1	梁啟超	8	政治家、著名學者
2	冰心	8	知名作家
3	胡適	5	現代學者，歷史學家、文學家，哲學家
4	李石岑	4	《教育雜誌》編輯、大學哲學教授
5	孫福熙	3	現代散文家、美術家

7　陳彬龢等編輯，蔡元培等校訂 (1929) 新時代國語教科書，上海：商務印書館。

(續)

序號	作者	作品數	身份簡單說明
6	林宰平	3	近代著名學者
7	薛福成	2	晚清作家、外交使節
8	徐志摩	2	知名作家、詩人
9	朱自清	2	知名作家、學者
10	周作人	2	知名作家、學者
11	綠漪	3	原名蘇雪林，作家
12	陳學昭	2	作家
13	星野	2	原名馬星野，知名新聞人
14	黎庶昌	1	晚清作家，外交使節
15	唐廷耀	1	待考
16	巴金	1	留學生、作家
17	唐勞	1	待考
18	郭嵩燾	1	外交官
19	胡愈之	1	社會活動家、革命學者
20	劉延陵	1	詩人
21	蔣維喬	1	教育家, 哲學學者
22	豐子愷	1	畫家、文學家、美術和音樂教育家
23	黃英	1	本名廬隱，作家
24	西瀅	1	作家
25	謝頌羔	1	作家
26	王一之	1	上海申報編輯、駐奧地利、荷蘭等國使館領事
27	李璜	1	教授、政治家
28	黃炎培	1	愛國民主人士、詩人
39	徐特立	1	革命教育家
30	李思純	1	歷史學家、翻譯家
31	張夢九	1	北京師大及民國大學教授、《民報》編輯
32	劉薰宇	1	開明書店編輯
33	康有為	1	晚清民初政治家
34	傅雷	1	翻譯家
35	鄭振鐸	1	作家
36	梁紹文	1	作家
37	小默	1	本名劉思慕，筆名小默。國際問題研究家

註：一共有 39 名作者，因二人佚名，故不列出。

從表 2 中可以看出，域外遊記的作者們都是具有較高文化程度的知識分子。他們的身份都比較多樣，部分是專職作家，如徐志摩、朱自清、周作人等，他們往往都具有良好的本國語言功底，也會借鑒西方豐富的文學因素。另外還有一些非專職作家，如薛福成、郭嵩燾，他們都是曾在國外做過外交使節，對外國文化有較深了解。這讓他們在面對外國文化時能夠運用自己的知識，提出一些令人深思的問題。選取這些作者們的遊記，可以保證文質兼美。

值得注意的是，域外遊記作者群中有幾位比較令人注目的女性，如冰心、綠漪（蘇雪岩）、黃英等。例如冰心尤其喜愛旅行。她在《〈蜀道難〉序》裏說：「人生有三大樂事：一朋友，二讀書，三旅行。」1923 年燕京大學畢業後，赴美國衛斯理學院（Wellesley College）深造。留美期間，她為《晨報》副刊撰寫了通訊體遊記《寄小讀者》（1923-1926），教科書所選的冰心作品即從中選出。她的作品語言婉約典雅、輕靈雋麗，文質優美，而且面向少年兒童而寫，自然十分貼近學生的身心特點，選作課文再適合不過。

域外遊記的這些女性作者群意義在於，長期以來，女性除了婚嫁、遷移之外，大多不會遠離家裏的閨房，海外旅遊者鮮有見之。然而這幾位女性作者不再受傳統的閨房束縛，而是大膽踏足國外，或出國深造，或外出旅遊，將遊歷見聞寫成聲情並茂的遊記作品。她們獨特女性審美意識與藝術表現也為遊記添加了別樣的風采。張朋（2013）指出，清末民初的外遊女性一方面在書寫旅行見聞時突出了對國家、民族和社會的責任感，同時也樹立了具有現代知識、文明意識的女性形象。從這種角度來說，進入教科書中的女性作家域外遊記，對培養當時學生的女性解放觀念具有相當正面的影響。

四、結語

結合民國時期語文教育的背景來說，當時的語文教科書編寫無論在內容與形式上都正面臨重大變革。一方面，教科書須拋棄過去千年封建社會思想的束縛，更多突出民主、科學，更需因應當時的國家命運，突顯「國民精神」；另一方面，語文教育從過去的文言文教學轉向白話文教學（雷實，2013；李斌，

2016）。因應這些需求，域外遊記被選入語文教科書中可以說是必然的結果。這些出自當時名人大家的遊記作品不僅可以在語言上保證質量，而且也成為一個負載着外國文化信息的重要媒介。McGrane（1989）指出，「發現」異於自身的文化的一種文化，也基本表明它自身是甚麼。所以語文教科書中選入域外遊記，介紹外國文化，還有助於期望學生吸收其中的價值觀念，樹立起對本民族文化的責任感，努力建設更新的文化。

當今社會中國文化與外國文化聯繫越來越緊密，外出旅行亦日益方便快捷。人們哪怕足不出戶也能了解世界各地的信息。不過民國時期教科書編選域外遊記的經驗仍可給當前教科書編寫帶來如下思考。

首先，教科書介紹的外國文化應貼合社會議題。民國教科書在選文時的一個重要特色是圍繞着社會上關注的一些熱點問題選擇篇章，並注重吸收當時各類作者的新近遊記作品。例如梁啟超的歐遊遊記發表沒多久，即已進入洪北平的《白話文範》，成為此後教科書的常客，這與民國時期人們迫切想了解歐美局勢、文化思潮的觀念有相當大關聯。對於當前的教材書來說，也應選入一些貼合當前社會重要議題的課文。當前，語文教科書相當重視教育、環保等議題（黃寶園、張秀瓊，2006；周韋筠，2016），我們的教科書不妨同樣考慮選入一些這些相關主題的域外遊記。

其次，篇章選擇兼顧學生的學習特點。根據以上的分析結果，民國教科書中的域外遊記集中出現在中低年段，以配合學生能力特點，便於學生理解。部分台灣學者就小學語文教科書所得出調查結論表明遊記主要安排在小學的中高年級（黃寶園、張秀瓊，2006）。綜合看來，編者們普遍同意遊記對中高年級的小學生、中低年級的中學生，都有重要的學習意義。

最後，立足中華文化，囊括不同文化。語文教育本質上需傳遞中華文化，在一個多元文化的時代中，恰恰應該是要堅守本國文化的獨特性。但同時也應帶入不同文化的學習。多元文化教育也已成全球趨勢。所謂「多元文化教育」，指我們應引導學生認可不同民族、種族以及性別的文化差異，提倡多元文化共存，尊重不同文化。在這一方面，我們當今的語文教科書仍存在一些不足，如文化多樣性不夠（劉家訪、劉勇，2006）。這一方面，民國遊記中題材豐富、作者多樣，值得效仿。

　　總之，民國語文教科書選入域外遊記的做法，可以看作這是語文教科書編者引導學生在學習語文同時認識世界的一種有意義嘗試。我們在認可其價值的同時，也應客觀承認可能還存在篇章理解難度較大、遊記作者個人主觀性強等不足，這有待將來更多研究作總結。

參考文獻

管賢強、鄭國民（2015）〈新文化運動時期初中國文教科書中外國翻譯作品研究〉，《基礎教育》，第 05 期，頁 59-68。

管賢強、鄭國民（2016）〈國語綱要時期初中國文教科書中外國翻譯作品的編選研究〉，《編輯之友》，1，頁 98-102。

郭聖林（2014）〈實現兒童視角學科視角社會視角的統一——民國小學語文教科書編寫經驗及啟示〉，《語文建設》，（8），頁 62-65。

韓建立、樊超（2017）〈改革開放以來民國語文教科書研究綜述〉，《武陵學刊》，第 01 期，頁 135-140。

黃寶園、張秀瓊（2006）〈國民小學國語科教科書遊記類文章之分析與研究〉，台中教育大學學報（教育類），第 20 卷第 1 期，頁 1-20。

蔣蘇雅（2017）〈中學語文遊記散文教學研究〉，重慶師範大學碩士學位論文。

課程發展議會（2017）〈中國語文教育學習領域課程指引（小一至中六）〉香港：教育局。

雷實（2013）〈民國國語國文教科書研究〉，《教育研究與實驗》，（6），頁 38-49。

李嵐（2007）〈行旅體驗與文化想像——論中國現代文學發生的遊記視角〉。

李斌（2016）《民國時期中學國文教科書研究》，北京：北京大學出版社。

李一鳴（2013）《中國現代遊記散文整體性研究》，濟南：山東人民出版社。

李杏保、顧黃初（1997）《中國現代語文教育史》，成都：四川教育出版社。

林長山（2014）〈多元視角下的《賣火柴的小女孩》——從民國語文教科書說開去〉，《語文建設》，（9），頁 53-57。

林長山（2013）〈《槳聲燈影裏的秦淮河》，在民國中學語文教科書中的文本呈現〉，《名作欣賞》：中旬，（11），頁 119-121。

劉洪濤（2003）〈現代中學語文中的外國文學作品形態分析〉，《中國現代文學研究叢刊》（3），頁 63-76。

劉家訪、劉勇（2006）〈多元文化視野下的初中語文教科書——以人教版教科書為例〉，《語文建設》，（10），頁 9-11。

劉緒才（2015a）〈民國國文教材中的胡適新詩〉，《語文建設》，（8），頁 60-62。

劉緒才 (2015b)〈民國中學國文教材中的周作人作品〉,《語文建設》, (3),頁 65-69。

穆濟波 (1923)〈中學校國文教學問題〉,《中等教育》,第二卷第五期。

孟華 (2006)〈從艾儒略到朱自清:遊記與「浪漫法蘭西」形象的生成〉,《中國比較文學》,第 1 期,頁 72-83。

宋文翰 (1931)〈一個改良中學國文教科書的意見〉,載李杏保,方有林,徐林祥主編 (2014)。《國文國語教育論典》(下),頁 461-481,北京:語文出版社。

孫夢嵐 (2010)〈淺談民國時期小學語文教材編寫經驗的積極意義〉,集寧師專學報,32 (1),頁 77-81。

王明建 (2012)〈民初國文教科書的中華民國想像 —— 基於課文數據庫統計的分析〉,華東師範大學學報:教育科學版, (4),頁 75-80。

王榮生 (2007)〈對語文教科書評價的幾點建議 —— 兼談語文教科書的功用〉,中國教育學刊, (11),頁 58-61。

王宏喜 (1992)《文體結構舉要》,北京:經濟管理出版社。

張春興 (1998)《教育心理學 —— 三化取向的理論與實踐》,杭州:浙江教育出版社。

張朋 (2013)〈旅行書寫與清末民初知識女性的身份認同 —— 以《婦女時報》女性遊記為中心〉,汕頭大學學報 (人文社會科學版) 29 (5),頁 45-51。

張心科、鄭國民 (2008)〈20 世紀前期中學語文教科書選文編排方式研究〉,《語文學習》(9),頁 7-10。

張燕 (2015)〈中學語文山水遊記作品教學研究〉,內蒙古師範大學碩士學位論文。

張元濟 (1907)《高等小學用最新國文教科書》編輯大意,載張人鳳、宋麗榕選編 (2011),《張元濟論出版》第 10-11 頁,北京:商務印書館。

趙獻春、潘斌軍 (2005)〈清末民初初中語文教科書文選價值取向之演變〉,《教育理論與實踐》,7,頁 49-50。

趙新華 (2014a)〈百年語文教科書中新疆題材選文的變化歷程〉,《課程・教材・教法》,34 (11),頁 104-109。

趙新華 (2014b)〈百年語文教科書中的西藏書寫〉,西藏大學學報,29 (3),頁 152-158。

趙新華 (2015)《《故鄉》在近百年初中語文教科書中的傳播與接受〉,《教學與管理》(3),頁 98-100。

中華人民共和國教育部（2011），《義務教育語文課程標準（2011 年版）》，北京：北京師範大學出版社。

周韋筠（2016）〈國小國語課文旅行書寫之研究〉，台北教育大學碩士論文。

周憲（2000）〈旅行者的眼光與現代性體驗的生成 —— 從近代遊記文學看現代性體驗的形成〉，《社會科學戰線》，第 6 期，第 115-120 頁。

仲九（1925）《初中國文教科書問題》載李杏保，方有林，徐林祥主編（2014），《國文國語教育論典》（上）（第 142-156 頁）北京：語文出版社。

鍾朋（2011）〈教科書屬性的多元理解〉，《現代教育論叢》，第 2 期，第 30-33 頁。

鍾叔河（2010）《走向世界：中國人考察西方的歷史》，第 3 版。

Bowen, G. A. (2009). Document analysis as a qualitative research method. Qualitative Research Journal, 9(2), 27-40. doi:10.3316/QRJ0902027.

McGrane, B. (1989). Beyond anthropology: Society and the other. New York: Columbia University Press.

Analysing the Oversea Travel Notes in Chinese Textbooks During Republic of China Period

LIAO, Xian

Abstract

This study investigated how the oversea travel notes were selected and compiled in Chinese textbooks during Republic of China period. In view of the insufficient attention on this specific type of texts, this study explored the characteristics in terms of the amount of texts, frequency, grades, and authors, using 60 sets of Chinese textbooks stored in the library of Beijing Normal University. The results suggested that the oversea travel notes served as the samples of language learning as well as guidance for learning different types of cultures. The editors of Chinese textbooks usually selected well-known writers' works, including some female writers. The educational values raised from the results were discussed.

Keywords   Republic of China period, Chinese textbooks, oversea travel notes

2012-2017 中學文憑試（DSE）作文考卷病句探討

—— 從語法角度出發

黎少銘

摘　要

　　本文主要從語法角度考察 2012-2017 中學文憑試作文卷的語病。研究發現香港中學生的作文遣詞造句上都有不少問題，其中最為嚴重的是關聯詞的濫用和方言入文。本文就此提出三個原因，這可能主要受到母語粵語、電子工具化和傳媒的影響。最後，本文從學與教方面提出四點建議，以期改善中學生病句的問題。

關鍵詞　　香港中學文憑試作文考評　病句　現代漢語語法

一、引言

　　2012 施行的高中課改中，中國語文科的四個評估範疇讀講聽寫皆有重大的改革。中學文憑試（DSE）已舉行了七屆，而考評局在網頁上提供的作文樣本附有批改的示例，但都只集中在內容和形式上，對句子的表現往往只有一兩句概括的評語。而且，這幾屆考生為接受 DSE 新高中課改教育的中學生，因此，對這些中學生的寫作情況作一個全面的檢視，有一定的意義。本文只分析六屆（2012-2017）學生寫作上的問題，進行歸類，再解釋學生出現各類型病句的背後原因，

黎少銘，香港教育大學中國語言學系，聯絡電郵：smlai@eduhk.hk

並提出幾點對教學的建議。

二、本研究的框架

內地有不少關於中學生作文病句的研究（肖枝鶯，2015；楊宇星，2014; 王鳳琪，2014）。而香港則從最早期的蔡思果（1982），到稍後的王晉光（1991）、鄧城鋒等（2015）到近期的陳國威（2010），都從中學生病句分析中歸納出不少的類型。由於這研究的框架所涉範疇既多且廣，礙於篇幅，本文集中以「語法」角度探討病句。

三、本研究的對象及取樣

本文主要討論香港中學生語病問題的表現及趨勢，研究對象為 2012-2017 中學文憑試的作文卷，從香港考評局網頁上的考生文憑試作文卷中取樣。每一年的作文卷都有三條題型（記敘文、描寫文和議論文），每種題型都提供了數量不一的一至五級（五級為最佳，一級為最差）的作文示例，六年合共 130 份考卷。[1] 雖然這六年的文憑試考生接近 40 萬，然而考生作文卷不能任意索取，僅限於網頁資源，所以本研究就以這 130 份考卷作為研究樣本。而文中的例子多取材自二、三及四級的文章，因為第一級別的病句並非常見的錯誤，不足為例，而第五級別的作文則較少嚴重失誤，所以選例較少，這三級的學生應足以反映大部分香港中學生的病句類型。

---

1 根據考評局網頁最新所公開的作文卷，在 2012 年和 2013 年分別有 17 和 18 份，2014 年至 2016 年每年有 23 份卷，2017 年則 26 份卷。因此，2012 到 2017 六屆 DSE 中文作卷共 130 份卷。瀏覽日期：2017 年 12 月 5 日。擷取自：http://www.hkeaa.edu.hk/tc/hkdse/assessment/subject_information/category_a_subjects/hkdse_subj.html?A1&1&1_25

四、從「語法」層面分析文憑試考生的語病

（一）詞語方面的語病

1. 詞義不當

本文根據周長秋（1990，頁 1-29）詞義不當的類型剖析病句，[2] 樣本中，以詞義範圍（輕重大小）、詞義適用對象和語義的側重點把握不準確三方面語病較為突出，值得注意。茲舉下面幾個典型例子說明：

（1）　但偉人們不都是擁有着**強大的**夢想嗎？（2013，第三級別）

（2）　保持第一意味着要與其他人**繼續**進行劇烈的競爭。（2015，第四級別）

（3）　他能做到「木工」、「維修技師」和「花王」等角色，其多才多藝其他人根本**沾不上邊**。（2012，第三級別）

（4）　但我仍在一旁**喋喋不休**的和母親細說着這天不一樣的經歷。（2016，第四級別）

（5）　從小到大，身邊的人們總是不停地在這個問題上**盤旋**。（2013，第二級別）

（6）　……原來是一位盲人**提**着盲人輔助棒走過。（2012，第五級別）

　　例 1 和 2 都是詞語的語義搭配不當，「強大」指能力或實力上的壯大，不能修飾「夢想」，應用「遠大」；同樣，「繼續」雖有連續下去之意，但沒有漫長不斷的意思，無法與「保持第一」協調，應改成「持續」。例 3「沾不上邊」應是「及不上」之誤，而根據該文的上文下理，例 4 作者煩厭的「喋喋不休」宜改成興奮的「滔滔不絕」，這兩例都是對詞的側重點未能把握。例 5 和 6 是考生對詞語一知半解或詞義了解不深所致，誤以為「盤旋」是「糾纏不清」；「提」只是「垂手拿着」而已，按文意該瞎者應是「拄」着（為了支持身體用棍杖等頂住地面）盲人輔助棒。

2　周長秋把用詞不當的病句分為七大種，各有多項細類。本文為免分類瑣碎，便於分析，因此只歸納其大者，學生較常犯的三個種類。

2. 生造詞語

生造詞語指的是隨意造出些令人費解，詞義含混的詞語，又或者是任意改變原本詞語的形式，生造詞語會造成溝通困難。本研究發現文憑試考生生造詞語情況頗為常見，其中以硬湊改換[3]（例 7），和任意簡稱[4]（例 8）為最。這些例子遍及一級到五級的作文，以下是考生的例子：

(7) 上斜下坡、教學習法寶、轉息萬變、平遙直上、吃飲玩樂、漂渺一粟、急不及待、河水不犯井水、擠逼、鋒芒外洩、臉子、鐵碗子、求教、發足便跑、流言閑語、注重力、深骨銘心、走離、礙耳、散走、書本堆、別樹一格

(8) 並比、尋待、舞種、兼之

若出於修辭需要，將某些詞語靈活運用，如「有聲有色」可活用為「有升有息」，語感鮮活，還可接受，跟考生把原有的詞語硬湊改換不能同樣看待，這反映了考生不熟悉詞語的構造，詞序和用字方面都不很熟練，有別於錯別字的忘記詞語或某個字形而選取了形音相近的字代替。例 7 有部分詞語看起來似曾相識，細看會發現詞語的語序或者用字上有明顯的差異。這有幾種情況：首先，改了形聲相近的別字，如「河水不犯井水」語序和原詞「井水不犯河水」有異；「發足便跑」、「奇文怪狀」和「平遙直上」則是部分用字改用意義相近的詞，應為「拔足便跑」、「奇形怪狀」和「扶遙直上」。第二，硬湊改換表現在考生對「子」的用法上的掌握，這是因為粵語不常用後綴「子」，例如「臉子」和「鐵碗子」，前者相信是學生「面」「臉」不分，後者則明顯對熟語「鐵飯碗」不夠熟識。第三是考生把兩個詞語雜糅起來，即將兩個意思相關的詞語各取一半組成新的詞語，例如「書本」和「書堆」變成「書本堆」；「走開」和「離開」組成「走離」；「別樹一格」應該是把「別樹一幟」和「別具一格」去頭截尾而來。第四是縮略不當，考生把一個詞或短語不當地簡縮成兩個字的詞語，即人們常説的苟簡：例如「並比」、「尋

---

3 硬湊，就是把兩個詞中的不同語素湊合在一起；改換，就是改動原有詞的語素（周長秋，1990，頁 54）。

4 任意簡稱，就是把一些名稱或固定短語苟簡，是不規範和未得到大眾的承認的。（周長秋，1990，頁 50）。

待」、「舞種」各自的本尊是「並且比較」，「尋覓等待」和「舞蹈種類」。

3. 方言詞（口語詞）

粵語是大部分中小學生的母語，詞彙上難免出現方言詞或口語詞。以下是考生受粵語影響的語病，主要有三類，也見於第一至第五的作文中：

(9)　一席說話、街坊朋友、無道理、幾多、打氣說話、正正是、正正因為、突然間、一樣（量詞）、心目中、初時、渲染底下、另一部機、就似、無關係、只得半杯水、舊時、多啖清水、嫲嫲、媽媽手拖着我走、得着了不少、幫補家計、駁火、眼癡、下一個決定

(10)　故此、亦、與及

(11) a 我將<u>出</u>社會工作（2013，第三級別）

　　 b 馬上掏出錢包<u>購</u>數盒與在我的房中數百張一樣的遊戲卡（2013，第四級別）

　　 c 她<u>依</u>在為計劃書趕工（2015，第三級別）

　　 d 當我<u>背</u>着太陽時⋯⋯（2012，第三級別）

　　 e 路邊的小販正在叫賣，<u>怕</u>要被鄰近小販的聲音蓋過般用力叫喊。（2016，第四級別）

例 9 的粵語詞有別於普通話語詞的用法或表達方式，如「媽媽手拖着我」在粵語的意思是媽媽牽着我的手，但粵語使用者以外的人可能就會誤解為媽媽大力拖着我走；「下一個決定」在粵語的意思是做一個決定，但異地人士可能以為是「下一次的決定」。例 10 是一些文言詞在普通話已經不用，而粵語卻仍使用，如「故此」（因此、所以）、「亦」（也）、「與及」（「與」、「及」，「以及」；「與及」這個詞也非文言詞）。[5]

　　例 11a-e 大致上是原本應該用雙音節詞，而使用了粵語慣用的單音節詞。粵

5　關於粵語中使用文言詞的情況，蔡思果（1982，頁 9-10）、石定栩（2006，頁 104-117）和石定栩等（2006，頁 158-173）有更多的語例和分析，本研究所發現學生生的語例僅限於上述所示。

語的單音詞和普通話的雙音詞差別很小，鄧城鋒等（2015，頁 6-9）指出有些雙音詞的意義比跟它相當的單音詞的意義抽象或鄭重些。因此，考生運用單音詞便出現了兩個問題，一是不完整詞義的單音詞，使句意模糊；二是單音詞的詞義容易產生歧義。例 11a 和 11b 都是較輕微的詞義不完整的單音詞，讀者尚能明白句子意思，「出」指出來，「購」指購買。然而，例 11c 的「依」則有「依然」還是「依靠在某處」的兩種選擇。據原文的上下文語境推測看，應該是「依然」之意，單用「依」未能達意。例 11d 和 11e 是詞義的輕重出現問題，根據商務新字典（黃港生，2001，頁 551），「背」有「背脊」有「物體的反面或後面」、「用背部對着」等幾個不同的解釋，「背着」有多義性，按句意這裏宜改為「背對着」；例 11e「怕」未能顯示出小販叫賣的壓力之大，「生怕」則較適當，有更深程度的害怕之意。

4. 助詞「的」字使用不當

這類語病的情況頗嚴重，本研究把「的」字使用不當的情況分為濫用「的」和誤用「的」為「地」兩類。

濫用「的」字方面，考生或許受到口語「嘅」的影響，喜歡在句末或者句中某個形容詞後濫用「的」，又如余光中（1998，頁 70-71）指出「的」在形容詞短語上擔當了不少功能，「難怪它無所不在，出現的頻率奇高」了。[6] 以下例子的「的」刪去了句子會更簡潔。

(12) 從他的身上，我更體會到中國文化可貴的一面。（2012，第五級別）

(13) 叫我們上好每一節的中文課（2012，第三級別）

(14) 沒有情侶會時刻形影不離的（2017，第二級級別）

另一方面，「的」跟「地」的主要分別在，前者為定語後者為狀語的標誌，考生較常犯的錯誤是，應該用「地」的地方用了「的」。下面兩個例子的「的」都應是「地」。

6　余光中〈論的的不休〉對現代漢語中濫用「的」的情況有獨到且有趣的剖析，當中舉了若干名家的正反例子，很值得參考。見余光中《藍墨水的下游》（1998，頁 69-94）。

（15）一字一句的作講解（2014，第二級級別）

（16）喋喋不休的和母親細説着……（2016，第二級別）

5. 助詞「都」「也」混淆

「都」「也」混淆的病句在本研究中也不少見，粵語不大使用「也」，所有用「都」和「也」的地方都一律以「都」替代，[7] 這可能使以粵語為母語的考生下筆時會有所混淆。由於考生對這兩個副詞的用法[8] 了解不夠深透，以致走向極端，喜歡用「也」去取代「都」。

（17）現在大多數人**也**對街上有需要的人視而不見……（2013，第二級別）

（18）他認為世界沒有人是十全十美的，每人**也**會犯錯……（2017，第三級別）

例 17 和 18 的主語都是所指範圍內全部的人，而不是兩件事情重複或相同。因此，應該使用「都」而不是「也」。這種語病是香港學生常犯的。

6. 濫用助詞「着」

石定栩等（2006，頁 187-189）指「着」有兩個用法，分別是説明動作的進行和表示狀態的持續。[9] 全功（1992，頁 109-111）認為「着」是表示動作變化正在進行的時（動）態助詞，不能表示持續動作意思的動作，例如動詞「有」的後面不能用「着」。[10] 然而，不少考生喜歡使用「有着」。

---

7 石定栩（2006，頁 180）指出：粵語的「都」有兩個用法，一是表示事件或情況大致相同；一表總括，即把前面所 説複數事物全部包括在內。（2006，頁 180）

8 「都」表範圍、「也」表頻率，兩者用法完全不同，有關其中的差別可參考看李曉琪（2005，頁 18-20，39-39）。

9 港式中文裏，當「着」用以説明動作的進行時，意義與「緊」相近，當「着」表示狀態的持續，意義與「住」相近。例如「我穿着大衣呢」在粵語裏既表示動作的進行「我着緊大樓」，又表示狀態的持續「我着住大樓」。

10 不能表示持續動作意思的動詞，如「有」「倒」等詞，後面不能用「着」。動詞前面有了「從」「自」「由於」「因」等詞，後邊不能用「着」。全功、貴仁（1992，頁 109-111）。

(19) 可見即使**有着**種種創新的科技去改變生活，依然會**因着**傳統的道德觀而被限制着，甚至沒有用武之地。（2015，第五級別）

(20) 看見媽媽面帶笑容的樣子點菜，**詢問着**我要吃甚麼（2013，第四級別）

例 19 出現了兩個不必要的「着」字，整個句子在口語中顯得通順，但是全功（1992，頁 109）指明書面語中，「有」「因」等詞是不能加上「着」的。同樣，例 20「詢問」一詞是不持續動詞，不能搭配「着」。

(二) 句法毛病

一個句子應該有的成分缺少了，就會造成表達意思不完全，結構不完整。句子成分殘缺可說是頗嚴重的語病，主要有以下幾類：

1. 主語殘缺

本研究發現主語殘缺的情況分為兩種：考生以為前面提過因而可以省略，而其實語法不對（例 21、22）；考生以為根據上文下理，讀者能猜出主語，因而沒說明主語（例 23）。

(21) 頭髮長長的，戴着一個黑色眼鏡……（2016，第三級別）

(22) 臉兒非常年輕，常常穿着體育服回校……（2017，第四級別）

(23) 原來熱鬧過後，我卻感到徹底的失望，與我們是風馬牛不相及。（2014，第二級別）

例 21，後一分句要加上「頭上」；例 22 應刪去「臉兒」，換上「她」。例 23 的後一分句改為「香港的繁華與我們風馬牛不相及」。

2. 賓語殘缺

賓語殘缺比較輕微，問題主要表現在賓語成分不完整（語例 24、25）以及完全沒有提及賓語（語例 26、27）。

（24）……是考核選手的臨場反應。（2012，第三級別）

（25）帶出的信息亦跟本篇有相類似。（2015，第四級別）

（26）我認為在休學期裏，我們可以分兩方面來認識，一是找工作，二是參與義工活動。（2014，第二級別）

（27）當全球首富也有自己的短處，他選擇放棄，接受自己是最後一名。（2015，第四級別）

例 24 和 25 的賓語應改成「臨場反應能力」和「相似之處」。根據原文語境，例 26 和 27 應在謂語動詞「認識」和「放棄」後面加上賓語「自我」和「進步」。

3. 句子成分搭配不當

周長秋（1990，頁 156）指句子成分搭配不當，是句子中兩個相關成分在意義上不能相互配合，事理上說不通。本研究發現考生主要有動賓不合和定中不合兩類搭配不當的情況，其中動賓不合出現最頻繁，有以下幾種情況：

考生主要出現兩種動賓搭配不當的現象，一是當一個動詞帶着兩個賓語時，動詞和另一個賓語不合（例28、29）。另一種就是考生不了解該詞語的用法，誤用了詞義範圍不同（例30、34）或者詞語色彩不當的詞語（例 31）。另外，不少考生不懂分別「做」和「作」(這兩詞在粵語中發音相同，以致誤用)，喜歡以「作」取代「做」（例32）。

（28）人都不斷學習去**提升自己和社會**，生活素質也因而大大改善（2015，第三級別）

（29）**追隨**世界的**需求和步伐**（2016，第二級別）

（30）**妨礙**上課**氛圍**（2012，第三級別）

（31）**發表**一種顛覆世人眼光的**產品**（2017，第三級別）

（32）我們也要**學習**他們的**缺點**警惕自己（2015，第四級別）

（33）所**作的工作**可以說是實戰（2012，第三級別）

例 28「提升」與賓語「自己」和「社會」搭配不合，應把賓語改成「自己的能力和

社會地位」；例 29 中的「追隨」只能搭配「步伐」，不能搭配「需求」，可以把動詞改成「趕上」。例子 30 和 31 應把動詞分別換成「破壞」和「發明」。例 32 把具有褒義色彩的「學習」改成中性詞語色彩的「認識」，因為缺點不能學習，學習的對象是好的榜樣。例 33 把「所作的」改成「所做的」。

　　至於定中不合，也有兩種情況。首先，句子的量詞跟名詞不搭配（語例 34、35）；第二，錯用近義詞（例 36、37）。

(34) <u>數課的中文</u>講課（2017，第三級別）
(35) <u>一架金絲眼鏡</u>（2014，第二級別）
(36) 忘記<u>本心的夢想</u>（2012，第一級別）
(37) 以<u>血紅色的字跡</u>批改練習（2013，第三級別）

　　量詞搭配不當似乎是香港學生常犯的語病，例子有多種多樣。這是因為量詞是漢語特有的詞類，不僅是計量的單位，更兼有強烈的形象意義和感情色彩（王希杰，1990，頁 53），它們有些跟名詞有語義選擇的關係，[11] 但更多的是約定俗成的一種習慣，再加上粵語所使用的量詞跟普通話有不少差異（張洪年，2007，頁 338-348），考生自難應付。例 34 和 35 的量詞應改成「數次的」和「一副」。例 36 和 37 的定語和中心語搭配不當，應該把「本心的夢想」改成「最初的夢想」，批改練習的應該是「筆」，不是「字跡」。

4. 詞序顛倒

　　漢語是一種幾乎沒有形態變化的語言，詞語在句子中的排列順序就比較固定，通常不能隨意變動（鄧城鋒等，2015，頁 68）。另一方面，就句子本身來說，語序所表示的主要還是其成分的語法、語義和語用等情況（熊文華 1998：255）。本文以漢語的常位語序 [12] 檢視考生這方面的病句。

---

11 如「條」表細而長的東西，「把」是有把手的家具，「塊」指的是扁平的東西而又比「片」為厚等（王希杰，1990，頁 53）。

12 漢語的常位語序是：主語先於謂語，謂語先於賓語，定語和狀語先於中心語，中心語先於補語，偏正複句中的偏句先於正句。所謂常位語序就是基本語序，強制性語序，可並不是唯一語序，更不是排他性語序（熊文華，1998，頁 267）。

考生犯這類語病中最常見的是現象是虛詞位置不當（例 41、42）、狀語後置（例 43、44）以及定語次序不當（例 45）。

（38）即使真誠對待，但也暗地裏貼上「易碎物品」的標籤（2013，第三級別）

（39）這幕情景都看得後面等候着的人焦急十分（2016，第三級別）

（40）也不會向學生經常說大道理（2014，第二級別）

（41）回家後看到桌上提示燈一直閃着的手提電話（2015，第二級別）

（42）文憑試是學生在最後中學階段中的一個結晶品（2015，第一級別）

虛詞「都、也、似乎、已」的位置經常被考生錯放在句子前面，正如語例 38 和 39 的關聯詞「也」和「都」被放得不對，「也」應該放在「暗地裏」之後，「都」要放在主語「人」之後。一般情況，表時間的狀語要放在表對象的介賓短語之前，部分考生會搞錯位置，例 40，應改成「也不會經常向學生說大道理」。而副詞一般放在形容詞前面，所以，例 39 的「焦急十分」應該改成「十分焦急」。

在多項定語中，一般排序為「屬數動形名」，[13] 因此，例 41 應該把動詞短語「一直閃着」放在名詞「提示燈」之前，例 42 應該把「中學」置於形容詞「最後」之前。

5. 句子雜糅

所謂雜糅，就是把兩種句式混雜在一起。造成這種語病，主因是選用句式時在甲乙兩種句式間舉棋不定，結果把兩種句式糅在一起，使句子結構混亂。王國欽等（1997，頁 85）、周長秋（1990，頁 237-245）和鄧城鋒等（2015，頁 81-82）都把句子糅雜分為兩種：兩種說法雜糅和前後牽連。[14] 文憑試考生所犯的語誤兩者都有，而以前者為多。以下語例是比較常見的糅雜句式（見表 1）。

---

13 多項定語語序排列：①表領屬性的或表時間、處所的短語。②指稱或數量短語。③動詞或動詞性短語。④形容詞或形容詞性短語。⑤名詞或名詞性短語（劉月華等，2001，頁 484:499）。

14 「兩種說法雜糅」是把兩種結構或兩種表達方式的句子湊合在一起；「前後牽連」是指硬把前一句的後半部分當作後一句的開頭，使前後兩個句子牽連在一起，也就是後一句硬往前一句上粘（周長秋，1990，頁 237-245）。

表 1. 文憑試考生常見的句式雜糅舉例及分析

考生病句	糅雜句式	
(43) 自他畢業的一刻開始（2015，第三級別）	「自……一刻」	「從……開始」
(44) 但是在他未成名之前，生活卻是艱苦的（2013，第二級別）	「在未……的時候」	「在……之前」
(45) 例如現時有許多電影或劇集都以古代歷史或文學取材（2016，第四級別）	「以……為材」	「取材於……」
(46) 知識的來源不只是從書本中，更有不同親身體驗去獲取知識。（2015，第五級別）	「…的來源是……」	「從…中獲取……」
(47) 就舉政府興建第三條道路為例（2013，第三級別）	「以……為例」	「舉……的例子」
(48) 在學習知識方面的時候（2016，第三級別）	「在……方面」	「在……的時候」
(49) 在我的角度看（2012，第一級別）	「在（人）……看來」	「從（人）……的角度看」

　　修改以上病例並不複雜，只要按具體語境或更合邏輯的表達方式，確定一個合適的表達句式就可以。

6. 重複多餘

　　重複多餘，是指句子結構完整，意思也表達清楚，可是仍以一些不必要的詞語或方式作不必要的交代，而造成句子的冗長繁雜。它跟前面所討論的苟簡殘缺剛好相反，是從一個極端走向另一個極端，它主要有三種形式：相同詞語的重複、同義詞語的重複和相同句意的重複（周長秋，1990，頁 123-155；鄧城鋒等，2015，頁 63-66）。本研究發現考生在同義詞語的重複最頻繁，其次是成分多餘。其中，有兩點很常見：首先，相鄰句子的人稱代詞經常重複，例如「我們」、「自己」和「我」；第二，同一句子中描述同樣的主語時連着使用同義詞，例如「也許」和「可能」、「包袱」和「累贅」、「熱鬧」和「喧鬧」以及「全神貫注」和「專心」等等。

(50) 在和朋友的討論的過程中，<u>我們</u>在聽過朋友的看法後，<u>我們</u>很容易得到新的體會。（2014，第三級別）

（51）又在入讀大學前先了解自己的**缺點和短處**……（2016，第二級別）

例 50 中，出現了人稱重複和句意贅餘的語病，後一個「我們」可刪去，前面兩個分句都是表明處境是與朋友討論，意思重複，可刪去其中一句。例 51 是同義詞「缺點」和「短處」重複，可刪去其中一個詞語。

7. 關聯詞不當（複句方面）

關聯詞語（連詞、副詞和少量短語）是複句的有機組成部分，複句中各分句在意義上的聯繫雖不一定卻往往要借助它來表示。用得好，句子會表達得更確切顯豁；否則，句子就會關係不清，句意不明。關聯不當是考生常犯的語病，在複句、句群以及篇章的層次上都屢見不鮮。本研究先集中討論複句上的語病。其中，濫用關聯詞是考生最常見的語病，其次是關聯詞錯亂，最後是欠缺關聯詞。

不該用而用了就是濫用，濫用關聯詞上，考生最喜歡使用「但」、「卻」和「而」等幾個表轉折的連詞，[15] 情況非常嚴重。

（52）**但**無可否認與不同的朋友互相交流的確能夠令人增長見識。（2016，第三級別）

（53）有時候，夢想的不切實際**卻**是成功的踏腳石。（2012，第三級別）

（54）所以，你認識不同的朋友**便**需要學習不同的技能（2015，第三級別）

（55）我相信半杯水的故事應是一個街知巷聞的故事，**而**這故事帶出的信息亦跟本篇有相類似。（2015，第五級別）

例 52 是新段落的第一句，按原文和上一段也沒有轉折關係，因此「但」是多餘的。以「但」作為句子開首是廣大香港學生常見的語病，這與他們的口語習慣有關，凡事喜歡加上「但」。例 53 和原文前一句也沒有轉折關係，作者使用「卻」的心理純粹應該是認為句子中的「不切實際」和「踏腳石」的詞語色彩相反，

---

15 詞組與詞組之間、分句與分句之間不是轉折關係，絕對不能用表示轉折關係的連詞。即使是轉折關係，不用表示轉折意義的連詞也能說通，就不用轉折連詞。另外，「和、跟、及、與、而」等是表示並列關係的連詞，不能表示轉折關係（全功、貴仁，1992，頁86-88）。

並且句子本身是難以說服眾人的，使用「卻」仿佛令增加句子的可信性。例 54，認識朋友和學習技能之間沒有承接關係，不需要用「便」（同時，「技能」宜改為「技巧」）。例 55 的兩個分句沒有並列關係，所以可以刪去「而」這個並列連詞。

8. 關聯詞錯亂

在關聯詞錯亂方面，考生不能掌握轉折關係、條件關係、遞進關係和並列關係的複句所用的關聯詞組合。有考生把「無論……都……」的條件句句式改成「無論……卻……」，把「只有……才……」的句式改成「只要……才……」，把「即使……也……」的句式改成「即使……卻……」。也有考生喜歡用表示遞進關係的連詞「更」去代替「並」表示並列關係的事物，有考生混淆了「不僅……更……」和「不是……而是……」兩個組合，變成「不止……而是」。

(56) <u>可是</u>不論我多麼努力的找，我<u>卻</u>找不到一所寧靜之處。（2015，第三級別）

(57) 但<u>只要</u>經歷過文憑試，<u>才</u>得以證明我們的青春正在流逝。（2014，第二級別）

(58) 然而，<u>即使</u>課堂上提及到關於尊敬長輩的文章，他<u>卻</u>從不把大道理硬套在我們身上。（2016，第四級別）

(59) 一心堅持靠自己努力、老師的教材，<u>更</u>開始揶揄我們這班靠外人的同學。（2016，第三級別）

(60) 而這一類的見識，<u>不止於</u>在知識方面，<u>而是</u>在人與人之間的相處方面。（2013，第五級別）

根據戴木金（1988，520-536）的定義，例 56 和 57 都是條件關係複句，當中的關聯詞必須成套使用，不能隨意轉換某一個連詞[16]。例 58 是假設關係的複句，[17] 後半句也沒有再轉折的意思，所以應該使用連詞組合「即使……也……」，[18]

---

[16] 「無論……都……」表示無條件關係，偏句排除一切例外，正句表示任何情況下結果都一樣。「只有……才……」表示唯一條件關係，前面分句引出唯一的必要條件，後分句引出結果，「才」後面常連用「能」「會」等能願動詞（戴木金、黃江海，1988，頁 520、536）。

[17] 同上，頁 398、402。

[18] 「即使……卻……」表示轉折意義的讓步的假設關係，前分句表示讓步的假設，後分句引出意思相反的另一個事實，有加強轉折意味的作用。「即使……也……」同樣表示讓步關係，前分句表示讓步的假設，後分句表示結果不受前分句所述的情況影響，前後文意是不一致的。同 19，頁 144。

把後半句的「卻」改成「也」。例 59 是並列關係複句，不是遞進關係，指一心同時進行做兩件事，所以「更」要改成「也」。例 60 糅雜了「不僅……更……」[19] 和「不是……而是……」[20] 兩個組合，可以把後半句的「而是」改成」「更」以強調與人相處的重要，也可以把「不止」改成「不是」，表達對知識方面的否定，而肯定與人相處方面。

可以這樣説，以上錯誤分為兩類：例 56 和 57 是使用上的錯誤，屬於語法句法層面的問題；例 58 和 59 是詞義理解方面的錯誤，屬於語義層面的問題。這兩類的關聯詞語錯用，在樣本中都佔極大的比例，是很值得關注的問題。

9. 欠缺關聯詞

在欠缺關聯詞方面，考生有時會忘記轉折關係的分句需要使用「但」，忘記在因果關係的分句上使用「因為」，在並列項目的例子中以頓號「、」代替並列詞「和」。

(61) 他曾一度想放棄，在妻子的支持下，他堅持這個導演夢。（2017，第三級別）

(62) 更甚更有考生文憑試失利而自殺（2014，第二級別）

(63) 義工的工作是幫助有需要人士，如獨居長者、殘疾人士、新來港人士等等。
　　　（2015，第五級別）

例 61 的前後兩句出現了轉折的意思，原本放棄的心態變成堅持，因此需要在「在妻子的支持下」前面使用表轉折連詞「但」；[21] 例 62 欠缺了連詞「因為」，[22] 應加在考生在自殺的原因「文憑試失利」前面。例 63 應該用並列連詞「和」連接

---

19 「不僅……更……」是表示遞進關係的連詞組合，「不僅」相當於「不但」，「更」表示前後比較中，後者尤其突出。同 19，頁 12。

20 「不是……而是……」表示前後兩個分句否定、肯定的對比意念，是並列關係的關聯短語。前後分句正反對舉，使句子意思更突出。同 19，頁 16。

21 「但」表示轉折關係，前面説出某種意思，後面用「但」引出同上文相反、對立的意思。同 19，頁 241。

22 「因為」用於因果關係複句，敘述已經實現或已經證實的事，表示原因或理由。同 19，頁 357。

「殘疾人士」與「新來港人士」。

10. 方言句式

本文所定義的方言句式不單指使用口語詞彙及口語語法的句子，也指句子按口語思維和語序直接翻譯成書面語，使句子既不像口語又不像書面語。相對於方言詞和方言短語，方言句式的問題較不嚴重。方言句式出現的情況包括「有」字句、「在」字句和差比句使用不當；在句子結構方面，出現副詞後置、賓語前置於副詞前的情況；用詞方面，使用了口語常出現的字眼「得」、「是」(係)、補語「到」和「着」，因此也值得留意。

(64) 相信有很多人都<u>有過</u>同樣的經歷 (2013，第三級別)

(65) 那夜<u>比不起</u>倫敦寒冷 (2012，第三級別)

(66) 餵她<u>喝多</u>啖清水 (2015，第三級別)

(67) 我們有<u>得</u>看《少年派》嗎？(2015，第二級別)

(68) 弟弟向華享受的樣子把我看<u>得</u>呆了。(2012，第三級別)

(69) 我<u>真是</u>要向唐老師學習！(2016，第四級別)

(70) <u>老一輩對於</u>這項新事物可能是難以接受 (2013，第三級別)

(71) <u>明白到</u>金錢並非萬物能解決<u>到</u> (2012，第三級別)

(72) 駕馭<u>到</u>壓力當然最好 (2013，第二級別)

(73) 有人可能會說，數理科目有<u>着</u>絕對的答案 (2015，第二級別)

(74) 在新時代中，我們都追求<u>着</u>創新。(2015，第四級別)

例 64 是港式中文 (石定栩等，2014，頁 304)，「有」作為一種體記詞，表示「完成」的語法意義，標準中文應該刪去「過」字。例 65 是港式差比句 (石定栩等，2014，頁 291)，標準中文的否定差比句沒有「比不起」的標記，一般用「沒有」或「不比」，整句應改成「那夜沒有倫敦那麼冷」。例 66 顯示了粵語口語句式副詞後置的問題，把副詞「多」放在動詞「喝」後面，應該改做「餵她多喝口清水」。例 67 和 68 使用了口語詞「得」字，例 67 宜 改成「我們可以看《少年派》嗎？」，例 68 直接去掉「得」字。例 69 考生直接將口語「我真係要向唐老師學習」轉碼

而成，應改成「我真應該向唐老師學習」。例 70 和 71 都將賓語前置於謂語，例 80 要改成主謂賓結構「老一輩難以接受這項新事物」；例 71 則要改成「明白了金錢並不能解決萬物」。例 72 受到口語詞「到」的影響，常被用作修飾動詞的補語，「駕馭到壓力」是不規範的書面語，一如例 71「解決到萬物」，句子應改成「能夠駕馭壓力當然最好」。例 73 和 74 分別受到口語「住」和「緊」的影響，表示一種狀態的持續和動作的進行，即「有住絕對答案」和「追求緊創新」，正確寫法應該刪掉「着」[23]。

五、三點觀察

(一) 粵語影響最大

　　這幾屆大部分 DSE 考生在小學應該是接受普教中的教學，本研究發現不少語病都涉及受到粵語的影響，普教中對學生的寫作是否有改善功能，或許需要一個大型深入的研究檢視兩者的相關性。不過，或許可以這樣說，新一代的學生閱讀量大減，文言讀得少，優秀的白話文也讀得不多，少了文言的雅潔精煉，沒了白話的規範純粹，學生對口語的俚雅難掌分寸，筆下自是「粵」意盎然。粵語絕對應該守護，然而，保護到極端以致令很多人抗拒學習或書寫語法正確的書面語，以為書面語就是普通話，殊不知普通話也有書面語和口語之別，例如普通話書面語的「你在做甚麼？」對應的口語是「你在幹啥？」。守護粵方言母語的堅決態度令他們在日常交流或者做功課寫作時也不忘添加方言詞或者方言句式，希望傳承方言的特色，將方言發揚光大，這種心態無論正確與否，都造成語病處處。

　　即使不是意識形態使然，學生在生活中仍是以粵語溝通，寫作時，尤其是考試，剎那間要轉碼把口語變成書面語，難免出現偏誤。蔡思果（1982）在差不多四十多年前檢視香港學生的語病，所舉受粵語影響的病例，不少仍然存在，可見這真是一個老大難的問題。反而，受劣譯影響的病例，在這次的研究中甚少出

---

23 前文在濫用虛詞部分已經提過「着」的正確用法，不再贅述。

現，不知是目下翻譯文章譯筆高明了，還是學生少看了翻譯外國的作品使然。

(二) 電子化工具及傳媒影響

電子化工具盛行，學生由執筆進化為敲鍵，漢字字形就逐漸解體，到考試時再執筆，字就忘了，以同音代替，以近形充當，錯別字及生造詞一一出現，「擠迫」寫成「擠逼」，「滄海一粟」和」虛無縹緲」合體為「漂渺一粟」。更甚者，科技越來越先進，學生使用社交媒體交流，連輸入文字也免了，張口錄音，輕輕一觸屏幕就送了出去，這種高度演化的「我口寫我手」，大量減低了寫作的機會。而電子化這種講求高效的溝通方式，令學生習慣以碎片化，不完整的片斷方式書寫 (黎少銘，2015，頁 18)。[24]

2014 年衛生署調查發現有 45% 受訪中學生曾經常或間中認為使用互聯網及電子屏幕產品，影響了學業成績。[25] 2017 年的調查發現，約 34% 受訪中學生及 13.1% 小學生每天平均花 3 小時或以上網，[26] 比率較 2014 年的同類調查分別多逾一成及 3 倍。[27] 電子文本具有臨時性的特質，少了力求完美的壓力，去文字化，去結構化，去精緻化，中小學生使用電子產品的時間有上升的趨勢，病句的問題自是加劇。

另外，陳國威 (2010) 指出「諧音文化」盛行，報章雜誌，電視節目濫用諧音字以廣招徠，「歲月樓情」、「樓計專家」和「活力耆兵」等創意無疑突出，卻對語言污染日重。因此，考卷中出現「紛紛入睡」和「求教」等諧音生造字詞就不為怪。除了諧音文化外，有些社會上習用的表達方式，如例 47「但是在他未成名之前，生活卻是艱苦的」可說是不合邏輯的句型，我們可以說「成名前」或，「在未成名的時候」，「未成名前」按理應比前者更「前」了，究竟指的是哪段時間呢？

---

24 碎片化的表現有兩方面：一是語句的不完整，一是話題的不完整 (黎少銘，2015, 頁 18)。

25 使用互聯網及電子屏幕產品對健康的影響諮詢小組報告。《衛生署》、瀏覽日期：2017 年 11 月 11 日。擷取自：https://www.studenthealth.gov.hk/tc_chi/internet/press/press.html

26 〈34% 受訪中學生日花至少 3 小時上網〉，經濟日報，瀏覽日期 :2018/02/08。擷取自：https://topick.hket.com/article/2008577/34%E5%8F%97%E8%A8%AA%E4%B8%AD%E5%AD%B8%E7%

27 同 28。

這些習用卻並不合規範或邏輯的表述方式，還是大量充斥於學生的寫作中。還有，回歸以來，大陸香港交往頻繁，內地縮略語（或稱簡寫、縮寫）大量湧現，政府、媒體、商界及網路各界都廣泛使用（陳凱彤、蘭蓀，2015, 頁 18）。內地電子傳媒過度使用詞語縮略手法，新詞日新又新，看似文雅、貼近書面語，導致學生跟風，增加了用詞不當及自造詞的情況。最常見的有「點讚」、「女漢子」（孫瑞霞，2015，頁 17-21）等生活用語，也有新成語「畫美不看」、「細思恐極」、「累覺不愛」和「不明覺厲」[28]。香港媒體也不遑多讓，「企跳漢」、「N 無人士」、「三跑工程」等層出不窮。濡染成習，香港學生沒有直接把這些新詞語搬入作文，卻青出於藍，自行創造，例如把「舞蹈種類」寫作「舞種」，「平凡的日子」寫作「平凡天」。

(三) 閱讀和學習的問題

多讀多寫，是提升語文的不二法門，也是王道的方法。可是，香港學生的閱讀量既不足，閱讀內容又多為娛樂消閒性質，學生文字水平自是低落。根據《性情文化》的問卷調查報告（2008，頁 5-8），過半受訪中小學生每周平均閱讀課外書的時間僅 1 小時或以下；首三類最受青少年歡迎的課外書以消閒性、娛樂性、趣味性為主，往往不用花太多時間來閱讀。[29] 香港遊樂場協會於 2015 年公佈的全港青少年閱讀習慣報告顯示，一星期內曾經閱讀的課外讀物，印刷類以書本（故事／小說類）最多佔受訪者 61.1%，其次為書本（知識類）及漫畫。電子閱讀主要為網上資訊，其次為漫畫及書本。男生最常閱讀科幻讀物，女生最常閱讀愛

---

28 〈兩岸網友愛縮句 創造新成語〉，中時電子報，瀏覽日期：2017 年 11 月 04 日。擷取自：http://www.chinatimes.com/newspapers/20141104001031-260301
「畫美不看」諷刺所見事物不堪入目，並不是畫面太美不敢看。「累覺不愛」出自一個小學生寫的作文，原文是「很累，感覺自己不會再愛了。」之後被用來當作事情無法接受，自己卻又無力改變時的自嘲語。「不明覺厲」則是「雖然不明白是甚麼，但是感覺好厲害啊」。

29 〈「學生與閱讀」調查報告〉，載《性情文化 —— 如何挽救我們的下一代？》，第 20 期（2008，頁 5-20）調查指出青少年歡迎的課外書依次是「流行讀物」（如愛情小說、武俠小說、科幻小說）、「恐怖故事／神怪小說」及「電影」。

情讀物。[30] 可見，學生對文學或散文類讀物興趣不大，也很少閱讀，難免減少機會學習精準的詞藻和語法。學生經常閱讀的科幻、武俠或愛情類小說通常用詞簡單、用語誇張、情節虛構、內容脫離現實，學生難以從中吸取養分來壯實自己的文筆。

另一方面，一如前述，學生受電子化工具及傳媒影響，疏於閱讀經典，也難怪學生會把「做人如果無夢想，同條鹹魚有咩分別」當作古語了。[31] 讀得少，無法補充營養，寫得少，無法鍛鍊文筆，再加上對病句認識不足，無法了解病源何來，欲治無從，寫起作文來，不是失之殘缺，就是病於冗贅。

六、四點建議

香港中學生讀寫了十多年的中文，按理寫作應該文從字順，何以一般程度（DSE 三級或以下）的文章仍見不少病句？不是說香港學生慵懶愚昧，相反，香港學生聰明用功者多的是，如果能好好地教導指引，寫好作文是不難的。要糾正學生的語病的方法，眾說紛紜，乞求於電子媒體改善用語，是緣木求魚；加強閱讀，是有效的方法，卻重在固本，潤物無聲，要持續不斷地鼓勵和推動。我們相信若從更實際的學與教方面着手，以具體可行的策略改善學生的寫作，才會收效。

這裏想談談的是在教學上較為可行的建議。

（一）詞語教學精緻化

研究中發現，考生的錯別字及標點符號運用的錯誤（一段內「一逗到底」的情況並不少見）都是層出不窮，這不在本文討論範圍之內，但仍可在此一併討論。

---

30 《香港青少年閱讀習慣調查報告》(2015)，瀏覽日期：2018 年 1 月 30 日。擷取自：http://hq.hkpa.hk/upload/79/files/%E5%85%A8%E6%B8%AF%E9%9D%92%E5%B0%91%E5%B9%B4%E9%96%B1%E8%AE%80%E7%BF%92%E6%85%A3%E8%AA%BF%E6%9F%A5%E7%B0%A1%E5%A0%B1（26OCT2015）.pdf

31 文憑試答題笑料百出，《少林足球》對白考生當古語引用。蘋果日報，瀏覽日期：2018 年 5 月 29 日。擷取自：https://hk.news.appledaily.com/local/daily/article/20131101/18488404。

學生用詞不準確，或句子成分搭配（這也是詞與詞的使用對象上的問題），是對詞義的了解不深。要解決這個問題，應對實詞和虛詞有針對性的教學策略。教實詞時，教師，尤其是小學語文教師在詞語（釋詞）教學時，不應只簡略或孤立地解釋詞義，宜多就字詞的形音義結合講解，再連結課文在確切的語境中指出該詞的句義甚或篇章意義，然後再引申若干近義詞的輕重、大小，適用對象等比較，最後配合造句或語段寫作練習，相信經過這一連串的精緻化教學，持之以恒，學生才會減少錯別字，用詞精煉，用對標點。

實詞還好應付，虛詞尤其是一些意義較「虛」的介詞、連詞、助詞等，用法複雜，學生較難掌握。和實詞比較，虛詞屬於封閉性詞類，數量有限。[32] 李曉琪（2005，頁 3）指出除一些兼類、交叉的類型，減去丁級虛詞（使用率較低的），就只有 400 個左右。教師或研究者若可以把 400 個虛詞作兩步篩選，先選出常用的，再選出學生誤用率較高的，列出清單，作重點的教學分析，講解詞義外，更結合句子討論。小學可多從基本句型的使用作訓練，中學則可把深層語義及語用限制上清楚告訴學生，如一些近義虛詞對比教學（如「關於、對於」、「已經、曾經」、「和、跟、與、同」等等。）這樣學生才能透徹地了解每個虛詞的獨特用法和在句子中位置上的不同，同類虛詞中如何同中有異。只有這樣，學生對關聯詞（以虛詞為主）的運用才不會錯漏百出，也不會出現如樣本中「我（學生）跟她（唐老師）亦師亦友」[33] 這類的主客不分的句子了。

（二）兼顧形合意合的複句教學

要說 DSE 作文考卷病句最嚴重的情況，非濫用誤用關聯詞莫屬。無論是哪級別的文章，總會出現這類型病句，只是數量多寡之別。原因多種多樣，最主要可能是小學教科書中總有句式教學，而句式教學示例總又不離有關聯標誌的複句

---

32 據統計，漢語虛詞數量大約在 900 個左右，而常用的虛詞約佔 50%。《漢語水平詞匯等級大綱》中所收虛詞大約 50 個。（李曉琪，2005，頁 3）

33 「我（學生）跟她（唐老師）亦師亦友」中的「跟」無論視作介詞還是連詞都是不對，因為「我」作為學生，一般來說都不會是老師的「老師」吧？只有把它改為「她跟我亦師亦友」，「跟」作為介詞用才合理。該生如此寫法，或許是對介詞和連詞認識不足，而按其上文下理，他／她或許是受到前一句主語（我）的制約，以致弄錯。這類在句子語義上銜接連貫出現的的問題，樣本中有很多不同的例子。

為主，教師照本宣科，學生依樣畫葫蘆，日積月累，口頭筆下往往「雖然但是如果就，因為所以無論都」，以為無關聯詞就句不成句。事實上，漢語以意合為主，句子的組合，無論語義或結構，都是靈活自由的，李家樹等（1999，頁 133-134）指出，漢語複句經常採取直接組合的方法，不用關聯詞語。[34] 因此，教科書在擬設複句示例時，最好能夠意合形合並舉，教師在教授複句時，宜多指導學生使用意合複句，不要只以形合複句為本。形合法無疑是易見易學易掌握的學習方法，卻也是易於着相的魔道，學久了，學生就無法就句子的榫與卯作無縫接駁，只有胡亂用釘釘牢，文章看起來斑斑駁駁，讀起來，滿口沙石。

關聯詞可不用則不用，若必須用時，則要教導學生正確的使用原則。這方面的教學需要注意兩點：關聯詞語的搭配關係，這是語義層面的解說；另外，也要指出關聯詞語的位置上的配置關係，這是句法層面上的問題。[35] 教師若多在關聯詞宏觀的上的概括和搭配上使用的分析，學生不但可以減少這方面的語病（見 4.2.7 － 4.2.9 的語例和分析），而且能夠清晰地解釋句子的病因，掌握關聯詞的特徵。

(三) 強化語段（句群）的讀寫教學

學生若只寫一個複句，以關聯詞綴合，問題倒也不大。要是以更多的句子動態組合起來，一濫用關聯詞，不僅讀起來欠暢順，更可怕的是破壞了整個語段的邏輯語義關係。從樣本中，我們發現不少類似如下的例子：

---

34 李家樹等（1999，頁 134）指出，漢語複句經常採用直接組合的方法，不用關聯詞語：例如「我吃蛋糕，你吃蘋果」、「下雨了，我們回家」，這便是意合複句。形合複句，是指有明顯語法形式標誌把前後分句聯繫起來的句子（例如「因為下雨了，所以我們回家」。意合還是形合，主要看句子有否使用關聯詞語。

35 李曉琪（2005，頁 181）指出關聯詞在複句中的位置兩點需要注意：第一、有的關聯詞語只能出現在第一分句裏（如「不但、無論」），有的關聯詞語只能出現第二分句裏（如「不然、而且」），有的關聯詞語可以在前後分句中重複出現（如「要麼、一邊」）。第二、有的關聯詞語只能出現在主語前（如「要不是、否則」），有的關聯詞語只能出現在主語後（如「既、就」），有的關聯詞語可以在主語前後自由出現，而句子的意思不變（如「既然、如果」）。有的關聯詞語雖然也可以出現在主語前或主語後，但不是自由的，要有一定的條件（如「不但、不管」）。」

(75) 從小時後到長大後，甚至老後，我身旁的足印會越來越少，但始終不會只
得一人的足印，因為我還有父母的足印。父母在我不能預料的時候，會離
我而去，但是足印卻在我身旁，從未離開過。小時候父母的回答，令長大
後的我思考起在 我身旁存在過的足印從未離開過，因為足印已印在我腦海
及心中。（2013，第三級別）

例75 短短三個句子已出現「但是」和「因為」各兩個，句子不僅生硬，更且難
懂。若該考生在寫作時，有動態組織句子的意識和技巧，就不致寫出這樣的句子
來。要組織好語段，教師篇章教學時，不宜只聚焦於句子或修辭教學，而應多着
眼於欣賞和學習一個語段或句群如何運用詞語，句子或邏輯手段有機地銜接連貫
起來。另外，教師若可以多從比較角度分析比對不同句子的表達方式，對句子動
態組合有一定的認識，這才是同時問道於游泳專家與泳者用家的做法。吳淑瑩
(2001) [36] 和梁淑群 (2013) 等人都認為現時小學的句子寫作教學出現問題，後者
更提出以鷹架式教學原則進行寫作教學。[37] 當然，學泳還是要親自跳下水裏掙扎
一番才能悠然俯仰於綠波中，無論中小學，多教授學生不同性質的語段寫作，練
習一久，自能熟能生巧。若能如此，例75 按其上下文語境，該生應該可以改為：

人逐漸長大，圍繞着我的足印會越來越少，父母親的足印卻始終伴隨着我。
縱使他們有天會離我而去，他們在我小時候的許諾，已深烙在我心中，成
為一個永不磨滅的足印。

---

36 大部分坊間的教學會在不同單元加入「句式」教學，由於「句子教學」欠缺完整的規劃，以
致學生割裂地學習句式，缺乏一個統一的圖像。

37 現時學習句子寫作的模式，只能單一地出示句型和句類，當中缺乏遷移性及趣味。並且，
完成初小的句式教學後，未能讓學生順暢地過渡學習段落及篇章寫作。鷹架式教學對初小
學生學習語法知識有莫大裨益，既可以幫助學生了解情境與學習句子的關係，也可以讓學
生了解語法三個平面的內容，從而讓學生學習寫作時更有趣味，並能與學習段落及篇章寫
作有緊密的聯繫。

（四）教師對病句教學的認識及處理

香港中小學語文教師工作量大，教務繁重，要他們每篇作文都精批細改，是強人所難。折衷的方法是，教師宜把一些常犯的語病如受粵語影響的詞匯句子等有系統且重點提示，每次把一兩篇詳改細批的作文給學生講解。另一方面，教師宜多指導學生自行修改作文，葉聖陶（1998，頁 114）明確指出「『改』與『作』關係密切，『改』的優先權應該屬於作文的本人，所以我想，作文教學要着重學生自己改的能力。學生若掌握句子的病源，懂得自改作文，無論思想內容還是表達形式，對學生的寫作能力都應有所提高。」這樣，教師才能培養學生的自學能力，教是為了不教，把學習責任還給學生，師生的學與教才能事半功倍。

除此之外，學校可以邀請精於教授作文的專家到校。到訪者可授之化解病句的看法，教師可提供學生病句的現況給專家參考，雙向交流。而語文教師也宜多受點相關的訓練，大學有關的師資培訓機構，可設計一些有關病句辨析的課程或單元，讓職前的準教師或在職的老師強化這方面的認識。平時，多閱讀固然可以增強語文的表達能力，一旦句子病了，能找出病因自療才是上策，因為人總會有患病的時候。

七、結語

一篇文章，寫得正確只是最基本的要求。健康正確的句子本不難求，然而，因為種種原因，中學生的作文似乎總受到病毒糾纏，反覆傳播下去，剿之不絕。本文主要從語法的準確度考察 2012-2017 中學文憑試中文作文考卷的作文情況，並不討論寫作技巧等的問題。考評局示例的作文評級很有信度，第五級的作文水平很高，有些立意構思取材都不俗，大都邏輯飽滿，情思溢滿，雖偶有病句，惟小疵不掩大醇；而級數越下，則病句越多，不是觀點泛泛，就是文句草草，更多的是語意夾纏不清。本研究發現學生的病句不知是出於無知、無心或是無力，傷痕處處。總體來說，一般病句，香港中學生都多少出現了，當中，受粵語或口語影響最嚴重，加上誤用濫用關聯詞語，以致有些文章難以卒讀。本文從學與教方

面提出四點建議，希望有助於改善學生的病句。文章要明快通暢，基本條件在於準確、連貫和得體而已。本文只從語法準確角度分析 DSE 作文的病句，相信再從語義上的連貫銜接及語用上的得體角度，深化分析，對中學生的作文上的問題會有更深切的了解。

參考文獻

蔡思果 (1982)《香港學生的作文—專談遣詞造句》，香港：香港文化事業有限公司。

陳國威 (2010)〈從社會心理學角度剖析香港學生的中文表現及其啟示〉，《香港教師中心學報》9 (1)，頁 35-61。

陳凱彤、蘭蓀 (2015)〈內地傳入之縮略語：香港學生對其在港廣泛使用之態度〉，載於《第二十屆國際粵方言研討會》，香港：香港中文大學，頁 18。

戴木金、黃江海 (1988)《關聯詞語詞典》，四川：四川辭書出版社。

鄧城鋒、黎少銘、郭思豪編著 (2015)《語病會診》，香港：三聯書店。

黃港生編 (2001)《商務新字典》，香港：商務印書館。

李家樹、陳遠止、謝耀基 (1999)《漢語綜述》，香港：香港大學出版社。

黎少銘 (2015)〈香港網絡語言初探〉，《中國語文通訊》，94 (1)，頁 3-26。

李曉琪 (2005)《現代漢語虛詞講義》，北京：北京大學出版社。

梁淑群、任萍、姜月梅 (2013)〈透過「句子圖示」有效提升學生寫作段落能力（初小)〉，載於《以行求知 - 經驗分享會》，香港：小學校本課程發展組，頁 4-7。

劉月華，潘文娛，故韡 (2001)《實用現漢語語法》，北京：商務印書館。

全功、貴仁 (1992)《改病句》，太原：山西人民出版社。

石定栩 (2006)《港式中文兩面睇》，香港：星島出版。

石定栩、邵敬敏和朱志瑜編著 (2006)《港式中文與標準中文》，香港：香港教育圖書公司。

孫瑞霞 (2015)〈2013 年漢語網絡用語新詞造詞法研究〉，《牡丹江大學學報》，(24) (1)，頁 17-21。

王鳳琪 (2014)〈高中生語文作文中的語病問題分析及對策研究——以江蘇省泗洪中學為例〉，貴州師範大學教育碩士專業學位論文。

王國欽、胡小林編著 (1997)《常見語病的修改與分析》，南京：南京出版社。

王晉光 (1991)〈中六學生作文卷裏的邏輯語病〉，《中國語文通訊》，(12) (1)，頁 19-25。

王希杰 (1990)《數詞、量詞、代詞》，北京：人民教育出版社。

吳淑瑩（2001）〈香港小學一年級句子教學材料初探〉，《教育曙光》，（4）（1），頁 73-76。

肖枝鶯（2015）〈初中語文作文教學病句問題研究〉，貴州師範大學教育碩士專業學位論文。

性情與文化編輯部（2008）〈「學生與閱讀」調查報告〉，《性情文化——如何挽教我們的下一代？》，（20），頁 5-20。

熊文華）（1998）〈漢語和英語的語序〉，載於於趙永新主編：《漢外語言文化對比與對外漢語教學》，北京：北京語言文化大學出版社，頁 254-271。

楊宇星（2014）〈高中語文辨析與修改病句教學研究〉，河南大學學位論文。

葉聖陶（1998）〈談文章的修改〉，載於葉聖陶著：《怎樣寫作》，香港三聯書店有限公司，頁 114-116。

余光中（1998）〈論的的不休〉，載於余光中著：《藍墨水的下游》，台灣：九歌出版社，頁 69-94。

張洪年（2007）《香港粵語語法的研究》，香港：香港中文大學出版社。

周長秋主編（1990）《現代漢語病句類釋》，山東：山東教育出版社。

〈兩岸網友愛縮句 創造新成語〉，《中時電子報》，瀏覽日期：2017 年 11 月 4 日。擷取自：http://www.chinatimes.com/newspapers/20141104001031-26030134%

〈受訪中學生日花至少 3 小時上網〉，《經濟日報》，瀏覽日期：2018 年 2 月 8 日。擷取自：https://topick.hket.com/article/2008577/34%E5%8F%97%E8%A8%AA%E4%B8%AD%E5%AD%B8%E7%94%9F%E6%97%A5%E8%8A%B1%E8%87%B3%E5%B0%913%E5%B0%8F%E6%99%82%E4%B8%8A%E7%B6%B2

〈使用互聯網及電子屏幕產品對健康的影響諮詢小組報告〉，《衛生署》，瀏覽日期：2017 年 11 月 11 日。擷取自：https://www.studenthealth.gov.hk/tc_chi/internet/press/press.html

〈文憑試答題笑料百出，《少林足球》對白考生當古語引用〉，蘋果日報，瀏覽日期：2018 年 5 月 29 日。擷取自：https://hk.news.appledaily.com/local/daily/article/20131101/18488404。

〈香港青少年閱讀習慣調查報告〉，《香港遊樂場協會》，瀏覽日期：2018 年 1 月 30 日。擷取自：http://hq.hkpa.hk/upload/79/files/%E5%85%A8%E6%B8%AF%E9%9D%92%E5%B0%9

〈中國語文樣本試卷及練習卷〉，《香港考試及評核局》，瀏覽日期：2017 年 12 月 5 日 。 擷 取 自：http://www.hkeaa.edu.hk/tc/hkdse/assessment/subject_information/category_a_subjec ts/hkdse_subj.html?A1&1&1_25

The Analysis of Grammatically Wrong Sentences in 2012-2017 HKDSE Chinese Writing paper
— From Grammatical Prospect

LAI, Siu Ming

Abstract

This thesis focuses on analyzing grammatical errors in 2012-2017 HKDSE Chinese Writing Paper. The result shows that Hong Kong secondary school students encounter difficulties in making sentences, especially in the abuse of conjunctions and writing dialects into passages. The causes of such problem are three-fold, namely being affected by Cantonese, the usage of electronic devices and the media. In light of that, this thesis provides four suggestions in learning and teaching to tackle the grammatically wrong sentences made among secondary school students.

Keywords   HKDSE Chinese writing assessment, grammatically wrong sentences, modern Chinese grammar

淺談梁啟超作文教學思想
對高中生邏輯思維發展與提升的啟示

陳澤娜

摘　要

　　作文作為言語的書面表現形式，是學生思維能力的重要表達方式，更是學生獲得思維能力發展和提升的重要途徑。《普通高中語文課程標準 (2017 年版)》首次提出的語文學科核心素養包括「思維發展與提升」，為作文教學提供了新的方向和依據；而邏輯思維能力就是這些思維中的一種重要能力。梁啟超作為「百科全書式」學者，其在論著《中學以上作文教學法》中體現的作文教學思想，涉及對學生邏輯思維能力培養的論述。本文是在研讀梁先生專著的基礎上，結合當前高中語文作文教學實踐，探討梁啟超先生作文教學思想為高中生邏輯思維發展與提升帶來的啟示和反思。

關鍵字　　梁啟超　高中　語文教學　作文教學法　思維能力　邏輯思維發展與提升

　　語言和思維有着密切的聯繫，抽象的思維可以通過客觀的語言表現出來，語言也無不體現着人的思維。作文作為言語的書面表現形式，更是學生思維能力的重要表達方式，同時也是學生獲得思維能力發展與提升的重要途徑。梁啟超在《中學以上作文教學法》中體現的作文教學思想，涉及對學生邏輯思維能力培養的相關論述。本文將以 2017 年文心出版社出版的梁啟超《中學以上作文教學法》為依據，談談其作文教學思想在新課程標準實施的背景下，對發展和提升學生邏輯思維的啟示。

陳澤娜，廣東省揭陽華僑高級中學，聯絡電郵：270960031@qq.com。

一、問題的提出

　　一直以來，作文在語文教學中具有舉足輕重的意義和價值。作文作為語文學科中綜合性較強的一部分，長期都佔據語文教學的重要地位，在高考 150 分的試卷中，作文為 60 分，超過了語文試卷總分值的 1/3。作文教學既是評價教師教學水準的重要標準，也是檢驗學生語文能力的關鍵尺度，更是教學中培養和提高學生綜合素養的集中體現。《普通高中語文課程標準（實驗）》就指出「寫作是運用語言文字進行書面表達和交流的重要方式，是認識世界、認識自我、進行創造性表述的過程」（中華人民共和國教育部，2003，頁 17）。2017 年版的新課標雖然沒有對「作文」這一概念作出明晰的界定，但指出了高中生在必修課程所要達到的比以往標準更高的學習要求「自主寫作，自由表達，以負責的態度陳述自己的看法，表達真情實感，培育科學理性精神」（中華人民共和國教育部，2018，頁 33）。雖然語文課程標準對作文的具體闡釋和要求隨着時代的變化而有所變化，但隨着語文學科愈發注重考察學生綜合能力和綜合素養，作文的重要地位和價值就更加凸顯。

　　語言和思維是一對相互制約、相互促進的聯繫。語言特別是書面語言體現人的思維方式和思維層次，思維則通過語言表現出來。高中階段是學生思維能力快速發展的時期，根據皮亞傑的認知發展理論（張大均，2015），學生從青少年開始進入形式運算階段，能抽象地思考問題，但「從具體運算階段進入形式運算階段是從小學高年級開始的，在初中、高中階段進行」（高燕，2018，頁 15-17）。高中階段正是學生抽象思維迅猛發展的關鍵階段，學生通過對各學科知識的綜合，對事物進行分析、綜合、歸納、概括、推理等邏輯思維過程，進一步認識事物的本質。而這個系統的思維過程本身是抽象的，看不見摸不着，只能通過語言描述出來。作文就成為了思維的表現載體和傳遞思維的有效途徑，寫作過程的審題立意、選材表達、文章結構等問題，實際上都和寫作者的思維密切相關；即使學生寫作時往往沒有意識到這是思維的表達過程，但客觀上作文作為綜合性較強的活動，無不體現着學生的思維。

　　與實驗版的課程標準不同的是，《普通高中語文課程標準（2017 年版）》強調核心素養，認為「學科核心素養是學科育人價值的集中體現，是學生通過學科

學習而逐步形成的正確價值觀念、必備品格和關鍵能力」(中華人民共和國教育部，2018，頁 4)，而語文學科核心素養的第二點就是「思維發展與提升」，包括直覺思維、形象思維、邏輯思維、辯證思維和創造思維。這既反映了教師應關注高中生思維發展的實際情況，也為作文教學提供了方向和依據。

梁啟超作為「百科全書式」學者，在語文教育特別是作文教學上有着獨到的見解和突出的貢獻 (潘新和，2017)，其觀點集中在《中學以上作文教學法》上。但很長一段時間梁先生的主張都沒有得到足夠的重視，而當前對梁先生作文教學思想的研究主要是對其主張進行概括。事實上，重新研究和審視語文學科創建之初的語文教育思想和語文教學實踐，對反思當前的語文教育和回歸語文學科的本質有着重要的意義和價值。重新研讀梁先生的寫作專著，可以發現梁先生構築的完整的作文教學體系，也滲透着對發展學生思維的理解，對這些內容進行梳理，可以獲得對新時代背景下高中語文作文教學應如何發展學生思維的啟示。

二、梁啟超作文教學思想涉及學生邏輯思維發展
與提升的論述

梁啟超的作文教學思想包括作文法和教授法兩個方面。在作文法研究中，主要包括文章作用、文章分類、記述文作法和論辯文作法四個部分；教授法研究則主要有教學內容、教學材料、教學順序、教學形式和作文訓練等五個方面的內容 (朱娜，2012)。從學生思維發展的角度探討梁啟超的作文教學思想，可以在邏輯思維的發展與提升方面獲得一定的啟發。

邏輯思維「指人在認識過程中借助於概念、判斷、推理反映現實的思維方式。它以抽象性為特徵，撇開具體形象，揭示事物的本質屬性。也叫抽象思維。」(中國社會科學院語言研究所詞典編輯室，2016，頁 856) 在這一概括性概念下，高中生作文教學中學生邏輯思維發展的各個要素應有更具體的界定。概念是對事物本質的反映，要求學生對作文出現的概念要有準確的判斷，不能含糊其辭，更不能模棱兩可；判斷是作出斷定的思維形式，對事物作出肯定或否定、是或非、正確或錯誤等的斷定，體現在審題立意、材料選擇等方方面面；推理一般有歸納

推理、演繹推理和類比推理等類型，這種推理在高中生寫作中往往表現在議論文的論證過程。對梁啟超的《中學以上作文教學法》進行研讀，發現其涉及學生邏輯思維發展與提升的論述至少體現在三個方面，包括概念的界定、材料的選擇和敘述的條理等。

(一) 概念的界定

梁先生把文章分為記載之文、論辯之文和情感之文三類，但重點在記載之文上；認為情感之文的美術性成分較多，應該是專門文學家的事，中學生的作文教學應以應用之文為最重要的寫作文體。「這是梁啟超對教學問題的第一個層次上的區別，把三大類文體劃分為應用之文（記載之文與論辯之文）和非應用之文（情感之文）。」（梁啟超，2017，頁4）這種劃分是在思維規律的基礎上形成的一個完整的作文法序列，對寫作教學框架的建立有着重要的價值。當前中學語文教學大綱要求也大體相同。

「作文教學法本來三種都應教都應學，但第三種情感之文，美術性含的格外多，算是專門文學家所當有事，中學學生以會作應用之文為最要，這一種不必人人皆學。」（梁啟超，2006，頁700）梁先生並不是絕對地排斥情感之文的教學，但他強調寫作教學的重點是在應用之文上。這一方面和時間的限制有一定的關係，但另一方面也和梁先生「所能教人的只有規矩」的教育主張有關係，應用之文顯然比情感之文更具規律性和可教性。

在這一分類基礎上，梁先生對記述之文和論辯之文作了清晰的界定，指出記述之文是「以客觀的吸進來之事物為思想內容者，這是從五官所見所聞……吸收進來的」（梁啟超，2017，頁4），論辯之文則是「以主觀的發出來之自己意見為思想內容者，這是從心裏面發出來的」（梁啟超，2017，頁4）。梁先生以作文思想內容的不同來源作為區分應用之文的標準。並在此基礎上，將「記述之文」按照記述事物屬性的不同，再細分為記靜態之文和記動態之文。

對不同類型的作文進行概念的界定，對中學作文教學的順利開展有着重要的意義。以思想路徑作為劃分不同作文類型的依據，和傳統的從體裁、命題方式、出題形式等角度進行作文分類相比較對寫作來說有着根本性的差別，這種差別決定了審題立意、謀篇佈局、材料選取、語言表達等方方面面的不同。這種清

晰的界定，為梁先生對文章作法的研究提供了一一對應的依據。更重要的是，能
夠讓學生區別地掌握不同類別文章的做法，進而學習所有類別文章的做法。這種
可操作性和規律性扭轉了作文教甚麼、怎麼教的老大難問題，使語文成為一門帶
上規律性的學科。

(二) 材料的選擇

材料的選擇是寫作過程非常重要的一步，很大程度上也決定了作文的水準。
應如何選用材料，才能最大程度地發揮材料應有的作用？梁先生認為「作文第一
步，先把原料搜集齊備，便要判斷那種原料是要的，那種是不要的。要不要的標
準，要相題而定。」（羅大同，1984，頁 28）當前不少學生的作文會出現「跑題」
的情況，跑題即是學生說了不該說的話，或者沒有把該說的話說清楚，這往往
是沒有正確選擇材料導致的。材料判斷好了，文章大方面的思想問題沒有了，只
剩下組織與表達的問題，也就不用大刪大改了。這既讓教師免去了做無用功的辛
苦，也增強了學生作文的信心。因此在學生動筆之前，教師便要對學生的觀察事
實和選擇材料作恰當的指導。

梁先生在「論辯之文」的專題下，講到「論辯之文最要條件有二：1. 耐駁，2.
動聽」（梁啟超，2017，頁 35）。耐駁需要整理思想內容，而思想內容則需通過
材料體現出來。梁先生認為，只有妥當的形式是不夠的，還需要有真確的事實。
有些推理從形式上看是沒有錯誤的，但由於其不符合事實，便失去了存在的基
礎，梁先生舉的例子是從基督徒的角度來看待「基督死去了，（斷案）／因為基督
是人，（小前提）／凡人皆要死。（大前提）」這一推理，是不符合實際的。因此，
無論是立，還是破，都要有真確的事實；也唯有大家都公認的事實，證據確切，
才能得到讀者的認可。

梁先生認為「文章的作用，在把自己的思想傳達給別人」。在把自己的思想
傳達給別人的時候，要注意「所傳達的，恰如自己所要說的」。內心思想和語言
表達往往並不能等同，很多時候，內心想表達的內容沒能表達出來，或者表達出
來後變了味，甚至說錯了，因此「作文要不多、不少、不錯才好」，只有慎重考
慮、正確選擇需要的材料，才能準確傳遞自己的思想。材料的選擇過程不是簡單
的取捨問題，涉及學生對材料進行判斷，特別是根據邏輯思維進行判斷，判斷是

否符合自己的寫作意圖，判斷是否準確地表達自己的想法，這也是一個複雜的邏輯思維過程。

（三）敍述的條理

在對文章的不同文體作出清晰界定，和對材料進行正確的選擇後，如何確保敍述的清晰，就需要發展和提升邏輯思維中嚴密的推理了。文章的推理主要體現在文章的結構，特別是體現在材料的組織形式上。

梁先生認為「要理清頭緒，最緊要的是把時間空間的關係整理清楚。因為空間時間都含有不並容性。」（梁啟超，2017，頁 8）也即就是說，同一時間和同一空間，不可能有兩件不同性質的事情發生。在這種屬性下，梁先生提出了「記靜態的文以記空間關係為主，記時間關係為輔。記動態文與之相反，以記時間關係為主，記空間關係為輔。」（梁啟超，2017，頁 9）這也就是說，記靜態的文章要注意空間的整理；記動態的文章則要注意時間的流逝，即對不同內容的文章應採取不同的記敍邏輯。時間和空間作為兩種相互交錯的結構紐帶，是記敍文的重要要素，教學大綱中要求高中生能夠寫比較複雜的記敍文，就需要較好地駕馭、融合這兩種結構紐帶。此外，在記事文專題中，梁先生為了更清楚地說明這一點，提出了記事的四大理法（原則），並舉了《左傳》《通鑑》中幾個戰記作為例子，指出「戰記例分三段：（1）戰事初機和戰前預備（事前），（2）戰時實況（實際），（3）戰後結果（事後）。」（梁啟超，2017，頁 27）這涉及的是記敍的順序邏輯問題。也就是說，梁先生為不同文體文章的寫作條理進行了清晰的分析，對敍述過程的時間、空間、次序和詳略都作了詳細的闡釋，這也正體現了梁式的邏輯思維。

在作文過程中，無論是時間、空間，還是次序，都有先後之分，也應有詳略之分。梁先生認為無論是記空間還是時間，都不能平均用力，應有所側重，有所偏向，有所詳略。要突出重點，把更多的筆墨集中在其中一點或幾點，把側重的內容說透徹。他舉的其中一個例子是記述中國五千年的歷史，不應該平均分配，用相同的筆墨描寫每個年份，而應該詳寫某一時期的事情，而略寫其他並非重要意義的時期發生的事。在記事文作法的原則中，第一理法即是「記事文的通例，記事前最詳，記事後次之，事際最略」（梁啟超，2017，頁 26）；對事的記述，也應該按照其先後順序有詳略之分。

詳的問題涉及的是敍述的條理性問題，略的問題則涉及到邏輯思維中的概括能力，梁先生將其稱為「鳥瞰法」。這一點和當前閱讀教學過程中，概括中心段意的能力培養是非常相似的，閱讀教學的概括段意是將他人文章的主要內容通過簡潔的語言表達出來，作文的概括則是對自己所要表達的內容用精煉的語言加以概括，這是比具體敍述的要求更高的一種能力，敍述過程中既可以先概括再分析，也可以先分析再概括，使文章的結構更加嚴謹。

事實上，為確保敍述的條理，在對材料進行整理分析的過程中，可以有意識地對材料進行分類。將複雜的事例按照文章的需要進行分類後，如果是較長的文章，可以按照相應的步驟一一敍述；如果限於篇幅，則需要將各部分進行權衡和剪裁，集中筆墨詳述重要部分，概括非重要部分，力求使文章簡潔、清晰。在這一過程中，梁先生提出「總要令學生知道怎樣才算有組織，怎樣才算組織得好。做有組織的文字，下筆前甚難，下筆後便容易。做無組織的文字恰相反，同是一種材料，組織得好，費話少而能令讀者了解且有興趣，組織得不好，便恰恰相反。」（羅大同，1984，頁 31）為了達到清晰敍述的目的，學生應學習一定的邏輯知識，並能夠將所學的邏輯知識運用到作文中。

梁先生揭開了歷來作文沒有章法可循的神秘色彩，認為作文是一個系統化的過程，「規矩是可以教可以學的」。但作者有時候卻無法寫出能「令讀者完全了解」的文章，究其原因，也可能在於邏輯學修養的缺失上。他們可能生造出魯迅先生說的「除自己之外，誰也不懂的形容詞之類」（魯迅，2019），他們的語言不符合邏輯、思維也不符合邏輯，寫出來的文章其他人也就看不懂了。

三、梁啟超作文教學思想對發展與提升學生邏輯思維的啟示

梁先生的作文教學思想，隨處體現出發展與提升學生思維能力的內容。「閱讀梁氏教學法，隨處可碰到對於觀察能力、思維能力、組織能力的強調，對於系統性、連貫性、條理性的強調；還強調對於紛繁的事物，要善於分析，善於提挈全部概要，善於駕馭材料，突出重點，這些都是從章法着眼的。」（羅大同，1984，頁 34）對梁氏作文教學思想進行探討，去分析當前高中生寫作中存在的

實際問題，從而獲得對當前作文教學的反思，具有特殊的意義和價值。從梁氏作文教學思想中體現出來的發展與提升學生邏輯思維的內容，結合當前的作文教學實際，可以獲得至少三方面的啟示：

(一) 辨明文體，進行有效教學。

當前高中語文作文教學中，教師的文體指導往往並不明晰。作文練習中經常出現「文體不限」四個字的要求，但對於甚麼是文體，學生卻沒有基本的概念。這就導致了學生並不能對除單純的文學作品外的記敘文和議論文有清晰的認識和界定，也就更不可能寫出符合不同文體特徵的文章。

按照梁先生的觀點，高中的語文作文教學可以並且有必要專門區分記敘文和議論文。只有區分清楚了，才可以在記敘問題中進行鳥瞰、類括、步移、凸聚和簝嘗等方法的教學；在議論文中學習說喻、倡導、考證、批評和對辨等具體類型文章的寫法。雖然記敘文和議論文體現出的能力素養在很多方面是交叉的，但只有對這兩大類的文體進行清晰的概念界定，學生才能有去了解不同文體具體作法的基礎，也才有可能促進寫作教學成為有效教學。當前不少高中生在寫議論文的時候，卻大段大段地記敘具體的事例，只在文章的最後加上一小部分的評論，導致本來應該以記敘為輔、以議論為主的議論文文體特徵不明顯，甚至是徹底變成了記敘文。這些學生中絕大部分都表示，知道「議論文」和「記敘文」是兩種不同的文體，但卻不清楚這兩種文體各有不同的文體特徵。究其原因，應該追溯到教師教學過程中文體這一內容的缺失。

另外要注意到的是，當前的高中語文作文教學都在強調議論文寫作，而幾乎忽略了記敘文，也就失去了一個更能表達學生內心想法、讓學生說真話的機會。雖然梁先生認為「所有為了考試而寫作的文章多是空洞無物的，沒有自己思想」(潘新和，2017) 的觀點稍有極端，但也並非完全沒有道理。高中寫作教學依舊有必要或多或少地進行記敘文教學，才能讓作文成為學生自由抒發真情實感的地盤。

(二) 發展能力，培養邏輯思維。

作文教學，特別是高中語文作文教學，不應該只是停留在語言表達、文章

結構等基本層次的教學，更應該加強對學生思維能力的發展與提升。梁啟超的寫作教學思想涉及到不少對學生思維培養，特別是邏輯思維培養的敍述，這對當前高中階段學生寫作過程思維能力的培養有着重要的參考價值。

重視學生寫作的邏輯思維培養，首先要在寫作前有意識地培養學生對邏輯思維的認識和理解，提高學生的邏輯思維能力。語文是一門充滿感性的學科，也應該是一門充滿科學思維的學科。邏輯思維就可以在一定程度上為語文這門學科帶來理性的色彩。梁啟超先生提出的寫作過程中，體現出來的邏輯思維主要包括「鳥瞰」「類括」和「步移」三個方面，涉及概括、分類和順序等方面的思維能力。當然，邏輯思維並不僅僅體現在這三個方面，它應該還有更廣闊的內涵，包括作文的規矩、作文的系統，都可以納入其範疇。

梁啟超先生所強調的在作文敍述過程中，對事件的概括是否簡潔得體、對材料的選擇是否恰當準確，和在結構安排上的先後順序是否合理最佳，事實上是對學生邏輯思維能力提出的更具體的要求，也就是邏輯思維能力在「系統」上的體現。批閱學生的習作過程中，往往可以發現學生在這三方面的能力是多麼缺失，寫出的作文既不符合寫作規範、也不能夠準確表達學生自己的意圖的現象也就可以理解了。

梁啟超先生的作文教學思想不僅體現在對學生具體作品的指導，同時還表現在他的作文教學觀「講規矩」和作文整體觀「講系統」上。傳統的寫作教學認為的「文無定法」給作文教學帶來的深刻的影響就是教師的放任自流，之前很多教師的寫作教學就是讓學生「自生自滅」，給一個題目讓學生自己寫，交上來後打個分數就發還給學生，並沒有任何的講評和指導。但是梁啟超先生意識到作文教學實質上要求「規矩」的傳授，雖然不能教學生「做好文章」，但卻能實實在在地教學生「做文章」。也就是說，寫作是有規矩可循的，寫作教學應該是一門科學的學科。既然如此，就需要對寫作教學有專門的研究並形成較為完整的系統。梁啟超先生在《中學以上作文教學法》中體現出來的作文教學思想，涉及到作文教學的方方面面，稍加整理也是一個相對完整的系統。試想一下，一個沒有規矩意識和系統意識的教師，又怎能指導學生發展和提升邏輯思維能力，寫出有邏輯性的文章呢？

梁啟超先生十分注重對學生思維方式的培養，體現在其作文教學法的方方

面面。這和當前課標的核心素養是不謀而合的，這就要求語文教師在寫作教學中要注重對學生思維，特別是邏輯思維的發展與提升，鼓勵學生在語言表達、審題立意和組織結構等方面有意識地提升自己的邏輯思維。

(三) 加強指導，拓寬學生思路。

學生作文能力的提高和思維的發展，需要教師給予學生有效的指導。每一次作文訓練並不僅僅是完成作文題目就可以結束，每一次做作文訓練的落腳點應該是學生思維的提升和能力的提高。梁先生非常強調學生作文前教師的指導，只有教師在寫作前的指導較為到位，學生才有可能達到預設的效果。梁先生強調「作文的預備由先生指導。作文要有內容，要有許多材料才能做。材料少的時候，先生要供給材料。」(梁啟超，2017，頁 53) 當前的作文教學似乎到達了一個尷尬的地步，教師不僅僅是寫作前的指導不夠，甚至連需要如何教都不知道，學生更不知道該如何寫的情況就可想而知了。這就要求教師在加強作文指導之前，應不斷提高自身的邏輯能力，以期給學生更好的指導。

梁先生還創造性地提出教師可以將學生需要和不需要的材料都放在一起，提供給學生，讓學生自己去篩選和取捨；選擇材料的過程也是指導學生的過程。當然，教師不但要在寫作前給學生提供選擇的材料，而且在日常教學生也應多引導學生閱讀，閱讀的過程既是了解資訊、拓寬思路的過程，更是綜合提高包括歸納演繹等在內的邏輯思維能力的過程。

四、結語

梁啟超先生作為百科全書式的學者，其獨樹一幟的教學思想對我國的寫作教學產生了重大的影響。特別是梁啟超作文教學觀超脫了傳統作文只關注修辭的技術層面，而重視思維能力的發展與提升，可以説是對傳統輕思維重修辭的一種反叛，也是一種發展。

在《普通高中語文課程標準 (2017 年版)》剛剛頒佈的新時代背景下，重新研讀梁先生的作文教學思想，可以發現其中很多教育思想對當前學生核心素養的

提高有重要的借鑒價值。本文主要結合當前作文教學實際，論述梁啟超作文教學思想對高中生邏輯思維發展與提升的啟發。高中語文教研工作者和教師，都應該深入研究和思考當前高中作文教學存在的問題，汲取教學傳統中的精華，為己所用，為高中作文教學的發展、為高中生語文學科核心素養的培養，提出行之有效的策略和建議。

參考文獻

高燕（2018）〈認知發展階段理論對教育實踐的啟示〉，《中小學心理健康教育》，
　　（11），頁 15-17。

梁啟超（2006）《梁啟超選集（下）》，頁 700，北京：中國文聯出版社。

梁啟超（2017）《中學以上作文教學法》，頁 4、8-9、26-27、35、53，鄭州：
　　文心出版社。

羅大同（1984）梁啟超《作文教學法》述評，《武漢師範學院學報（哲學社會科學
　　版）》，（6），頁 28、31、34。

潘新和（2017）〈《中學以上作文教學法》導讀〉，《中學以上作文教學法》，頁 5-6，
　　鄭州：文心出版社。

張大均（2015）《教育心理學》，北京：人民教育出版社。

中國社會科學院語言研究所詞典編輯室編（2016）《現代漢語詞典（6 版）》，頁
　　856，北京：商務印書館。

中華人民共和國教育部制定（2018）《普通高中語文課程標準（2017 年版）》，頁
　　4、33，北京：人民教育出版社。

中華人民共和國教育部制定（2003）《普通高中語文新課程標準（實驗）》，頁
　　17，北京：人民教育出版社。

朱娜（2012）《梁啟超作文教學法研究》，上海：華東師範大學。

魯迅（2019 年 2 月 6 日）答北斗雜誌社問——創作要怎樣才會好？，《創作要怎
　　樣才會好》，載於：http://www.junshilei.cn.scnu.vpn358.com/n/dsrqw/book/
　　base/10648858/2c518381d3284dc090987f77fa94b70c/ff564375e1b85eeb22fe
　　b978e2e8088e.shtml?dm=-339430255&dxid=000000960386&tp=dsrquanwen
　　&uf=1&userid=1382&bt=qw&firstdrs=http%253A%252F%252Fbook.duxiu.
　　com%252FbookDetail.jsp%253FdxNumber%253D000000960386%2526d%253
　　D2ADCFDDC7BFF5BA1FD93232B1D1001C2&pagetype=6&sKey= 創作要怎
　　樣才會好 %3F&sch=——創作要怎樣才會好？&searchtype=qw&template=dsr
　　quanwen&zjid=000000960386_3

The Enlightenment of Liang Qichao's Ideas on Writing Teaching for the Development and Promotion of Dialectical Thinking in Senior High School Students

CHEN, Zena

Abstract

As another form of expression, writing is an important way for the students to show their abilities of thinking, and a useful means of developing and promoting these abilities. The development and improvement of thinking, one of the core qualities of Chinese Subject, which is firstly proposed in *Chinese Curriculum Standards for Senior High Schools (*2017 *Edition)*, provides a new direction and basis for the writing teaching. And one of these particularly important thinking abilities is the dialectical thinking ability. The composition teaching ideas in *Composition Teaching Method above Middle School*, which is written by Liang Qichao, an encyclopedia scholar, involve in the one to cultivate the students' dialectical thinking. This paper is based on the studying of Liang Qichao's scholarly monographs and the current teaching practice of Chinese composition in Senior High School, to find out the enlightenments and reflectionson the development and promotion of students' dialectical thinking in Senior High School.

Keywords   Liang Qichao, Chinese teaching of Senior High School, composition teaching method, thinking abilities, the development and promotion of dialectical thinking

從象形字看漢字與中國農耕文明的關係

金夢瑤

摘　要

　　文字反映一個民族的歷史痕跡，也是文化的載體。漢字是獨立形成的文字體系，能夠完整反映自身歷史演變的過程。漢字屬於表意的詞素音節文字，包含大量文化信息，對於研究中國文化具有重要價值。象形是最原始的造字方法，本文通過歸納分析漢字象形字的造字理念和演變過程，反映中國農耕文明的核心——「秩序性」。通過漢字象形字的文化解說，說明農耕文明的秩序性體現在中國文化的各個層面，包括先民對自然的認識，對社會關係的理解，對宗教和哲學思想的建構等。

關鍵詞　　文字文化學　　象形字　　農耕文明　　漢字

一、緒論

　　漢字是世界上三大古典文字之一，獨立發展形成體系的過程中，基本沒有受到外來文明的影響。由於地理廣袤而相對封閉，中國文明也是獨立形成的。漢字的文化信息豐富，與它的歷史發展有關，亦跟它的造字方法有關。漢字造字方法之中，尤以象形能夠更豐富和完整地呈現造字者的思維。文字是文明的重要代表，漢字的發展歷史，與中國歷史的發展息息相關，能夠集中體現中國文明的核心理念。從文化學的角度研究漢字中的象形字，既包括對個體漢字造意的闡釋，也包括對漢字發展原因的文化闡釋。漢字的產生和發展是以其他文化項為背景

金夢瑤，香港教育大學中國語言學系，聯絡電郵：mjin@eduhk.hk。

的，因此漢字現象可通過其他文化項來解釋和證明。

二、漢字象形字的文化特質

(一) 漢字的性質

文字產生的體系主要有兩種。第一種，是完全或基本上獨立創造的文字體系，從第一批文字的出現到能夠完整地記錄語言的文字體系的最終形成，經過漫長的時間。第二種，是以其他語言的文字為依傍，為一種語言制定出一套完整的文字，很多後起的文字體系都屬於這類，並且一般不會同時兼用意符和聲符。

三大古典文字體系的古漢字、聖書字、丁頭字，屬於世界上為數不多的獨立創造的文字體系，是兼用意符和聲符的文字。漢字產生的獨立性，以及兼用意符和聲符的文字性質，使它保留了大量文化信息和歷史發展痕跡。

漢字的產生，分為四個階段：第一，原始人類學會畫圖的階段，但不能夠自覺用圖形來記錄該詞；第二，直接用圖畫來表示事物，但未會用它們來記錄事物的名稱，屬於文字畫階段；第三，文字和圖畫長期混用的階段，兩者之間的階段不明顯；第四，出現與圖畫有明確界限的表意字和假借字。前三個階段屬於文字產生之前，第四個階段是文字形成過程正式開始。由漢字產生的四個階段可見，漢字形成與畫圖象形密不可分。

許慎在《說文解字‧敘》(1983) 提到：「倉頡之初作書，蓋依類象形，故謂之『文』，其後形聲相益，即謂之『字』。文者，物象之本；字者，言孳乳而浸多也。」許氏之說，精簡地闡述了漢字的發展脈絡，是由象形而始，漸而生發出其他文字。所以，象形字在漢字體系中的地位至關重要，也是研究漢字產生的最佳切入點。

文字的性質，是研究文字文化的基礎。一種文字的性質，是由這種文字所使用的符號的性質決定的。文字是記錄語言的符號，語言有語音和語義兩方面，文字也具備音和義兩方面。文字體系所使用字符的特點，是區分文字體系的關鍵，因此可分為表音文字、表意文字等。

文字的字符，包括意符、聲符、記號三類。漢字同時使用這三類。漢字蘊

涵大量意符，包括象形字、指事字、會意字所用的字符，以及形聲字的形旁。古漢字中的獨體字基本上都是使用單獨象形符號構成的表意字。漢字在象形程度較高的早期漢字階段，即西周以前的漢字，基本上是使用意符和聲符的一種文字體系。這時期的文字是本文的研究對象。

(二) 漢字象形字與文字文化學

漢字經歷了象形程度較高的早期階段，隨着字形、語音、字義等變化，逐漸演變成為意符、聲符和記號共同使用的文字體系。

漢字在早期文字階段，意符是承載文化信息的主體，古漢字中的獨體字基本上是使用單個象形符號構成的表意字，它們的字形多與所代表的詞義有關，而與語音的關係不大。這也是漢字象形字可以通過字形索義的依據。

根據裘錫圭先生在《文字學概要》中提出的「三書說」，把漢字分成表意字、假借字、形聲字。

筆者在研究漢字文化意義的時候，按照裘錫圭先生的分類方法進行，運用更廣泛的「象形字」的概念進行分析。因此，許慎所說的象形、指事、會意字大多數可以歸入裘錫圭先生提出的表意字之中。表意字據義構形，因此以形求義成為探求表意字本義的重要手段。筆者認為可以概括地把「表意字」，稱為「象形字」，它們依形生義，只是表達意義的方式不同。

依據裘錫圭先生的表意字概念，筆者將漢字主要分為兩大類表意方式。

第一，漢字作為象形符號使用，通過自身的象形來表達意義，不需要經過引申、聯想等思維過程。主要分為以下四種情況。其一，如「人」，象形作「𠆢」這個字形，「日」象形作「⊙」這個字形。字形通過簡單的線條直接描繪出人或事物的形狀，能夠從字形上形象直觀地反映出意義，所描繪的事物就是本義所指的概念，一般是記錄與人類生存緊密相關的具體事物。其二，如「甘」字寫作「㽞」，「寸」字寫作「彐」。字形在描繪具體事物的同時，還在該事物某一位置加上符號，以明確指示出字形所表達的實際意義。這類字與許慎所說的「指事字」基本相同。其三，字形是兩個或以上相同字符疊構而成，所造的漢字表達集體、同類或事物之間的關係、狀態或特徵。如「淼」，許慎《說文解字》說：「大水也。」「森」，許慎《說文解字》說：「木多皃」。其四，以幾何形符號來表達意義，這類字在漢

字中亦屬少數。比如「一」，寫作「—」，「二」寫作「二」，早期漢字中表示「方」，寫作「囗」，表示「圓」，寫作「〇」。

第二，字形的直觀意義曲折表達所造漢字的本義，不能夠「望形生義」，需要通過引申、聯想等思維過程獲得漢字本義。主要分為以下四種情況。其一，多用於表達動作行為，通過字形表達與該動作相關的具體對象、處所、工具等，表達字的本義，具有豐富的畫面感，需要聯想來獲得字義。比如「涉」，小篆寫作「𣥿」，表示徒步渡水之意。「棄」，小篆寫作「𣗥」，許慎《説文解字》説：「从廾推𦥑棄之，从㐬」；古文寫作「𠊧」，段玉裁《説文解字注》(1981) 説：「古以竦手去㐬子會意」。其二，需要經過推理獲得的漢字本義，所造漢字的本義是字形表達意義共同推理引申的結果。如「突」，小篆寫作「𥥍」，許慎《説文解字》説：「犬从穴中暫出也」，通過犬從洞穴中探出，表達猝乍突然的意思。「敗」，小篆寫作「𣀅」，許慎《説文解字》説：「毀也。」「貝」，古者貨貝，「攴」，小擊也，通過擊破代表價值的貝，表達毀壞的意思。其三，通過具體的事物表達抽象的意義。如「力」，許慎《説文解字》説：「象人筋之形」，通過描繪人的筋肉，表達抽象的「力氣」的意義，或引申出段玉裁《説文解字注》説的「凡精神所勝任皆曰力」的意義。其四，使用意義疊加的方式構字，通過引申、聯想的方式獲得所造漢字的字義。不依靠自身的象形表意，而是依靠自身的字義表達意義。比如「歪」，通過「不」、「正」兩個字本身的字義組合而成，因此「歪」的字形，也通過「不」、「正」兩個字的字形組合而成。這類字還有例如「尖」、「孬」、「甭」等。

還有一些漢字，字形和本義之間的聯繫不明顯或不太緊密，但依然屬於表意字範疇的漢字，亦歸屬於此類，但本文暫不探討此類漢字。本文所指「象形字」的概念，即上述兩大類通過字形表義的漢字。

文化是社會的人的活動所創造出來的東西，以及有賴於人和社會生活而存在的事物的總和。從宏觀角度而言，漢字文化主要是指漢字的起源、演變、構成以及由此誕生出來的各種文化現象；從微觀角度而言，漢字文化主要是指自身所攜帶和體現出來的不同時期、不同地點、不同環境下所承載的各種文化資訊。

王寧教授 (1991) 提出文字文化學的概念，認為漢字本身就是一種文化現象，「漢字」和「文化」屬於文化項之間的相互關係，是漢字這種文化項與其他文化項之間的關係，並且認為「漢字」是核心的文化項：

「文化項之間是彼此有關系的，在研究它們的相互關係時，一般應確定一個核心項，而把與之發生關係的其他文化項看作是核心項的環境；也就是說，應把核心項置於其他文化所組成的巨系統之中心，來探討它在這個巨系統中的生存關係。如此說來，『漢字與文化』這個命題，就是以漢字作為核心項，來探討它與其他文化項的關係。」（王寧，1991，頁78）

從王寧教授的觀點可知，漢字的文化意義十分深厚和廣博，涉及中國文化的方方面面。漢字中的象形字，依形表意，故可由此探索漢字與中國農耕文明的關係。

三、象形字與中國農耕文明的關係

（一）農耕方式對中國文明的影響

中國文明是獨立起源的文明，但中國文明本身，又是多元起源的，經過漫長的融合，逐漸穩定下來，成為以漢文化為核心的華夏文明。

王寧教授曾說，中國文明是一個相當漫長的文化發展序列，從早期新石器的形成，直到等級社會的出現和文字文明的誕生，最後在中國北方建立起來。

> 沒有疑問地，這個序列還有一些空白，我們期待着未來有更多的考古材料去豐富它，但是即便現在已有的材料，也夠大多數研究中國史前史、世界史前史及文化進化的學者接受中國文明是「本土」(indigenous) 發展這樣一個基本的前提下。（張光直，1994，頁34）

中國文明是本土發展起來的文明，主要是指它沒有在形成時期，受到外來文化或其他文明的影響，由此保證了它發展的純粹和獨立。

嚴文明（1987）曾經對中國文明起源作出分析。他考慮到中國既疆土廣闊又存在地理多樣性，認為從舊石器時代開始，中國史前文化就是多元的和不平衡的，可以概括分為華北和華南兩大譜系，並且華北地區的文化較發達。進入新石器時代，文化發展和經濟活動的差別，使得文化發展的多樣性和不平衡性更加突

出。但「任何一個文化都不是孤立的，總是在與其他文化相互影響和作用下共同發展的。」（嚴文明，1987，頁49）他得出「中國史前文化已形成一種重瓣花朵式的向心結構」（嚴文明，1987，頁50）的結論，認為這種格局將統一性和多樣性很好地結合起來，成為中國歷史發展的一個鮮明特色：

> 由於中國史前文化已形成一種重瓣花朵式的向心結構，進入文明時期以後，很自然地發展為以華夏族為主體，同周圍許多民族、部族或部落保持不同程度關係的政治格局，奠定了以漢族為主體的、統一的多民族國家的基石。這種格局不但把統一性和多樣性很好地結合起來，而且產生出強大的凝聚力量。即使在某些時期政治上發生分裂割據，這種民族的和文化的凝聚力量也毫不減弱，成為中國歷史發展的一個鮮明的特色。（嚴文明，1987，頁50）

嚴文明提出以漢文化為主體的一中多元式的文化發展格局，客觀、宏觀地概括了中國文明的結構。這種結構能產生一種持久的歷史向心力和文化凝聚力，讓中國文明在獨立發展的過程中，亦保留豐富多樣性。

經濟方式是文明發展模式的基礎。中國以漢族文化為主體，因此漢族以農耕為主的生產方式，會讓中國文化帶上濃重的農耕色彩。

傳統農耕，一般指的是依賴土地耕作的行業。筆者認為中國農耕可以稱為「大農耕」，是以傳統農耕為主，包括林、牧、漁、副在內的生產方式的總稱。「大農耕」多樣化的生產方式，是中國地理條件多樣化決定的。多樣化，在統一發展上，對「秩序性」提出了要求。

漢族生產方式，從採摘捕獵為主的原始農業開始，到「千耦其耘」這種大規模簡單的集體耕作，最後發展成以男耕女織為主的個體農耕模式，講究自體循環，自給自足。個體農耕，在每個單獨的環境中，講求分工明確。推演到家族、民族、國家的層面，同樣重視分工和分層，這對「秩序性」提出了極大要求。

大農耕是自種、自養的生產方式，要求人對大自然的規律、生物繁衍的規律有深刻和全面的認知。反映在文化特質上，便是中國文化具有有序和嚴謹的特點。

　　總之，中國地大、物博、民多，形成中國人強調秩序感的思維。這種「秩序性」體現為：關注時序，日月星辰的運行、春秋四時的流轉；關注域序，從地理上的神州九分天下，發展到人群劃分的蠻夷戎狄與中原正統之別；由於對時序、域序的深刻理解，形成了縱橫立體的秩序觀，並影響着中國人的哲學和宗教思維、社會管理等方面。中國人對時序和域序的強烈感知，構建起「天、地、人」合一的文化秩序，既包含了對大自然的理解、也加入了對人際社會的理解。追尋規律、產生秩序的思維，也反映在漢字造字的理念之中。在文字形成之後的不斷發展中，也會生發出相關的文化含義。象形是最原始的造字方法，因此漢字象形字的造字理念和文化演變，能夠最大程度地反映出大農耕的「秩序性」。

（二）象形字所反映的農耕文明「秩序性」

　　中國以農立國，農耕文明是中國文化的核心和基礎，「秩序性」是農耕文明的核心理念。漫長的農業時代，中國人對大自然有了天生的敏感。象形字蘊含豐富的文化信息，象形漢字的造字理念和文化含義，能夠很好地反映出中國人對農耕文明「秩序性」的理解。

　　本文篇幅有限，將以植物為例，通過草本和木本植物、糧農作物、植物部件、處理植物的方法四個方面舉例說明。

　　第一，草木和木本植物。

　　「木」。甲骨文中已有「木」字，與今天的寫法相去不遠，寫作「■」（合33915 第 2 條）。許慎《説文解字》説：「冒也。冒地而生，東方之行。从屮，下象其根。」中國人很早就懂得將天地物質與人間治世結合起來，比如五行之説。虞翻闡釋「古者庖犧氏之王天下也」時説「庖犧太昊氏以木德王天下。」孔穎達：「盛德在木者，天以覆蓋生民為德，四時各有盛時，春則為生，天之生育盛德，在於木位。」中國人通過觀察樹木逢春生發的自然現象，除了在造字時畫出了冒地而生的特徵，上像其生發之芽葉，下像其抓地之根，還引申出生育之盛德，而讚許從政者能繁養生民，即具備「木德」的意義。五行之説，反映中國人對秩序的追求。《尚書‧洪範》提到：「五行：一曰水，二曰火，三曰木，四曰金，五曰土。」五行，萬物之宗，本是中國先民對五種基礎物質運動方式的理解。古代思想家用五行理論來解讀萬物形成及其相互關係，政治家以大自然的呈現與持續

運作的方式，來闡釋遇事依循自然的治世之道。除了「木」有「木德」之外，五行各主其德，更替而成天下、而立王朝。鄭玄曰：「行者，順天行氣也。」反映中國人強調動態之中的「規律」，平衡之下的「有序」。

「桑」。中國人很早便懂得采桑養蠶、治絲製衣，甲骨文中已有「桑」字，寫作「」（合 35584 第 1 條），小篆寫作「桑」。許慎說：「蠶所食葉木。从叒、木。」「叒」字意為若木，本身象形，許慎說：「日初出東方湯谷，所登榑桑，叒木也。象形。」筆者認為「桑」之寫法，可以理解為「眾手在木上採摘」，「叒」字則既有若木之意，亦有像眾手之意。

「桑」很早就出現在中國人的生活之中。《山海經・中山經》：「其上有桑焉，大五十尺，其枝四衢，其葉大尺餘，赤理、黃華、青柎，名曰：帝女之桑。」這裏蘊含着炎帝之女居桑樹而升天的神話傳說。神話是歷史的曲折反映，中國人在炎黃時期應有巢居的習慣了，很可能是在巨大的桑樹上。

周代的《詩經》中，與「桑」有關的描寫，更可以看出它與中國人的生活息息相關。《詩經・七月》：「春日載陽，有鳴倉庚。女執懿筐，遵彼微行，爰求柔桑。」這裏描寫女子春日採桑之事。《詩經・隰桑》：「隰桑有阿，其葉有難。既見君子，其樂如何！」則用洼地桑樹的婀娜起興，表達女子對心儀男子的愛慕之情。

《易經・繫辭下》：「黃帝、堯、舜，垂衣裳而天下治」，孔穎達疏：「垂衣裳者，以前衣皮，其制短小，今衣絲麻布帛，所作衣裳其制長大，故云垂衣裳也。」在「垂衣裳」這件中國人文明進步的里程碑事件中，「桑」擔任了至關重要的角色。作為重要的木種，「桑」也成為重要的治國理念依據。在《孟子・梁惠王上》，孟子提出統一天下的治國之策，其中一條就是「五畝之宅，樹之以桑，五十者可以衣帛矣。」重視種植桑樹，使得人們有衣服蔽體，不至寒冷，是明君所為。

居於桑，采於桑，談情於桑，以桑寓治世，從生存到生活，再到治國平天下，有序遞進，從枝葉的實際用途，升華到知世論政的重要參照，皆是由於一棵與中國人生活息息相關的「桑」樹而來。對植物的認知，也形成了中國人的政治思維。

第二，糧農作物。

「禾」。許慎《說文解字》說：「嘉穀也。二月始生，八月而孰，得時之中，故謂之禾。」「禾」在甲骨文中已經出現，並且常常出現在卜辭中，寫作「」（合

28233 第 1 條），小篆寫作「![禾]」，字形變化不大，都突出了禾穗成熟時下垂之貌。早在殷商時代，人們就十分重視「禾」的收成，經常在卜辭中占問收成的問題，比如「受禾」、「禱禾」、「不受禾」、「害禾」等。常向祖先或有功勛的先臣禱告，希望保佑禾的收成。比如卜辭「乙子（巳）鼎（貞）：其**奉**（禱）禾于伊。」（合 28233 第 1 條）是向伊尹禱告，希望禾的收成好。「辛未鼎（貞）：**奉**（禱）禾于高且（祖），寮五十牛。一」（合 32028 第 10 條）向高祖禱告，希望禾的收成好，並且用燎祭獻上五十頭牛。祭牲數量多，且用到三牲之一的牛，商王重視禾的收成可見一斑。

民以食為天，「禾」能養育人民，故成為治國之策中備受重視之物。《繫辭下》說：「神農氏之時，人育而繁，腥毛不足供給其食，脩易其變，觀天地之宜，相五穀之種可食者，收而藝之。」闡釋了禾對於上古人民生存繁衍的重要性。《孟子・滕文公上》也說：「后稷教民稼穡，樹藝五穀；五穀熟而民人育。」證明為政者重視禾、穀子、小米等這些當時中原最主要的食糧作物，它們與國家長治久安密切相關。

官為父母，民為子女，安天下首先要育人民。垂着飽滿禾穗的嘉穀，是養育人民的佳選。先民對「禾」字字形的塑造，反映人民對糧食收成的美好祈願，也影響了以農立國的中國，為政者治國育民的理念。

另談一字「黍」。許慎《說文解字》中說：「禾屬而黏者也。以大暑而種，故謂之黍。」商代甲骨文中已出現「黍」，寫作「![黍]」（合 00014 正第 1 條）或「![黍]」（合 06118 第 1 條），前者無「水」之形，後者有「水」之形。小篆的寫法保留了「水」字而形態稍改，寫作「![黍]」。關於「黍」中的「水」，許慎《說文解字》說：「孔子曰：『黍可為酒，禾入水也。』」在殷商時代，人們已經十分重視「黍」，時常占問「受黍年」、「不其受黍年」等這類跟收成好壞有關的問題，說明商代十分重視「黍」的收成。例如卜辭「鼎（貞）：我受黍年。一」（合 00376 正第 9 條），「鼎（貞）：不其受黍年。」（合 09989 第 1 條）。同時，黍作為上佳的糧食品種，常用於祭祀祖先。例如卜辭「甲寅鼎（貞）：其**叕**（登）黍于且（祖）乙。」（合 27189 第 3 條），是說用「登」祭獻上「黍」給祖乙。商人除了獻「黍」於祖先，還會向祖先禱告，祈求保佑「黍」的豐收，例如卜辭「鼎（貞）：乙保黍年。一二三四五」（合 10133 正第 3 條）卜問的次數還有五次之多，可見商人十分重視

黍。《管子‧輕重己》說：「以夏日至始，數四十六日，夏盡而秋始，而黍熟。天子祀於太祖，其盛以黍。黍者，穀之美者也。」闡釋了「黍」被帝王用於祭祀祖先的原因，因為它是「穀之美者」。

「黍」不但獻祭祖先，還會作為犒賞有功之臣的禮物。《詩經‧大雅‧江漢》：「釐爾圭瓚，秬鬯一卣。」秬，黑黍也；鬯，香草也，用以製成美酒，賞賜功臣。

元代王禎的《王禎農書》寫道：「《書》曰：秬鬯一卣。秬，黍之別名。此言，黍之為酒尚矣。今有赤黍，米黃而黏，可蒸食。白黍釀酒。」說明「黍」釀酒被傳承下來，而且釀出來的是好酒。

國之大事，在祀與戎。古代與祭祀有關的事物，說明它非常重要。黍不但在商代十分重要，在周代亦如此。《詩經‧黍離》：「彼黍離離，彼稷之苗，行邁靡靡，中心搖搖。知我者，謂我心憂，不知我者，謂我何求。悠悠蒼天，此何人哉？」中國人把亡國之痛、時代更替的感慨之情，寄託在地位崇高的糧食作物上，反映出農耕文明的民族，對重要的農業作物，不但用在最重視的場合，也把最深重的感情寄託在上面。

第三，植物部件。

「瓜」。小篆寫作「瓜」。許慎《說文解字》：「㼌也。象形。」段玉裁注：「在木曰果，在地曰蓏。瓜者，縢生布於地者也。」徐鍇云：「外象其蔓，中象其實。」

「瓜」本是地生植物的果實，沉甸甸的形象，被中國人用以命名在武器上。比如「臥瓜」、「立瓜」，皆指錘類的武器。在古代話本、小說中常見有「金瓜武士」，指古代皇帝金殿上的儀仗兵兼侍衛，因手持武器長杆頭部為金瓜狀，故有此稱。比如許仲琳《封神演義》：「金瓜武士將姜桓楚剝去冠冕，繩纏索綁」，明代徐元《八義記》：「五鳳樓前簇擁金瓜武士，四百員文武官僚，專聽靜鞭三下」，明代甄偉《東西漢通俗演義》：「文叔一箭射去，也是王莽不該盡，却射平天冠頂，驚殺了眾文武，當下被金瓜武士將文叔拿向綵山殿下」等等。

中國人很多方面的聯想，都離不開農耕文明的印記，因常見而作喻，因熟悉而用得生動。「瓜」字的字形不但突出表現了它厚實沉重的形象，還把這種引申成力量的象征，中國人的農業思維可窺其一。

第四，處理植物的方法。

「采」。許慎《說文解字》：「捋取也。从木从爪。」表示用手從木上採摘之意。甲骨文中寫作「[圖]」（合 20959 第 1 條），小篆寫作「[圖]」，字形變化不大，都可見爪在木上之形。

中國原始農業以採摘為主，這是上古時期最重要的獲取生存資料的方式。延續到商代，「采」由獲得採摘的動作成為紀時相關的名詞。甲骨文中常見「大采」、「小采」之名，董作賓先生研究商代曆法，認為大采、小采是一日之內的兩個時間名稱（1954）。董作賓說：「茲以武丁及文丁兩世為例，其紀時之法，曰明、曰大采、曰大食、曰中日、曰昃、曰小食、曰小采，一日之時間分七段，夜則總稱之曰夕也。……大采、小采亦稱大采日、小采日，其時間一在大食之前，一在小食之後。大采略當於朝，小采略當於暮也。」（董作賓，1954，頁 4-6）

漫長歷史中，採集曾經是人們獲取生活資料的主要途徑之一，它是具有經常性的人類生活動作行為，呈現周而復始的規律性，因而被命名為其相對應的時間，體現出農耕生產方式對中國文化的深遠影響，並且這種影響主要體現在對「秩序性」的追求上。

「采」在中國人生活中的重要性和人們對它的熟悉程度，除了體現在時序命名上，還體現於它在早期文學作品中已經呈現出豐富多樣的詞義上。以《詩經》中的三首詩為例。《詩經‧卷耳》：「采采卷耳，不盈頃筐。嗟我懷人，寘彼周行。」此處「采」為原義，即採摘之意。《詩經‧蒹葭》：「蒹葭采采，白露未已。所謂伊人，在水之涘。」此處「采」猶萋萋，繁密之意。《詩經‧蜉蝣》：「蜉蝣之翼，采采衣服。心之憂矣，於我歸息。」此處「采」為華麗、眾多之意。

從這三首同時期的作品可見，「采」的詞義在周代的時候已經十分豐富，除了本義之外，還生出其他的義項。採摘是原始農業最主要的方式，由來已久，人們對它的認識程度十分深入，因此它會在很早的時候就生發出很多義項。

綜上，通過農業植物相關的漢字象形字的舉例，分析造字理念及其所表達的文化含義，說明漢字象形字與中國農耕文明的密切聯繫，這種聯繫很早就產生，中國人很早就發展農業，對此有深刻而全面的認識；這種聯繫也十分深廣，無論生活應用，還是治國論世。並且漢字象形字的文化含義，主要體現在農耕文明「秩序性」的建構和維護。

四、結語

　　漢字作為文化的核心項，它的產生和發展以其他文化項為背景，因此對漢字造義的文化闡釋和漢字發展的文化闡釋，可以通過其他文化解說和證明。漢字是文化的載體，它的產生晚於其他與物質相關的文化項，所以構字方法和漢字發展，也可以反映出其他文化項的特質和發展情況。

　　漢字象形字，能夠很好地反映漢字因詞義而構形的造字特點。構形需要把詞義具象化，選擇甚麼樣的字形來表達字義，能反映出造字者對文化的理解。文化形成的基礎，是經濟方式或生產方式。「大農耕」是中國最主要的生產方式，中國人對自然的深刻理解，歸根結底是為了獲得更豐富的生活、生存物資，讓族群更好地生存繁衍下去。對生產方式的理解，也會影響中國人社會建構、宗教和哲學的思維，形成中國文明的思維特質。本文僅以少量字例拋磚引玉，通過漢字象形字的造字理念和文化表達，說明中國文明的核心是「秩序性」。

參考文獻

董作賓 (1954)《殷曆譜》，頁 4-6，台灣：歷史語言研究所。

段玉裁 (1981)《說文解字注》，上海：上海古籍出版社。

王寧 (1991)〈漢字與文化〉，《北京師範大學學報 (社會科學)》，第 6 期，頁 78-82。

許慎 (1983)《說文解字》，上海：上海古籍出版社。

嚴文明 (1987)〈中國史前文化的統一性與多樣性〉，《文物》第 3 期，頁 38-50。

張光直 (1994)〈古代世界的商文明〉，《中原文物》，第 4 期，頁 33-39。

A Study on the Relationship between Pictographic Chinese Characters and Chinese Agricultural Civilization

JIN, Mengyao

Abstract

Hieroglyphic is evolved from pictorial characters. Specifically, Chinese characters belong to ideographic morpheme syllables. The Chinese character system is also one of the few hieroglyphic systems still in use in the world. Chinese character system developed independently so the Chinese characters can reflect their own historical evolution process and track and also contain a large amount of cultural information. Farming civilization is the foundation of Chinese civilization, and it can be reflected in every detail of Chinese culture and civilization. Chinese characters, especially pictographic characters, contain the ancients' understanding of the world, their understanding of social relations, their religious and philosophical thoughts, etc. This paper aims to study the relationship between pictographic characters in Chinese characters and Chinese farming civilization.

Keywords   character culture, pictographic characters, farming civilization, Chinese characters

古學今用

——《莊子‧齊物論》的古籍探究

莊偉祥

摘　要

　　古學如何今用？今天不少人對中國古代典籍存有懷疑，認為中國古代典籍與智慧已經過時，未能為現今社會所用，這是一種誤解，也是因為今天不少人對中國古代典籍與智慧缺乏認識的結果。二零一八年三月二十日，中國國家主席習近平在第十三屆全國人民代表大會第一次會議講話中提到：「中國人民是有偉大創造精神的人民。在幾千年歷史長河中，中國人民始終辛勤勞作、發明創造，我國產生了老子、莊子、孔子、孟子、墨子、孫子、韓非子等聞名於世的偉大思想巨匠。」中國的偉大思想巨匠，他們窮一生的精力和智慧，為人類留下了珍貴的思想寶藏和經典哲理。筆者希望透過近百年不同名家的《莊子》古籍，讓大家了解先哲學者對《莊子》經典的點評，對古代思想巨匠的探究，籍此為大家帶來《莊子》古籍智慧的點滴甘泉。讓古代思想巨匠的智慧為世人所「用」。

關鍵詞　　莊子　南華真經　齊物論　平等　絕對平等

一、前言

　　《莊子‧齊物論》是《莊子》經典三十三篇中的核心，要了解《莊子》，先要對莊子本人有所認識，結合《莊子》典籍，才能使《莊子》為大家所「用」。

莊偉祥，香港莊子文化研究會，聯絡電郵：louischong@yahoo.com。

據《二十五史‧史記漢書1》第三版 中《史紀‧老子韓非列傳》：「莊子者，蒙人也，名周，周嘗為蒙漆園史，與梁惠王、齊宣王同時。」

莊子是戰國時期偉大的思想家、哲學家、文學家、更是中國本土道家思想的代表人物。

莊子超越的思想源自《易》道，並承傳老子的道家思想，是道家學派的始祖之一，與老子思想合稱為「老莊思想」。

二、《莊子》與莊子的定位

《莊子‧逍遙遊》引述劉勰《文心雕龍‧宗經》曰：「經也者，恒久之至道，不刊之鴻教也。」比喻「經典」是經得起時間的考驗，經得起環境的改變而歷久不衰。《莊子》經歷二千多年，至今流存於世，足以證明《莊子》是恒久之至道，不刊之鴻教。

清代國學家戴震（一七二四年至一七七七年）：「經之至者，道也。」說明經之至者，能通達天地之道，即今天所講的「自然的規律」。而《莊子》實屬經典之至者。

孟穎集註《先天解莊子-南華經義疏註》提到《莊子》曾被唐朝玄宗（唐明皇）封賜為《南華真經》。早在唐代（約一千三百年前）《莊子》正式被確立其《南華真經》的經典地位。

中國國家主席習近平在二零一八年三月二十日第十三屆全國人民代表大會第一次會議講話中奠定了莊子是聞名於世的偉大思想巨匠。足以證實莊子的思想是偉大而歷久不衰，更以思想巨匠確定其崇高地位。

三、歷代學者對《莊子》的研究

晉代竹林七賢之一阮籍《阮步兵集》著有《通易論》《達莊論》和《通老論》。以《易》《莊子》和《老子》成一系列。《達莊論》曰：「今莊周乃齊禍福而一死生，

以天地為一物，以萬類為一指。」筆者認為，能通達《莊子》者，觀禍福齊同，視死生齊一，齊天地萬物。《達莊論》又云：「天地生於自然，萬物生於天地。」因此，萬物處於天地之道，本無貴賤高下，我們存有貴賤之心，是基於郭象注《郭注莊子》秋水篇云：「以物觀之，自貴而相賤。以俗觀之，貴賤不在己。」《達莊論》云：「自其異者視之，則肝膽楚越也，自其同者視之，則萬物一體也！」所以要視萬物真正齊一，若無《郭注莊子》秋水篇所云：「以道觀之，物無貴賤」之心，一切所言也只不過流於表面，也只不過是以物、以俗觀世間萬物，存在成見、分別之心的結果。今天社會出現的二極化，一些地區的領袖，一邊講求平等的精神，一面實行種族主義，優先主義，歧視不同種族，制裁不同人士，甚至限制別人發展等種種行為，這就是人的成心成見所產生的雙重標準，這就是「以物觀之，以俗觀之」產生的「狹隘平等精神」，距離真正「以道觀之，物無貴賤」的「絕對平等」，或與真正的大愛包容，相差實在太遠了！

　　國學大師章太炎先生（一八六九年至一九三六年），曾是同盟會國父孫中山先生盟友，在辛亥革命前後這段艱難日子致力《莊子‧齊物論》研究，並建立了先生對「齊物」思想的獨特見解，章氏提出的理想世界圖景稱作「齊物」，並於一九一零年著有《齊物論釋》，以全面展示他的[齊物]思想。章氏《齊物論釋》云：「齊物者，一往平等之談，詳其實義，非獨等視有情，無所優劣，蓋離言說相。」章太炎先生主張的是對自然萬物平等關係的體現，萬物無優劣之分。章先生的主張，就是「絕對平等」的境界。

　　日本哲學家石井剛先生著的《齊物的哲學》，認為：「章氏的『齊物』思想表現的世界觀是在所有的個體之間的『絕對平等』關係之上成立的多樣化世界圖景。而這種『絕對平等』，是所有事物都獨一無二，『齊物』就是『不齊而齊』的平等。」筆者認為，唯有達至《莊子》的道通為一，以道觀之，物無貴賤，才能視為真正的「絕對平等」。

　　《齊物的哲學》中引述劉師培先生《中國哲學起源考》曰：「太古之初，萬物同出於一源，由一本而萬殊。」劉師培先生提出的萬物同源而萬殊，本源相同，但各有異殊。劉先生又在《無政府主義之平等觀》提到人類共同三種心理：「自利心、嫉妒心與良善心。」這三種心理，概括了人類因自我中心而形成的自利心，因成心產生的嫉妒心，但仍然保留一點惻隱的良善心。正因為這三種心理存在於

不同的人，殊而不同本是人類與生俱來的特性，但若果這種殊而不同的心理被形成兩極化，人類心理就會各走極端，相信會為未來帶來一種可怕的後果。宏觀今天社會的兩極化，不但是貧富兩極，思維兩極，甚至行為也漸趨兩極。這是一種惡性循環而產生的兩極現象，而人類的自利心，嫉妒心也會隨時間與日俱增，不斷膨脹，反而良善心卻被一點一滴地被蠶食。這難道是我們嚮往的未來世界？

《莊子》經歷二千多年的時間流逝，依然為世人所樂道，總有其存在的價值和道理。德國哲學家喬治・威廉・弗里德里希・黑格爾（一七七零年至一八三一年）：「凡是合理的都是現實的，凡是現實的都是合理的。」；英國進化論的奠基人查爾斯・羅伯特・達爾文（一八零九年至一八八二年）的自然進化理論：「凡是合理的都是存在的，凡是存在的都是合理的。」世間萬物，彼此的存在雖有差異，而且不同，但卻有其存在的現實和合理因由。這種現實和合理因由，或許正是《齊物論》流傳至今的有「用」之道。

《南華真經》崇禎貳年辛未鋟（一六二九年）周蒙漆園史莊周著，晉竹林賢士向秀註，內篇《齊物論》第二：「物論不齊，思以齊之」。「戰國時，更相是非，莊子以為不若是非兩忘，而歸之自然也。」今天，不少人評論事物，只站在現今的時與空，作出自以為「是」的評論和見解。這些存在成心成見的是非論述，目的只是引導或誤導別人相信論者所講的「是」，而並非從客觀及多角度去評論和分析事物的本質。早在三百八十九年前的《南華真經》，首先指出莊子是活在戰國時期，戰火不斷的亂世，當時人的平均壽命只有三十四歲，而莊子自辭去漆園吏後，終身不士，以著書及教學為主，過着清貧但不潦倒的生活，卻能終年八十四歲。反觀今天社會，不斷鼓吹物質生活，人的思想充滿着享樂主義，一切的追求以「利益」為主導。急功近利，爾虞我詐，為求自身利益，可以不擇手段，行為沒有最卑鄙，只有更卑鄙。這種劣行不但在個人或企業形成，甚至已擴展到國家層面，形成言而無信，反口覆舌等劣行，我們都可以從新聞與媒體經常看到。而可悲的是，這種劣行的種子會植根於我們的下一代，而且不斷漫延，永無休止。所以《南華真經》提示我們：「不若是非兩忘，而歸之自然也。」

四、《齊物論》之古學今用

　　《莊子・齊物論》，筆者最初理解是以 [物] 為論體，以「齊」為準則。而歷來不少先哲、學者及名人對《齊物論》都存有不同論述，當中有「齊物論」，「齊・物・論」，「齊物・論」，「齊・物論」，「齊論・物論」等……正因如此，要了解《齊物論》，首先要了解莊子對 [道・物・俗] 的三層觀點。錢穆先生的《莊子纂箋》〈秋水〉篇云：「以道觀之，物無貴賤；以物觀之，自貴而相賤；以俗觀之，貴賤不在己。」這正是莊子對世間萬物的三重層次的觀點與領悟。

(一)《莊子》三觀：道、物、俗

　　首先從「道」最高層次的觀點，世間存在所有事物是沒有名字、分別、成見、成心、貴賤、高下、善惡等……一切的事物的存在不存有區分，只存有其現實和合理的原因，以「道」的層次而言，萬物存在是「絕對平等」，達至齊同、齊一，真正沒有彼與此之任何差異和分別。古籍《莊子集解》上海校經山房成記精印，長沙王先謙版，《齊物論》引言：「天下之物之言，皆可齊一視之，不必致辯，守道而已。」郭慶藩輯 (1894)《莊子集釋》——《齊物論》云：「凡物無成與毀，復通為一。」只有真正參透領悟「道」而又達至「道」這層次的聖人、神人、至人，才能明白萬物之中齊一的真君或真宰。陳簡亭鑒《莊子雪》——《齊物論》云：「唯達者知通為一。」即只有達至「道」境界者才能觀萬物齊一。

　　其次是「以物觀之，自貴而相賤」。人貴為萬物之靈，這層次的道理就是今天社會的普遍現狀。大至不同種族，細至自己身邊的事物，都是以自「我」為核心，存有親疏、重輕、先後、貴賤、偏見、善惡、對錯等……一切皆因有「我」，有了「我」的存在，成心成見自然產生，高下貴賤等分別自然存在。只要大家細心觀察，從上學，工作，生活，待人接物和社交活動等，成見成心與我們近在咫尺。古語有云：「道不同不相為謀。」還記得早幾年香港發生的佔中事件，不少家庭，好朋友都因為政治立場不同而產生矛盾，關係惡劣者甚至不瞅不睬，分道揚鑣。這些是非矛盾，存在現今不同地區，不同國家，甚至存在於國家內的不同地方，不同家庭、人與人、人與物等。這本是「物」的本性，也是「道」與「物」觀之差別。

最後是第三層次：「以俗觀之，貴賤不在己」。「俗」是社會上長期形成的風尚、禮節、習慣等……，「俗」可變可不變，可大變又可小變，可快變也可慢變。人活在世俗，要學會隨俗而生，順時而活。正如我們到外地旅行，工作和學習，首先要了解當地的「俗」與自己生活的「俗」的差異，懂得入鄉隨「俗」。才免於不必要的煩惱和禍害。林雲銘《精校莊子因》〈養生主〉云：「安時而處順，哀樂不能入也。」無哀無樂，活得平凡而逍遙，相信是不少參悟大道者嚮往過的日子。

懂得《莊子》三觀，能用於生活之中，自然能辨別事物的本質，免於陷入迷糊之中。

(二) 認識事物本質，免於迷失，被人蒙敝

「朝三暮四」是《莊子·齊物論》其中一個發人深省的故事。劉武《莊子集解內篇補正》齊物論第二云：「勞神明為一，而不知其同也，謂之朝三。何謂朝三？狙公賦芋，曰：朝三而暮四，眾狙皆怒。曰：然則朝四而暮三，眾狙皆悅。名實未虧，而喜怒為用，亦因是也。」故事源於《列子·黃帝篇》。宋有養猴子者，愛猴養猴成群，能解猴子之意，猴子也懂養猴者之心。養猴者恐限猴子的食物而不能馴服猴子，於是對猴子說：「早上給三升栗子，傍晚給四升栗子足夠嗎？」眾猴子皆起而怒。養猴者再問：「早上給四升栗子，傍晚給三升足夠嗎？」眾猴子伏而喜。名實兩無虧損，而喜怒為其所用，順其天性而已，亦因任之義也。「朝三暮四」的故事，今天被一些人誤解為不夠專一。但故事的真正意義可分兩個層次。其一是本質的認識，其二是方法的運用。

認清事物的本質，才能真正，真實了解事物。猴子被養猴者的方法愚弄，並未認清「朝三暮四」或是「朝四暮三」栗子的總量「本質」並沒有差異，猴子的喜怒卻被養猴人的智慧與方法所操控，以達到養猴者的目的，若猴子能認清事物本質，就不會作出喜怒的反應。

其次是方法的運用。透過「朝四暮三」的方法，養猴者讓猴子誤信栗子總量增加而喜，因而陷入養猴者的計算還沾沾自喜。

今天，社會各行各業，都在運用他們各式各樣的方法，以「朝三暮四」的手段愚弄市民，迷惑消費者，誤導民眾，以求達至自己的目的。例如，社會上一些以「放生」為名的「有為」行為，這些「善事」真的能為人積「善」嗎？還是有人透

過有為的「放生」謀取利益，以至殘害更多無辜的「生命」。真正的「放生」應是「無為」的。是發自突然其來的惻隱之心。因此，若我們能認清事物的本質，看清事物的真相，又豈能容易被別人迷惑，受別人蒙蔽。

(三) 物的差異

宣穎《莊子南華經解》──《齊物論》云：「大知閑閑，小知閒閒」：大智者言寬裕廣雅，小智者言零碎細分，此智慧之差異。

又云：「大言炎炎，小言詹詹」：大言者淡而無味，小言者囉囉嗦嗦，此異論之異。

又云：「其寐也魂交，其覺也形開」：這些人睡夢時心神錯亂，醒覺時形體焦躁不安，此寐覺之異。

又云：「與接為搆，日以心鬪」：他們與事物周旋，整天以心計互鬪，此心計角相。

又云：「縵者、窖者、密者」：有些言寬心，有些言深沉，有些言謹密，言之有此三別，此交接之異。

又云：「小恐惴惴，大恐縵縵」：小的恐懼顯得提心吊膽，大的恐懼顯得迷漫失精，此恐悸之異。

又云：「其發若機栝，其司是非之謂也」：有的言就好比箭放在弩的機關上蓄勢待發，藉此搬弄是非，此榮辱之主也。

又云：「其留如詛盟，其守勝之謂也」：有的不發一言如有盟誓，為的是以守取勝，此語默之異也。

又云：「其殺若秋冬，以言其日消也」：有的言衰敗猶如秋冬肅殺的景象，正一天比一天弱。此琢削天真日喪。

又云：「其溺之所為之，不可使復之也」：他們沉溺在自己的所作所為，而無法恢復原本的狀況。此沉溺不復原。

又云：「其厭也如緘，以言其老洫也」：而且內心隱藏避而不宣，這正好說明他們已衰老和枯竭。

又云：「近死之心，莫使復陽也」：最終他們已接近死亡之心，而再沒辦法恢復生機。

人依靠言語表達不同的思想，而人的語言差異萬變，猶如萬竅怒呺，喧囂不同。言有大智小智、大言小言、有寐有覺、心計角相、交接之異、恐悸之異、榮辱之主、語默之異、琢削天真日喪、沉溺不復原、哀老枯竭、死亡之心。莊子正指出言語如萬竅雖各有不同，但同屬地籟之聲。這種種吹萬不同之聲，正是天道給予人獨立存在的生命特徵。

（四）成心是非

胡文英《箋註莊子南華經》——《齊物論》云：「未成乎心而有是非，是今日適越而昔至也。」若果未有形成主觀的成見並有是非的觀念，就好比惠施所説：「今日到了越國而昨天已經到了。」的觀點並無差異。這是未行而自夸已至。又云：「是以無有為有，無有為有，雖有神禹，且不能知，吾獨且奈何哉。」這是等於把無發生的事當成有發生，以「無有」看成「有」的成見，就算是神明的大禹尚且不能理解，我又有甚麼能耐呢？莊子以此喚醒世人，不要把「虛無」看成「實有」，自欺欺人，黑白顛覆。今天有些害群之馬的媒體，喜歡「造新聞」，「編故事」，「無」中生「有」，讓當事人回應，以便掉入他們的語言陷阱。這種「無有為有」的行為，相信大禹在生，也不知如何是好。

（五）真偽是非

章太炎《莊子解故》《南華真經》——《齊物論》云：「道惡乎隱而有真偽；言惡乎隱而有是非。」道何以隱蔽而至於有真有偽，言何以隱蔽而至於有是有非。

又云：「道隱於小成，言隱於榮華。」大道被有成見的人所隱蔽，至言被華麗浮誇的詞所遮蔽。

《道藏要籍選刊》《道德真經》章第十八云：「大道廢，有仁義。」又章第八十一云：「信言不美，美言不信。」

語言的藝術，是今天社會經常使用的不真實，不全面，避重就輕，更甚者是華麗的謊言。

除了真偽是非，今天的言語更充積不少「似是而非」的道理。若你能靜心想想，不難發現這些「似是而非」的道理，只不過是遮蔽了事物的本質，讓人把偽言當成真言相信，讓是非不分，真偽難辨。例如：電訊詐騙，傳銷騙局等，還有

所謂的「贏在起跑線上」……

(六) 是非對立，皆有彼此，觀人則昧，返觀即明

《齊物論》云：「欲是其所非，而非其所是，則莫若以明。」若肯定對方的非，以非議對方的是，倒不如放下成見，便能看清事物的本質。

又云：「物無非彼，物無非是，自彼則不見，自知則知之。」是非對立，皆有彼此，觀人則昧，返觀即明。天地之間的事物沒有不是彼方，也沒有不是此方。從彼方看不見，從此方就清楚知道了。兩極化的思維正在社會不斷擴散，從財富、思想、言語和行為等迅速漫延。物有貴賤，有是非之分，本屬常態。但當意見不合，各走極端，最終走向敵我不容，你死我活，讓社會分裂，為彼此帶來傷害，這顯然並非百姓之福。

《莊子‧齊物論》云：「是亦彼也，彼亦是也，彼亦一是非，此亦一是非，果且有彼是乎哉？果且無彼是乎哉？彼是莫得其偶，謂之道樞。樞始得其環中以應無窮。是亦一無窮，非亦一無窮也。」莊子提出，是非無始無終，循環不休，猶如環圈，形成無休止的爭論。郭象注：「夫是非反復相尋無窮，故謂之環。環中空矣。今以是非為環，而得其中者無是無非也。無是無非，故能應對是非。是非無窮，故應亦無窮。」

(七) 道通為一

陳湛銓《周易講疏》坤卦《繫辭傳》云：「天地交而萬物通。」又云：「一陰一陽之為道。」又云：「陰陽合德。」《莊子‧齊物論》云：「其分也成也，其成也毀也。凡物無成與毀，復通為一。」分一物以成數物，於此為成，於彼為毀，如散毛成氈，伐木為舍等也，如此成即毀，毀即成，故無論成毀，復可通而為一，不必一異視。

又云：「庸也者用也，用也者通也，通也者得也，道得而幾已，因是已，已而不知其然謂之道。」所以不為世人所用而只能寄之於自用，能懂得自用的人，就是通曉用的道理，通曉用的道理的人，就懂得通達道的真理，通達道真理的人，就是適然自得。能適然自得的人，則已近乎道齊一的境界。亦是如此也，而不知其如此的原因就是道。

觀物觀事，首先需放下是非對立的成心成見，重新站在對方的立場和國度觀察事物的真相。或許會發現，當初認定的「是」，或許是「非」，或許是存在於「是」與「非」之間的新道理。

(八) 相對道理

《齊物論》云：「天下莫大於秋毫之末，而大『泰』山為小。莫壽於殤子，而彭祖為夭。天地與我並生，而萬物與我為一。」天下沒有比動物在秋天長出新毛的末端為大，而高聳的泰山為小；沒有比剛出生就夭折的襁褓長壽，而八百歲的彭祖為短壽。天地與我並同生存，而萬物與我沒有分別，合為一體，天人合一。當比大小，比長壽等時，必須存有比較的對象。秋毫何以為大？若與目不能見之微小生物細胞相比，秋毫為大。彭祖八百歲的壽命，相對一般人的壽命是長，相比活了數千年大樹的壽命為短。最好的方式，就是不必比較，只要活出自己的價值，活得有意義，又何必活在相比，又何必計較。

(九) 人人都有自己的天籟

郭象 (二五二年至三一二年) 的《莊子》注譯：「『天籟』指自然界中存在的眾物『皆自得之』。」

《齊物論》云：「子游曰：『地籟則眾竅是已，人籟則比竹是已，敢問天籟？』子綦曰：夫吹萬不同，而使其自己也，感其自取，怒者其誰邪？」

《莊子》中的「天籟」，是指每個人內心與天地萬物產生的共鳴，天籟不包括文字，也不包含言語，這種無聲勝有聲，無邊無際的天籟之音，一直存在我們內心深處。《莊子》的人籟是吹動竹簫之聲，是人為的，地籟是風吹萬竅怒呺之聲，是自然的，而天籟則是吹萬不同，萬竅自鳴之音。人之天籟，或是其心中的真宰真君，人與天地萬物自然共鳴和感應之音。

(十) 物化

《莊子・齊物論》最後一章：「昔者莊周夢為蝴蝶，栩栩然蝴蝶也，自喻適志與，不知周也。俄然覺，則蘧蘧然周也。不知周之夢為蝴蝶與，蝴蝶之夢為周也？周與蝴蝶，則必有分矣。此之謂物化。」因為物的不齊，所以齊物。莊周與

蝴蝶，兩種不同之物，各自存在於不同時空。莊周覺醒，周感覺存在於現實的空間，在夢中莊周化成蝴蝶，栩栩如生。但現實的蝴蝶覺醒，也許在夢中正是莊周的化身，莊周與蝴蝶，物本不齊，各有差異，透過「覺」與「夢」時空的穿越，在「夢」之中，由莊周化成蝴蝶；在「覺」之中，由蝴蝶化成莊周。現實與夢境，莊周與蝴蝶，物與物穿越在不同的時空。《齊物的哲學》中提及：「這一完全喪失了自我確證依據的兩物更化過程在《莊子》文本中叫『物化』。」

　　《莊子·齊物論》的「物化」，除了莊周與蝴蝶這種物與物在不同時空的轉化穿越外，也可以從「物化」的概念推至生死與輪回。《齊物的哲學》指出「莊子的輪回思想和佛家有別，後者以輪回為煩惱，因而以擺脫輪回的痛苦進入涅槃的寂滅之境為其所追求的理想。《莊子》則不把輪回當作痛苦的源泉，而認為這是排除憂煩的俗諦，因為莊周根本沒有羨慕『寂滅』即涅槃境界。」《莊子·至樂》篇講述惠施弔莊子之妻，問莊周為何鼓盆而歌，莊子曰：「是其始死也，我獨何能無概然。察其始而本無生，非徒無生也，而本無形，非徒無形也，而本無氣，雜乎芒芴之間，變而有氣，氣變而有形，形變而有生，今又變而之死，是相與為春秋冬夏，四時行也。」莊子的生死觀，對於妻子之離世而表露無遺。人之生死，從無形到有形，由有氣而生形，由形變而有生，再回到死，就好比春夏秋冬，四時之變化，好比萬物生滅的無始無終，循環不息的道理。《子書四十八種·韓非子·解老》曰：「凡物之有形者，易裁割也。何以論之？有形則有短長，有短長則有小大，有小大則有方圓，有方圓則有堅脆，有堅脆則有輕重，有輕重則有黑白。短長、小大、方圓、堅脆、輕重、黑白之謂理，理定則物易割。」物有異，形有分，各自有理，各自有形。

　　綜合《莊子·齊物論》和莊子本人的認識和理解，古代的經典智慧，只要大家通達經典內容，的確可以做到「古學今用」。若果我們以為古代經典無用，只有二種原因：一是我們不認識或未曾學習，一是我們抱有成心，對經典抱有誤解或成見。學習《莊子》無需急於求成，只需你平日留意或關注時事新聞，將莊子的思想套入日常發生的事物當中，你會發現《莊子》的思想能幫助你思考，並將繁雜的問題簡單化，日子有功，相信你對事物的分析和判斷更加客觀，更重要是你能明白和看透事物的本質，洞釋事物的真正意思。期待大家從《莊子·齊物論》經典中找到智慧的泉源！

參考書目

陳簡亭鑒，嘉慶四年撰，陸次山輯註 (1915)《莊子雪》。

陳湛銓著，陳達生、陳海生編 (2014)《周易講疏》，商務印書館。

《二十五史·史記漢書 1》第三版 (1987)，上海：上海古籍出版社，上海書店。

郭慶藩輯 (1894)《莊子集釋》，埽葉山房石印。

郭象注，南郭先生校本，陸德明郭註莊子音義 (元文四年)，《郭注莊子》，1739 年和刻板。

韓非 (1920)《子書四十八種·韓非子》，五鳳樓。

胡道靜、陳蓮笙、陳耀庭選輯 (1989)《道藏要籍選刊·《道德真經》《南華真經》》2 (第一版)，上海：上海古籍出版社。

胡文英 (1930)《箋註莊子南華經》，上海：上海埽葉山房。

歷代卅四家文集 (1949) 年後版，《阮步兵集》，賞雨軒藏板 (明)，中州古籍出版社。

林雲銘 (1913)《精校莊子因》，上海：上海干項堂書局。

劉勰著，楊明照校注拾遺 (1958)《文心雕龍校注》，古典文學出版社。

劉武 (1958)《莊子集解內篇補正》，上海：古籍出版社。

孟穎集註 (1989)《先天解莊子 - 南華經義疏註》，靝巨書局。

錢穆 (1957)《莊子纂箋》第三版，東南印務出版社。

石井剛 (2016)《齊物的哲學》，上海：華東師大出版社。

王先謙 (1923)《莊子集解》，上海：上海校經山房成記書局。

香港教育大學中國語言學系、香港儒學會和香港莊子文化研究會 (2018)《莊子 - 逍遙遊》紀念版 (第三版)。

宣穎 (1914)《莊子南華經解》。

嚴靈峰 (1961)《列子莊子知見書目》，無求備齋印行。

章太炎 (1912-1948)《齊物論釋》，上海：上海右文社。

章太炎 (1924)《齊物論釋定本》，上海：上海古書流通處。

章太炎 (1912-1949)《莊子解故》，上海：上海右文社。

莊周著，向秀 (晉) 註 (1629)《南華真經》。

A Study on the Usage of Ancient Studies — The Study of the Ancient Books of "the Theory of Things of the Zhuangzi"

CHONG, Wai Cheung

How to use Ancient Studies in the present society? Today, many people have doubts about ancient Chinese classics, believing that when ancient Chinese classics and wisdom have passed, they have not been used by the present society. This is a false interpretation, and it is also due to the lack of knowledge of ancient Chinese classics and wisdom today. On March 20, 2018, President Xi of the People's Republic of China mentioned in his speech at the first session of the 13th National people's Congress: "the Chinese people are people with a great spirit of creativity. In the millennia of history, the Chinese people have been working hard and creating things all the time. Our country has produced Laozi, Zhuangzi, Confucius, Mencius, Mozi, Sunzi, Han Fei-zi, and so on, who are known as the world's great thinkers. "the great minds of China are giant craftsmen," he said. The energy and wisdom of their lives have left precious thoughts and classical philosophies for mankind. Those who wish to go through the ancient books of "Zhuangzi" of nearly a hundred years of famous scholars, so that we can understand some of the ancient scholars' comments on the book of "Zhuangzi", and the exploration of the great masters of ancient thoughts, so as to give us some insight into the wisdom of the ancient books of "Zhuangzi". Let the wisdom of the great minds of ancient times be used by the world.

Keywords   Chuang Tzu, Zhuang Zi, equal, The Identity of Contraries

香港粵語懶音的分佈[*]

周立、簡漢乾

摘　要

　　香港粵語的懶音（Lazy Syllables）泛指現時因為說話快速或省力等原因，簡化、誤讀某些聲韻，以致偏離該音節標準音的現象。研究發現，懶音現象普遍存在於香港粵語使用者當中，其類別分佈不均，帶 ng 音素的音節最容易被讀成懶音，其他類別的分佈差異較大。同一個人並非全部類別都讀懶音，同一類別中也並非所有的例詞都讀懶音。顯示香港粵語懶音處於發展變化之中，懶音之間尚未形成系統性對應關係，語言使用者也沒有意識到這種可能存在的內在聯繫。

關鍵詞　　粵語　懶音　音變　演化

一、引言

　　描述語音變異的研究，屬描寫性取向，主要探討「某字一般人如何讀」或「某字現代一般人為甚麼這樣讀」，但在教學層面，規範性取向仍然重要。（周國正，1994）香港粵語的懶音（Lazy Syllables）泛指現時發粵語某音時偏離該音節原有標準音的現象。懶音是語文教學的術語，但不是嚴謹的語言學術語，關於它的語言學性質學界還沒有共識，為方便起見，本文沿用這一概念稱述。除了生理原因，懶音主要是習得而來的，是人際互動的自然結果。它通常被認為是因為說

---

* 　本文得到香港教育大學研究項目 T0135 的資助，特此鳴謝。

周立，香港教育大學中國語言學系，聯絡電郵：chaulap@eduhk.hk。

簡漢乾，香港教育大學，聯絡電郵：hkkan@eduhk.hk。

話快速或省力等原因，簡化、誤讀一些聲韻造成的。懶音會造成大量同音字的出現，在一定程度上影響溝通。同時，懶音也涉及音位問題，它往往會發展成為音變，影響整個音系系統，這些都是非常值得關注的地方。所以，探究懶音的分佈狀態對於語言教學與研究都有重要意義。

二、香港粵語的懶音

語文教育界認為，香港粵語的懶音只包括聲母和韻母的變化，其實懶音還包括聲調層面（梁源，2017），如陰上調和陽上調、陰去調和陽去調的混同、合併等等，但關於粵語聲調的演化進程尚無定讞（Bauer et al，2003；Peng，2006；Wong，2008；姚，2009；Mok et al，2013），所以本研究將焦點集中在音段層面，超音段的懶音暫不探討。

香港粵語聲母和韻母的懶音主要表現為以下幾類（何文匯，1994；陳雄根、何杏楓，2001；張洪年，2002；周彩嫦，2009，頁 6）：

1　聲母

- n-、l- 混用
- ng- 鼻音脫落
- 複合聲母 w（u）脫落（韻母 o 之前），包括：以 o 為韻母的 gw- 字和以 o 為韻母的 kw- 字
- 聲母弱化

2　韻母

- 韻尾 -ng 與 -n 不分
- 韻母 -ng 變成 -m
- 韻尾 -k 與 -t 不分

從發音動程看，懶音的成因是出於省力的動機。例如 n-、l- 混用：n 為鼻音，l 為邊音，前者的發音相對費力，讀成 l 較為省力。再如 ng 為後鼻音，發音較為費力，所以聲母 ng- 鼻音脫落，變讀成零聲母，可以減省發音動程；n 為前鼻音，ng 為後鼻音，後者的發音相對費力，讀成前鼻音 n 較為省力；同理，把 -ng 韻尾

變讀成雙唇鼻音 -m 也是省力動機的體現。複合聲母 gw-、kw- 中 w 的省略,發生在韻母中帶 o 母音時。因為 w 和 o 都需要圓唇,當韻母也帶 o 時,就需要圓唇兩次,於是就把前面的圓唇 w 省去,用以降低發音難度。所以,以 o 為韻母的 gw- 字和 kw- 字很多時候會出現省略 w 的現象。另外,發塞音 k- 比發擦音 -h 費力,所以有時會把 k- 讀成 h-,如將「佢 (keoi5)」讀成 heoi5,形成弱化現象,稱為聲母弱化。至於韻尾 -k 與 -t 不分的原因,因為 -k 為舌根音,在後,-t 為舌尖音,在前,發在前的舌尖音自然比發在後的舌根音更省力。

懶音作為語言演化中的自然現象,對語言教學和研究具有重要意義。目前香港粵語懶音的研究多集中於語文教學應用層面,對不少問題缺乏清晰認定。例如:各個類別懶音的懶化程度如何?是否一致?各類別的懶音之間是否存在必然的內在聯繫?個體語言使用者的懶音類別分佈狀態如何?懶音的語言學性質是甚麼?是明確地將一個音素讀成另外一個音素,還是發音不到位引起的缺陷?諸如此類的問題,本文均試圖探索。

三、實驗

(一) 語料

建立初步的粵語懶音語料庫是本研究的基礎。從國內外研究文獻來看,設計和採集語音語料的方法大致可以分為三類:

- 直接式語料:直接由被試讀詞表。
- 誘導式語料:設計一定語境,誘導被試說出目標詞語。
- 自發式語料:真實情景下的自然表達。

按真實性和自然度排列,自發式語料優於誘導式語料,誘導式語料優於直接式語料。按可控性排列則順序相反。自發式語料的採集和後續處理工作量大,同時難以系統化採集目標音節。誘導式語料會因被試個體對語境的反映不一而增加詞語組合差異等干擾。綜合考慮操作現實性、資料充足性和框架系統性,本研究採用傳統的直接式語料實驗,即讀詞表。具體而言:

按照現有的懶音分類,為每個類別選配 10 個雙音節詞語(注:以 o 為韻母

的 kw 字 8 個，聲母弱化類的 2 個），共 70 個詞語。同一目標音節分別在詞語的首字和末字各出現 1 次，以平衡位置效應。詞語選自香港中文大學《粵語審音配詞字庫》，主要是香港粵語口語和常用書面語詞語。語音以香港語音學會所定標準為正音。然後隨機亂序，印製詞表。因為還要同時錄製另外兩個實驗的語料，本研究的語料錄製混雜其中，已經起到了干擾作用，所以沒有額外添加干擾詞。

（二）被試

被試為香港教育大學中國語文教育榮譽學士學位課程（四年全日制）的三年級本科生，共 30 人：22 女，8 男。年齡 20-25 歲。被試全部以粵語為母語，在中小學階段沒有接受過系統的粵語語音訓練，部分人在大學期間選修過 30 小時的粵語語音課程。被試未被告知實驗目的。

（三）方法

請被試讀詞表，錄音。然後由以粵語為母語的專業語言導師聽辨標注懶音，之後歸類統計分析。

四、結果與討論

（一）懶音的類別分佈

被試每人朗讀 70 個例詞音節，30 人共 2100 個音節，其中有 253 個被發成懶音，佔總數的 12.05%。8 個類別中有 7 個類別出現懶音現象，各個類別出現的音節數量不等，只有聲母弱化的為 0 個音節（0.00%）。同時，並非每個類別中所有例詞都被發成懶音（表 1）。

在各類別懶音中，後鼻音 ng 最容易被讀成懶音，其中變讀成 m 的有 66 個音節（22.00%），-ng 與 -n 不分的有 61 個音節（20.33%），ng- 鼻音脫落的有 36 個音節（12.00%）。

表 1. 懶音的類別分佈

懶音類別	音節總數	懶音數量	%
1. n-、l- 混用	300	29	9.67%
2. ng- 鼻音脫落	300	36	12.00%
3. 以 o 為韻母的 gw- 字	300	35	11.67%
4. 以 o 為韻母的 kw- 字	240	4	1.67%
5. 聲母弱化	60	0	0.00%
6. 韻尾 -ng 與 -n 不分	300	61	20.33%
7. 韻母 -ng 變成 -m	300	66	22.00%
8. 韻尾 —k 與 -t 不分	300	22	7.33%
合計	2100	253	12.05%

以 o 為韻母的 gw- 字高達 35 個音節（11.67%），但同樣以 o 為韻母的 kw-字卻只有 4 個音節（1.67%），二者數量相差 7 倍，這是以往研究中沒有發現的情況。在其他條件一致的前提下，這或許和複合聲母中 g-、k- 的差異有關。具體發音差異需要進一步研究。二者雖然資料差異較大，但以 o 為韻母的 gw- 字懶音只集中在「郭」和「戈」兩個音節上，除此以外的其他音節僅有一個懶音。另外，也不排除是所選語料多為書面語，在粵語口語中使用比較少的原因，如「果然」、「國家」、「水果」、「寬廣」、「中國」等等，被試在學校受教育時接受的是規範音讀法，而生活口語較少用到，所以受到的影響較小。

n-、l- 混用的有 29 個音節（9.67%），每個例詞都有被試發成懶音，但數量都不多。這個結果可能與學界經常以此為例正音，被試有意識控制發音有關。

表 2. 相同發音部位的懶音分佈資料對比

懶音類別	平均數	標準差	最大值	最小值	中位數	眾數
韻尾 -ng 與 -n 不分	3.9	2.2	9.0	0.0	2.0	2.0
韻尾 —k 與 -t 不分	1.4	0.9	3.0	0.0	0.5	0.0

韻尾 —k 與 -t 不分的有 22 個音節（7.33%）。從發音部位看，後鼻韻尾 -ng 對應舌根塞音 -k，前鼻韻尾 -n 對應舌尖塞音 -t。按道理這兩組懶音應該同步

出現，但事實並非如此（表2）。韻尾 -ng 與 -n 不分的情況要比韻尾 —k 與 -t 不分的情況嚴重得多。有 9 名被試存在 -ng 與 -n 不分的問題，出現次數由 1 次至 4 次不等，他們同時也出現了韻尾 —k 與 -t 不分的現象。另有 9 名被試存在 -ng 與 -n 不分的問題，出現次數由 1 次至 9 次不等，但他們都沒有同時出現韻尾 —k 與 -t 不分的現象。二者各佔總人數的 30.00%。同時，16 號和 21 號被試分別出現 9 次和 8 次的 -ng 與 -n 不分，但他們 —k 與 -t 不分的現象分別只有 3 次和 1 次。這暗示着即使是在發音部位一致的懶音之間，也還沒有形成系統性的對應關係；同時，語言使用者也沒有意識到懶音之間可能存在內在聯繫。各類別懶音內部的相關性和同步發生的必然性值得進一步研究。

至於聲母弱化則不明顯，可能因為所對應的詞語有限，只有一個「佢」字，未能全面呈現有關現象。

(二) 懶音的個體分佈

懶音發音的整體人數分佈資料（表 3）顯示，沒有懶音的只有 1 人，佔 3.33%；40% 的人有 6-10 個懶音，佔個人發音的 7.10%，是最大的人群；其次是有 1-5 個懶音的，佔 30.00%；有 20.00% 的人有 11-15 個懶音。超過 16 個懶音的只有 3 人（10.00%）。這說明懶音現象普遍存在於當前的語言使用者之中。

表 3. 懶音的個體分佈

懶音數量	0	1-5	6-10	11-15	16-20	21-25	26-30
所佔例詞的 %	0.00%	3.60%	7.10%	10.70%	14.30%	17.90%	21.40%
人數 (%)	1 (3.33%)	9 (30.00%)	12 (40.00%)	6 (20.00%)	1 (3.33%)	2 (6.66%)	0 (0.00%)

個體懶音類別（表 4）平均近 4 個，具體數量從 0 個到 25 個不等，標準差達到 6.35，最大值與平均數和中位數懸殊，顯示個別差異大。例如，懶音數量最多的 1 號被試，n-、l- 混用類別的有 5 個，ng- 鼻音脫落的高達 8 個；但韻尾 -ng 與 -n 不分的只有 2 個，韻尾 -k 與 -t 不分的更只有 1 個。而懶音相對較少的 11 號被試，ng 鼻音脫落與 n-、l- 混用、韻尾 -ng 與 -n 不分的均為 0 個，但韻尾 —k 與 -t 不分類別的則有 3 個。由此可知，懶音個體分佈的差異相當大（圖 1），

並非所有的人把所有的類別都讀成懶音，每個類別中也並非所有的例詞都被讀成懶音。這進一步說明了懶音之間還沒有形成系統性的對應關係。這種狀態說明懶音正處在演變過程之中；另一方面也表明，通過教學可以在一定程度上改變懶音。

表 4：個體懶音數據

項目	平均數	標準差	中位數	最大值	最小值
懶音類別	3.63	1.81	4	8	0
懶音數量	8.31	6.35	7	25	0

圖 1 個體懶音分佈

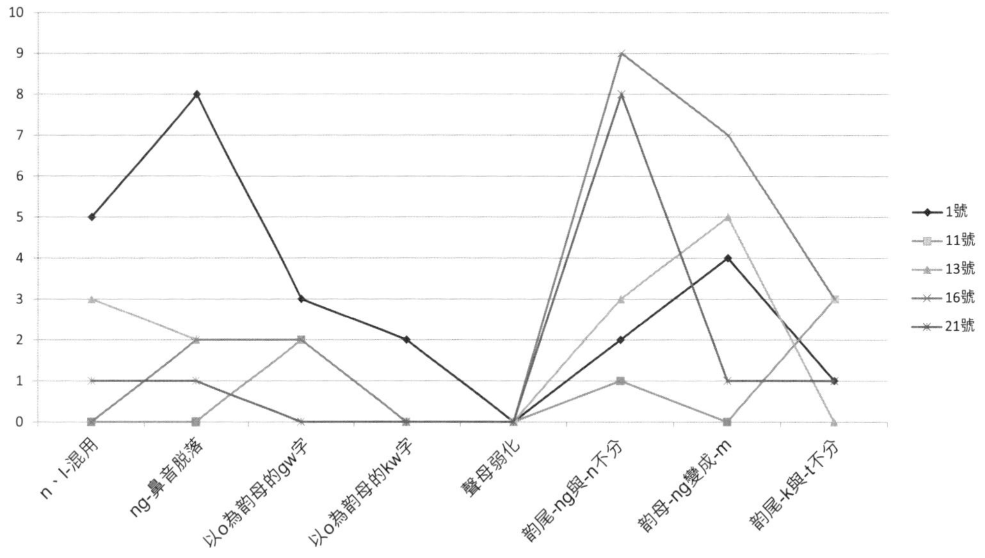

五、結論

(一) 結論

綜上所述，香港粵語的懶音普遍存在於語言使用者之中，各類別分佈不均，以帶 ng 音素的音節被發成懶音的最多，聲母弱化則不明顯，其他類別的則差異較大。同一個人並非全部類別都讀懶音，同一類別中也並非所有的例詞都被讀成

懶音。這些現象顯示懶音正處於發展變化之中，懶音之間尚未形成系統性對應關係，語言使用者也沒有意識到這種可能存在的內在聯繫，同時也表明懶音可以通過教學糾正，例如教師可進行聲、韻、調的個別練習，利用諧聲偏旁設計教學活動，以增強學生記字讀音的能力。（趙國基，2008）

另外，本文通過 253 個懶音樣本的聽辨，確認了懶音的語言學性質，懶音是將一個音節中的某些音素替換成其他音素，或省略掉某些音素的發音形式，而不是發音不到位造成的語音缺陷。因此，懶音的命名是根據發音動機而非發音動程。同時，懶音一旦成為定勢，往往會發展成為音變，比如本研究驗證的 n-l 開始演變為自由變體（彭小川、梁欣璐，2008），韻尾 -k、-t 的發音混同為二者中間的硬顎部位等等，這些都是值得關注的現象。

(二) 可能影響實驗結果的因素

(1) 語料

限於語音匹配需要，部分語料選配的並非常用口語詞語，如：「廓清」、「乖忤」等，未必能很好體現口語發音。又如「偶數」，使用範圍多局限在學術方面，而學校又多以正音稱述，所以出現懶音的次數為 0。

(2) 被試

30 名被試均為修讀中國語文教育的準教師，有一定的語言修正意識，錄音過程中出現了個別被試先讀懶音再改讀正音的現象。加之他們背景單一，缺乏年齡、性別、文化程度等變數，可能會對實驗結論的普適性有一定影響。

儘管如此，本實驗的結果仍然能在很大程度上反映出香港粵語懶音的分佈狀態，作為第一篇全面系統探究相關主題的文章，具有相當的學術價值。

參考文獻

陳雄根、何杏楓 (2001)〈香港中學生粵語發音問題研究〉,《教育學報》,頁
　　29,71–96。

何文匯 (1994)〈粵音基本知識教學紀事〉,《中國語文通訊》,頁 3l,1-29。

梁源 (2017)〈聲調變異中的發音與感知機制──以香港粵語為例〉,《中國語
　　文》,頁 6,723-732。

彭小川、梁欣璐 (2008)〈廣州荔灣區青少年粵語聲母音變情況研究〉,《語言研
　　究》,頁 28,107-116。

姚玉敏 (2009)〈香港粵語上聲變化初探:語音實驗研究〉,《語言暨語言學》,
　　頁 2,269-291。

張洪年 (2002)〈21 世紀的香港粵語:一個新語音系統的形成〉,《暨南學報 (哲
　　學社會科學)》,頁 2,25-40。

趙國基 (2008)〈香港中學會考中國語文科粵音教學管窺〉,《陝西師範大學 (哲
　　學社會科學)》,S1,頁 34-38。

周彩嫦 (2009)《香港粵語「懶音」特色初探》,香港:香港大學。

周國正 (1994)〈論粵音之規範及其量化〉,《中國語文通訊》,30,頁 1-12。

Bauer, Robe~ S., Kwan-hin Cheung and Pak-man Cheung (2003) Variation and
　　merger of the rising tones in Hong Kong Cantonese. Language Variation and
　　Change. Vol. 15: 211-225.

Mok, Peggy Pik-Ki, Donghui Zuo and Peggy Wai-Yi Wong (2013) Production
　　and perception of a sound change in progress: Tone merging in Hong Kong
　　Cantonese. Language Variation and Change. Vol 25 (03): 341-370.

Peng, Gang (2006) Temporal and tonal aspects of Chinese Syllables: A corpus-based
　　comparative study of Mandarin and Cantonese. Journal of Chinese Linguistics.
　　Vol. 34: 134-154.

Wong, Tak-Sum (2008) The beginning of merging of the tonal categories B2 and C1
　　in Hong Kong Cantonese. Journal of Chinese Linguistics. Vol.36 (1): 155-174.

The Distribution of Lazy Syllables of Cantonese in Hong Kong

CHAU, Lap   KAN, Hon Kin

Abstract

Lazy Syllables, due to speedy articulation and effort-saving, occurs in daily conversations in Hong Kong Cantonese context. It refers to the simplification or mispronunciation of initials and finals in spoken languages, which is deviated in standardized pronunciation. From the result, we found Lazy Syllables exists, and the classification is uneven. Among them the 'ng' type is mispronounced in highest degree, and other types of distributional differentiations are obvious. The study also found that individual subject was not mispronounced in all kind of Lazy Syllables, and the examples in the same kind of Lazy Syllables are not mispronounced altogether. This shows that the situation of Lazy Syllables is still developing and changing, the relationship of different Lazy Syllables is not corresponding in an inter-related way, and it also suggests that the users of Cantonese are not conscious to the possibility of inner relationship of Lazy Syllables.

Keywords   Cantonese, Lazy Syllables, sound changes, evolution

《漢語拼音方案》與香港小學
拼音教學研究

王聰

摘　要

　　1958 年《漢語拼音方案》頒佈，至今已六十年。在這六十年裏，漢語拼音作為學習普通話的重要工具之一，受到了越來越多的重視。在香港，無論是《普通話科課程指引》(2017) 的設置，還是普通話科的拼音教學，都仍然存在很多問題。面對香港小學拼音方面現存的問題，本文提出三點建議：第一，漢語拼音應盡早進行並集中化教學；第二，倡導普及拼讀法與直讀拼音教學法、數調法與韻母定調法相結合；第三，積極推廣策略化拼音教學。基於上述建議，一方面希望借此提升香港小學生的普通話能力水平；另一方面希望改善香港小學生閱讀行為態度問題，並對提升香港小學生的閱讀素養起到積極的作用。

關鍵字　　《漢語拼音方案》　香港小學　普通話　拼音教學　閱讀

一、引言

　　語文學習關係到一個人的終身發展，而全體國民的語文素養則關係到一個國家的文化自信。（顧之川，2018）其中，漢語拼音的學習將會直接影響到學生語文素養的養成，且對語文中的閱讀素養 (reading literacy) 至關重要。近些年來，PISA (Programme for International Student Assessment，以下簡稱 PISA) 和 PIRLS

王聰，香港教育大學中國語言學系，聯絡電郵：wangc@eduhk.hk。

(Progress in International Reading Literacy Study，以下簡稱 PIRLS) 兩項國際閱讀素養測評引起了廣泛關注。其中，PIRLS 是一項旨在評核全球各國或地區小學生 (年齡在 9-10 歲之間) 的閱讀能力水平的測評。雖然，香港小學生在歷屆 PIRLS 測評表現中，居於世界前列。但在閱讀行為和態度表現方面，令人堪憂。有關 PIRLS2016 香港小學生閱讀行為和態度的總體表現 (全球共計 50 個國家和地區參與) 如下：

表 1. PIRLS2016 香港小學生的閱讀行為和態度表現

項目	排名	較高		一般		貧乏	
		學生比例	閱讀平均	學生比例	閱讀平均	學生比例	閱讀平均
閱讀興趣	33	36%	583	44%	567	21%	549
閱讀投入度	50	34%	574	52%	572	14%	548
閱讀信心	41	36%	596	38%	568	26%	534

資料來源：謝錫金 . 全球學生閱讀能力進展研究 (PIRLS) 2016 國際報告 (香港地區) 發佈會 [EB/OL]. http://www.cacler.hku.hk/en/research/project/pirls_2016/,2016-12-06.

雖然 PIRLS2016 香港小學生閱讀能力排名世界第三，但上述相關資料分析顯示，香港小學生閱讀興趣低、課堂閱讀投入程度差以及閱讀信心嚴重不足。其原因之一，可能與香港小學漢語拼音教學問題重重有直接關聯。由於香港小學生未能牢固掌握漢語拼音，將無法直接使用工具書查閱生詞，這會直接影響了閱讀。長久以往，會使小學生們失去閱讀的興趣。由於不會拼讀，遇到很多不認識的漢字將沒辦法解決，從而也會嚴重影響閱讀信心和閱讀的投入度。因此，基於上述問題，本文通過分析香港小學漢語拼音教學現存的一些問題，重點提出漢語拼音在香港的實施策略。

二、《漢語拼音方案》60 年回顧

2018 年是《漢語拼音方案》(以下簡稱《方案》) 頒佈 60 周年。在這 60 年裏，《方案》在推行過程中不斷改進與完善，在語言文字、語文教育、漢語國際推廣、圖書檢索等領域發揮了至關重要的作用，影響深遠。尤其是進入電子網路時代，漢語拼音幫助漢字實現了電腦的輸入和輸出，既方便又快捷。(王辰，2001) 香港於 1998 年正式開始將普通話列為核心課程之一，且從那時候開始借鑒採納《方案》，至今已經 20 年。對於香港小學生來說，普通話屬於一種「特殊的」第二語言習得。(黃月圓、楊素英，2003)

20 世紀 50 年代，國家開始展開大規模的經濟文化建設。此時，迫切需要一種拼音方案來適應國家新時期的需要。以往的幾種方案，如「切音新字」(1892)、「拉丁字母」(1918)、「國語羅馬拼音法式」(1928) 以及「拉丁文化字」(1931) 等均不能完全滿足新時期的需求。鑒於此，1958 年 2 月 11 日第一屆全國人民代表大會第五次會議批准了拼音方案，即《漢語拼音方案》。這一方案採用國際通用的拉丁字母來注音，其制定遵循「三原則」，即口語化、音素化和拉丁化。(周有光，1995) 同時，《方案》在遵循「三原則」的基礎上，呈現出「三性質」的表現：(1) 它不是漢字的拼形方案，而是漢語的拼音方案；(2) 它不是方言的拼音方案，而是普通話的拼音方案；(3) 它不是文言的拼音方案，而是白話的拼音方案。(蘇培成，2018：4-6-59) 另外，這一《方案》實行的主要任務是「利用漢語拼音字母，跟漢字結合，跟普通話結合，把一切通俗書刊和小學階段的各科教材 (主要是語文科)，三結合地、雙軌制地和『一條龍』地革新其面貌」。(黎錦熙，1996)

《方案》自批准後，便進入了教學領域，時至今日，已經走過 60 載。雖然《方案》是拼音教學的一項重要依據，但並非是漢語拼音教材。如今，作為國家通用語言普通話的拼寫工具和國家通用文字規範漢字的注音工具，《方案》已經成為國際標準。面對新時期語言文字發展的新需求與新任務，仍舊面臨兩個任務：第一，普通話推廣。漢語拼音是推廣普通話的重要工具，並且已經取得了顯著的成果。在推廣普通話的過程中，針對不同地區的情況，採取了不同層次的要求。以大陸為核心的華語區應該貫徹普通話水平測試實施綱要，同時也要提高要求。而對於一些非核心地區，如香港、澳門等，則可以降低要求，這樣更有利於全面

推廣普通話。（馬慶株，2018）其次，小學語文課堂上的拼音教學問題。漢語拼音是我們生活中不可缺少的語言工具，掌握漢語拼音可以幫助我們有效的進行識字、閱讀等。因此，漢語拼音將直接關涉到閱讀能力水平。

三、香港小學普通話科拼音問題相關分析

在香港，中國語文教育領域包括中國語文科和普通話科。時至今日，普通話課程在香港的發展主要分五個時期，分別為：國音期（1941-1960）；真空期（1961-1980）；試驗期（1981-1990）；推廣期（1991-2000）以及成熟期（2001- 今）。其中，從 1981 年 9 月開始，香港推出普通話教學試驗計劃，這一計劃的第一期於 1984 年 7 月完成，結果顯示：（1）學生表示對學習該科目感興趣；（2）教師能夠承擔起該科的教學工作；（3）教學的效果令人滿意。（何國祥，1997）基於上述結果，香港教育署於 1986 年 9 月開始正式推出普通話課程，並在 1998 年 9 月將其列入香港中小學的核心課程之一。從 2000 年起，普通話科也成為中學會考的獨立考試科目。在這過去的 20 年裏，雖然普通話科已經成為香港中小學的核心課程，但拼音教學的發展仍舊緩慢，且效果不佳。在香港的小學裏，普通話科中的拼音教學往往是從一年級的時候先學詞語和句子，對學生進行口語交際的訓練，直到四年級才開始學習拼音方案。同時，普遍學校的師生反映，漢語拼音太難。老師不知如何去教學生，而學生更不願意去學習拼音。而漢語拼音的學習情況，又直接影響普通話的能力水平。長此已久，便形成了惡性循環。

（一）香港小學拼音教學的現狀

香港小學的拼音教學，真正開始於回歸之後。1997 年香港回歸以後，實施「兩文三語」的語文政策，使得粵語和普通話的地位均有所提升，這與香港的實際情況相符合。（田小琳，2001）那麼，對於香港這個多語多方言的地區來說，雖然普通話教育經歷了幾十年的歷史，但整體的普通話推廣仍然緩慢，且普通話科中的拼音教學，更呈現出一片混亂景象。

香港的《小學課程綱要 —— 普通話科》（小一至小六）對香港小學生聲母、

韻母、拼音的學習安排主要內容有：四年的學習任務包括兩方面，一是學習聲母和韻母，二是對拼音有初步的認識；五、六年級的學習任務也包括兩方面，一是複習小四所學的聲母、韻母、拼音，二是強化學習語音難點，譬如：聲母中的難點 z/c/s、zh/ch/sh/r、j/q/x、n/l、f/h/k；韻母中的難點 ie/üe、uɑi/uei、ün/üan、ong/iong 以及前鼻音和後鼻音，還有介母 i、u。（小學課程綱要——普通話科，1997）這一課程綱要受到很多學者的質疑，如：為甚麼香港小學生的拼音教學要從四年級才開始？是否應該提早？是否應與大陸的拼音教學採取一樣的辦法？就諸類問題，黃月圓等進行了研究，並認為這種拼音教學安排符合香港的實際情況，原因在於：他們認為香港小學普通話課程中的拼音教學應遵循兩個原則：一是進行漢語拼音教學的前提是小學生必須已經熟悉普通話，具有普通話基本交流能力；二是香港小學的漢語拼音教學不能完全套用內地小學拼音教學的模式，因為兩地小學生的普通話能力和普通話學習環境很不相同。（黃月圓、楊素英、李燕，2002）

如今香港已回歸祖國 21 年，普通話在香港的流行程度也越來越廣泛。2017 年香港教育局頒佈了新的《普通話科課程指引》（小一至中三）（以下簡稱《指引》）中，已經將「認識聲調、聲母、韻母和拼音」變成從第一階段（小一至小三）到第三階段（中一至中三）都要學習的任務。（香港課程發展議會，2017）也就是說，從小一到中三，將都處於學習聲調、聲母、韻母和拼音的階段。新《指引》仍舊存在很多問題。首先，新《指引》雖然提早了學習拼音的時間（但並未嚴格明確是甚麼時候開始學習），但學習拼音的階段並未劃清，且對於學習者來說沒有難易程度上的階梯型要求。其次，新《指引》仍未明確提出普通話科與中文科的關係和各自的職能，因此兩個科目在教學上，仍然存在教學上的困擾和爭執。再次，新《指引》也沒有明確制定出具體的教學方法及如何解決普通話在粵方言區推廣和普及的方法。最後，新《指引》仍沒有設定足夠的教學時數來與其配合，這將導致課程指引與實際的教學仍處於脫節狀態。由此可見，2017 年的《普通話科課程指引》與十年前的《小學課程綱要——普通話科》（小一至小六）仍未有本質上的變化。面對香港小學普通話科課程設置的現存問題，同時依據香港普通話科教學的實際情況，提出以下幾點建議。

（二）香港小學拼音教學的幾點建議

鑒於普通話科在香港的特殊情況，因此對香港小學的拼音教學也應該採取與內地不一樣的辦法來實施。有關香港小學拼音教學，提出以下幾點建議：

1. 香港小學漢語拼音教學應盡早進行並且集中化學習。這一問題，一直是香港教育界爭論的焦點問題。香港在普通話科的教學中，普遍把拼音教學視為教學的重點和目的，教學長達九年（小一至中三），一直處於講拼音、教拼音和學拼音的階段。與香港情況相似的國家，譬如新加坡，1980 年開始從四年級學習漢語拼音，1994 規定從二年級下學期或者三年開始學習，1998 年開始在小學一年級第一學期進行漢語拼音教學的實驗，並於 1999 年正式在小學一年級第一學期前十周進行漢語拼音學習。（新加坡教育部，1981；陳耀泉，1999；劉振平，2012）但一些學者認為香港的小學生不能從一年級開始教拼音，原因在於：一方面，香港小學一年級的學生沒有普通話的語音基礎，他們的普通話是零起點，且受粵語影響嚴重，不能達到很好的教學效果；（黃月圓、楊素英、李燕，2002）另一方面，擔心英語和漢語拼音之間會互相干擾，產生語言之間的負遷移（negative transfer）情況。（謝澤文，2003；趙守輝，2010）還有，更有學者擔心過早學習拼音會導致對拼音的過度依賴而忽視對漢字的學習。（肖川，2010）但本研究認為，上述理由並未從語言習得的角度出發，缺乏相應的語言學理論基礎。據一些語言學實驗證明，由於第二語言語音皮層表徵是隨着學習經驗的增加而逐漸發展起來的，因此較早的進行第二語言學習則達到較高水準的可能性就越大。（Weber-Fox & Neville, 1996；Dong & Xue & Zhen and Ya-wei ，2004）

有關普通話在香港的定位，説法不一。現有的説法包括：（1）粵語和普通話都是香港人的母語。（王寧，2003；吳清輝，2000）；（2）粵語是香港人的母語，而普通話是他們的第二語言。（黃月圓、楊素英、李燕，2000）；（3）「一個半語言」，即普通話對香港人來説既不是第一語言，也不是第二語言，是介乎其中的一個半語言。（黎歐陽汝穎，1997）上述説法，筆者更贊同第二種説法，即普通話是香港人的第二語言，但具有特殊性。原因在於，普通話與粵語之間有基本相同的書面語、語法及基本詞彙，同時還具有相同的書寫文字，且二者所在社區的人享有同樣的中國文化和歷史。二者的差異之處在於語音方面，因此香港人學

習普通話，最主要的是學習其語音方面。由此可見，香港人在學習普通話的時候
會遵循第二語言習得的規律和原則，但對於香港人來說，學習普通話會比學習一
門完全陌生的第二語言要相對容易很多。因此，從語言遷移對普通話作為第二語
言學習的角度來考慮，由於香港的母語（粵語）與目標語（普通話）之間存在着眾
多的相似性和一致性的特徵，所以在語言遷移效果上，更多是會發生正遷移，這
種遷移對於第二語言的學習往往起到的是積極的促進作用。雖然在二語習得的過
程中不可避免的也會出現負遷移，但對於粵語和普通話來說，眾多的相似性帶來
的正遷移遠遠多於負遷移。所以，我們不能將目光局限於少有的負遷移方面，而
以此提出要推遲學習普通話的說法。

　　此外，隨着香港回歸祖國已 20 餘年，在這段時間裏，香港人學習普通話的
熱潮從未減退，且學生家長也十分重視普通話的學習。因此，大部分幼稚園都會
有相應的普通話接觸，同時家長也會在家裏進行普通話的輸入。所以，兒童在入
讀小學一年級的時候或多或少已經具備了一定的普通話基礎，他們有的學前教育
期間已經獲得了漢語拼音的輸入，這樣到了小學一年級則更容易習得。且漢語拼
音教學越早引入，學生就會越早掌握，並可以利用這一工具進行識讀漢字，擴大
識字量，且可以幫助閱讀和寫作。而將漢語拼音教學安排在漢字教學之前，也符
合先工具後本體，先易後難道認知規律。（劉振平，2012）因此，應該提倡拼音
的簡化教學與優化教學，讓學生儘早學會使用這一工具來提高普通話水平。（周
健，2004）

　　2. 倡導在香港小學應採用拼音拼讀教學法與直讀拼音教學法，數調法與韻
母定調法相結合。就漢語拼音的重要作用來說，體現在多方面：要識字，它是注
音工具；要學普通話，它是正音的工具；要讀寫，它起到代用工具的作用。（尹
廣文，2001）因此，漢語拼音教學的準確定位，將直接關涉到普通話在香港的推
廣及香港學生整體的閱讀素養問題。

　　傳統的漢語拼音教學分為兩大類，即「分析法」和「綜合法」。（尹斌庸，
1989）所謂的「分析法」是指從零件（如「聲母」、「韻母」）教學入手，等零件逐
步掌握後再組裝成整體（如「音節」），如兩拼法、三拼法、音素連讀法等；而
「綜合法」指的是從整體教學入手，掌握了整體之後再對各個零件進行分析。如
直呼法。在香港，現在的小學普通話科漢語拼音學習，分析法和綜合法均有。雖

然，林建平（1997a,1997b,1997c）曾積極倡導直讀拼音教學，但在實際的教學過程中，該方法困難重重。有關直接拼讀教學這一方法，在我國大陸於 1992 年第一次提出，這也是漢語拼音教學史上對漢語拼音作用認識的重要轉變。（曹澄芳，1993）這一方法的提出是為了實現漢語拼音在小學階段稱為代行漢字職能的讀寫工具。因此，「注音識字，提前讀寫」是要讓漢語拼音作為閱讀工具。而為了提高閱讀速度，應該直呼音節。這一教學法要求學生在一學習漢語拼音的時候就開始整體認讀漢語基本音節（400 多個），而淡化聲母和韻母的教學。（張一清、佟樂泉、亓豔萍，1988）那麼，不經過聲母和韻母的嚴格訓練，而急於練習音節的這一做法，真的適合香港嗎？本研究認為並不適合，原因在於普通話在香港是作為一種特殊的第二語言而存在，這種直接拼讀的方法對於初學第二語言者來說並不實用。同樣，曹澄芳（1993）也指出，這一做法對於方言區學生掌握漢語拼音基礎知識和發准音節是不利的，同時也「似乎難了些」。同樣把普通話作為第二語言的新加坡來說，其採納的也是拼讀法教學。（劉振平，2012）因此，在借鑒其他地方的有效經驗的同時，應該結合香港的實際情況進行拼音教學法的制定。綜合上述分析，本研究認為對於香港來說，在進行拼音教學的初期（也就是一年級）應採用拼讀法，而當學生對拼音熟練掌握的時候，可以逐漸採用直讀拼音的方法。這樣難易度的有效區分，可以讓小學生更加牢固的掌握漢語拼音。而對於直讀拼音法的採用，在香港小學二年級運用具有可行性，且已得到實驗的證實。（陳麗玲，2007）

　　3. 教師教授拼音的方法應立足于提高學生學習興趣，讓學生在探索中學習，而不是機械地重複枯燥的知識點。具體方法概括為以下幾方面：（1）將拼音教學形象化。小學低年級的學生仍處於形象思維階段，因此直接的視覺表現更容易引起他們的注意和興趣。（2）巧用兒歌和遊戲教學。例如漢語中有 21 個聲母，其中 z/c/s、zh/ch/sh、j/q/x、n/l 這四組聲母是香港學生學習的難點，且在認讀的過程中，大部分香港小學生傾向于採取整體認讀的辦法來進行記憶。這時候可以採用兒歌的形式來進行教學。除此之外，將遊戲和生活融入到拼音教學中，加強情景化拼音教學與體態語輔助教學，可以提升小學生們學習的積極性，從而激發他們的學習興趣。漢語拼音教學應與實際生活相聯，將拼音教學生活化，這樣會使學生更加熟悉這套學習普通話的工具。讓學生體驗到一種自己親自參與掌握

知識的情感，以此喚起他們對知識的興趣。譬如：可以讓學生在家裏為各類生活用品標注漢語拼音標籤，在學校裏可以把學生的名字都做成拼音，讓學生通過拼音認識同學等。此外，教師可以適當引用體態語進行拼音的輔助教學。這一方法在對外漢語教學課堂上已經得到了有效的證實，對提高教學品質有監督和促進作用。（王添淼，2010）例如，香港小學生學拼音的難點之一是「z/c/s」和「zh/ch/sh」。發「z/c/s」的時候，可以四指併攏，拇指和四指尖接觸，表示舌尖和齒的接觸。而法「zh/ch/sh」的時候，可以四指併攏且彎向手心，拇指和四個指尖不接觸，表示捲舌。這種借助手勢來進行拼音教學的方法，更加形象且生動，有助於小學生的課堂理解與參與。（王添淼，2013）

參考文獻

曹澄芳（1993）〈小學漢語拼音教學的目的、要求和教學方法〉，《語文建設》，1993（5），頁 33-35。

陳麗玲（2007）《直讀教學法在香港小學二年級運用的可行性研究》，北京：北京語言大學。

陳耀泉（1999）〈談在小一教漢語拼音〉，《華文老師》，1999（1），頁 11-16。

顧之川（2018）〈《漢語拼音方案》與中小學語文教學〉，《語文建設》，2018（7），頁 12-15。

何國祥（1997）〈獨立學科，跨越九七 —— 香港普通話教學的發展〉，《語言文字應用》，22（2），頁 23-36。

黃月圓、楊素英、李燕（2000）〈論香港小學普通話教學〉，《亞太語文教育學報》，3（1），頁 61-92。

黃月圓、楊素英、李燕（2002）〈談香港小學的漢語拼音教學〉，《教育曙光》，（45），頁 1-15。

黃月圓、楊素英（2003）〈香港小學普通話科教學的幾個原則問題〉，香港：香港教育統籌局課程發展處《集思廣益》（三輯），頁 137-151，香港：香港教育統籌局課程發展處。

黎歐陽汝穎（1997）〈為香港的普通話科教學定位〉，香港教育署《集思廣益 - 邁向二十一世紀的普通話科課程（1997）》，頁 1-4，香港：香港教育署。

黎錦熙（1996）〈談漢語拼音方法的「音節化」〉，黎澤瑜等編《黎錦熙語文教育論著選》，294-298 頁，北京：人民教育出版社。

林建平（1997a）〈漢語拼音直讀法的理論與教學實踐〉，香港教育署課程發展署中文組《集思廣益 —— 邁向二十一世紀的普通話科課程（課程與教學）》，頁 185-192，香港：香港教育署課程發展署中文組。

林建平（1997b）〈漢語拼音教學法評述〉，施仲謀、林建平、謝雪梅著《普通話教學理論與實踐》，頁 163-171，香港：廣角鏡出版社有限公司。

林建平（1997c）〈漢語拼音直讀法教學初探〉，施仲謀、林建平、謝雪梅著《普通話教學理論與實踐》，頁 155-162，香港：廣角鏡出版社有限公司。

劉振平 (2012)〈新加坡漢語拼音教學若干問題的辯證〉,《華文教學與研究》,
　　48 (4):頁 1-9。

馬慶株 (2018)《《漢語拼音方案》研製歷程及當代發展 —— 兼談普通話的推廣〉,
　　《語文建設》,2018 (19),頁 7-11。

香港課程發展議會 (2017)《普通話課程指引》(小一至中三),香港:香港課程發
　　展議會。

蘇培成 (2018)〈漢語拼音在新時期的新使命〉,《語文建設》,2018 (7),頁
　　4-6-59。

田小琳 (2001)〈試論香港回歸中國後語文教學政策〉,《語言文字應用》,2001
　　(1),頁 73-81。

王辰 (2001)〈「漢語拼音方案」與「通用拼音方案」〉,《中國語文》,281 (2),
　　頁 172-174。

王寧 (2003)〈普通話教學中的語言學原理〉,《普通話及中文傳意科新課程與教
　　學論文集》,9-15 頁,香港:香港專業教育學院青衣分校。

王添淼 (2010)〈對外漢語教學中教師體態語的運用〉,《漢語學習》,12 (6),
　　頁 98-103。

王添淼 (2013)〈不同國別漢語學習者漢語拼音使用情況及其教學策略〉,《語言
　　文字應用》,2013 (4),頁 27-29。

吳清輝 (2000)〈如何走出語文怪圈〉,《文匯報》,2000 年 6 月 16 日。

香港課程發展議會 (1997)《小學課程綱要 - 普通話科》(小一至小六),香港:香
　　港課程發展議會編訂。

肖川 (2010)〈新加坡漢語拼音教學現狀實證研究〉,《北華大學學報》,11 (5),
　　頁 52-58。謝澤文 (2003) 教學與測試,新加坡:新加坡華文教師總會出版。

新加坡教育部 (1981) 華文課程綱要,新加坡:SNP Education Pte Ltd。

尹斌庸 (1989)〈漢語拼音直讀法教學〉,《語文建設》,1989 (1),頁 37-40。

伊廣文 (2001)〈「注音識字,提前讀寫」的實驗探索〉,《小學語文教學》,224
　　(4),頁 4-10。

趙守輝 (2010)〈「漢語拼音」在新加坡的時間 —— 歷史與現狀〉,《北華大學學
　　報》,11 (5),頁 30-35。

張一清、佟樂泉、亓豔萍 (1988)〈整體認讀漢語拼音音節教學實驗報告〉,《語
　　文建設》,1988 (5),頁 20-28。

周健（2004）〈香港普通話教學的若干問題〉，《語言文字應用》，2004（2），頁
　　131-136。

周有光（1995）《漢語拼音方案基礎知識》，北京：語文出版社。

Dong, Q & Xue，G & Zhen,J and Ya-wei, Z．（2004）. Brain response is shaped by
　　language experience: evidence from an fMRI study on beginning second language
　　learners. Acta Psychology Sinica, 36（4）, 448-454.

Weber-Fox, C.M. & Neville, H.J.（1996）. Maturational constrains on functional
　　specialization for language processing: ERP and behavioral evidence in bilingual
　　speaker. Journal of Cognitive Neuroscience, 8（3）: 231-256.

The Research on Scheme of the Chinese Phonetic Alphabet and Phonetic Alphabet Teaching in Primary Schools of Hong Kong

WANG Cong

Abstract

Scheme of the Chinese Phonetic Alphabet was promulgated in 1958, and it has been in existence for 60 years. In these sixty years, *Scheme of the Chinese Phonetic Alphabet* has received more and more attention as one of the important tools for learning Putonghua. In Hong Kong, there are still many problems in both the setting of *Putonghua Curriculum Guide* (2017) and Chinese phonetic alphabet teaching. In the face of the existing problems of Chinese Phonetic Alphabet in primary schools of Hong Kong, we put forward three kinds of suggestions. Firstly, the Chinese Phonetic Alphabet should be carried out as early as possible and centralized teaching. Secondly, we should advocate popularizing the methods of phonics and direct phonetic alphabet teaching. In addition, the methods of number adjustment method and finals should be combined. Thirdly, we should actively promote Chinese phonetic alphabet teaching strategies. Based on the above suggestions, we want to achieve the following objectives. On the one hand, we hope to enhance the standard of Putonghua proficiency of primary school students in Hong Kong. On the other hand, we hope to improve the attitude of reading behavior of primary school students in Hong Kong and play a positive role in enhancing the reading literacy of primary school students in Hong Kong.

Keywords   Scheme of the Chinese Phonetic Alphabet, primary schools of Hong Kong, Putonghua, reading literacy

中古知莊章三組聲紐在河南鄭州、許昌、洛陽三地方言中的讀音研究

—— 試圖為《廣韻》齒音音系構擬提出新視角

朱思達　范孟雨

摘要

　　知組，莊組和章組是《廣韻》音系裏的聲母，它們的讀音在《廣韻》音系裏各不相同，但在現代漢語裏發生了很大的變化，在許多方言區實現了合流，然而又有許多分化的現象存在。高本漢先生運用歷史比較語言法對《廣韻》音系進行了初步構擬（中國音韻學教程）（高本漢，1995，頁 10-15），後來學者在此基礎上的研究基本都立足於粵語、湘語、晉語，很少涉及中原官話，尤其是河南方言。河南鄭州、許昌、洛陽三地因其特殊的歷史地位，語言等非物質文化伴隨朝代的變遷，通過文字記錄和詩歌得以很好的保存。本文試圖從鄭州、許昌、洛陽這三座河南古城的語言現象出發，以中國社科院語言研究所編的《方言調查字表》中收納的字為發音參照，[1] 分析知、莊、章三組音在河南地區的發音現狀，並試圖為《廣韻》音系齒音的發音構擬提出新視角。

關鍵字　　《廣韻》　聲母　古城方言讀音　齒音構擬

朱思達，香港教育大學，聯絡電郵：s1130426@s.eduhk.hk。

范孟雨，河南師範大學附屬中學，聯絡電郵：562283001@qq.com。

1　《中國社會科學院語言研究所・方言調查字表（修訂本）》(2009)，上海：商務印書館。

一、《廣韻》

《廣韻》全名為《大宋重修廣韻》，由陳彭年等人於北宋真宗大中祥符元年（西元 1008 年）奉詔修訂而成（張亮、譚曉明，2010，頁 96）。因為其官修的特殊地位，《廣韻》內容極其豐富，除了增廣《切韻》、《唐韻》等韻書，該書在韻數、注釋、字數方面較以前的韻書更是有所增加，這使得《廣韻》能夠很好的記錄當時的語言現象，作為研究中古語音的重要依據，同時也可以此為基礎探求上古遺音或近代語音，在漢語音韻學方面有着承上啟下的重要作用。自宋代等韻學家結合當時語音解釋《廣韻》音系反切始，無數學者投入到《廣韻》研究的事業中，取得了顯著的成就，對《廣韻》音系的發音情況做出了初步構擬。現如今，對《廣韻》聲母知組、莊組和章組的研究成為熱點。目前學界認為這三組聲母，在現代漢語普通話中已完全合併，除少數字歸 [ts] [tsʰ] [s] 之外，一律讀 [tʂ] [tʂʰ] [ʂ]。從上古到近代，這三組聲母的分合呈現出複雜的局面，如何實現歸流，學界分歧很大。筆者試圖從河南古城方言入手，運用調查取樣法和分析綜合法，通過將記錄的三地方言和普通話進行對比分析，描繪三組聲母的發音情況分佈。

二、鄭州、許昌、洛陽三地地理位置和獨特的歷史地位介紹

河南省，位於中國中東部、黃河中下游，是中華民族最為重要的發祥地和華夏歷史文明傳承創新區，其中鄭州、許昌、洛陽三地自夏代始多次被定為國都，積澱了豐厚的歷史文化，語言等非物質文化伴隨朝代的變遷，通過文字記錄和詩歌得以很好的保存。

依據現今的漢語方言分區，鄭州（鄭開片）、許昌（南魯片）、洛陽（洛嵩片）三地屬於中原官話區（賀巍，2005，頁 136-137），關於中原官話的來源，劉雪霞曾做出過系統的統計：夏朝統治今河南省西部、山西省南部，其語言受東夷語一定程度的影響；（劉雪霞，2007，頁 3）商族語言最初是華夏化很深的東夷語，流行於中原東部（今魯西南 - 冀南 - 豫北 - 皖北 - 徐州），商朝統治中原幾百年後，商語、半華夏化的中原東部東夷語被中原地區的華夏語所函化，成為今

日中原官話的雛形—洛陽華夏語；以洛陽為標準音的華夏語後來成為東周通用全國的雅言，《魏書咸陽王禧傳》就有關於北魏孝文帝通令「斷胡語，用正音（洛陽話）」的記載；隋煬帝楊廣以洛陽為首都，推廣以洛陽為代表的正音和正語。唐朝時，洛陽話仍然被看作漢民族共同語的基礎。北宋都城為汴梁（今開封），洛陽話和汴京話十分接近，兩地流傳的語音被稱為「中原雅音」（劉雪霞，2007，頁10-11）。到南宋定都於杭州，中原雅音也隨之在杭州擴大了影響，以至於今天的杭州話還同中原官話有許多相似之處。但當時洛陽話仍處於標準音的地位，「中原惟洛陽得天下之中，語音最正」（陸游《老學庵筆記》卷六）（馬春華，2008，頁138-140）。北宋時期中原之音基本定型，與今日河南方言幾乎完全一樣。直至清朝中期以後，由於北京長期居於全國政治中心地位，才逐漸完成了官話由河南方言向遼東漢音（現行普通話前身）的轉變。但今日北方官話與河南方言大同小異，北方官話的語彙和語法系統長期以河南方言為標準來進行規範（劉雪霞，2007，頁11）。這從事實上證明了以洛陽話為代表的河南話作為中國最早的普通話對後期民族語言的發展起了深遠的作用。

由河南地圖可以明確，洛陽、鄭州、許昌三地呈「﹂」（橫折）型分佈，其中許昌居於河南省中心位置。三地雖然被山脈、河流阻隔，但彼此距離較近，通過水路、陸路交通可以較方便聯繫。

三、本次調查準備和語言樣本記錄

為便利研究，同時避免主觀錯誤，本次調查主要採取調查取樣法，分別從鄭州市、新鄭市、禹州市、長葛市、洛陽市和洛寧縣的農村戶口居民中採取語言樣本，發音參照物為《方言調查字表》所列舉的 650 個知組、莊組和章組字（時間從 2017 年 11 月至 2018 年 3 月底）。通過記錄整合，筆者發現某些字不涉及生活常態或只存在於姓氏中，對本次調查研究意義甚小，故排除駠、褚、舐、秫等共計 27 字。詳細發音情況見下表，其中發音聲母分別為 [ts] [tsʰ] [s] 的，以下統一簡稱為 [ts] 組，發音聲母分別為 [tʂ] [tʂʰ] [ʂ] 的，以下統一簡稱為 [tʂ] 組。

韻攝	韻	字母組別	普通話發音	發音情況					
				鄭州市		許昌市		洛陽市	
				鄭州市	新鄭市	長葛市	禹州市	洛寧縣	洛陽市
假開三	麻	知組莊組	[tʂ]組	[tʂ]	[tʂ]	[ts]	[ts]	[ts]	[ts]
假開三	麻	章組	[tʂ]組	[tʂ]	[tʂ]	[ts]	[ts]	[ts]	[ts]
假合二	麻	莊組	[tʂ]組	[tʂ]	[tʂ]	[tʂ]組(傻)	[tʂ]組	[tʂ]組	[tʂ]組
遇合三	魚虞	知組莊組章組	[tʂ]組	[tʂ]組	[tʂ]組	[tʂ]組	[tʂ]組	[tʂ]組	[tʂ]組
蟹開二	皆佳	莊組	[tʂ]組	[tʂ]組	[tʂ][ts]組(灑些等)	[tʂ]組	[tʂ]組	[tʂ]組	[tʂ]組
蟹開三	祭	知組章組	[tʂ]組	[tʂ]組	[tʂ]組	[tʂ]組	[tʂ]組	[tʂ]組	[tʂ]組
蟹合三	祭	知組章組	[tʂ]組	[tʂ]組	[tʂ]組	[tʂ]組	[tʂ]組	[tʂ]組	[tʂ]組
止開三	支脂之	知組莊組章組	[tʂ]組	[tʂ]組(紙匙是騶瘦[tʂ]）	[tʂ][ts]組(示視嗜)	[tʂ][ts]組(紙匙是示視獅師屎尿)	[tʂ][ts]組(紙匙是示視獅師屎尿)	[tʂ]組(施紙匙是視獅師屎尿)	[tʂ][ts]組(示視嗜)
止合三	支	莊組章組	[tʂ]組	[tʂ]組	[tʂ]組(睡)	[tʂ]組(睡)	[tʂ]組	[tʂ]組睡)	[tʂ]組
止合三	脂	知組莊組章組	[tʂ]組	[tʂ]組	[tʂ]組(誰)	[tʂ][ts]組(誰)	[tʂ][ts]組(誰)	[tʂ][ts]組(誰)	[tʂ]組(誰)
效開二	肴	知組莊組	[tʂ]組	[tʂ]組	[tʂ][ts]組(炒吵捎稍)	[tʂ][ts]組(炒吵捎稍)	[tʂ][ts]組(炒吵)	[tʂ][ts]組(炒吵罩抄)	[tʂ][ts]組(炒吵)
效開三	宵	知組章組	[tʂ]組	[tʂ]組	[tʂ]組	[tʂ]組	[tʂ]組	[tʂ]組	[tʂ]組
流開三	尤	知組莊組章組	[tʂ]組(搜餿艘)	[tʂ]組(皺瘦騶搜餿餿)	[tʂ][ts]組(皺瘦騶搜餿餿)	[tʂ][ts]組(皺瘦騶搜餿餿)	組(皺瘦騶搜餿餿)	[tʂ][ts]組(騶皺瘦騶搜餿餿)	[tʂ][ts]組(皺瘦騶搜餿餿)
咸開二	咸洽	知組莊組	[tʂ]組	[tʂ]組(眨炸饞讒)	[tʂ][ts]組(眨炸饞讒)	[tʂ]組(眨閘炸饞讒)	[tʂ]組(眨炸饞讒)	[tʂ]組(閘饞讒)	[tʂ][ts]組(眨閘炸饞讒)
咸開二	銜狎	莊組	[tʂ]組	[tʂ]組	[tʂ][ts]組(衫攙)	[tʂ][ts]組(衫攙)	[tʂ]組(衫攙)	[tʂ]組(衫)	[tʂ][ts]組(衫)
咸開三	鹽葉	知組章組	[tʂ]組	[tʂ]組	[tʂ]組(陝)	[tʂ]組	[tʂ]組	[tʂ]組	[tʂ]組

攝開合等	韻	知莊章							
深開三	侵緝	知組莊組章組	[tʂ]組（簪參岑枕澀滲）	[tʂ]組（簪參岑）	[tʂ][ts]組（簪參岑枕澀滲）	[tʂ]組（簪參岑枕澀滲）	[tʂ][ts]組（簪參岑枕澀滲）	[tʂ][ts]組（簪參岑枕澀滲）	[tʂ][ts]組（簪參岑枕澀滲）
山開二	山黠	知組莊組	[tʂ]組	[tʂ]組	[tʂ][ts]組（盞殺察鏟查）	[tʂ][ts]組（盞殺察鏟查）	[tʂ]組（盞殺察鏟查）	[tʂ]組（盞殺察鏟查）	[tʂ]組（殺察）
山開二	刪鎋	莊組	組	[tʂ]組	[tʂ][ts]組（刪棧鏟）	[tʂ][ts]組（刪棧鏟）	[tʂ][ts]組（刪棧鏟）	[tʂ][ts]組（棧）	[tʂ][ts]組（棧）
山開三	仙薛	知組章組	[tʂ]組	[tʂ]組	[tʂ]組（顫）	[tʂ]組（顫）	[tʂ]組（展顫蟬顥冽）	[tʂ]組（顫）	[tʂ]組（顫）
山合二	刪鎋	莊組	組	[tʂ][ts]組（篡）	[tʂ]組（篡）	[tʂ]組（纂撰）	[tʂ]組（纂撰）	[tʂ]組	[tʂ]組
山合三	仙薛	知組章組	[tʂ]組（脾）	[tʂ]組（脾）	[tʂ][p]組（脾篆）	[tʂ][p]組（脾轉）	[tʂ][p]組（脾轉）	[tʂ][p]組（脾轉）	[tʂ][p]組（脾轉）
臻開三	真(臻)質(櫛)	知組莊組章組	[tʂ][ts]組（瑟）	[tʂ][ts]組（襯瑟甚虱）	[tʂ][ts]組（襯瑟甚虱娠震實）	[tʂ][ts]組（襯瑟甚虱）	[tʂ][ts]組（襯瑟甚虱）	[tʂ][ts]組（襯瑟甚虱娠震實）	[tʂ][ts]組（襯瑟甚虱）
臻合三	諄術	知組莊組章組	[tʂ]組	[tʂ]組	[tʂ]組	[tʂ]組	[tʂ]組	[tʂ]組	[tʂ]組
宕開三	陽藥	知組莊組章組	[tʂ]組[c]組（餉）	[tʂ]組（餉）	[tʂ][c]組（餉）	[tʂ]組[c]組（餉）	[tʂ]組[c]組（餉）	[tʂ]組[c]組（餉）	[tʂ]組[c]組（餉）
江開二	江覺	知組莊組	[tʂ]組	[tʂ]組	[tʂ]組	[tʂ]組	[tʂ]組	[tʂ]組	[tʂ]組
曾開三	蒸職	知組莊組章組	[tʂ][ts][t]組（色嗇瞪）	[tʂ][ts][t]組（色嗇瞪）	[tʂ][ts]組（色嗇測瞪）	[tʂ][ts]組（色嗇測瞪）	[tʂ][ts]組（色嗇測瞪）	[tʂ][ts][t]組（瞪）	[tʂ][ts]組（測色嗇瞪虱）
梗開二	庚陌	知組莊組	[tʂ]組	[tʂ][ts]組（拆澤窄）	[tʂ]組（拆澤窄）	[tʂ]組（拆澤拐性窄）	[tʂ]組（拆澤窄）	[tʂ]組（拆窄）	[tʂ]組
梗開二	耕麥	知組莊組	[tʂ][ts]組（責策冊）	[tʂ]組（責策冊）	[tʂ][ts]組（責策冊柵摘爭箏睜）	[tʂ][ts]組（責策冊柵摘爭箏睜）	[tʂ][ts]組（責策冊柵摘爭箏睜）	[tʂ][ts]組（責策冊柵摘爭箏睜）	[tʂ][ts]組（責策冊柵摘爭箏睜）
梗開三	清昔	知組章組	[tʂ]組	[tʂ]組	[tʂ]組（逞）	[tʂ]組（逞程里）	[tʂ]組（逞程）	[tʂ]組（逞）	[tʂ]組（逞）
通合三	東屋	知組莊組章組	[tʂ][ts]組（縮）	[tʂ][ts]組（縮）	[tʂ]組（縮）	[tʂ]組（縮）	[tʂ]組（縮）	[tʂ]組（縮）	[tʂ]組（縮）
通合三	鐘燭	知組章組	[tʂ]組	[tʂ]組	[tʂ][ts]組（重囑束屬）	[tʂ][ts]組（重囑束屬）	[tʂ][ts]組（重囑束屬）	[tʂ][ts]組（重囑束屬）	[tʂ][ts]組（重囑束屬）

四、本次調查結論

知組、莊組、章組是宋人三十六字母中的名稱，在《廣韻》音系裏，知組指知 [t]、徹 [tʰ]、澄 [d]，發音部位為舌面前，在等韻圖中排在二等和三等，排在二等的，習慣上叫知二，排在三等的，習慣上叫知三。莊組，指莊 [tʃ]、初 [tʃʰ]、崇 [dʒ]、生 [ʃ]、（俟 [ʒ] 不考慮），發音部位為舌葉，在宋人三十六字母中屬照組，因為等韻圖中排在二等，習慣上稱為照二。章組，指章 [tɕ]、昌 [tɕʰ]、船 [dʑ]、書 [ɕ]、禪 [ʑ]，發音部位為舌面前，在宋人三十六字母中屬照組，因為在等韻圖中排在三等，習慣上稱為照三（李方桂，2003，頁 128）。通過調查記錄統計（結果如上表所示），筆者主要得出以下幾點結論：

（一）三地方言中的知組、莊組、章組多合流為捲舌音 [tʂ] 組，但仍有部分演變為 [ts] 組（如曾攝開口三等韻色嗇，深攝開口三等韻簪參岑等），這與三組演變為現代漢語普通話的規律基本一致。

因此可以認為鄭州、許昌、洛陽三個河南省的城市知組、莊組、章組這幾組的演變之所以跟北京話沒有明顯的區別，一個是因為河南省的地理位置處於北方，看作是受地域的影響，河南諸地的方言十分接近北方官話。

（二）三地知組、莊組、章組聲母演變至今與普通話聲母基本保持一致，多合流為捲舌音 [tʂ] 組，但在演變為 [ts] 組時存在三個方面的差異：

1、三組與假攝三等開口呼麻韻相拼時，洛陽地區與許昌長葛市聲母發音基本為 [tʂ] 組。

2、與長葛同屬於許昌市的禹州，聲母發音基本為 [ts] 組。

3、當三組與山攝三等開口呼相拼時，洛陽地區與許昌地區的發音情況又出現基本一致的情況，兩地聲母發音都歸為 [ts] 組，與普通話發音和鄭州地區發音相悖。

（三）根據賀巍於 2005 年所做的《中原官話分區（稿）》顯示：長葛市和禹州市等許昌地區屬於南魯片語言區（賀巍，2005，頁 136-137）。但實際上，在筆者所做的調查結果中顯示長葛市和禹州市等許昌地區與鄭州的新鄭市方言接近。

由於此次調查的時間是從 2017 年 11 月至 2018 年 3 月，除去中間農曆新年、週六週日等假期以外，實際上從調查開始至調查表的初步形成，總計約 3 個

月的時間。自賀巍的《中原官話分區（稿）》問世至此次調查的初步完成，大約有12年的時間，雖然說各地的方言會因為諸多原因隨著時間的變化而逐漸趨於不同或者相似，但是從另外一個方面也可以看出《中原官話分區（稿）》這一書在科學性與準確性上存在爭議性。如果要對長葛市和禹州市這兩個地區進行歸類的話，可以說兩地與《中國語言地圖集》中所描述的「鄭曹片」（中國社會科學院語言研究所，1990，頁70）更加接近，「鄭曹片」是北方方言裏中原官話區的一個分支，大致分佈於河南鄭州、山東菏澤等地。也就是說，根據調查，長葛和禹州兩地在三組發音上更接近以鄭州為代表的「鄭曹片」地區。

（四）關於三組聲母與韻母相拼時，合流為捲舌音 [tʂ] 組，還是平舌音 [ts] 組，學界歷來爭議頗多，但頗為肯定的是，大約在南宋時期，知組、莊組、章組三組聲母就已經分別由舌葉音和舌尖前音實現合流。元代周德清的《中原音韻》基於當時語音實況，關於知組、莊組和章組三系兩分情況給出了明確解釋：（李行傑，1994，頁24）

```
莊————————————————————————[tʂ] 組
二等字——————————————————————[tʂ] 組
知↑↓三等合口字（遇攝、臻攝入聲除外）————————[tʂ] 組
三等開口、遇攝、臻攝合口————————————————[ts] 組

三等合口（不含遇攝、臻攝入聲合口）、止攝————————[tʂ] 組
章↑三等開口、遇攝、臻攝入聲合口——————————[ts] 組
```

簡言之，知組和莊組與二、三等韻相拼，章組與三等韻相拼。本次調查結果與上述結論基本一致。

（五）有待改善和存疑之處

1、許昌地區與洛陽少數地區的方言在演變後與普通話不一致的情況。比如說：

(1) 知組與莊組字在與二等韻開口呼相拼時，演變至今多存在 [tʂ] 組與 [ts] 組的差異。

(2) 知組、莊組、章組三組字與二等合口呼以及三等韻相拼時，方言中較少存在 [tʂ] 組與 [ts] 組的差異。

2、唐作藩先生在其《音韻學教程》中明確指出「普通話 [tʂ]、[tʂʻ] 兩個聲母來自知組的知徹澄、莊組的莊初崇和章組的章昌船禪」(唐作藩，2002，頁124)。而 [ʂ] 來自莊組的生、章組的書和船禪，本次調查結果顯示鄭州、許昌、洛陽三地方言中 [tʂ]、[tʂʻ] 兩個聲母來自知組、莊組和章組的部分小類中，[ʂ] 來自莊組和章組的小類中，不存在來自知組的字，這與唐先生的觀點有所不同，或許可以作為研究三組合流的過程的例子。

當然，本次調查由於三地地域面積廣、地形奇特，可能某些山村尤其是洛陽地區的山村裏保留的語音更接近古音，受條件限制而未能採取到樣本進行研究；同時由於樣本基數和語音保留是否純正尚未能定論，也會在一定程度上影響結論的精確度；再者，關於《廣韻》音系的確切使用地域，歷代學者在西安（古長安）、洛陽、南京（古金陵）等地也未確定，所以本文的調查結果還存在許多不完善的地方。

參考文獻

高本漢（1995）《中國音韻學研究》，頁 10-15，上海：商務印書館。

賀巍（2005）〈中原官話分區（稿）〉，《方言》，第 2 期，頁 136-137。

李行傑（1994）〈知莊章流變考論〉，《青島師專學報》，第 2 期，頁 24。

李方桂（2003）《上古音研究》，頁 128，上海：商務印書館。

劉雪霞（2007）〈河南方言語音的演變與層次〉，碩士論文，頁 3，10-11，上海：復旦大學。

馬春華（2008）〈洛陽文化旅遊中的語言規劃研究〉，《河南社會科學》，頁 138-140。

唐作藩（2002）《音韻學教程（第三版）》，頁 124，北京：北京大學出版社。

張亮、譚曉明（2010）〈善本古籍《廣韻》版本考〉，《圖書館學刊》第 2 期，頁 96。

中國社會科學院語言研究所（1990）《中國語言地圖集》，頁 70，香港：香港朗文（遠東）有限公司。

《中國社會科學院語言研究所・方言調查字表（修訂本）》（2009），上海：商務印書館。

A Phonological Study of 3 Middle Chinese Initial Consonants of Zhi, Zhuang, Zhang Series in Zhengzhou, Xuchang and Luoyang Local Dialects in Henan Province

ZHU, Sida   FAN, Mengyu

Abstract

Zhizu, Zhuangzu and Zhangzu are the initials in the rhyme of Guangyun. Their pronunciation is different in the rhyme of Guangyun, but it has changed a lot in modern Chinese. The dialect area has achieved confluence, but there are many different phenomena. Mr. Gao Benhan used the historical comparative language method to construct the phonology of "Guangyun" (Chinese phonology course). Later The scholars' research on this basis is basically based on Cantonese, Xiang and Jin dialects, and rarely involves the Central Plains Mandarin, especially the Henan dialect. Due to its special historical status, non-material cultures such as language and the changes of the dynasty in Henan, Zhengzhou, Xuchang and Luoyang were well preserved through written records and poetry. This paper attempts to use the linguistic phenomena of the three ancient cities of Henan, Zhengzhou, Xuchang and Luoyang, and the words contained in the Dialect Survey Word List compiled by the Institute of Language Studies of the Chinese Academy of Social Sciences as pronunciation reference. Analyze the pronunciation of Zhizu, Zhuangzu and Zhangzu in the Henan area, and try to pronounce the pronunciation of the Guangyun Construct a new perspective.

Keywords   "Guang Yun", initials, ancient city dialect pronunciation

粵方言區 700 常用字普通話字音的偏誤類型及字音習得的量化分析

高俊羚

摘　要

　　針對目前粵方言區普通話字音的量化研究尚顯不足的問題，我們做了認真、嚴謹、科學的調研。選字、製表、聽辨、匯總、分類、分析。從單一偏誤和混合偏誤這兩個概念角度出發，按照普通話字音聲韻調的七種搭配形式將 700 常用字的偏誤分成七大類，從不同角度進行分析得出結論。

　　聲母的錯讀主要是翹平舌之間的混讀，尤其是「zh、z」兩組。韻母的錯讀主要在前後鼻韻母之間，尤其是「in」錯讀成「ing」。聲調主要是四聲字錯讀嚴重，原因在於入聲字，而一、四聲互錯，二者往往顛倒。綜合以上單一偏誤受廣東話影響較小，其中聲調因古入聲字較多，受廣東話影響相對多一些；混合偏誤受廣東話影響大，尤其是聲韻調全錯的字。

　　手勢教學法是模仿教學法的補充，是一種重要的輔助教學方式。

關鍵詞　　單一偏誤　混合偏誤　見檔率　一、二、三級難度字　手勢教學法

一、研究綜述

　　此文是根據我之前在香港理工大學的碩士畢業論文整理。我論文的指導老師中文及雙語學系劉藝教授 (2008) 指出：目前粵方言區普通話字音的量化研究尚顯不足，需做一個調查及寫出論文，並為此論文定名。

高俊羚，聯絡電郵：kojl714@yahoo.com.hk。

我們選用了香港中文大學研究多年所統計的字表：《香港、大陸、台灣——跨地區、跨年代：現代漢語常用字頻率統計》中近代、見檔率最高、最常用的字符。他們研究了大陸、香港、台灣三地，上個世紀六十和八九十年代，抒情、敍事、散文三種文體近四百萬字的使用情況。所謂「見檔率」就是指：「以某一首字於某一語料單元中的『見檔次』（即含有該首字的檔案的數目）除以該語料單元的總檔數，再換成百分比而得出。」見檔率與字頻不同，它是指某一首字在多少個語料單元中出現的次數，因此他比字頻更客觀，更能表現一個漢字在近代現實當中、在不同的語言文體裏、在不同的環境中普遍使用的情況。（何秀煌、關子尹，2001）我們採用了其中『見檔率』最高的 700 個字作為字源表。為使研究目標更為集中，我們夫掉了所有多音、輕聲、兒化字，做了七個字表，每表 100 個字。

調查的對象：包括香港各界的成年人，學歷以大學及以上的人士為主。女性比男性人數多約不到一倍。年齡以 23~35 歲居多。共有 44 人參加了讀表活動，總讀表數為 259 個，總讀字數為「25,856」人次。

由於都是最常用的，所以在調查中沒有哪一個字是全部人都讀錯，總正確率高達 79.32%。

設計**【評分總表】**：按照漢語拼音聲韻調的七種不同組合形式將偏誤分為七大類，並用不同的符號表示：**S-** 單純聲母錯；**Y-** 單純韻母錯；**D-** 單純聲調錯；**SY-** 聲母和韻母錯；**SD-** 聲母和聲調錯；**YD-** 韻母和聲調錯；**SYD-** 聲韻調全錯。將所有的讀音對錯情況輸入【評分總表】，利用 excel 表格進行匯總、分類，產生其他各種圖表。

二、總體資料

(一) 聲母分佈：（見圖 1）

700 字符所用聲母，包括普通話 21 個聲母、兩個特殊聲母以及開口呼零聲母 Φ。其中「j」的字數最多達 62 個，佔總字數的 8.86%；「y」有 61 個 8.71%；「x」50 個 7.14%；而「n」的字數最少為 10 個 1.43%。

圖 1. 700 常用字聲母分佈（字數及百分比）

聲母分佈

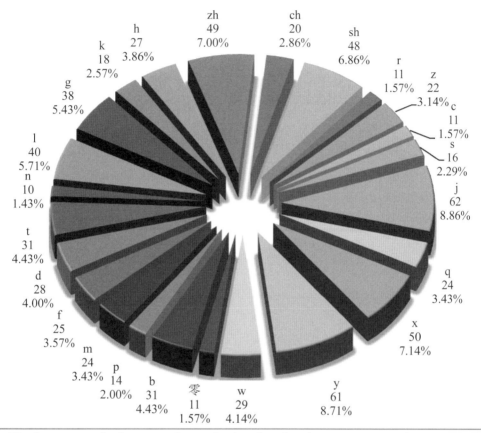

■零 ■b ■p ■m ■f ■d ■t ■n ■l ■g ■k ■h ■zh ■ch ■sh ■r ■z ■c ■s ■j ■q ■x ■y ■w

（二）韻母分佈：（見圖 2）

在 700 字符中沒有「ê、ueng」。而「二」字拼音符號雖寫為「er」，但他的音位變體是「ar」，為電腦統計以及錯讀分析方便，我們把它單列出來作為一項。

元音「i」有 69 個字最多，佔總字數的 9.86%；「u」有 58 個 8.29%；舌尖後元音「ɿ」有 42 個 6%；「ua」最少只有兩個字。

圖 2. 700 常用字韻母分佈（字數及百分比）[1]

韻母分佈

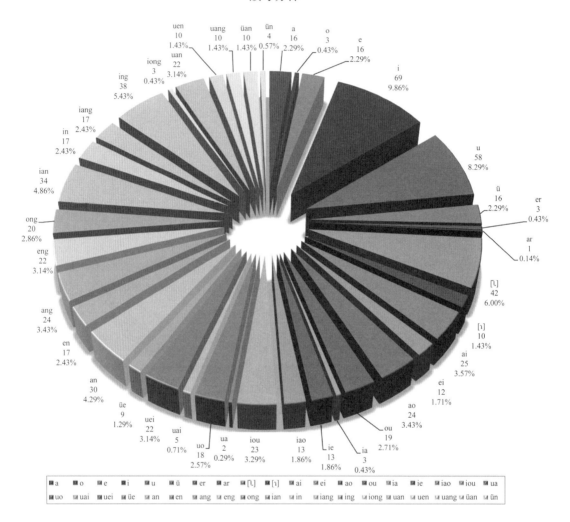

（三）**聲調分佈：**（見圖 3）

700 個字中沒有輕聲字。其中四聲相對多一些有 268 個，佔總字數的 38.29%；一聲有 150 個 21.43%；二聲有 146 個 20.86%；三聲字最少有 136 個 19.43%。

1　ar 是 [ㄜ] 的音位變體

圖 3. 700 常用字聲調分佈（字數及百分比）

聲調分佈

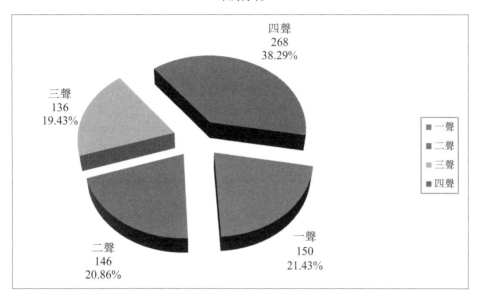

（四）總體錯讀情況：（見圖 4）

由於字符都是最常用的，因此總正確率高達 79.32%、20,509 人次；而錯誤率只佔 20.68%、5,347 人次。其中 D 類錯讀率最高，達到 6%、1,551 人次；其次是 Y 類 4.65%、1,202 人次；再次 SY 類 4.14%、1,071 人次；而 YD 類錯讀率最低，只有 0.58%、149 人次。

圖 4. 發音錯讀人次及百分比圖

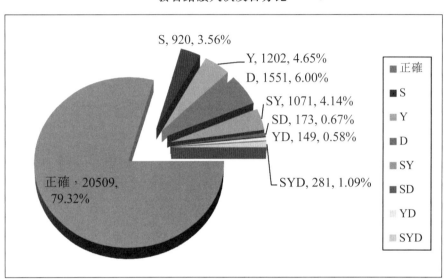

發音錯讀人次及百分比

七類中各單項錯讀率「>50%」的共有五個字：D 類【竟】字，錯讀達到 59.46%、22/37 人次（注：其中 22- 實際錯讀人次，37- 讀字總人次。下同）；【究】58.33%、21/36 人次；Y 類【銀】51.43%、18/35 人次；D 類【境】，Y 類【林】同為 50%、18/36 人次。也就是說單項錯讀最高的都在 D、Y 兩類。

各單項中錯讀率最高的字是：S- 從 36.11%、13/36 人次；Y- 銀 51.43%、18/35 人次；D- 竟 59.46%、22/37 人次；SY- 選 45.95%、17/37 人次；SD- 觸 28.57%、10/35 人次；YD- 映 17.14、6/35 人次；SYD- 室 32.44%、12/37 人次。

(五) 錯讀在語音各因素方面的統計

聲母：

包括 21 個輔音聲母，y、w 兩個特殊聲母，以及開口呼零聲母 Φ 共 24 項。

錯讀率最高的是翹舌音「zh」，錯誤率為 28.14%、509/1809 人次：其中讀成「z」的就佔 18.74%、339/1809 人次；讀成「j」的為 7.9%、143/1809 人次。

其次「ch」錯讀率為 26.59%、196/737 人次：其中讀成「c」的佔 16.42%、121/737 人次；讀成「q」的 5.16%、38/737 人次。

再次為「**sh**」錯讀率為 22.62%、401/1773 人次：其中讀成「**s**」的就佔 13.31%、236/1773 人次；讀成「**x**」的 7.33%、130/1773 人次。

而最容易的是「**d**」，總人次為 1033，只有 3 個人次讀成了「**t**」，錯讀率 0.29%。

聲母錯讀排列順序：**zh ch sh s z c r n x h q k l j Φ w m y g f p t b d**。

在 700 常用字中，「**j**」的字數最多有 62 個，其次是「**y**」有 61 個，但它們的錯讀情況並不是很嚴重。

總結聲母方面主要錯讀是翹、平、舌面三組難聲母的混讀。

韻母：

普通話 39 個韻母，減去「**ê**、**ueng**」，增加一個「二」的音位變體「**ar**」，共有 38 組韻母。

錯讀率最高的是「二」的音位變體「**ar**」高達 47.22%、17/36 人次。

前鼻音韻母「**in**」錯讀率非常高達到 41.31%、259/627 人次：主要是錯讀成後鼻音韻母「**ing**」37.64%、236/627 人次；而讀成「**en**」的也有 2.55%、16/627 人次。

舌尖後元音「**[ʅ]**」錯讀率高達 28.13%、434/1543 人次：其中讀成「**[ɿ]**」的就有 15.68%、242/1543 人次；讀成「**i**」的有 8.94%、138/1543 人次；讀成「**e**」的有 2.2%、34/1543 人次。

後鼻音韻母「**ang**」錯讀率是 23.72%、208/877 人次：其中錯讀成「**an**」的有 11.74%、103/877 人次；讀成「**iang**」的有 5.7%、50/877 人次；讀成「**eng**」的 3.53%、31/877 人次；讀成「**uang**」的 2.28%、20/877 人次。

最容易的是複韻母「**ua**」，總人次 71，100% 正確；單元音「**o**」，總人次 114，只有一個人錯讀。

韻母錯讀排列順序：**ar in [ʅ] ang er uen [ɿ] eng üan uang en e ao an iang ing ü uan a ün iao üe ia uei iou u ei ou i uo ian ie ai iong ong uai o ua**。

在 700 常用字中，字數最多的元音「**i**」有 69 個，「**u**」有 58 個，但他們錯讀的情況也並不是很嚴重。

韻母的錯讀是多方面的，最主要是前後鼻音不分，尤其是「**in**」錯讀成

「ing」，二百多人次同時錯讀，應引起相當的重視。再就是那些特殊的單元音韻母，如【二】的音位變體「ar」、舌尖後元音「[ʅ]」、前元音「[ɿ]」。

聲調：

單純聲調的錯讀率其實並不是很高，正確率都在90%以上，只是因為它的量大，和其他因素總體比較，錯讀就顯得最多。

聲調錯得最多的，不是人們感到最難的三聲而是四聲，錯讀率為9.29%、918/9886人次：其中讀成一聲的就佔5.68%、562/9886人次；讀成二聲的為2.04%、202/9886人次；讀成三聲的為1.56%、154/9886人次。

一聲錯讀率為8.15%、452/5546人次：其中讀成四聲的佔6.67%、370/5546人次；讀成二聲的為1.23%、68/5546人次；讀成三聲的為0.25%、14/5546人次。

三聲錯讀率為7.9%、396/5015人次：其中讀成二聲的為5.76%、289/5015人次；讀成四聲的的為1.58%、79/5015人次；讀成一聲的為0.54%、27/5015人次；另有一人次讀成輕聲。

錯得最少的是二聲，錯讀率是7.17%、388/5409人次：讀成三聲的為2.85%、154/5409人次；讀成四聲的為2.79%、151/5409人次；讀成一聲的為1.52%、82/5409人次；也有一人次讀成輕聲。

從以上的數據可以看出，聲調的錯讀主要在一、四聲的混亂和二、三聲的混讀。

（六）700字的錯讀率排序

單字總錯讀率最高是【究】72.22%、26/36；其次是【損】71.43%、25/35人次。>70%只有這兩個字。根據錯讀率的情況我們將這700字分為三個難度等級：>=40%的為一級難度，共有83個字；>=20~<40%的為二級難度，共有219個字；<20%的為三級難度，共有398個字，其中有16個字完全沒有人讀錯。

表 1. 700 常用字錯讀率分佈表

等級	錯讀率百分比		累積錯讀率百分比		例字
	百分比	字數	百分比	字數	
一級難度字[2]	>=70%	2	>=70%	2	究損
	>=60~<70%	8	>=60%	10	映執適銀仍境賞觸
	>=50~<60%	24	>=50%	34	【竟】等
	>=40~<50%	49	>=40%	83	【復】等
二級難度字[3]	>=30~<40%	100	>=30%	183	【佔】等
	>=20~<30%	119	>=20%	302	【剛】等
三級難度字[4]	>=10~<20%	197	>=10%	499	【你】等
	>0~<10%	185	>0%	684	【國】等
	=0%	16	>=0%	700	但又友告固害工後怪愛油由買題飛點

一級難度字（>=40%）共有 83 個，佔 11.86%

究	損	映	執	適	銀	仍	境	賞	觸	竟	察	釋	除	室	導	速	逐	必	順
制	式	招	林	院	助	存	戰	述	印	席	產	臉	臨	復	肯	握	準	二	展
質	足	信	引	殺	選	金	協	職	致	即	品	宣	慮	畢	緊	缺	雜	尊	掌
升	決	浪	增	找	況	益	需	全	忽	楚	民	爾	近	刻	至	止	社	突	次
今	勢	微															

2　83 為一級難度字數，佔總字數 11.86%

3　302 － 83=219 為二級難度字數，佔總字數 31.28%

4　700 － 302=398 為三級難度字數，佔總字數 56.86%

二級難度字（>=20~<40%）共有 219 個，佔 31.28%

佔 始 日 章 紙 腦 術 住 傷 熱 爭 組 專 左 進 尚 市 抗 眾 做
克 商 層 從 怎 接 擊 整 新 滿 私 納 總 者 追 際 音 程 耳 士
心 擁 法 然 知 福 走 修 冷 則 支 續 之 終 值 充 居 而 座 忘
惜 慢 持 施 最 水 玩 江 示 注 直 等 試 乎 額 善 站 讓 雙 證
造 雖 響 實 此 積 聯 誠 超 設 入 之 常 承 款 活 時 堂 影 黃
剛 套 張 料 照 氣 算 素 規 評 因 資 隨 項 史 擺 幫 容 或 守
序 康 忙 指 城 揮 政 聲 認 主 警 另 四 堅 山 內 御 司 機 能
視 錯 受 書 死 治 真 習 錄 亞 領 歲 息 鐵 陣 卻 房 洲 某 生
須 坐 拍 十 港 略 笑 筆 責 朋 鐘 首 所 斷 自 訴 限 養 集 呼
交 初 採 急 斯 聽 趣 身 陳 喜 連 老

三級難度字（<20%）共有 398 個，佔 56.86%

你 兩 列 劇 如 完 屋 希 幹 手 控 既 未 棄 樓 深 花 草 訪 購
達 靠 類 事 出 權 獲 立 良 西 謂 護 休 器 己 懷 收 放 旁 樣
毫 防 亮 孩 感 毛 皮 細 象 遇 係 優 向 命 學 尋 德 字 情 成
技 換 敢 替 望 本 消 特 疑 精 請 迎 送 陽 下 候 備 八 迷 師
往 景 用 脫 越 光 報 宜 形 慣 溫 界 講 見 洋 財 牌 錢 物 靜
餘 黨 亂 享 介 付 低 具 偶 像 半 建 弱 想 淡 減 演 迷 獨 絕
美 誤 變 退 階 千 布 凡 北 回 已 年 黑 龍 富 發 繼 異 烈 英
辦 離 負 依 千 夢 效 灣 記 途 願 果 目 萬 苦 藝 預 些 輕 公
力 去 及 多 小 平 客 很 星 是 黑 統 義 賣 考 面 費 靈 遠 驚
健 困 多 七 圖 並 李 每 清 病 科 目 念 舉 話 較 永 利 女 標
男 破 跟 小 型 九 京 基 夠 探 官 巴 考 意 暗 構 海 副 波 反
取 名 運 並 非 壞 外 夜 懂 官 密 念 舉 暗 母 流 份 源 線 舊
莫 計 跟 土 型 久 外 位 安 恐 推 條 歡 三 味 威 例 對 帶 票
街 起 運 小 壞 青 代 段 務 快 比 現 到 前 豐 圍 太 怕 原 早
痛 言 路 關 型 馬 香 人 功 停 元 先 被 許 顧 流 永 雲 帶 批
掉 故 易 遊 非 東 也 何 保 留 短 群 再 天 母 豐 威 海 案 件
古 問 嚴 普 久 明 何 概 求 顯 顯 庭 股 電 三 味 構 份 源 原
來 共 右 店 青 理 極 步 邊 表 該 律 五 免 前 靈 永 例 太 以
她 投 文 我 馬 歷 碼 維 聞 部 門 貴 談 透 許 面 流 國 帶 叫
飯 高 但 又 友 告 眼 翻 道 後 怪 風 態 包 天 母 豐 威 利 白

(七) 各級別、各單項錯讀百分比

表 2. 各級別、各單項錯讀百分比

難度級別	S	Y	D	SY	SD	YD	SYD	正確
一級難度	5.66%	11.13%	13.40%	10.27%	2.60%	1.74%	4.44%	50.76%
二級難度	6.46%	6.56%	6.42%	7.12%	0.77%	0.66%	1.29%	70.72%
三級難度	1.54%	2.28%	4.25%	1.26%	0.22%	0.29%	0.28%	89.88%

其中一級難度 **D** 類的錯讀率最高，達到 13.40%；其次是 **Y** 類 11.13%；**SY** 類 10.27%；錯讀最少的是 **YD** 類 1.74%。與總體錯讀率排序相同。

三、偏誤類型分析

下面按照 **S**、**Y**、**D**、**SY**、**SD**、**YD**、**SYD** 的順序進行分析，重點放在 83 個一級難度字。

(一) 單純聲母錯 S 類字錯讀分析

總錯讀率為 3.56%、920/25,856 人次，偏低。在七個分類中排第四。在 700 常用字中，共有 275 個字出現過 **S** 類型的錯誤。

表 3. S 單字錯讀百分比

1	2	3	4	5	6	7	8	9	10
從(2)	總(2)	眾(2)	準(1)	終(2)	住(2)	組(2)	忽(1入)	楚(1)	充(2)
36.11%	33.33%	31.43%	30.95%	30.95%	28.57%	28.57%	27.78%	27.78%	27.78%
11	12	13	14	15	16	17	18	19	20
規(2)	走(2)	站(2)	做(2)	追(2)	座(2)	最(2)	款(2)	錯(2入)	找(1)
27.78%	27.03%	27.03%	25.00%	25.00%	25.00%	25.00%	25.00%	24.32%	22.86%
21	22	23	24	25	26	27	28	29	
況(1)	逐(1入)	席(1)	產(1)	注(2)	鐘(2)	觸(1)	順(1)	受(2)	
22.86%	22.22%	22.22%	22.22%	22.22%	22.22%	20.00%	20.00%	20.00%	

注：(1)：一級難度字；(2)：二級難度字；(3)：三級難度字。古入聲字旁注有 (入) 字。下同。

表 4. S 主要錯讀情況匯總

漢字　　　　　聲母	眾(2)	準(1)	終(2)	住(2)	站(2)	追(2)	總(2)	組(2)	走(2)
正確	zh	zh	zh	zh	zh	zh	z	z	z
錯讀　聲母	z	z	z	z	z	z	zh	zh	zh
錯讀　人次	11	13	13	12	10	9	12	12	10

漢字　　　　　聲母	做(2)	座(2)	最(2)	楚(1)	充(2)	從(2)	忽(1入)	規(2)	款(2)
正確	z	z	z	ch	ch	c	h	g	k
錯讀　聲母	zh	zh	zh	c	c	ch	f	k	h
錯讀　人次	8	8	9	9	9	11	8	10	7

　　問題主要出現在翹舌聲母 **zh** 和平舌聲母 **z** 的轉換上，【眾、準、終、住、站、追】6 字，全部都是「**zh**」誤讀成「**z**」；而【總、組、走、做、座、最】6 字又正好相反，其中【做、座】同音。

表 5. S 類字普、廣、古音韻、錯讀語音對應表

漢字 拼音	站(2)	終(2)	眾(2)	住(2)	追(2)	準(1)	充(2)	楚(1)	總(2)	走(2)
普通話	zhàn	zhōng	zhòng	zhù	zhuī	zhǔn	chōng	chǔ	zǒng	zǒu
廣東話	zaam^6	zung^1	zung^3	zyu^6	zeoi^1	zeon^2	cung^1	co^2	zung^2	zau^2
古聲母	知	章	章	澄	知	章	昌	初	精	精
聲母 錯讀	z	z	z	z	z	z	c	c	zh	zh

漢字 拼音	組(2)	做(2)	座(2)	最(2)	從(2)	規(2)	款(2)	忽 (1入)		
普通話	zǔ	zuò	zuò	zuì	cóng	guī	kuǎn	hū		
廣東話	zou^2	zou^6	zo^6	zeoi^3	zung^6 sung^1 cung^4	kwai^1	fun^2	fat^1		
古聲母	精	精	從	精	從	見	溪	見		
聲母 錯讀	zh	zh	zh	zh	ch	k	h	f		

　　錯讀主要集中在二級難度字翹平舌的混讀，尤其是「**zh、z**」的混讀，從錯讀對比分析中發覺這與廣東話無關，反而與古聲母有關。一般古精母字易錯讀成翹舌，而章、知母字易錯讀成平舌。

(二) 單純韻母錯 Y 類字錯讀分析

　　錯讀率比較高達到 **4.65%**、1,202/25,856 人次，在七個分類中排第二。其中【銀、林】兩個字單項錯讀率都 >=50%，而所有單項錯讀率 >=50% 的只有五個字。在 700 常用字中，共有 356 個字出現過 **Y** 類型的錯誤。

表 6. Y 單字錯讀百分比

1	2	3	4	5	6	7	8	9	10
銀(1)	林(1)	金(1)	二(1)	緊(1)	肯(1)	今(1)	臨(1)	品(1)	慮(1)
51.43%	50.00%	45.95%	41.67%	41.67%	40.00%	40.00%	38.10%	36.11%	33.33%
11	12	13	14	15	16	17	18	19	20
印(1)	民(1)	等(2)	信(1)	浪(1)	心(2)	熱 (2入)	新(2)	引(1)	進(2)
33.33%	33.33%	33.33%	32.43%	32.43%	32.43%	30.95%	30.56%	29.73%	29.73%
21	22	23	24	25	26	27	28	29	30
抗(2)	近(1)	音(2)	剛(2)	套(2)	聯(2)	堂(2)	因(2)	朋(2)	商(2)
28.57%	27.78%	27.78%	27.03%	27.03%	27.03%	24.32%	23.81%	23.81%	22.22%
31	32	33	34	35	36	37			
仍(1)	日 (2入)	掌(1)	然(2)	戰(1)	討(2)	團(2)			
22.22%	22.22%	21.95%	21.62%	20.00%	20.00%	20.00%			

表 7. Y 主要錯讀情況匯總

漢字 / 韻母		銀(1)	林(1)	金(1)	緊(1)	今(1)	臨(1)	品(1)	印(1)	民(1)
正確		in	in	in	in	in	in	in	in	in
錯讀	韻母	ing	ing	ing	ing	ing	ing	ing	ing	ing
	人次	18	18	17	14	14	16	12	12	12

漢字 / 韻母		信(1)	心(2)	新(2)	肯(1)	等(2)	浪(1)	二(1)	慮(1)	熱 (2入)
正確		in	in	in	en	eng	ang	er (ar)	ü	e
錯讀	韻母	ing	ing	ing	eng	en	an iang	er (無音位變體)	ei	[ʅ]
	人次	12	12	11	14	14	6，4	12	9	10

　　表中前 12 個字全部出現前鼻音韻母「**in**」錯讀成後鼻音韻母「**ing**」。其中【金、今】、【林、臨】、【心、新】同音。

表 8. Y 類字普、廣、古音韻、錯讀語音對應表

漢字拼音	銀(1)	金(1)	今(1)	林(1)	臨(1)	緊(1)	品(1)	印(1)	民(1)	信(1)
普通話	yín	jīn	jīn	lín	lín	jǐn	pǐn	yìn	mín	xìn
廣東話	ngan⁴	gam¹	gam¹	lam⁴	lam⁴	gan²	ban²	jan³	man⁴	seon³
古韻母	臻	深	深	深	深	臻	深	臻	臻	臻
韻母錯讀	ing	ing	ing	ing	ing	ing	ing	ing	ing	ing

漢字拼音	心(2)	新(2)	肯(1)	浪(1)	等(2)	二(1)	慮(1)	熱(2入)
普通話	xīn	xīn	kěn	làng	děng	èr (ar)	lǜ	rè
廣東話	sam¹	san¹	hang² hoi²	long⁴ long⁶	dang²	ji⁶	leoi⁶	jit⁶
古韻母	深	臻	曾	宕	曾	止	遇	山
韻母錯讀	ing	ing	eng	an	en	er	ei	[ʅ]

註：ar 是 [二] 的音位變體

　　【金、今、林、臨、心】5 字廣東話的韻母是 am；【銀、緊、品、印、民、新】6 字的韻母是 an；【信】的韻母是 eon。其中【金、今】、【林、臨】也是同音字，這 12 個字和普通話一樣都是前鼻音。【肯】是多音字，其中一個音的韻母是後鼻音 ang，與普通話前鼻音不同；【浪、等】都是後鼻音與普通話相同。

　　從這 15 個字可以看出，除了【肯】字發成後鼻音是受廣東話影響外，其餘 14 個字前後鼻韻母普廣是對應的，但實際運用時卻全部顛倒了。

　　前邊 12 個字古音韻都是開口三等韻，介音為細音【i】，與現代普通話發音相同、但與廣東話不同。【肯、等、浪】都是開口一等韻，只是【肯、等】是內轉攝、【浪】是外轉攝（張群顯 2008）。15 個鼻韻母中除了【品】古韻尾是「m」，與廣東話不同，其餘 14 個全與廣東話相同。前 12 個字鼻韻尾是「n 或 m」，後 3 個是「ng」，15 個字全部是陽聲韻。從古音韻的角度來講，鼻韻尾並不影響香港人的錯讀。

　　甚麼緣故造成前後鼻韻母錯讀？「原來目前香港的年輕一代，包括現職中小

學教師在內，都從小習慣發『懶音』，習久成非，就是說方言時也根本分不清前後鼻音，……也就是說粵方言本身的變化已使得原先存在著的對應關係已經消失了。」（黃安蕾 2009）香港現代的年青人廣東話本身已經讀錯，普通話的發音自然也會受到影響。

(三) 單純聲調錯 D 類字錯讀分析

錯讀率最高，在七個分類中排第一，達到 6.00% 的高度，1,551/25,856 人次。單項類錯讀率最高的是【竟】；其次是【究】—此字的總錯讀率在 700 常用字中排最高；再次為【境】。【竟、境】同音。所有單項錯讀率 >=50% 的五個字中就包括這三個字。在 700 常用字中，共有 499 個字出現過 D 類型的錯誤。

表 9. D 單字錯讀百分比

1	2	3	4	5	6	7	8	9	10
竟(1)	究(1)	境(1)	復(1)	映(1)	缺 (1入)	益 (1入)	協(1入)	畢(1入)	導(1)
59.46%	58.33%	50.00%	48.65%	48.57%	44.44%	42.86%	40.00%	38.89%	37.84%
11	12	13	14	15	16	17	18	19	20
握(1入)	擁(2)	福(2入)	院(1)	百(2入)	法(2入)	微(1)	克 (2入)	擊(2入)	突(1入)
35.71%	35.14%	35.14%	33.33%	33.33%	32.43%	31.43%	30.56%	30.56%	29.73%
21	22	23	24	25	26	27	28	29	30
刻(1入)	必(1)	即(1入)	居(2)	議(2)	式(1)	接 (2入)	局 (2入)	玩(2)	擺(2)
29.27%	28.57%	28.57%	28.57%	28.57%	27.78%	27.78%	27.78%	25.71%	25.71%
31	32	33	34	35	36	37	38	39	40
積 (2入)	適(1)	釋(1)	活 (2入)	機(2)	急 (2入)	鐵(2入)	速(1)	激(2入)	聽(2)
24.32%	22.86%	22.86%	22.22%	22.22%	22.22%	22.22%	21.62%	21.62%	21.62%
41	42								
忘(2)	需(1)								
21.43%	20.00%								

表 10. D 主要錯讀情況匯總

漢字 聲調		究(1)	缺(1入)	擁(2)	微(1)	擊(2入)	協(1入)	福(2入)	導(1)	百(2入)	法(2入)
正確		1	1	1	1	1	2	2	3	3	3
錯讀	聲調	4	4	2	2	4	4	1, 4	4	2	1
	人次	21	15	8	11	10	12	6, 5	12	10	7

漢字 聲調		竟(1)	境(1)	復(1)	映(1)	益(1入)	畢(1入)	握(1入)	院(1)	克(2入)	
正確		4	4	4	4	4	4	4	4	4	
錯讀	聲調	3, 2	3	2	2, 3	1	3, 1	1	2	1	
	人次	17, 5	18	14	9, 8	15	7, 6	15	10	11	

上表 19 個字中有 9 個是四聲字。也就是說四聲錯字最多，其次是一聲。一、四聲互錯情況比較突出。

1. 聲調總體錯讀人次及百分比

聲調總體錯讀人次為 2154 人次，而四聲錯讀就有 918 人次，佔總錯讀人次的 42.62%；其次是一聲 452 人次 20.98%；三聲 396 人次 18.38%；最少是二聲 388 人次 18.01%。

其中四聲錯讀一聲有 562 人次 61.22%；一聲錯讀四聲有 370 人次 81.86%；三聲錯讀二聲有 289 人次 72.98%。「一般而言，學習者難以區分陰平和去聲、陽平和上聲，像外國學生在學習漢語時就曾有這些偏誤。」劉藝（1998）

表 11. 聲調總體錯讀人次及百分比

錯讀 字本調	一聲	二聲	三聲	四聲	輕聲	錯讀總人次 及百分比
一聲		68 (15.04%)	14 (3.10%)	370 (81.86%)	0 (0.00%)	452 (100%)
二聲	82 (21.13%)		154 (39.69%)	151 (38.92%)	1 (0.26%)	388 (100%)
三聲	27 (6.82%)	289 (72.98%)		79 (19.95%)	1 (0.25%)	396 (100%)
四聲	562 (61.22%)	202 (22.00%)	154 (16.78%)		0 (0.00%)	918 (100%)
總和	671 (31.15%)	559 (25.95%)	322 (14.95%)	600 (27.86%)	2 (0.09%)	2154 (100%)

2. 入聲字聲調錯讀分析

入聲是以塞音 p/t/k 結尾、發音短而急促的一種聲調，被人們稱為促調。現代廣東話保留了大量古入聲字，而普通話塞尾脫落已無入聲，入派四聲。這就造成香港人學普通話古入聲字最容易錯讀的狀況。

在 83 個一級難度字中，有 26 個古入聲字，佔一級難度字的 31.33%。其中只有【觸、察、逐、足、雜】5 字錯讀 D 類情況比較輕微，其餘全部出現聲調錯讀，說明入聲字容易錯讀。在 700 常用字中完全沒有人讀錯的 16 個字沒有一個是古入聲字。

表 12. D 類字普、廣、古音韻、錯讀語音對應表

漢字　拼音	究(1)	缺(1入)	擊(2入)	擁(2)	微(1)	協(1入)	福(2入)	導(1)	百(2入)	法(2入)
普通話	jiū	quē	jī	yōng	wēi	xié	fú	dǎo	bǎi	fǎ
廣東話	gau³	kyut³	gik¹	jung²　ung²	mei⁴	hip⁶	fuk¹	dou⁶	baak³	faat³
古聲調	陰去	陰入	陰入	陰平	陰平	陰入	陽入	陰去	陽入	陽入
聲調錯讀	4	4	4	2	2	4	1，4	4	2	1

漢字　拼音	竟(1)	境(1)	映(1)	復(1)	院(1)	益(1入)	畢(1入)	握(1入)	克(2入)	
普通話	jìng	jìng	yìng	fù	yuàn	yì	bì	wò	kè	
廣東話	ging²	ging²	jing²	fau⁶　fuk⁶	jyun⁶	jik¹	bat¹	ak¹	hak¹	
古聲調	陰去	陰上	陰去	陰去	陽去	陰入	陰入	陰入	陰入	
聲調錯讀	3，2	3	2，3	2	2	1	3，1	1	1	

　　由上表可以看出，廣東話的聲調對普通話的錯讀干擾只是一部分、某些字受到影響，其中完全受影響的只有【擁】，某些人受影響的錯讀有【竟、映、畢、福】4 個，受某種程度影響的有【協、導、益、握、克】5 個，其餘 9 個字完全不受影響。而古聲調對錯讀有影響的只有【究、境、導】三字。

　　D 類是七類中錯讀率最高的，其受廣東話以及古聲調影響都不是很大，其中有一半的字完全不受影響。不過上邊這 19 個字中有 10 個是入聲字，這也是各類中入聲字最多的一類，入聲是造成錯讀的主要原因。

(四) 混合偏誤聲母和韻母錯 SY 類字錯讀分析

　　錯讀率也比較高為 4.14%、1,071/25,856 人次，在七個分類中排第三。錯讀率最高的是【選】，其餘錯讀率沒有 >40% 的。在 700 常用字中，共有 300 個字出現過 SY 類型的錯誤。

表 13. SY 單字錯讀百分比

1	2	3	4	5	6	7	8	9	10
選(1)	除(1)	制(1)	宣(1)	全(1)	江(2)	至(1)	損(1)	存(1)	致(1)
45.95%	37.14%	36.11%	33.33%	33.33%	30.56%	29.27%	28.57%	28.57%	28.57%
11	12	13	14	15	16	17	18	19	20
修(2)	招(1)	世(2)	值(2入)	時(2)	勢(1)	仍(1)	佔(2)	持(2)	製(2)
28.56%	27.78%	27.78%	27.78%	26.19%	25.71%	25.00%	25.00%	25.00%	25.00%
21	22	23	24	25	26	27	28	29	30
執(1)	止(1)	置(2)	容(2)	直(2入)	尊(1)	設(2入)	始(2)	紙(2)	資(2)
24.32%	24.32%	24.32%	24.32%	23.81%	23.53%	22.86%	22.22%	22.22%	22.22%
31	32	33	34	35	36	37	38	39	40
斯(2)	視(2)	死(2)	就(2)	試(2)	助(1)	職(1入)	支(2)	此(2)	示(2)
22.22%	21.62%	21.62%	21.62%	21.43%	20.00%	20.00%	20.00%	20.00%	20.00%
41	42								
揮(2)	司(2)								
20.00%	20.00%								

表 14. SY 主要錯讀情況匯總

漢字　　SY	招(1)	佔(2)	值(2入)	制(1)	至(1)	致(1)	製(2)	持(2)	除(1)	時(2)
正確	zhao	zhan	zhi	zhi	zhi	zhi	zhi	chi	chu	shi
錯讀　SY	jiao	jian	ji	ji	zi	zi	zi ji	ci	qu	si
錯讀　人次	9	7	9	11	12	10	5, 4	6	9	8
漢字　　SY	世(2)	勢(1)	仍(1)	存(1)	損(1)	江(2)	全(1)	修(2)	宣(1)	選(1)
正確	shi	shi	reng	cun	sun	jiang	quan	xiu	xuan	xuan
錯讀　SY	xi	xi	ying	chuan	xuan	gang	chuan	shou sou	suan	suan shuan
錯讀　人次	8	7	7	4	7	8	7	5, 5	7	8, 6

表中前 13 個字都是翹舌音聲母，【存、損】是平舌，其餘 5 個是舌面。翹舌音中大部分的字都錯讀成舌面或平舌。

表 15. SY 類字普、廣、錯讀語音對應表

漢字 拼音	制(1)	製(2)	至(1)	致(1)	值 (2入)	招(1)	佔(2)	除(1)	持(2)	世(2)
普通話	zhì	zhì	zhì	zhì	zhí	zhāo	zhàn	chú	chí	shì
廣東話	zai³	zai³	zi³	zi³	zik⁶	ziu¹	zim³	ceoi⁴ cyu¹	ci⁴	sai³
錯讀	jì	zì jì	zì	zì	jí	jiāo	jiàn	qú xú	cí	xì
漢字 拼音	勢(1)	時(2)	仍(1)	損(1)	存(1)	選(1)	宣(1)	修(2)	全(1)	江(2)
普通話	shì	shí	réng	sǔn	cún	xuǎn	xuān	xiū	quán	jiāng
廣東話	sai³	si⁴	jing⁴	syun²	cyun⁴	syun²	syun¹	sau¹	cyun⁴	gong¹
錯讀	xì	sí	yíng	xuǎn	chuán	suǎn shuǎn	suān	shōu sōu	chuán	gāng

此類錯讀量大、也很雜。錯讀完全受廣東話影響的不多，只有【江、仍】二字，但有一半的字多少都受到一定程度的影響。

（五）混合偏誤聲母和聲調錯 SD 類字錯讀分析

錯讀率比較低，只有 0.67%、173/25,856 人次，在七個分類中排第六。在700 常用字中，只有 90 個字出現過 SD 類型的錯誤。

表 16. SD 單字錯讀百分比

1	2	3	4	5	6	7	8	9	10
觸 (1入)	足 (1入)	決 (1入)	賞(1)	臉(1)	速 (1入)	吸 (2入)	席 (1入)	產(1)	乎(2)
28.57%	27.78%	27.03%	19.44%	16.67%	16.22%	13.51%	11.11%	11.11%	11.11%

因為錯讀率比較低，以上十個字中，只有【觸、足、決、吸】四字在各單字中 **SD** 類型的錯讀率最高，另六個字其它類型的錯讀率往往等於或高於 **SD** 類，但他們各自在自己的主要錯讀類型中並不是錯讀率相對高的一批字。

觸：這是古入聲字，古音韻為【尺玉切，通合三入燭昌】，齒音章組次清昌母，與現在送氣清塞擦音聲母吻合。上字陽聲韻，下字為入聲，此為陽入聲字，這與廣東話上陰入不同，但「**k**」結尾與廣東話吻合。

圖 5.【觸】

[觸]- 讀音對錯分佈人次及百分比（總人次：35）

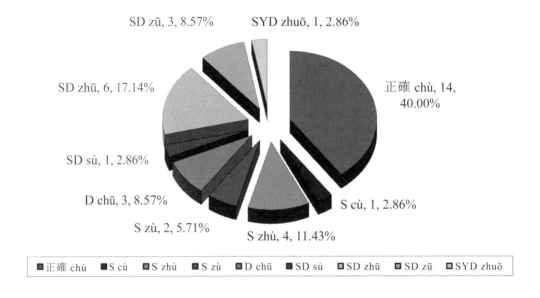

此字總錯讀率高達 60.00%、21/35 人次。其中 **SD** 類型的錯讀有三項，佔了 28.57%、10/35 人次。主要錯讀成 zhū，17.14%、6/35 人次。聲母翹舌送氣音「**ch**」錯讀成不送氣音「**zh**」，錯讀與古音韻不同；聲調由四聲錯讀為一聲，這應是受廣東話上陰入的影響。

SD 類型錯讀混亂，除難聲母互相混讀外、發音方法也發生了改變；聲調方面錯讀情況比較平均。

此類錯讀率不高、量不大，但除了【吸】字完全不受廣東話讀音的影響外，其餘都受到一定程度的影響，只是影響的方面、多寡不同。表中 10 個字有 6 個都是入聲字，是造成錯讀的主要原因。

(六) 混合偏誤韻母和聲調錯 YD 類字錯讀分析

錯讀率最低，只有 0.58%、149/25,856 人次，在七個分類中排最後。其中【映】字錯讀率最高，但此字主要錯讀是 **D** 類，錯讀率達到 48.57%、17/35 人次。在 700 常用字中，共有 109 個字出現過 **YD** 類型的錯誤。

表 17. YD 單字錯讀百分比

1	2	3	4	5	6	7	8	9	10
映(1)	導(1)	必(1入)	抗(2)	仍(1)	境(1)	引(1)	八(3入)	損(1)	討(2)
17.15%	13.51%	8.57%	8.57%	8.33%	8.33%	8.11%	8.11%	5.71%	5.71%

雖然 **YD** 類型的字錯讀率最低，但這些字在其它類型中的錯讀率基本都高於它，所以它的總錯讀率往往都非常高。

映：總錯讀率高達 68.57%、24/35 人次。其中 **D** 類型的錯讀率最高，達到 48.57%、17/35 人次。其次是 **YD** 類，共有三項錯讀，佔 17.15%、6/35 人次，它是 **YD** 類的字中錯讀率最高的。錯得最多的音是 yāng 有四人次，佔 11.43%，韻母由齊齒呼後鼻音韻母「**ing**」錯讀成「**iang**」，口張大了；聲調由四聲錯讀為一聲。

圖 6.【映】

[映]- 讀音對錯分佈人次及百分比（總人次：35）

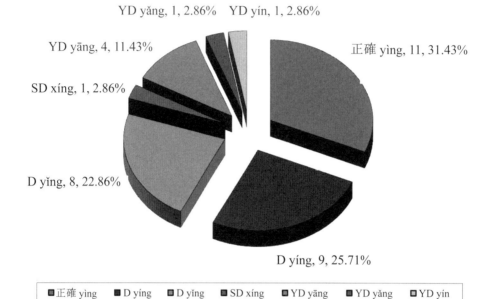

YD 類**韻母**錯讀主要是前後鼻韻母顛倒，這與 Y 類的錯讀基本一致。**聲調**錯得很亂。此類錯讀率極低，受廣東話影響不大，沒有形成錯讀規律。

（七）混合偏誤聲韻調全錯 SYD 類字錯讀分析

錯讀率也比較低，只有 1.09%、281/25, 856 人次，在七個分類中排第五，但總錯讀率排第二的【損】字（71.43%、25/35 人次）卻在這個類型當中。其中【質、續】古音韻不是入聲字，但現代廣東話是入聲字。在 700 常用字中，共有 143 個字出現過 **SYD** 類型的錯誤。

表 18. SYD 單字錯讀百分比

1	2	3	4	5	6	7	8	9	10
室 (1入)	釋 (1入)	適 (1入)	損(1)	質 (1廣入)	察 (1入)	式 (1入)	執 (1入)	社(1)	市(2)
32.44%	28.57%	25.71%	22.86%	19.44%	16.67%	16.67%	16.22%	16.22%	14.29%
11	12	13	14	15	16	17	18	19	
究(1)	額 (2入)	即 (1入)	職 (1入)	續 (2廣入)	賞(1)	逐 (1入)	展(1)	施(2)	
13.89%	13.89%	11.90%	11.43%	11.43%	11.11%	11.11%	11.11%	11.11%	

　　由於這一類型的字錯讀率也比較低，所以前邊 9 個字中只有 6 個字在單字中 **SYD** 類型的錯讀率最高；【損、式、執】排第二或第三。

　　室：這是古入聲字，古音韻為【式質切，臻開三入質書】，齒音章組全清書母。內轉韻臻攝質部，韻腹短而高；韻尾是「**t**」與廣東話同；又因是開口三等韻，介音為細音【**i**】(張群顯 2008)。聲調上字陽聲韻，下字為入聲，此字為陽入聲，與廣東話上陰入不同，但【**t**】結尾與廣東話吻合。

圖 7.【室】

[室]- 讀音對錯分佈人次及百分比（總人次：37）

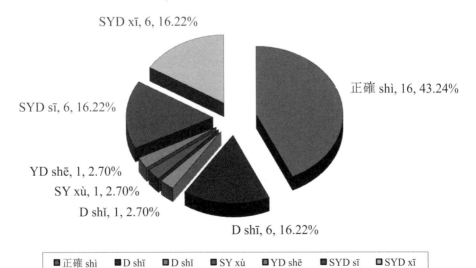

此字總錯讀率高達 56.76%、21/37 人次，而 **SYD** 類型的錯讀率最高，達到 32.44%、12/37 人次。其中一半的人錯讀為 sī，一半的人錯讀成 xī，各佔 16.22%、6/37 人次。前者聲母由翹舌音「sh」錯讀成平舌音「s」，帶同韻母由舌尖後元音 **[ʅ]** 錯讀成舌尖前元音 **[ɿ]**；後者聲母錯讀成舌面音「x」，帶同韻母錯讀成前高不圓唇元音「i」，兩者聲調都由四聲錯讀為一聲。

表 19. SYD 主要錯讀情況匯總

拼音 ＼ 漢字	室 (1入)	釋 (1入)	適 (1入)	式 (1入)	質 (1廣入)	執 (1入)	察 (1入)	社(1)	損(1)
正確	shì	shì	shì	shì	zhì	zhí	chá	shè	sǔn
錯讀　拼音	xī sī	xī	xī sī	xī	jī jí	jī	cè	xiě	xuán shuán
錯讀　人次	6, 6	8	5, 4	5	2, 2	4	6	5	4, 3

引人注意的是這 9 個字當中除了【損】是平舌音聲母，其餘全部是翹舌音。其中【室、釋、適、式】四字普通話完全同音，錯讀的類型也一樣，除了 **D** 類大量的錯讀為「shī」以外，其餘全部錯讀為 sī 或 xī。它們的單字總錯讀率都非常高，最低的【式】字都達到 52.78%、19/36 人次。這個音節《現代漢語詞典》上有 40 個同音字，還不計那些同形多義的，常用的也有 20 多個，應該引起重視。

此類受廣東話影響非常嚴重，9 個字全部受到影響，其中【釋、適、損、質、式】5 字完全受廣東話的影響。入聲字是錯讀的主要原因。

(八) 七類字外一級難度字

有 23 個一級難度字總錯讀率比較高，但各單項錯讀率比較平均，一般未能列於各單項中。其錯讀情況與前邊的分析基本相同。

表 20. 七類字外一級難度字錯讀百分比

1	2	3	4	5	6	7	8	9	10
逐(1入)	順(1)	助(1)	戰(1)	述(1入)	展(1)	殺(1入)	職(1入)	即(1入)	雜(1入)
55.56%	54.29%	51.43%	51.43%	51.35%	47.22%	45.95%	45.71%	45.24%	44.44%
11	12	13	14	15	16	17	18	19	20
尊(1)	掌(1)	升(1)	增(1)	找(1)	況(1)	需(1)	爾(1)	近(1)	刻(1入)
44.12%	43.90%	43.24%	42.86%	42.86%	42.86%	42.86%	41.67%	41.67%	41.46%
21	22	23							
止(1)	突(1入)	次(1)							
40.54%	40.54%	40.48%							

逐：這是古入聲字，古音韻為【直六切，通合三入屋澄】，舌上全濁澄母，現全濁聲母已清化。

表 21.【逐】

類型	發音詳情	讀字人次	百分比
正確	zhú	16	44.44%
S	shú	2	5.56%
	zú	6	16.67%
D	zhū	1	2.78%
	zhù	2	5.56%
SY	xú	2	5.56%
SD	shū	1	2.78%
	shù	1	2.78%
	zǔ	1	2.78%
SYD	shì	1	2.78%
	xū	2	5.56%
	xǔ	1	2.78%
總和		36	100.00%

此字總錯讀率高達 55.56%、20/36 人次，而且分佈於五個類型當中。其中 S 類型的錯讀率最高，達到 22.23%、8/36 人次，主要錯讀為 zú，佔 16.67%、6/36 人次，聲母由翹舌音「zh」錯讀成平舌音「z」。

(九) 綜合以上各類

S：主要是翹平舌混讀，尤其是「zh、z」的互換，其次是「ch、c」的互換，錯讀總與普通話相反。這與廣東話無關，反而是受古聲母的影響。一般凡古精母字易錯讀成翹舌，章、知母字易錯讀成平舌。

Y：是前後鼻韻母顛倒，尤其是「in」錯讀成「ing」，已經到了泛濫的地步。而廣東話和普通話一樣，前後鼻韻母分得很清楚，錯讀與廣東話標準音無關，是由現代人的「懶音」造成的。

D：是一、四聲互錯。四聲字錯讀率最高，而且主要錯讀為一聲；其次一聲錯讀為四聲的情況非常突出，其他規律性不強。錯讀受廣東話以及古聲調影響都不是很大，其中有一半的字完全不受影響，主要錯讀是古入聲字造成的。普通話入派四聲，而廣東話又保留了入聲字，從而造成聲調混讀。

SY：重點在翹、平、舌面這三組聲母的互錯，尤其是翹舌讀舌面，錯讀最為嚴重；其次是翹舌讀平舌。這類錯讀量很大、也很雜。錯讀完全受廣東話影響的不多，但有一半的字多少都受到一定程度的影響。由於這三組難聲母與四呼相拼時是互補的，聲母錯，韻母跟著錯。而廣東話與之對應的只有一個舌葉音，因此對聲韻的這些對應規律不敏感。

SD：重點還在三組難聲母。另外就是鼻、邊音「n---l」錯讀，磨擦音「h---f」錯讀。聲調主要還是四聲錯讀一聲。此類錯讀率不高、量不大，其中入聲字是造成錯讀的主要原因。

YD：此類錯讀率極低，無特別規律。

SYD：受廣東話影響非常嚴重，入聲字是錯讀的主要原因。而問題主要出現在翹舌音。

七類字外一級難度字總錯讀率比較高，各單項錯讀又比較平均，錯讀情況與前幾類相同。

結論：單一偏誤受廣東話影響較小，其中 D 類受的影響大一些；混合偏誤受廣東話影響大，尤其是 SYD 類，應是教學的重點、難點。

聲母錯讀主要在三組難聲母，重點在「**zh**、**z**」的混讀；韻母錯讀主要在前後鼻韻母，重點在「**in**」錯讀成「**ing**」；聲調錯讀主要受古入聲字影響一、四聲的互錯。要重視入聲字、同時還要重視受不同聲母連帶對韻母造成的影響。

四、教學建議和策略

普通話聲母的學習難點是翹、平、舌面三組，而廣東話對應這三組聲母只有一個舌葉音。施仲謀教授在《廣州音北京音對應手冊》(2001) 一書中統計到，「廣州音聲母『**dz**』(本人註：在此即指舌葉音) 在北京音中讀『**zh**』的約佔 53%，讀『**z**』的約佔 21%，讀『**j**』的約佔 16%」。也就是説超過一半都讀「**zh**」。

韻母學習的難點是分不清前後鼻韻母。

聲調四聲字錯讀率最高，在 83 個一級難度字中，有 14 個一聲字、18 個二聲字、17 個三聲字、34 個四聲字。胡裕樹 (1996) 説：「普通話去聲除包括古代的去聲以外，還包括陽上的一部分字和半數以上的古入聲字，結果普通話中的去聲字顯得特別多。」「古入聲字在普通話裏一半以上歸入去聲，三分之一以上歸入陽平，二者合計佔古入聲字總數的六分之五以上，剩下的少數入聲字歸入陰平和上聲，其中歸入上聲的最少。」「鼻音聲母、邊音聲母、『**r**』聲母和零聲母的陽入聲字，在普通話裏讀成去聲。」其餘「一般都讀成陽平」。由於大量古入聲字進入第四聲，又由於粵語保留古入聲字最完整，從而導致香港人讀普通話四聲錯字最多。

如何克服這些學習的難點，我認為手勢教學確實是一個非常有效的方法。人用嘴來説話，其中一個重要的部件就是舌頭，發不好音往往是舌頭在作怪。但舌頭在人家的口腔當中，你無法用手幫人把舌頭的位置擺好，不過手就可以。

手的哪個部位怎樣用力，人們的感覺最直接。因此我覺得，不僅是教師要做手勢，關鍵是幫助學員做好手勢，要指出手的哪個部位代表舌頭的哪個部位，發音時這些部位怎樣用力。這種方法效果非常好，很多學了很久還發不好音的

人，用這種方法獲得了成功。不過在教學時千萬不要忽略人們的眼睛，眼睛是心靈的窗，如果他的眼睛望向其他地方，沒有注意這個手勢，那麼效果將大打折扣。

本人從事普通話教學 20 多年，我有一個感覺，用 X 光照出來的、真實的舌位圖人們往往看不明白，反而用手畫的、誇張的、簡單的圖紙能幫助人們發出準確的讀音。我把「**zh 、 z**」兩組的手繪圖放在下邊希望對人們的學習有所幫助：

圖 8. 翹舌音 zh ch sh r　　　　　　　圖 9. 平舌音 z c s

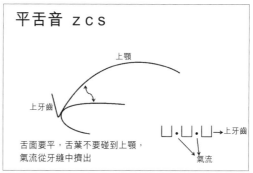

手勢教學是模仿教學的補充，是一種重要的輔助教學方式。用手模仿舌、唇等動作並同時發音，可以幫助人們發出準確的讀音，幫助語言學習困難的人士建立信心和希望，從而克服自卑、放棄的心理學好普通話。

上邊這些單字，很有代表性，可為教學提供素材，為教材、試卷的編寫，為教學重點的安排提供具有說服力的資料。

參考文獻

何秀煌、關子尹 (2001)〈香港、大陸、台灣 —— 跨地區、跨年代：現代漢語常用字頻率統計〉，香港：香港中文大學人類認知的跨科比較研究室和人文電算與人文方法研究室。

胡裕樹 (1996)《現代漢語》，上海：上海教育出版社。

黃安蕾 (2009)〈論普通話和粵方言的基本差異對香港地區普通話教學的影響〉，福建：廈門大學碩士學位論文。

劉藝 (1998)〈日韓學生的漢語聲調分析〉，《世界漢語教學》。

劉藝 (2008)〈粵方言區普通話字音的偏誤類型及字音習得的量化分析〉，《語言文字應用》，第二期，香港：香港理工大學中文及雙語學系。

施仲謀 (2001)《廣州音北京音對應手冊》，廣州：暨南大學出版社。

張群顯 (2008)《CBS 533 漢語 (二)：語音與文字》，香港：香港理工大學中文及雙語學系。

The Classification and Quantitative Analysis of Mispronunciations of 700 Most Commonly Used Putonghua Characters in Cantonese-speaking Regions

KO, Tsun Ling

Abstract

Seeing there is not enough quantitative analysis for Putonghua characters in Cantonese area, we carry out this serious, cautious and scientific investigation. Every single part of this paper, including choosing characters, constructing tables and graphs, listening and differentiating words, summarizing, classifying and analyzing results, has been carried out in line with responsible attitude of doing scholarly research. When the two language errors, single and mixed, combine with characters, syllables, consonants, vowels and tones in Putonghua, the language pronunciation errors made in 700 common characters have thus been divided into 7 categories. We then reached the conclusion by analyzing them from different perspectives.

The pronunciation errors in consonants are mainly caused by the confusion between retroflex and alveolar, especially in the category "**zh**" and "**z**". The pronunciation errors in vowels are mainly caused by the confusion between alveolar nasal vowels and velar nasal vowels, especially they tend to mistakenly pronounce "**in**" as "**ing**". The pronunciation errors in tones happen in "**Tone** 4" most frequently, which are mainly caused by "**the entering tone**". People usually mistakenly pronounce Tone 4 as Tone 1 and vice versa. In summary, "**single errors**" are being affected by Cantonese less than mixed errors. Most of the single errors are caused by mispronunciation of consonants in ancient entering tones which are relatively being affected by Cantonese more. "**Mixed errors**" are largely being affected by Cantonese, especially mispronunciation of words in all of the consonants, vowels and tones.

Hand gesture pedagogy is an important teaching method, which is a supplementary teaching method of imitation pedagogy.

Keywords　　single language errors, mixed language errors, File Entrance Rate, level 1, 2, 3 difficult characters, hand gesture pedagogy

從校訓看香港中華文化教育

施仲謀

摘　要

　　文章以辦學團體類型、宗教信仰及歷史傳承三個角度，探討辦學團體對校訓內容的影響，並就儒、釋、道三家思想，對校訓文化內涵加以分析。儒家思想是中華文化的主流，「博文約禮」、「克己復禮」、「明德新民」、「文行忠信」等校訓，佔了香港學校數目的一半以上，可體現其支配地位。而佛教團體所辦學校的校訓如「明智顯悲」、「慈悲喜捨」等，借着佛家思想的教化，使學生能認識自我，樹立正確的人生觀，並在生活中付諸實踐，以慈悲之心待人，奉獻社會。至於道教團體所辦學校的校訓如「明道立德」、「普濟勸善」等，既重內外修煉，又重濟世度人，為社會作出承擔。香港學校校訓的內容，能體現對中華傳統道德、民族精神的傳承，而其文化內涵更是深受中華傳統文化思想的浸潤，並彰顯中西文化思想的交流與融合。

關鍵詞　　校訓　中華文化　儒家　香港　教育

一、前言

　　1841 年以後，在英國的統治和中西文化的交流之下，香港的教育產生了劃時代的變化，傳統的學塾教育逐步被現代教育所取代。校訓也隨着教會學校的建立，西方現代教育的逐步引入而成為大多數中、小學校園文化中所必備的元素。為了考察中、小學校訓所反映的文化教育元素，我們調查了本港的 1,096 所中、

施仲謀，香港教育大學中國語言學系，聯絡電郵：cmsi@eduhk.hk。

小學校。其中，119 所學校沒有校訓或沒有回應查詢。擁有校訓的學校數量，達到被調查學校總數的 89.15%。

香港的中、小學校訓，從語言上來看，有使用中文的 (如惇裕學校的「惇孝裕昆」)；有使用英文的 (如五旬節聖潔會永光書院的「Development of Soul Mind Body」)；還有中、英文兼用的 (如啟思中學「Be Positive, Act Positvely 正面思維，知行合一」)。使用中文校訓的學校中，有使用文言文的 (如五邑司徒浩中學的「崇德敦行，進學退思」)，也有使用白話文的 (如官立嘉道理爵士小學的「善用每一天」)。

從校訓的語言結構上來看，有以白話文或文言文整句作為校訓的，且多為教會學校取自聖經白話譯本或文言譯本 (如「教養孩童，使他走當行的道，就是到老他也不偏離。」，「凡事長進，連于元首基督。」) 等；有以四字或多個四字表述並列的，且多為對仗的句式 (如「敦品力學，立己善群」，「堅毅不屈，勇於承擔，忠誠待人，勤奮不懈」) 等；有三字表述的 (如「勤有功」，「勤而樂」) 等；有兩個字或多個二字表述並列的 (如「恒毅」，「自律、互愛」，「恒心、寬恕、容忍」，「明道、律己、忠主、善群」) 等；還有一字表述或多個一字表述並列的 (如「愛」，「愛、真、誠」，「博、智、禮、群」，「孝、悌、忠、信、禮、義、廉、恥」) 等。

從校訓的內容來看，可大致分為三類：為學之道，勸勉學生努力學習，掌握學習的方法 (如「博學、審問、慎思、明辨、篤行」，「進學明道」，「志學知天」) 等；品德修養，對如何修身做人提出具體的要求 (如「修己善群」，「謙恭仁愛」，「克明峻德」，「至善達德」，「思明俊德」，「明德修身」，「立誠明善，擇善力行」) 等；社會責任，強調個體對於社會奉獻與責任 (如「慈悲博愛」，「博愛行仁」，「尊仁濟世」，「普濟勸善」，「公誠仁愛」) 等。

香港中、小學校訓的內容不僅受到辦學團體的直接影響，更受到中、西兩種文化的深層影響。通過分析校訓背後的文化內涵，更可以看到校訓對於中華文化面貌的反映。

二、辦學團體對校訓內容的影響

香港的辦學制度與世界其他地區有所不同，其最為獨特的就是「津貼學校」制度。津貼學校數量佔到學校總數的 90% 左右，其實質上是介乎公立和私立之間的一種公費私營學校。而正是這樣一種在香港特殊文化背景下產生的辦學制度，讓不同的辦學團體可以按照各自所秉持的教育理念辦學，充分發揮教育多元化的功效。對學校教育理念、校園文化有着高度概括性的校訓，其內容無疑受到辦學團體最直接的影響。

通過對全港各中、小學校訓的逐一分析，並結合各學校自身的辦學歷程概述，學校歷史簡介，以及有關校刊、校報文獻的敍述，辦學團體對校訓內容的影響歸納為以下三個因素：辦學團體的類型、宗教信仰、歷史傳承。

(一) 辦學團體的類型

香港各中、小學的辦學團體，除香港特區政府外，還有宗教團體、民間慈善機構、宗親會、同鄉會、商會、工會、校友會、行業協會、其他社會組織以及英基協會等國際學校組織。近年來，甚至還出現了由個人獨立創辦、有着獨特教學理念的學校。種類豐富的辦學團體也造就了內容豐富，形式多樣的校訓。結合所搜集到的校訓，實際上即使辦學團體類型相近，其校訓也可以各呈異彩。

在由特區政府開辦的官立學校中，其校訓各異，如「敦品勵學 (屯門官立小學)」，「誠正達仁 (荃灣官立中學)」，「樂善勇敢，服務社群 (元朗官立小學)」等。且不同學校，表述各有不同，鮮見雷同者。

在由民間辦學團體所辦學校中，隸屬於同一辦學團體的不同學校，其校訓往往相同或是相似。例如，保良局下屬各學校校訓皆採用「愛、敬、勤、誠」；東華三院下屬學校校訓全部採用「勤、儉、忠、信」；仁濟醫院下屬學校全部使用「尊仁濟世」的校訓；樂善堂下屬學校都使用「仁、愛、勤、誠」作為校訓。此外，香海正覺蓮社 (「覺正行儀」)、道教香港青松觀 (「尊德貴道」)、香港明愛 (「忠誠勤樸，敬主愛人」) 等宗教團體所辦學校的校訓也都採用統一的校訓。保良局與香港道教聯合會合辦的保良局香港道教聯合會圓玄小學，其校訓「愛敬勤誠，明道立德」分別是保良局與香港道教聯合會各自下屬學校所通用的校訓。

　　至於國際學校方面，由於教育理念及教育制度等方面的原因，這些學校大都沒有正式的校訓。不過，以弘立書院為例，該校推行國際文憑課程（International Baccalaureate），學校的使命是培養勤學好問、知識淵博、富有愛心的年輕人，學生通過對多元文化的理解和尊重，為開創更美好、更和平的世界貢獻力量。與此同時，學校也提倡忠、孝、仁、愛、禮、義、和、平「八德一智」的核心價值，可見中華文化於此亦擔當重要角色。

（二）宗教信仰

　　在全港眾多的非政府辦學團體中，由宗教團體興辦的學校，為數佔現時香港所有中小學總數的一半以上。宗教團體所興辦的學校，其校訓內容在很大程度上受到所屬宗教信仰的直接影響。

　　在香港這樣一個文化多元的社會中，各種宗教信仰和諧共存。佛教、道教、伊斯蘭教、天主教、基督教以及民間信仰都有相關團體興辦學校。香港佛教聯合會轄下各學校的校訓為「明智顯悲」；香港道教聯合會下屬學校校訓為「明道立德」；中華回教博愛社轄下學校校訓為「博學愛群」；崇奉儒、釋、道三教的嗇色園，其轄下學校校訓則是「普濟勸善」。而在宗教團體興辦的學校中，數量最多的當數基督教、天主教相關團體和組織興辦的學校。這些學校的校訓，除了常見的「非以役人，乃役於人」和「信、望、愛」外，亦常直接從《聖經》等經典中選取相關語句作為學校的校訓，如「敬畏耶和華是智慧的開端，認識至聖者便是聰明」便是選自《舊約聖經・箴言》第 9 章第 10 節的經文。

　　受宗教信仰影響，宗教團體所辦學校的校訓，反映出鮮明的宗教色彩。我們很容易從校訓中就了解到學校背後辦學團體的宗教信仰。

（三）歷史傳承

　　所謂辦學團體歷史傳承的影響，是指校訓成為學校或辦學團體建立、發展的見證，反映出學校或辦學團體變遷的歷史過程。雖然這類學校在所調查學校總數中所佔的比例不高，但卻是影響校訓內容的一個特殊因素。

　　在香港，有好幾所校名稱為「真光」的學校。其校訓都是「爾乃世之光」（《聖經・馬太福音》第 5 章第 14 節）。初看起來，與香港本地眾多的教會學校校訓

差別不大。只有進一步了解其校史才會發現，這條由創校人那夏理女士（Harriet Newell Noyes）於建校之初所擬定的校訓已經伴隨這幾所學校輾轉多地，走過了一百多年的發展歷程。1872 年 6 月 16 日，美國基督教傳教士那夏理女士於廣州沙基金利埠（今六二三路容安街）創立真光書院。這所學校是南中國首間女子中學。後來為方便香港學生入學，才於 1935 年在港建校。香港的眾多「真光」學校與廣州的「真光」學校至今仍使用着相同的校訓與相似的校徽、校歌。「爾乃世之光」的校訓見證了穗、港兩地「真光」學校的變遷，它將「真光」一百多年的歷史與現實連接在了一起。「真光」的精神與追求也將繼續在這條簡短的校訓中傳承下去。

無獨有偶，1888 年始創於廣州，於抗戰初期後來港的香港培道中學（校訓為「愛、誠、貞、毅」）；1889 年開辦於廣州，曾獲「北有南開，南有培正」美譽的香港培正中學（校訓為「至善至正」）也都受到歷史傳承的影響而一直將「祖校」的校訓沿用至今。創立於 1977 年的中華基督教會燕京書院，由前燕京大學香港校友會贊助了部分創始經費。其取名「燕京」，校訓沿用與燕京大學相同的校訓「因真理，得自由，以服務」的原因，即是希望該校能繼承及發揚燕京大學的辦學精神與傳統。1986 年，滬江大學香港同學會為紀念母校八十周年校慶，倡議並興辦了滬江小學。滬江小學的校訓（「信、義、勤、愛」）、校徽、校歌全部與滬江大學相同，足見創辦者期望之殷切。由新亞教育文化會創辦的新亞中學，使用與新亞書院相同的，由錢穆先生題寫的「誠明」校訓。由香港幾所大學同學會、校友會所創辦的學校校訓基本沿用其大學校訓，或對其內容有所增加。香港中文大學校友會聯會教育基金會有限公司下屬各學校沿用中大校訓「博文約禮」。嶺南大學香港同學會直資小學沿用嶺南大學校訓「作育英才，服務社會」。源自嶺南大學的嶺南教育機構，其下屬學校則都使用與嶺南大學校訓相似的「弘基格致、服務社群」作為校訓。香港大學畢業同學會教育基金下屬各學校校訓將港大校訓「明德格物」延伸為「明德惟志、格物惟勤」。香港浸會大學附屬學校王錦輝中、小學校訓，則將浸大「篤信力行」的校訓發展為「敏求篤信、明辨力行」。而在香港歷史悠久、享負盛名的男校英皇書院，其同學會所辦學校──英皇書院同學會小學，也採用與英皇書院相同的校訓「慎思篤行」。辦學團體對歷史的傳承，為所辦學校賦予了厚重的文化內涵。

前述三點可看作是影響校訓內容的表層因素，而對校訓內涵起到深層影響的則是校園文化乃至社會文化的各個方面。香港作為中西文化薈萃交融之地，東西方文明都在這座國際化都市留下了深深的印記。香港自開埠以來，許多西方傳教士紛紛來到這裏，他們除了傳教之外，多從事諸如開辦學校，翻譯、出版中西方書籍等文化教育工作。在中西方文化的交流中，中、英兩國的文化傳統直接影響着香港文化與教育的發展。由於政治環境特殊，香港的社會環境相對自由、安定，宗教與社會團體十分興盛，民間的各類社團也熱衷興辦教育事業。因此，無論傳統的舊式教育，還是新的現代教育，東西方的教育都在這裏自由發展，互相影響，相互融合。

就香港學校的校訓文化內涵而言，中華文化的影響是廣泛而深遠的。校訓的內容體現出對中華傳統道德、民族精神的傳承，而其文化內涵更是深受中華傳統文化思想的浸潤，並彰顯出中西文化思想的交流與融合。但由於香港華洋雜處的文化教育氛圍由來已久，如果單一的以辦學團體或宗教信仰等因素來對全港各所學校的校訓內涵加以歸類分析，恐怕有失偏頗，更有矛盾之處。故筆者主要討論以儒家文化為代表的中華文化思想對校訓產生的影響，兼論基督文化及其他文化對校訓文化內涵的影響。在分析校訓所呈現的文化思想的同時，結合辦學團體的歷史傳統、宗教信仰等因素，梳理其間中西文化交流融合的過程。

三、中華文化對校訓文化內涵的影響

中華傳統文化思想源遠流長，歷經春秋戰國時期百家爭鳴的繁榮之後，逐步形成了以儒家為正統，融匯諸子思想精粹，儒、釋、道三家互相影響的思想體系。

(一) 校訓中所體現的儒家思想

儒家思想是中國思想文化的主流，香港地區學校的校訓同樣反映了儒家思想的這一主流地位。僅僅從思想文化內涵的角度，對所搜集到的校訓進行分類，能夠反映儒家文化思想，體現儒家文化思想影響的校訓就有 562 條，佔全香港中

小學總數的 51.28%，佔擁有校訓學校總數的 57.52%。

這 562 條校訓又可分為校訓內容源自儒家經典文獻，校訓內容體現儒家傳統思想或完全借用儒家語彙，校訓內容部分借用儒家語彙或同時反映儒家思想與西方基督文化思想三類。

校訓內容源自儒家經典文獻的一共有 138 條，這些校訓的來源散見於《論語》、《孟子》、《尚書》、《禮記》、《周易》、《左傳》、《孝經》、《荀子》、《三字經》、《千字文》等文獻中。有關校訓來源、校訓、以及使用該校訓的學校，如〈表 1. 源自儒家經典文獻的校訓分析表〉。

校訓源自儒家經典文獻中的相關語句，反映了儒家思想文化對於各中、小學校園文化的直接影響。而儒學史上著名思想家的有關思想以及後世對於儒家思想的概括總結則也成為了眾多學校校訓的來源。這類校訓體現了儒家思想對於校訓文化內涵的深刻影響。

「修己善群」是南宋名儒朱熹教育思想的重要組成部分。他在白鹿洞書院講學期間，親自擬定了《白鹿洞書院揭示》。這份類似學規的文本，明確了教育的任務，闡明了教學的過程，對學生的修身、處事、接物也提出了基本要求。在朱熹看來，教育首先是要教導學生去反省自身，不斷完善自我，達到個人的提升；同時也應當與周圍的群體相處融洽，進而服務社會大眾。朱熹「修己善群」的教育思想對後世的書院教育影響很深，在香港，共有 7 所學校使用「修己善群」作為校訓，這其中不僅有官立中學（將軍澳官立中學），還有基督教會開辦的學校（中華基督教會蒙黃花沃紀念小學）。

提及明代大儒王守仁的教育思想，他針對程朱理學「知先後行」主張而提出的「知行合一」思想，體現了他在道德教育中對於實踐和實際效果的重視。王守仁認為：「知是行之始，行是知之成。若會得時，只說一個知，已自有行在。只說一個行，已自有知在。」（王陽明，2012）「知行合一」的實質在於把「知」和「行」結合起來，要求人們不能離開「行」而只追求「知」。許多學校都會用「知行合一」來作為校訓。在香港，有 4 所學校的校訓含有「知行合一」，這其中有民間社團所辦學校（三水同鄉會禤景榮學校），也有天主教會所辦學校（恩主教書院），還有國際文憑組織學校（啟思中學）。

「五倫」是儒家倫理學說的重要原則之一，它強調在父子、君臣、夫婦、兄

表 1. 源自儒家經典文獻的校訓分析表

儒家經典文獻		校訓來源的具體語句	有關校訓	使用有關校訓的學校
書名	篇章			
《論語》	學而第一	有子曰:「其為人也孝弟,而好犯上者,鮮矣;不好犯上,而好作亂者,未之有也。君子務本,本立而道生;孝弟也者,其為仁之本與!」 子曰:「弟子入則孝,出則弟,謹而信,泛愛眾,而親仁。行有餘力,則以學文。」	博學親仁;孝悌忠信;孝悌勤;孝悌忠信禮義廉恥	筲箕灣東官立中學;閩僑中學;聖母無玷聖心學校;孔聖堂中學
	雍也第六	子曰:「君子博學于文,約之以禮,亦可以弗畔矣夫!」	博文約禮	中文大學校友會聯會下屬學校(3 所);長洲官立中學;大埔官立中學;加拿大神召會嘉智中學
	雍也第六	子貢曰:「如有博施於民而能濟眾,何如?可謂仁乎?」子曰:「何事於仁,必也聖乎!堯舜其猶病諸!夫仁者,己欲立而立人,己欲達而達人。能近取譬,可謂仁之方也已。」	博文愛德	博愛醫院陳國威小學;博愛醫院陳楷紀念中學;英華中學;博愛醫院鄧佩瓊紀念中學
	雍也第六		立己愛人;己立立人;立己達人;明道立己,好學立人;立己立人	東涌天主教學校;仁愛堂田家炳中學;五育中學;中華基督教會馮梁結紀念中學;路德會;鄧鏡波學校;會沙崙學校;天主教南華中學
	述而第七	子曰:「志于道,據於德,依于仁,游於藝。」	志于道、游於藝	佐敦道官立小學
	述而第七	子以四教:文、行、忠、信。	文行忠信	金文泰中學;粉嶺官立中學;柏立基教育學院校友會中學(2 所);順德聯誼總會下屬學校(11 所)
	泰伯第八	子曰:「篤信好學,守死善道。……」	篤學力行	興德學校
	子罕第九	子曰:「知者不惑,仁者不憂,勇者不懼。」	智者不惑、仁者不憂、勇者不懼	北角衛理小學
	顏淵第十二	顏淵問仁。子曰:「克己復禮為仁。一日克己復禮,天下歸仁焉。為仁由己,而由人乎哉?……」	克己復禮	喇沙書院
	子路第十三	子曰:「君子和而不同,小人同而不和。」	和而不同	地利亞(閩僑)英文小學;地利亞修女紀念學校(百老匯)

書名	篇名	原文	校訓	學校
《論語》	子張第十九	子夏曰：「博學而篤志，切問而近思，仁在其中矣。」	博學篤志	香港鄧鏡波書院；十八鄉鄉事委員會下屬學校（2所）；香港中國婦女會學校（3所）
	離婁上	子夏曰：「百工居肆，以成其事，君子學以致其道。」	學以致用	中華基督教會基新中學
《孟子》	離婁上	孟子曰：「……誠身有道：不明乎善，不誠其身矣。……」（《禮記·中庸》亦有相同語句）	明善誠身；明善力行；立誠明善力行；擇善力行	趙聿修紀念中學；滬江維多利亞學校（中、小學）；新會商會學校
《尚書》	虞書·堯典	「……克明俊德，以親九族。……」	克明俊德	聖言中學；天主教博智小學
	商書·說命下	說曰：「……惟學，遜志務時敏，厥修乃來。允懷於茲，道積於厥躬。……」	敬遜時敏	寶安商會溫浩根小學；寶安商會王少清中學
	周書·周官	「……戒爾卿士，功崇惟志，業廣惟勤。惟克果斷，乃罔後艱。」	業廣惟勤	皇仁舊生會中學
《左傳》	宣公十二年	「林父之事君也，進思盡忠，退思補過，社稷之衛也。」	崇德惟志；進學退思	五邑司徒浩中學
《禮記》	學記	「古之教者，……一年視離經辨志，三年視敬業樂群，五年視博習親師，七年視論學取友；……」	敬業樂群	般咸道官立小學；李升小學；大埔官立小學；崇蘭中學
	中庸	「……博學之，審問之，慎思之，明辨之，篤行之。……」	慎思篤行；慎思明辨；明辨篤行；博學、力學、明辨篤行、博學、篤行；博學多誠、仁而愛人；博學慎思；博學弘德；博學明思；博學展才、創意求新；敏行、正心、博學、日新	英皇書院及其同學會（下屬學校（3所）；天主教領島學校（伍所中學、小學；德蘭中學；中華基督教會香港區會下屬學校（2所）；恒生商學院；香港潮陽同鄉會下屬學校（2所）；文理書院（香港、九龍）（2所）；浸會大學附屬學校（2所）；大角嘴天主教小學；梁文燕紀念中學（沙田）；華英中學（海帆道）；梁文燕紀念中學（沙田）；紡織學會美國商會胡漢輝中學；張祝珊英文中學；塘尾道官立小學
	中庸	「誠者，天之道也；誠之者，人之道也。」；「自誠明，謂之性；自明誠，謂之教。誠則明矣，明則誠矣。」	誠明；忠恕誠明	新亞中學；新會商會中學；天主教郭得勝中學

（續）

典籍	篇章	原文	校訓	學校
《禮記》	大學	「大學之道，在明明德，在親民，在止於至善。……」	明德惟志；格物惟勤；明德惟新民；止於至善；明德惟馨；明德修身；博愛明誠；思明至善；明明至善；至善	港大同學會下屬學校（2所）；聖瑪加利教育機構下屬學校（中、小學）（2所）；瑪利諾修院學校（中、小學）；閩僑小學；大埔、九龍三育中學；荃灣公立何傳耀紀念中學；小學，聖若瑟英文小學，天主教普照中學，天水圍天主教小學，田家炳中學，深培中學，天主教新民書院，天主教培聖中學
		「古之欲明明德於天下者，……欲修其身者，先正其心；欲正其心者，先誠其意；欲誠其意者，先致其知；致知在格物。物格而後至，知至而後意誠，……」	誠正；格致正誠；明德惟志、格物惟勤；致知力行；恆善致知；明道致知；謙恭進德、力學致知	新會商會陳白沙紀念中學；觀塘官立小學〈秀明道〉；港大同學會下屬學校（2所）；聖公會林裘謀中學；天主教慈幼會伍少梅中學；浸信會呂明才中學；福德學校
		湯之盤銘曰：「苟日新，日日新，又日新。」	立己立人；日新又新；明道日新；敏行、正心、博學、日新	路德會沙侖學校；聖公會白約翰會督中學；張祝珊英文中學
《周易》	乾卦·象傳	「天行健，君子以自強不息。」	行健自強；自強不息	
	乾卦·文言傳	九三曰：……子曰：「君子進德修業，忠信，所以進德也，修辭立其誠，所以居業也。……」 九四曰：「……君子進德修業，欲及時也，故無咎。」	進德修業；進進修業；服務忠信，進德修業；謙恭進德、力學致知；修業立德	張振興伉儷書院；何文田官立中學；裘錦秋中學校董會下屬學校（3所）；麗澤中學；長沙灣天主教英文中學；明愛白英奇專業學校；慈雲山天主教小學；黃大仙天主仙天主教小學
	繫辭上	……夫易，聖人所以崇德而廣業也。……	崇德廣業	九龍塘官立小學；農圃道官立小學；聖嘉祥學校；深水埔街坊福利會小學；福德學校
《孝經》	三才章	……子曰：「先王見教之可以化民也，是故先之以博愛，而民莫遺其親，陳之以德義，而民興行。……」	博愛行仁；博愛仁；省善修德；博愛明誠	港九潮州公會中學；港九潮州公會馬松深中學；深培中學 博愛醫院下屬學校（4所）；深培中學
《荀子》	勸學	「吾嘗終日而思矣，不如須臾之所學也。吾嘗跂而望矣，不如登高之博見也。」	登高博見	庇理羅士女子中學
《三字經》		「勤有功，戲無益。」	勤有功	皇仁書院；聖公會聖西門呂明才中學

弟、朋友之間實現「父子有親，夫婦有別，君臣有義，長幼有序，朋友有信」的理想狀態。與「五倫」相呼應的是「五常」。「五常」中的「仁、義、禮、智」由孟子首先提出，後由董仲舒擴充為「仁、義、禮、智、信」。「五常」作為儒家倫理價值體系中最為重要的行為準則在中國傳統社會被廣泛接受。尤其在傳統的私塾教育中，「五常」是私塾塾師教育學生所要遵循的基本準則。因此，在深受傳統教育影響的香港，許多學校的校訓都反映出對儒家傳統思想的傳承。

在體現儒家傳統思想的校訓中，除了直接使用「五常」的內容，作為傳統社會基本道德標準的「五常」也常與儒家的核心思想「仁」，以及「四維八德」中的相關表述混合使用，有時還會加入其他一些被傳統社會所認同的中華美德，如「勤」、「儉」、「毅」、「謙」、「勇」、「節」、「友」等。這類校訓數量眾多，且內容變化多樣。這其中亦不乏相當數量的基督教、天主教教會學校，其校訓完全借用儒家的語彙。有關校訓舉例見下表：

表 2. 教會學校校訓借用儒家語彙分析表

三字校訓						
誠恕愛	智仁勇	勇智仁	智信愛	勤誠儉	勤而樂	
四字校訓						
愛敬勤誠	愛健忠勤	博智禮群	誠愛勤樸	誠敬勤健	誠信勤毅	誠正達仁
誠正思行	德智健勤	惇孝裕昆	公樸勤信	公誠仁愛	禮仁勤信	禮義勤儉
謙愛勤誠	謙恭勤慎	謙慎誠敏	謙信勤敏	勤誠禮愛	勤誠勇毅	勤儉愛誠
勤進忠誠	勤儉忠信	勤懇謙讓	勤廉信慎	勤敏愛誠	勤信仁義	勤孝友誠
勤孝忠誠	勤毅誠樸	仁愛勤誠	仁誠敏毅	仁樂進勤	仁毅樂誠	仁義勤儉
仁智善德	孝信禮義	信義勤愛	毅敏仁義	友愛忠信	真謙恒誠	智仁勇達
智義勇節	智勇勤誠	忠愛勤儉	忠禮勤樸	忠恕勤敏	忠孝勤誠	忠義仁勇
忠勇禮智						
五字校訓			**六字校訓**			
德勤博美新			仁信謙禮忠毅			

　　還有一些校訓則將上述單字表述的道德品質與一些單字動詞合用，形成「動賓結構」，舉例見下表：

表 3.「動賓結構」的校訓分析表

博識修身	崇德尚學	創業興仁	敦品勵學	好學力行	恒德弘毅	敬教勸學
克勤自勉	樂善忠信	勵志揚善	敏思慎行	敏事正道	明禮尚義	明善力行
求真擇善	尚義克勤	思明俊德	務本力學	宣道展慈	修業立德	臻善敏行
正己修業	正心修身	至知至善	尊德問學			

　　雖然香港的基督教、天主教教會學校眾多，教會學校也多於日常教育教學中滲透宗教思想；但從校訓的內容表述和文化內涵來看，卻明顯受到儒家思想的深刻影響。而同時反映儒家思想與西方基督文化思想的學校，則無一例外地都是教會組織或曾為教會組織所辦學校。這類學校的校訓，或以單字並列（如「仁義禮智信望愛」）；或使用動賓結構校訓（如「博文弘道」）；或三字並列（如「行仁愛，顯真理」）；或四字並列（如「孝悌忠信、服務人群」），在使用儒家語彙的同時，亦體現出傳統思想與基督信仰。

　　在分析校訓的內容與文化內涵時，如果不去考察校訓使用學校的宗教信仰背景，有時很難將基督教、天主教教會學校與其他無宗教信仰的學校區分開來。由此可見，校訓文化內涵深受中西文化交流融合的影響。

（二）校訓中所體現的佛家思想

　　佛教傳入香港，始於南朝劉宋年間，杯渡禪師駐錫屯門之時。（鄧家宙，2015，頁 6）香港的佛教團體自二十世紀三十年代起，開設了多間「義學」，以收留失學的貧苦兒童。何東爵士夫人張蓮覺居士鑒於當時女子教育不受重視，於1931 年在銅鑼灣波斯富街創立寶覺義學，為貧苦女童提供教育。寶覺義學即是現今寶覺中、小學的前身。慈航淨院智林法師於 1952 年創辦的慈航義學是今慈航學校的前身。二戰以後，大量僧眾為躲避戰亂而南下香港。這其中包括許多高僧大德，他們的到來，奠定了日後香港佛教蓬勃發展的基礎。二十世紀七十年代前後，逐漸發展壯大的香港佛教團體和其他宗教團體一樣，參與教育、衛生和社

會福利的推展。至今仍在運作的佛教學校中，絕大部分都是這一時期開始興辦的。

目前，香港的佛教辦學團體除香港佛教聯合會、香港佛教僧伽聯合會、佛教道場之外，還有佛教慈善機構，民間組織等。這些團體及其所辦學校校訓見下表：

表 4. 香港佛教學校校訓分析表

辦學團體名稱	下屬學校校訓	有關學校數量
香港佛教聯合會	明智顯悲；明平等智，顯同體悲； 明智顯悲，至善達德；	20
香海正覺蓮社	覺正行儀	7
東覺蓮社	慈悲博愛	3
志蓮淨苑	信解行證；慈悲喜舍，信解行證；	2
香港佛教僧伽聯合會	明心見性；公樸勤信；	2
妙法寺	明心見性	1
慈航淨院	明智顯悲	1
五邑工商總會	修業立德	1
圓玄學院	明道立德、慈悲喜舍	1

以香港佛教聯合會下屬學校校訓「明智顯悲」為例，其完整表述為「明平等智，顯同體悲」。所謂「平等智」，是佛教的術語。如來有四智：大圓鏡智，平等性智，妙觀察智，成所作智。平等智，是「平等性智」的簡稱。

東海正覺蓮社下屬學校校訓「覺正行儀」，體現了創辦團體佛化教育的特點。「覺正」是對佛教「八正道」（正見、正思惟、正語、正業、正命、正精進、正念、正定）的概括。「覺正」就是要憑藉着佛化教育，使學生覺悟到自己清淨高尚的本質，令其思想純潔，確立正確的人生觀。「行儀」則是讓學生以純正的思想，指導自己的言行。因為思想純正，言語和順，行為端正，使學生表現出了符合儀禮法度的狀態，而這就是學校以佛教思想教化學生的最終目標。

志蓮淨苑下屬學校的校訓「信解行證」，是對佛法修行過程的概括。《佛學大辭典》對此的解釋是：「是佛道之一期也，先信樂其法，次了解其法，依其法而修習其行，終證得其果也。」（丁福保，1984，頁 829）「信」，就是對三寶的

正信。「信解行證」的修行方法於學校教育而言，就是引導學生通過學習、思考、實踐以達到對人生境界的提升。佛家修行的智慧之學，為學校的教育提供了有益的借鑒。

其他佛教團體所辦學校的校訓也反映了上述的佛家思想。這些辦學團體都希望借着佛家思想的影響與教化，使學生能夠充分認識自我，樹立正確的人生觀，並在生活中將其付諸實踐，以佛家的慈悲之心對待社會大眾，奉獻社會。

(三) 校訓中所體現的道家思想

清代時，香港已興建了不少道觀。民國時，自羅浮山而來香港的許多晚清遺老信奉道教，促進了香港道教的發展。此後，道教團體開建宮觀，印行經書，既重內外修煉，又重濟世度人，為社會作出貢獻。在教育方面，香港的道教學校主要由香港道教聯合會和道教香港青松觀兩個團體興辦，共計 14 所。

香港道教聯合會下屬學校的校訓皆為「明道立德」。「明道立德」是道家的傳統主張，香港道教聯合會在辦學中，一直強調通過「道化教育」來實現對「道」的了解，對「德」的樹立。所謂「道」，是引導人向善，幫助人們建立正確的人生觀、價值觀。同時，樂善好施、扶危濟困，也是道教所推崇的「道」。道家對於環境保護的重視，也讓愛護自然成為珍愛自己，尊重他人之外的另一種「道」。所謂「德」，即是中華傳統文化中的優秀品德。通過道教藝術文化的薰陶與道化教育的「內外兼修」，道家「明道立德」的主張便在學校的教育、教學過程中得以實現。

道教香港青松觀下屬學校的校訓是「尊道貴德」。「尊道貴德」的思想源自《道德經》中關於道生德育的論說。《道德經》云：「道生之，德畜之，物形之，勢成之，是以萬物莫不尊道而貴德。道之尊，德之貴，夫莫之命而常自然。」閔智亭道長在其所撰《道教的根本教理及其核心信仰》一文中，曾指出「道」和「德」是道教的根本教理和核心信仰。（閔智亭，2003）修道必須立德，立德的關鍵在於提升自我修養，樹立良好品德。

此外，由尊崇三教的嗇色園主辦的 10 所學校，其校訓「普濟勸善」是香港黃大仙信仰的核心思想。黃大仙信仰自傳入香港以來，一直以「普濟勸善」的思想教化信眾。1960 年代以後，嗇色園的「勸善」工作藉由育才興學開始融入社會，

逐步轉為傳播傳統道德文化。到了 1970 年代，嗇色園因「懼夫青年學子，崇拜物質享樂，囿於物欲與私利，而忘其精神生活及正義與公益（《三教經訓序》）」，於是編纂《三教經訓》，在中學課程中，增設「經訓」科，讓學生認識三教要義，加強品德培育。1995 年，《三教經訓》改為《三教經訓科教材》，採用較為生活化的例子來闡釋三教的義理，使學生能夠更加容易理解。（吳麗珍，2012，頁 113）

四、基督文化及其他文化對校訓文化內涵的影響

香港教育從發展初期就一直受到中、英兩國文化傳統的影響。在香港被割讓給英國之後，基督教會隨着英國人的到來，開始了其傳教工作。為了傳播宗教信仰，教會一方面建立教堂、神學院，一方面則開設學校。（王齊樂，1996，頁 85）教育成了與傳教同等重要的事業。而隨着外國傳教士在華活動範圍的擴大，香港成為他們進入中國內地傳教的跳板，教會學校的發展一度活躍。（同上，頁 119）在二戰以前，教會學校一直都是教育發展的先驅。二戰之後，因教會人員教育水準較高，也因港英政府的偏好，香港的教會與教育當局建立夥伴關係，代政府接替沒有能力承辦的中小學校。（陸鴻基，2004）到了 1960 年代到 1980 年代，香港教會學校的發展更是進入了全盛時期。時至今日，香港基督教、天主教相關團體所辦學校的數量，仍然佔到各類學校總數的一半以上。以基督文化為代表的西方文化對於校訓文化內涵的影響，不容忽視。

香港基督教、天主教學校的校訓大致可以分為兩類。一類校訓內容來源於聖經。這其中，一部分直接援引自聖經中的語句，另一部分是對聖經中的某些語句的轉述。而另一類校訓則是對基督教、天主教思想的概括。來源於聖經的校訓，具體分析見下表：

表 5. 源自聖經的校訓分析表

	篇章名稱	校訓舉例及所在章節	使用學校數量
舊約	詩篇	耶和華是我的亮光 (27:1)	2
		以耶和華為神的、那國是有福的。(33:12)	1
	箴言	寅畏上主是為智之本 (1:7)	2
		你要專心仰賴耶和華，不可倚靠自己的聰明，在你一切所行的事上，都要認定祂，祂必指引你的路。(3:5-6)	1
		敬畏耶和華，是智慧的開端，認識至聖者便是聰明。(9:10)	21
		教養孩童使他走當行的道，就是到老他也不偏離。(22:6)	1
新約	馬太福音	作鹽作光 (5:13-15)	1
		爾乃世之光 (5:14 文理和合譯本) 你們是世上的光 (5:14 國語和合譯本)	7
		你們要完全，像你們的天父完全一樣。(5:48)	2
	馬可福音	非以役人，乃役於人 (10:45)	52
	約翰福音	光與生命；人人為我，我為人人 (1:4 轉述)	3
		爾識真理，真理釋爾 (8:32 轉述) 真理使爾得以自由 (8:32 轉述)	5
		道路、真理、生命 (14:6 轉述) 基督是我們的道路、真理、生命 (14:6 轉述) 耶穌聖心是道路、真理、生命 (14:6 轉述)	3
	哥林多前書	為一切人，成為一切 (9:22 轉述)	4
		凡事包容，凡事相信 (13:7) 信望愛：凡事包容、凡事相信、凡事盼望、凡事忍耐 (13:7，13:13 轉述)	4
		如今常存的有信、有望、有愛，這三樣，其中最大的是愛。(13:13) 信望愛 (13:13 轉述)	23

（續）

	篇章名稱	校訓舉例及所在章節	使用學校數量
新約	以弗所書	凡事長進，連于元首基督。（4:15）	1
	腓立比書	你們顯在這世代中，要好像明光照耀。（2:15） 你們顯在這世代中，好像明光照耀，將生命的道表明出來。（2:15-16）	2
	歌羅西書	當用各樣的智慧，讓基督的道理，豐豐富富的存在心裏，用詩章、頌辭、靈歌，彼此教導，互相勸戒，心被恩感，歌頌神。（3:16）	1
	提摩太前書	不可叫人小看你年輕，總要在言語、行為、愛心、信心、清潔上，都作信徒的榜樣。（4:12）	1
	約翰一書	上帝是愛（4:10）	2
	啟示錄	取生命的水喝（22:17）	1

表 6. 概述教會思想的校訓分析表

四字句					
崇德尚藝	崇聖敬道	道成肉身	業精禱誠	敬神愛人	明道衛理
榮神愛人	信愛誠勤	遵循主道	同系於愛	以樂事主	主為我佑

八字句		
效法基督，榮神益人	協力藉恩，信主愛群	宣基行道，建德育才
耶穌乃主，十架為榮	忠誠勤樸，敬主愛人	以此徽號，汝可得勝
點燃火炬，照耀人群	服膺真理，締造和平	服從聖神，實踐真理

其他句式		
基督乃生命之主	因真理、得自由、以服務	身心齊共長，信愛並同增
學識與虔敬並重	我要時時讚美上主	天主是我的明燈
行公義、好憐憫、存謙卑心、與神同行。	遵循主道愛己愛人積極盡心各展潛能	
尚卓越煉剛毅熱切求真，效基督學舍己榮神愛人。		

　　從以上的分析和舉例可以看出，作為基督信仰道德觀中最重要的「愛」，在基督教、天主教學校的校訓中被多次提及，除了「愛神」之外，更強調「愛人」，重視與歌頌人的地位。西方文化中勇於探索，征服未知世界，以及追求真理的大無畏精神，同樣體現於校訓之中。

　　除了基督文化的影響，香港伊斯蘭教學校的校訓也反映着伊斯蘭文化的影響。在伊斯蘭教的歷史上，有許多教義學家都強調，伊斯蘭教是注重知識、鼓勵求學的宗教。（馬忠傑，1992，頁 8）他們還根據「求學為男女穆斯林的天職」的聖訓，主張興辦教育。「博學愛群」的校訓，便是伊斯蘭教教育觀念與道德觀念在校訓中的體現。

　　香港的基督教、天主教學校校訓，無論源自聖經的部分，還是對教義概括的部分，都傾向於使用文言表述或對仗的句式。這種形式工整、講求押韻的校訓形式，明顯不同於西方的校訓，很顯然是受到中國古代家訓、對聯、格言句式的影響。雖然校訓所表達的思想內容涉及西方的宗教教義，但其呈現形式卻是深受中華文化影響的傳統句式。

　　值得一提的是，香港的天主教學校中，有許多學校的校訓，完全是儒家思想的表述。如「克己復禮（喇沙書院）」，「智、義、勇、節（寶血女子中學）」，「克明峻德（聖言中學）」，「孝悌勤儉（聖母無玷聖心學校）」，「臻於至善，力行仁愛（聖若瑟英文中學）」等，如僅看校訓，而不顧及學校名稱及辦學團體，人們實在不容易察覺學校的宗教背景。儘管基督教、天主教相關團體所辦學校的數量，佔到各類學校總數的一半以上，相比以基督思想為代表的西方文化，香港中、小學校訓更多的是受到以儒家思想為代表的中華文化廣泛而深遠的影響。

參考文獻

鄧家宙 (2015)《香港佛教史》，香港：中華書局。

丁保福 (1984)《佛學大辭典》，北京：文物出版社。

陸鴻基 (2004)〈香港辦學制度回顧〉，《思》(雙月刊) 第 92 期，2004 年 11 月，頁 5-10。

馬忠傑 (1992)〈伊斯蘭教知識觀淺說 —— 兼談伊斯蘭教育〉，《中國穆斯林》1992 第 6 期。

閔智亭 (2003)〈道教的根本教理及其核心信仰〉，《中國宗教》，2003 年 04 期，頁 48-49。

王齊樂 (1996)《香港中文教育發展史》，香港：三聯書店。

王陽明撰、鄧艾民注 (2012)《傳習錄注疏》，上海：上海古籍出版社。

吳麗珍 (2012)《香港黃大仙》，香港：三聯書店。

School Mottos Revealing Chinese Cultural Education in Hong Kong

SI, Chung Mou

Abstract

This article starts with the introduction that presents an overview of primary and secondary school mottos in Hong Kong. The second section discusses the influence of school sponsoring groups on the content of school mottos, in relation to the types and religious beliefs of the school sponsoring bodies and their historical inheritance. The third section examines the impact of Confucianism, Buddhism and Taoism on the cultural essentials of school mottos. In the fourth section, an investigation is conducted into the effect of Christian culture on the connotation of the culture of school mottos. By comparing various influencing factors, the significance of traditional culture in affecting and guiding the determination of the content of school mottos is highlighted.

Keywords   school motto, Chinese culture, Confucianism, Hong Kong, education

析論理雅各《中國經典》
對香港語言文化教育的意義

梁鑑洪

摘　要

理雅各（James Legge）巨著《中國經典》，本文按其英文名稱使用《中國經典譯注》，是英語世界漢學經典之作，研究中國文化者不可忽視其價值。這巨著的體裁是兩文三語的典範，它有經典的原文、每段原文之後有英文譯文、每段原文都有注解。至於三語則體現於由粵音到官話標音方式的演變，反映西教士對粵語與普通話地位的前瞻。選擇《中國經典譯注》的英譯片段作英文教材，有助提升學生英語水平。同時，有些英譯片段也是英語朗誦的良好題材。各卷的學術性〈前言〉討論了與該經典相關的不同的題目，有助理解中國經學歷史文化。理雅各的譯文與注解，有不少段落受到他的文化背景影響，所以是研究中外文化交流的一個好途徑，大學一些學科可以把此套經典列入參考文獻。

關鍵詞　　兩文三語　教育　《中國經典》《論語》《孟子》

緒　論

理雅各（James Legge），1815 年 12 月 20 日出生於蘇格蘭亞伯丁郡的漢德利城（Huntly）（[美] 吉瑞德著，2011，頁 2）。1837 年進入聖公會的海伯雷神學院（Highbury Theological College）學習，接受了兩年神學訓練，被倫敦傳道會

梁鑑洪，香港樹仁大學，聯絡電郵：hkgerson2013@gmail.com。

派往馬六甲作傳教士，他與太太二人於 1838 年到達馬六甲，協助「英華書院」的教育工作，並且開始學習中文（[美] 吉瑞德著，2011，頁 17）。由此認識到把中國的《四書》、《五經》翻譯成英文的重要性。

1843 年，理雅各奉命把英華書院遷到香港（[英] 海倫・藹蒂絲・理著，2011，頁 509）。自此之後，就根據上述信念開始研究和英譯中國古代經典的工作。

《中國經典》初版分五卷，第一卷是《四書》上卷包括《論語》、《大學》、《中庸》，第二卷《四書》下卷《孟子》，同於 1861 年出版，第三卷是《書經》附《竹書紀年》於 1865 年出版，第四卷《詩經》於 1871 年出版，第五卷《春秋》與《左傳》於 1872 年出版。這套《中國經典》版本全是中英雙語對照本，有詳細的緒論和注釋。《中國經典》的英文全名是 *CHINESE CLASSICS: WITH A TRANSLATION, CRITICAL AND EXEGETICAL NOTES, PROLEGOMENA, AND COPIOUS INDEXES*。所以本人使用了《中國經典譯注》的名稱。

理雅各《中國經典譯注》的《四書》曾經修訂出版，第一卷名為《孔子生平與思想》（*The Life and Teachings of Confucius*），於 1867 年出版，包括《論語》、《大學》、《中庸》的英譯木。第二卷名《孟子生平與著作》（*The Life and Works of Mencius*），於 1875 年出版。這版本同樣是有詳盡的緒論和注釋，是英語本，沒有中文字。

理雅各於 1873 年回到英國，再將 1861 年出的《四書》修訂出版，第一卷於 1893 年出版，包括《論語》、《大學》、《中庸》。第二卷是《孟子》，於 1895 年出版。這版本同樣是中英雙語本，有詳盡的緒論及注解。這個版本的《四書》是對 1861 年版作出修訂和補充，補充了一些參考文獻，修訂了一些錯誤。而最大的特色，是對一些中文字的標音方式改變，1861 年版的《四書》使用了粵音的標音方式，而由 1893 年至 1895 年的《四書》，轉用了官話的標音方式。

現在由台灣南天書室出版的《中國經典》將《四書》合為一冊變成四大冊一套。

這套翻譯成為外國學生學習中國文化的範本，可供那些需要了解中國哲學、宗教道德的讀者閱讀（[美] 吉瑞德著，2011，頁 27-28）。《中國經典譯注》，是英語世界漢學經典之作。但中國人以至香港人，都不可忽視其價值。本文的目的是討論這套經典對香港人以至華人在語言文化上的意義。

本文分五個角度探討這問題，第一，這套《中國經典譯注》是兩文三語的典範；第二，這套經典是英語學習的教材；第三，此套經典是理解中國古文化的途徑；第四，此經典也可以是理解中西文化交流的材料；第五，此經典應用於香港教育的可行性。

一、兩文三語的典範

兩文三語是政府所提倡的教育政策與目標，當然也是實際需要，手懂得寫中文與英文，口可以講英語、粵語與普通話，可以說是很實際的需要。英語是國際語言，香港人懂得寫英文與講英語是必需。而香港人本身是中國文化的一份子，懂得寫中文是天經地義之事，《中國經典譯注》的體裁是兩文三語的典範。每一本經典的翻譯，正文的體裁是經典的原文、每段原文之後有英文譯文、每段原文都有注解（參附錄的書影一至六），是兩文的典範。

這種中文原文與英文翻譯對照，然後加以注解的形式，不是理雅各獨創，馬士曼（Marshman）《論語譯注》（*The Works of Confucius*）（參附錄書影七）經已使用這種中英對照並加注解的形式。理雅各將這形式優化了，排版比較講究。

香港的教育，強調兩文，就是中文與英文，讀中國的經典當然對我們的文學語言修養大有好處。如果在大學中文系的課程之中，加上中國經典的英譯的科目，在修讀中國經典的同時，也可以操練英文與英語，可以成為一個中英雙語並重的科目。

至於三語則體現於多音字由粵音到官話標音方式的演變，理雅各《孟子譯注》1861 年版使用粵語標音方式，但《孟子譯注》1895 年版卻使用了官話，現在稱為普通話的標音方式，反映西教士對粵語及普通話地位的前瞻。現在只引述三個字說明其轉變。

(一)「父」字讀音

《梁惠王下》第五章第五節：「古公亶父」（《孟子注疏》，1981，頁 36）。

理雅各《孟子譯注》1861 年版云：「the ninth in descent from Kung Lew, by

name Tʽan-foo（up 2nd tone）」（Legge James, 1861, p.39.）

「父」字粵音有陰上聲，音與「苦」同，古代對男子的美稱，也可表示老年人（何文滙，2001，頁 326）。另又有陽去聲，音與「付」同，讀如「祖父」之父（何文滙，2001，頁 327）。陸德明《經典釋文》云：「父，音甫」（陸德明，1985，上冊，頁 350）。理雅各取了粵音的陰上聲，音「府」。

理雅各《孟子譯注》1895 年版云：the ninth in descent from Kung Liû, by name Tan-fû（in 3rd tone）.（James Legge, 2001b, p.163-164.）

理氏在此取了普通話第 3 聲。根據《康熙字典》標點整理本，「父」字有 fǔ、fù 二個讀音，理雅各取了 fǔ 這個音，是對男子的美稱。（《康熙字典》標點整理本，2002，頁 642）

（二）「積」字讀音

《梁惠王下》第五章第四節云：「《詩》云：『乃積乃倉』。」（《孟子注疏》，1981 年，頁 35）。

理雅各《孟子》英譯本注 1861 年版云：「積，read tsʽze, up. 3rd tone, "to store up," "stores".」（Legge James, 1861, p.39.）

根據《廣韻》「積」有去聲與入聲兩音，去聲「子智切」（《廣韻》，1986，頁 346）。入聲「資昔切」（《廣韻》，1986，頁 516）。理雅各取了粵音的陰去聲。

理雅各《孟子》英譯本 1895 年版注云：「積，read ts'ze in 4th tone, "to store up," "stores."」（James Legge, 2001b, p.162-163.）

理氏在此取了普通話的第 4 聲，根據《康熙字典》標點整理本，積字有第 1 聲「jī」、第 4 聲「zì」兩個讀音。第 4 聲是積蓄之意（《康熙字典》，2002，頁 820）。

（三）「迎」字的讀音

《孟子・告子下》第一章第三節：「親迎則不得妻，不親迎則得妻，必親迎乎？」（《孟子注疏》，1981，頁 209）

理雅各《孟子》英譯本 1861 年版：「親迎（lower 3rd tone）.」（Legge James, 1861, p.298.）

「迎」粵音有二音，一是讀陽平聲「語京切」，讀音與「營」相同（何文滙，

2001，頁 206）。另一音是陽去聲「魚敬切」，讀與「認」同音（何文滙，2001，頁 207）。孫奭：「親迎，張餘慶切，下同。」（孫奭，1969，頁 20392）朱熹：「迎，去聲。」（朱熹，1985，卷 12 頁 1）都是，讀「認」音。理氏選取了粵音的陽去聲，讀「認」音。

理雅各《孟子》英譯本 1895 年版注：「親迎 (4th tone).」（James Legge, 2001b, p.422.）

根據《康熙字典》標點整理本，「迎」字有第 2 聲 yíng、第 4 聲 yìng 兩個讀音。「《正韻》：『凡物來而接之則平聲，物未來而往迓之則去聲。』」（《康熙字典》標點整理本，2002，頁 1237，理氏取了第四聲「yìng」）。

理雅各於 1843 年抵達香港，到 1861 年出版《四書》，大部分時間都是在香港做基督教的傳教工作，對着以粵語為主的香港人或廣東人，以粵語溝通是正常之事，使用粵音作標音方式是順理成章。理氏對粵音與普通話的讀音一絲不苟，對兩文三語都精益求精，值得香港每個學生借鏡。

理氏用了威妥瑪漢字注音方法（[美] 吉瑞德著，2011，頁 360），用中文而言理氏用當時稱為官話的讀音，後來發展成普通話。這些西教士分佈在中國大地做傳道工作，他們觀察到未來趨勢，官話即普通話的前身，會成為中國的主要語言，可見得他們有先見之明。

二、英語學習的教材

理雅各《中國經典譯注》英譯本的英文水平是無容置疑的，例如《論語》英譯本在翻譯學上成為經典的範式（理雅各英譯、林宏濤譯註，2015，頁 005）。所以，選擇此譯注的英譯片段作英文教材，有助提升學生英語水平。同時，有些英譯片段也是英語朗誦的良好材料，例如《論語》、《孟子》等。

現時的中學文憑試課程，選取了十六則《論語》章節作為教材，其中論仁有四則，論孝有四則，論君子有八則，又選取了《孟子》的〈魚我所欲也〉。茲引《論語》論仁、孝、君子各一則及《孟子》〈魚我所欲也〉為例，並引用理雅各英譯作一對照。

(一)《論語・里仁》第二章論仁

子曰:「不仁者,不可以久處約,不可以長處樂。仁者安仁,知者利仁。」

(《論語注疏》,1981,頁36)

The Master said, "Those who are without virtue cannot abide long either in a condition of poverty and hardship, or in a condition of enjoyment. The virtuous rest in virtue; the wise desire virtue."

(James Legge, 2001a, p.165.)

(二)《論語・里仁》第五章論君子

子曰:「富與貴,是人之所欲也;不以其道得之,不處也。貧與賤,是人之所惡也;不以其道得之,不去也。君子去仁,惡乎成名?君子無終食之間違仁,造次必於是,顛沛必於是。」

(《論語注疏》,1981,頁36)

The Master said, "Riches and honors are what men desire. If it cannot be obtained in the proper way, they should not be held. Poverty and meanness are what men dislike. If it cannot be avoided in the proper way, they should not be avoided. If a superior man abandon virtue, how can he fulfill the requirements of that name? The superior man does not, even for the space of a single meal, act contrary to virtue. In moments of haste, he cleaves to it. In seasons of danger, he cleaves to it."

(James Legge, 2001a, p.166.)

(三)《論語・為政》第七章論孝

子游問孝。子曰:「今之孝者,是謂能養。至於犬馬,皆能有養;不敬,何以別乎!」

(《論語注疏》,1981,頁17)

Zi You asked what filial piety was. The Master said, "The filial piety nowadays means the support of one's parents. But dogs and horses likewise are able to do something in the way of support; - without reverence, what is there to distinguish the one support given from the other?"

（James Legge, 2001a, p.148.）

（四）《孟子‧告子上》第十章〈魚我所欲也〉

孟子曰：「魚，我所欲也，熊掌，亦我所欲也；二者不可得兼，舍魚而取熊掌者也。生亦我所欲也，義亦我所欲也；二者不可得兼，舍生而取義者也。生亦我所欲，所欲有甚於生者，故不為苟得也；死亦我所惡，所惡有甚於死者，故患有所不辟也。如使人之所欲莫甚於生，則凡可以得生者，何不用也？使人之所惡莫甚於死者，則凡可以辟患者，何不為也？由是則生而有不用也，由是則可以辟患而有不為也，是故所欲有甚於生者，所惡有甚於死者。非獨賢者有是心也，人皆有之，賢者能勿喪耳。」

（《孟子注疏》，1981，頁 201-202）

Mencius said, 'I like fish, and I also like bear's paws. If I cannot have the two together, I will let the fish go, and take the bear's paws. So, I like life, and I also like righteousness. If I cannot keep the two together, I will let life go, and choose righteousness. I like life indeed, but there is that which I like more than life, and therefore, I will not seek to possess it by any improper ways. I dislike death indeed, but there is that which I dislike more than death, and therefore there are occasions when I will not avoid danger. If among the things which man likes there were nothing which he liked more than life, why should he not use every means by which he could preserve it? If among the things which man dislikes there were nothing which he disliked more than death, why should he not do everything by which he could avoid danger? There are cases when men by a certain course might preserve life, and they do not employ it; when by certain things they might avoid danger, and they will not do them. Therefore, men have that which they like more than life, and that which they dislike more than death. They are not men of distinguished talents and virtue only who have this mental nature. All men have it; what belongs to such men is simply that they do not lose it.

(James Legge, 2001b, pp.411-414)

雖然，理氏有誤譯的情況，例如《孟子‧梁惠王》上的「明足以察秋毫之末」，理氏譯「秋毫」做「autumn hair」是停留在詞語的表層意義，並不準確理解詞語的實質意義，譯作「tiny hair」比較正確（吳志剛，2009，頁 147）。倘若選用其英譯本做英語教材或朗誦材料，選擇者可做好把關工作，詳細審視其譯文是不是與原文相符。這種做法，一方面可以學英語，同時也可藉此深度認識中國的經典，又可藉此知道中國的經典英譯概況，可謂一舉三得。

三、理解中國經學文化的途徑

各卷的〈前言〉討論了與該經典相關的不同的題目，加上詳盡的英文注解，有助理解中國古代文獻與歷史文化。茲表列其《中國經典譯注》每卷學術性緒論（PROLEGOMENA）的大綱並加以簡述：

(一)《論語》、《大學》、《中庸》

《中國經典譯注》第一卷《論語》、《大學》、《中庸》，此卷的學術性緒論共分六章（Legge James, 2001a, pp.1-136.），現將其大綱中譯如下：

第一章　中國經典總論
第一節　《中國經典》名下的典籍
第二節　《中國經典》的權威
第二章　孔子《論語》
第一節　漢代學者與《論語》文本之形成
第二節　《論語》的作者，時代，計劃及其真確性

　　理氏在此學術性緒論認為，西漢是中國經典的收集與整理的里程碑，而這些經典是經過劉向、劉歆等人偽造的。《論語》一書，是孔子死後，他的弟子收集他的語錄而成的。在第二世紀，鄭玄把漢代流通的的三個《論語》版本—魯論、齊論、與古論整理合併成為現代通行的版本，並加上注解。〈大學〉原是《禮記》其中一篇文獻，作者是誰則很難決定。理氏受了朱熹的影響，認為〈大學〉稱為〈太學〉更為適合。〈中庸〉也是《禮記》其中一篇文獻，劉歆《七略》已載有《中庸說》二篇，而《隋書·經藉志》載有《禮記中庸傳》、《中庸講疏》、《私記制旨中庸義》，可見《中庸》在宋代之前已經有單篇流行，理氏接納《史記》的講法，〈中庸〉的作者是孔子之孫子思。

關於劉向、劉歆等人偽造經典的問題,錢穆在〈劉向歆父子年譜〉(錢穆,1983,頁 1-163) 有詳盡分析,錢穆認為可能性不大。

(二)《孟子》

《中國經典譯注》第二卷是《孟子》,此卷的學術緒論共分四章 (Legge James, 2001b, pp.1-123.),茲轉錄並中譯其大綱如下:

第一章　有關《孟子》的著述		第二章　孟子及其門徒	
第一節	漢代上述著述的認定,以及此前狀況	第一節	孟子生平
第二節	趙岐及其《孟子注釋》	第二節	孟子的影響與觀點
第三節	其他注釋	第三節、孟子的第一代弟子	
第四節	完整性、作者、以及在古典經籍中的接受情況	附錄　1　荀子〈性惡篇〉 　　　2　韓文公〈原性篇〉	
第三章　楊朱與墨翟		第四章　本卷參考文獻	
第一節	揚朱的思想	第一節	中文參考文獻
第二節	墨翟的思想	第二節	外文參考文獻

理氏的緒論認為,孟子的生平可見諸漢司馬遷《史記》卷七十四,《孟子》一書在西漢韓嬰、董仲舒的作品已有引述。此書是在秦以後很久才被賦予「經典」的地位。東漢趙岐的注解比前人做得詳盡。但由趙岐至宋代的孟子注都消失了。宋代不少《孟子》注解,但以孫奭與朱熹的注解最重要。理氏轉錄了《荀子·性惡篇》、韓愈〈原性篇〉、《列子·楊朱篇》、《墨子·兼愛》上、中、下三篇對比《孟子》的人性論。理氏雖然讚賞孟子的「性善論」,但他認為孟子的「人性論」是不完全的,因為孟子沒有講「上帝」—基督教教義的上帝,所以把人的能力過分抬高了。

理氏站在基督教立場批評《孟子》的人性論,基督教認為人是上帝所造,人的能力是有限的,人無能力自我提升到完美的境界。這點可說是基督教與中國哲學的最大對立面。

(三)《書經》附《竹書紀年》

《中國經典譯注》第三卷是《書經》，其學術性緒論共分六章（Legge James, 2011a, pp.1-208.），茲轉錄並中譯其大綱如下：

第一章　《書經》的歷史
第一節　秦皇焚書前 (公元前 212)；書的名稱；編纂及篇數；文獻來源
第二節　秦皇焚書 (公元前 212) 至朱熹 (公元 1130)；伏生《今文尚書》被發現；孔安國《古文尚書》第二部份被發現；孔安國《古文尚書》地位被承認
第三節　朱熹至當代；對被接受的孔安國《古文尚書》的經與注作奇怪的懷疑
第二章　《書經》紀錄的可信性
第一、二卷 (唐書、虞書) 有些傳說故事比第三至五卷 (夏書、商書、周書) 可信度較低；堯、舜、禹三者，禹是中華帝國的建立者，他建立了治水、定經界的偉大工作程。
第三章　《書經》重要年代的確定
《書經》沒有年代表，直至漢代中國人才參照通用的年份整理古代史，堯舜的三代時期，由公元前 2000 年開始。
附錄　中國古代天文學
第四章　中英對照《竹書紀年》
《竹書紀年》的發現及流傳；《竹書紀年》轉載；其可信程度；其結尾所載人物與《書經》早期記載相同；古代帝王年表。
第五章　中華古代帝國
中華民族進入中華大地之始，其他初期定居的民族，中華民族之擴展，宗教與迷信，政治制度。
第六章　本卷參考文獻
第一節　中文參考文獻
第二節　外文參考文獻

　　理氏據毛奇齡的講法，認為秦代焚書之前，《書經》只稱為《書》。《書經》是由孔子對虞、夏、商、周的文獻整理與刪削而成的，由虞書開始到周書。理氏把《書經》分成唐、虞、夏、商、周五部份，共 58 篇。

　　理氏的底本是清代學者阮元於嘉慶二十年（1815 年）刊刻的《尚書》，他認為這版本就是孔安國傳下來的《古文尚書》。在流傳過程中，可能會有一些輕微的修訂，但無損全書的真確性。

　　這是理雅各譯注尚書的最重要觀點，因為清代的學者對《尚書》的看法，主流意見認為，這個 58 篇版本的《尚書》是「偽《古文尚書》」，但理氏不接納這個講法，這是理氏譯注《尚書》最特別之處。

（四）、《詩經》

　　《中國經典譯注》第四卷是《詩經》，其學術性緒論共分六章（Legge James, 2000, pp.1-182.），現轉錄並中譯其大綱如下：

第一章　《詩經》早期歷史及其現代文本
第一節　孔子之前的《詩經》與孔子編纂《詩經》
第二節　自孔子到現今《詩經》文本的形成
附錄　《詩經》之外的古代詩歌舉例
第二章　詩歌的來源與結集，詩歌的解說及作者，詩序及其權威
附錄
一、〈詩大序〉及〈詩小序〉
二、詩經年表
三、韓嬰《韓詩外傳》
第三章　《詩經》的韻律；古字的讀音；《詩經》的詩歌價值
第一節　《詩經》的韻律
第二節　韻腳與古字的讀音，韻腳的分部
第三節　《詩經》的詩歌價值，其詩歌藝術的獨特性
附錄　中國古代詩歌的各種格式
第四章　《詩經》裏面的中國，國家的邊界範圍，諸侯國，宗教，社會狀況
附錄、根據《詩經》研究中國古代社會生活狀況
第五章　本卷參考文獻
第一節　中文文獻
第二節　外文文獻

　　理氏認為司馬遷謂孔子把三千多篇詩刪削成為 305 篇是不可信的，但孔子整理過《詩經》卻是事實。自孔子死後至秦代，《詩經》已常被引用，例如《孟子》已經引用過不少詩歌。漢代有齊、魯、韓三家《詩經》學派，但後來消失了，只有毛詩一派流傳下來。

　　理氏選錄了《古詩源》43 首漢代以前的古詩，是沒有收在《詩經》裏的，藉此與《詩經》的詩作一對比。又把《詩經》的〈大序〉與〈小序〉都轉錄於〈緒論〉，這種做法顯示他對《詩經》的整體理解是受到朱熹《詩集傳》的影響。理氏又把《詩經》三百多首詩編年，也轉錄了《韓詩外傳》16 段文字，供讀者跟毛詩比較。

　　理氏也是站在基督教立場研究《詩經》，例如他認為《詩經》的「上帝」就是基督教所信的「超越的上帝」。《詩經》的上帝就是希伯來文的「Elohim」，也就是希臘文的「Theos」，與英文「God」同義。

（五）、《春秋》及《左傳》

　　《中國經典譯注》第五卷是《春秋》及《左傳》，其學術緒論共四分章 (Legge James, 2011b, .1-147.)，現轉錄並中譯其大綱如下：

第一章　《春秋》的性質及其價值
第一節　《春秋》最早之記錄引致期待之落空。
第二節　《春秋》之來源及特性—孔子容許自己之權威在增補筆削之時發揮自由嗎？
第三節　漢代《春秋》之發現—這確係孔子之《春秋》嗎？
第四節　《春秋》的三個早期注本
第五節　《春秋》之價值。
附錄
第一節　《公羊傳》、《穀梁傳》例證
袁枚質疑《春秋》是孔子所作之信件—〈答葉書山庶子〉
第二章　《春秋》年表
第一節　文本年表—附整個時期日食及陰曆月份表格。
第二節　《左傳》中的日期。
第三節　周朝天子及各封邑諸侯名錄。

　　理氏認為《孟子》所載謂《春秋》是孔子所作，這講法是正確的。《春秋》二字其實是指編年，古代史家記歷史，需要按年、季、月、日記載史事。孔子除了使用魯史編《春秋》之外，也吩咐弟子們從各處搜集周代歷史，供孔子編纂《春秋》。但是到了漢代，《春秋》卻是被人從《春秋》三傳：《公羊》、《穀梁》及《左傳》的經文編成之，理氏引用馬端臨《文獻通考》證明此說。《春秋》這本經書，有三個注本，《公羊》、《穀梁》、《左傳》，《左傳》的作者是左丘明，據說是孔子的學生，也是魯國史官，但事實上，左氏的身份很難確定。《左傳》一書是漢代才被人發覺的。《左傳》的作用是把一些歷史事件的來龍去脈弄清，但《左傳》也有經過漢代及晉代的學者修訂了一些內容。《春秋左傳》對後世的歷史著作有很大影響，有以《春秋》為名者如《呂氏春秋》、《楚漢春秋》，也有用其體例寫歷史的如《資治通鑑》。

　　總括而言，理雅各五篇學術緒論，對各卷經典作歷史性的考察，對經典的歷史源流都作出探討，可以說是中國經學歷史的研究，是具有相當高水平的學術性緒論，頗有參考價值。

　　至於理氏認為不少中國經典都經過修改，類似的問題，有些中國近代的學者也作過研究，至於真相如何，尚待日後研究證實。但是，在真偽問題上最富爭議性的「偽《古文尚書》」，他卻認為是真的《古文尚書》。

四、理解中西文化交流的材料

　　理雅各的譯文與注解，有不少段落受到他的文化背景影響，所以是研究中外文化交流的一個好途徑。本文限於篇幅，只能討論天文與宗教兩點。

（一）中西天文學的交流

《書經・舜典》云：「以齊七政」。（《尚書正義》，1981，頁 35）

理氏英譯：「that he might regulate the seven Directors」。（Legge James, 2011a, p.33.）

孔安國云：「七政，日月五星各異政。」（《尚書正義》，1981，頁 35）

理氏跟隨了孔安國注解云：

> By these 七政，…… "The consent of later times is all but universal to the view of Gan-kwŏ, that the seven governments were the sun, the moon, and the five planets, Mercury, Venus, Mars, Jupiter, and Saturn, each of which had its own rules of government."

> （Legge James, 2011a, p.33.）

七政者，太陽（the sun）、月亮（the moon）、水星（Mercury）、金星（Venus）、Marse（火星），木星（Jupiter），土星（Saturn）。中國古代人相信日月五星影響人間政事，每星管理一種政事。（屈萬里，2014，頁 17）理雅各的解釋，可以說是中西天文學的交流，一是五星名字的對照，二是向西方展示中國古代天文與政事的關係。可說是中西天文學的交流。

（二）中西宗教思想交流

《書經・舜典》：「肆類于上帝，禋于六宗，望于山川，遍于群神。」（《尚書正義》，1981，頁 35-36）。帝堯促使舜攝帝位，舜攝位後乃祭祀上帝及四時寒暑，及名山大川的神祇。孔安國云：「王云：『上帝，天也。』馬云：『上帝太一神，在紫宮，天之最尊者。』」（《尚書正義》，1981，頁 35-36）

上帝這一信仰觀念，在中國古代是相當普遍的，王肅認為祭上帝就是祭天，而馬融則認為上帝是最高的太一神，已經反映了不同時代對上帝有不一樣的理解。理雅各翻譯與注解卻把《書經》的「上帝」解作基督教的上帝。

理氏英譯上帝作「God」（Legge James, 2011a, p.34.），而他的注解把《書經》的「上帝」解作基督教的上帝云：「By 上帝 we are to understand God, the supreme Ruler.」（Legge James, 2011a, p.34.），理雅各將「上帝」譯做「God」認為是最高主

宰。他是倫敦傳道會差派來中國傳教的宣教士，對基督教的教義了解應有相當程度，在英文《聖經》King James Version（英王雅各欽定本）或其他版本的英文《聖經》，「God」都是指至高的上帝，亦即是基督教所信的「上帝」，而「god」則指其他神靈。

理氏把《書經》的上帝等同了基督教的上帝。理氏這種翻譯與理解，在中國人以至西方基督教人士都有所保留。但從文化交流的角度而論，他是做了中西宗教文化交流的工作。

儘管他的翻譯因理解問題出現瑕疵，但他在翻譯史乃至中西文化交流史上的地位是不容抹殺的，他對中國傳統典籍翻譯所做出的貢獻也是不容忽視的。鑒於中國傳統典籍翻譯工作的特殊性與複雜性，翻譯工作者對中國傳統典籍要採取嚴謹的態度，認真研究、準確理解、正確表述，為傳播中國優秀傳統文化做出貢獻，讓更多歷史悠久的傳統典籍走向世界（吳志剛，2009，頁 147）。

五、《中國經典譯注》應用於香港教育的可行性

香港教育強調兩文三言，兩文是中文與英文，屬於書寫性質的；三語是指普通話、粵語、英語，是口語性質的。1861 年至 1871 年初版與 1893 年後陸續再版的《中國經典譯注》俱是中英雙語對照本，在兩文的意義上是顯而易見。

台灣商周出版社出版的《讀論語學英語》就是採用了理雅各的英譯本，由林宏作中文註解，此書強調中英並重學習《論語》，其〈前言〉云：

> 在英譯方面，則加以字詞解釋並討論翻譯的問題：讀者從英文翻譯回頭來理解《論語》，會有另闢蹊徑的感覺。例如說，「仁」在《論語》裏有許多不同的意義，而無論注解或語譯都很少突顯這點：在英譯裏，我們可以看到「仁」有 benevolence（慈愛）、perfectvirtue（完美的德性）、the virtue proper to humanity（人類特有的德性）、true virtue（真正的德性）等不同的譯名，方便我們了解孔子在不同情境裏所談的仁。
>
> （[英] 理雅各譯，林宏濤譯注，2015，頁 005）

故此，筆者大膽建議一些可行的途徑將《中國經典譯注》應用於香港教育。

首先可在大學中試行。在大學一些科目如：《論語》、《孟子》、《四書》、《詩經》、《書經》、《左傳》、《中國近代中西文化交流》、《中英翻譯》等科目，把《中國經典譯注》列作參考書目，甚至以之作課本。使修讀該等科目的學生知道，西方人對中國的經典研究成果是不容忽視的，授課老師可多鼓勵學生跳出中國經典只需要用中文閱讀及研究的框框，擴濶學生的語文視野。

鼓勵學生研究《中國經典譯注》，以之作為畢業論文的研究材料。例如做理氏《論語譯注》兩個版本的多音字讀音比較，藉理氏對粵音與普通話的讀音一絲不苟的處理態度，促使學生反省讀正音的態度，並藉着研究那些由粵語變成官話讀音的文字，以及英文翻譯與中文原文是否相對應，英文翻譯是否準確等，激勵學生對兩文三語加深理解。也可以根據理雅各這套巨著，研究一些中西文化交流的題目，從《詩經》與《書經》便可以研究《中國與基督教的上帝觀比較》，從《論語》「君子不器」的譯注，已可以研究《中西哲學的人觀》，理氏對《孟子》的「性善」論作出了不少批評，可資研究《中西文化的人性論》。

至於中學教育方面，可以選取《中國經典譯注》一些片段，以中英對照的方式，供學生作指定閱讀材料，也可選擇一些片段，作為英文科的教材。讓學生從另一個角度理解中國的歷史與文化。

結論

理雅各（James Legge）巨著 *CHINESE CLASSICS*，學術界通常稱為《中國經典》，但本文認為稱《中國經典譯注》較適合，第 1 卷《論語、大學、中庸》，第 2 卷《孟子》先後於 1861 年出版，第 3 卷《詩經》附《竹書紀年》於 1865 年出版，第 4 卷《詩經》於 1871 年出版，第五卷《春秋》與《左傳》於 1872 年出版。這套《中國經典譯注》是中英雙語版，有詳盡的學術性緒論。《論語》與《孟子》都有作修訂再出版，1867 年出版《孔子生平與思想》，1875 年出版《孟子生平與著作》，兩者都是英文版，有緒論、英文譯文和英文註解。1893 年《論語、大學、中庸》訂修出版，1895 年《孟子》修訂出版，這個版本的格式與 1861 年版相同。

　　這套《中國經典譯注》可說是兩文三語的典範，中文與英文兩文對照。而在語音的表達方式，1861 年版的《論語》、《孟子》是粵語，而 1893 年版《論語》及 1895 年版《孟子》用了官話—普通話的表達方式。體現了兩文三語的意義。《中國經典譯注》可以用作英語教學及朗誦材料，《論語》、《孟子》是很明顯的例子。各卷的學術性緒論，可說是中國經學歷史與文化的簡介。理雅各因其背景關係，使用了西方文化的概念解釋中國的古文獻，例如藉西方的天文學與宗教解釋中國的經典，促使中西文化交流。這套經典可以列在一些大學科目作參考文獻，例如《論語》、《孟子》、《四書》、《詩經》、《書經》、《左傳》、《中國近代中西文化交流》、《中英翻譯》等，也可鼓勵學生以之為論文研究的題材。

參考文獻

何文滙 (2011)《粵音正讀字彙》，頁 206-207，326-327，香港：香港教育出版社。

[英] 海倫・藹蒂絲・理著，段懷清、周俐玲譯 (2011)《理雅各：傳教士與學者》，[美] 吉瑞德著，段懷清、周俐玲譯：《朝覲東方：理雅各評傳》本，頁 509。

[美] 吉瑞德著，段懷清、周俐玲譯 (2011)《朝覲東方：理雅各評傳》，頁 2，17，27-28，360，廣西：廣西師範大學出版社。

《康熙字典》(2002) 標點整理本，頁 642，820，1237，上海：漢語大詞典出版社。

[英] 理雅各譯，林宏濤譯注 (2015)：《讀論語學英語 —— 論語中英文譯注讀本》，頁 5，台灣：商周出版。

[唐] 陸德明 (1985)《經典釋文》，頁 350，上海：上海古籍出版社。

《論語注疏》(1981) [清] 阮元刻《十三經注疏》本，嘉慶二十年江西南昌府學開雕版，頁 17，36，台灣：藝文印書館影印。

[清]《孟子注疏》(1981) 阮元刻《十三經注疏》本，嘉慶二十年江西南昌府學開雕版，頁 35-36，201-202，209，台灣：藝文印書館影印。

錢穆 (1983)《兩漢經學今古文平議》，頁 1-163，台灣：東大圖書公司。

屈萬里 (2014)《尚書集釋》，頁 17，上海：上海世紀出版集團。

[清]《尚書正義》(1981) 阮元刻《十三經注疏》本，嘉慶二十年江西南昌府學開雕版，頁 35-36，台灣：藝文印書館影印。

[宋] 孫奭 (1969)《孟子音義》，[清] 徐乾學輯：《通志堂經解》本，同治十二年粵東書局刊本，第卅五冊，頁 20392，台灣：大通書局影印。

吳志剛 (2009)《准確理解原作是典籍英譯的關鍵 —— 理雅各英譯〈孟子〉指瑕》，《重慶科技學院學報》，第 5 期，頁 5。

[宋] 朱熹 (1985)《四書集註・孟子集註》，影印怡府藏版，卷 12 頁 1，成都：巴蜀書店。

Legge James. (1861). *The Work of Mencius* vol. 1 of *The Chinese Classics.* Hong Kong: The Authors.

Legge James. (2000). *The She King*, Vol. 3 of *The Chinese Classics.* Tai Wan: SMC Publishing Inc.

Legge James. (2001a). *Confucian Analects, The Great Learning*, and *The Doctrine of The Mean*. Vol. 1. of *The Chinese Classics*. Tai Wan: SMC Publishing Inc.

Legge James. (2001b). *The Work of Mencius*, vol. 1 of *The Chinese Classics*. Tai Wan: SMC Publishing Inc.

Legge James. (2011a). *The Shoo King*, vol. 2 of *The Chinese Classics*. Tai Wan: SMC Publishing Inc.

Legge James. (2011b). *The CH'UN TS'EW* with *The TSO CHUEN,* vol. 4 of The Chinese Classics. Tai Wan: SMC Publishing Inc.

Marshman Joshua. (1809). *The Works of Confucius.* Serampore: Mission Press.

附錄：理雅各《中國經典》書影

一、《中國經典》

二、《論語》

三、《孟子》

四、《書經》

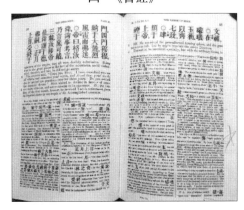

五、《詩經》

六、《春秋》與
《左傳》

七、馬士曼《論語》
英譯本書影

A Discussion on the Significance of James Legge's *CHINESE CLASSICS* for Hong Kong Language and Culture Education

LEUNG, Kam Hung

Abstract

James masterpiece *CHINESE CLASSICS: WITH A TRANSLATION, CRITICAL AND EXEGETICAL NOTES, PROLEGOMENA, AND COPIOUS INDEXES* is still very significant among English Sinology. Those who research on Chines Culture cannot neglect it's value. The format is a good sample of biliterate and trilingual because it is a Chinese and English version with commentaries. The change of the pronunciation from Cantonese of the early version to Mandarin of the later version shows the trilingual knowledge. Some selected passages are good teaching materials. The five academic introductions briefly introduce the Chinese Classics history. Because the cultural background affected Legge's translation and commentaries, The Chinese Classics made culture exchange. These classics can be included in reference documents of some related subjects.

keywords   biliterate and trilingual, education, Chinese Classics, Confucian Analects Mencius

《孔子家語》中「禮」字的語文表達和「禮」的文化教育

潘樹仁

摘　要

儒家重視「禮」的教育和推行，成為孔子禮樂教育的核心。先秦時代禮的範疇廣泛，禮在各方面都是先決條件。禮是個人修身的基礎，從容貌來看禮是「肢體行為語言藝術」，以表達對父母孝順，對尊長崇敬，對朋友平等尊重。禮的文字用語敦厚和優雅，彰顯禮的修養。禮學的研究和語文運用，都是智慧精萃。孔子留下《孔子家語》，雖然被置於《論語》之下，書中有獨特而精彩的詞句和智慧。

本文首先包括「禮」字的語文表達，以白話文詮釋禮的深度。《孔子家語‧問禮第六》提到「大禮」，表達禮出於大道，「大道」是中華哲學的最高原理，禮的法則、範疇都依循天地的自然道理。其次是禮文化的闡述，蘊涵「知禮」和「好禮」兩方面。知是認知和教育，是內心的明覺和體會，好禮是自我實踐禮的外延動態。禮的應用在生活習慣中的流傳及轉變，成為中華民族的習俗，展示禮文化的古為今用，「禮」是普世價值的重要元素。

關鍵詞　《孔子家語》　禮　禮節　禮文化　文化教育

潘樹仁，濟川文化研究會，聯絡電郵：poabr20@yahoo.com.hk。

一、《孔子家語》「禮」字用語

(一)《孔子家語》成書的背景

　　《漢書・藝文志》記錄《孔子家語》為二十七卷，流傳下來的說法，是孔子後人十一世孫孔安國，他收集在秦朝焚書後的各種版本，在西漢武帝元封時重新編輯成書，三國時候的王肅做了注解，成為現時流行的十卷四十四篇版本。古籍逐漸被懷疑偽作，至清朝時期的訓詁派，更大力指出無數爭議疑點。現代考古學的竹簡古籍，替很多疑點作了解套。1973 年河北省定縣八角廊出土漢墓竹簡《儒家者言》，內容同《孔子家語》近似。1977 年安徽省阜陽雙古堆出土了漢墓木牘，文句與《孔子家語》相關連，還有英國收藏的敦煌本《孔子家語》。此書蒐集孔子的詳盡生平事蹟，以至當時事件的背景資料約二百六十多篇，值得讀者研習，例如孔子在魯國做官，獲到很好的政績，社會環境和人民生活都得到改善，很多人不了解這個歷史事實，該書的第一篇就有詳細記載。《孔子家語》篇幅和字數都多於《論語》，其次是內容更龐大繁雜，《論語》集中在門人與孔子的對話語錄，討論多方面哲理問題，雖然兩書同一時期被孔子門生收編，學習儒家思想，仍以《論語》為首。《孔子家語》被孔門的荀子帶到秦國，得以輾轉流入漢家皇朝。現代人要了解孔子較全面的人生，必須讀《孔子家語》，才能感悟一位聖人的立體生命形象。

　　孔子悲嘆春秋末年「禮崩樂壞」，希望努力恢復周公制禮的精神內涵，發揮人性互相尊重的秩序，令社會和諧，重回小康與大同的願景。他一生堅持着這種理想，並沒有放棄，可以從本書的大約用字，作為旁觀孔子的語言和思維方向。禮可以作為道德哲學的命題，加以詳細探討，快樂側重於心理情緒，但禮樂教育作為人們的教育科目，除了是實用運行的工作外，也必須包括身體、手腳肢體的經歷學習，更包含德育及哲學的理解，並可分為身教、家教、境教三大範疇。教的相對是學習，根據生命成長，大多數分為小、中、大學的學校教育，然後是成人教育的終身學習理念。每個人出生都是空白的一張紙，必須接受教育，自己吸收學習，再加以探索融化，才有知識和理性思辨的進步，所以每一個人都牽涉入教或學當中。

禮字用量比較：

經典	禮	仁	義	智（知）	信	道	德	總數	禮％
《儀禮》	193	0	2	6	2	14	5	222	87
《周禮》	201	1	3	23	20	70	27	345	58
《禮記》	741	128	208	1	75	301	180	1634	45
《孔子家語》	332	118	122	56	81	220	141	1070	31
《荀子》	343	134	315	11	107	388	109	1407	24
《論語》	75	110	24	118	38	90	40	495	15
《淮南鴻烈》	142	144	222	185	68	618	300	1679	8

(二) 禮字的重點

　　禮的象形文字是豊「🈂️」，金文仍然保持原始字形，結構是上「珏」下「壴」，古代禮儀進行時，奉獻玉器作為祭典的重要禮序和禮器，儀式進行時，在場所有人都要聽從鼓聲而步行，一切步履舉止進退拐彎，全部按照鼓聲的韻律行事，所以用「珏」（珏，為二玉相合的意思，古書以「瑴」表示雙玉）和「壴」（鼓，古代雅樂豎立鼓的陳設方法，鼓是最古老的敲擊樂器）組合成豊。《論語・陽貨》：「禮云禮云，玉帛云乎哉？樂云樂云，鐘鼓云乎哉？」這是按古禮的概念做記錄，獻上玉帛，鳴鐘擊鼓是禮儀最重要的內涵部分。《說文解字》：「豊，行禮之器也。從豆，象形。凡豊之屬皆從豊。讀與禮同。」現在的書寫是上「曲」下「豆」，可能圖形接近難以分辨，若果上「曲」下「壴」則不會混淆，將豆這個字解釋為祭禮所用的器皿，用以盛載祭祀的物品，而且把「壴」看成是豆字，因而與「豐」字連起來解釋。《說文》：「豐，豆之豐滿者也。從豆，象形。一曰：鄉飲酒有豐侯者。」豆字是高腳形的器皿，高度愈高則祭典規格愈高。林澐《古文字研究》說明：「豊豐二字起源有別」（周聰俊，2011），可能戰國時代混淆而成同一個字。豆上的「丰」字有兩個，一般認為是玉器的串連，也有理解為禾穀稷類，因為食物的豐收非常重要，禮品不會只有一種，是豐盛滿載不同的貴重物資。因為從豆字觀點出發，豐字理解為滿載物品的器皿。後來禮字加上「示」字部首，避免與豐字混淆，反而古豊字被棄用。神（原始神或創造神）對人的啟示或愛護，是給予人類

光明，日、月、星三光。甲骨文及金文主要形象有「T」和「亍」的示字，同是神主牌位的形象，以往在祭台上最簡單直立的木製神主牌，上面寫着：天、地、君、親、師，這是天地人的五倫，深刻在中國人的文化基因裏，另一種觀察是高山矗立，天在無限高度之上，難以觸摸及攀附，顯示神的威嚴尊貴。

《說文》：「禮，履也，所以事神致福也。從示從豐，豐亦聲。古文礼。」古代曾經存在現代簡化字「礼」，乚是人字，人向天地或祖先舉行祭禮。禮為履行祈福活動，侍奉神祇為禮，進行禮儀、典禮的工作。現在引導讀者採取中華文化整體觀 (holistic perspective) 視野包容豊、豐、示三字，產生立體多角度思維：禮是人們祭祀神祇的儀式，包括用高貴的器皿（豆）和豐富的物品，各種玉器及五穀等貴重物資陳列整齊，典禮上要配置樂器，成為雍容華貴的禮儀，對神或其他祭祀的對象充滿崇敬心。象形文字給人們趣味的圖畫形態，生動活潑跳躍紙上，不是只記憶符號和筆劃，牽連圖像記憶法，中華文化能夠流傳久遠，文字的形象成為文化基因（DNA），「中國文化之所以能一脈相承源遠流長到今天，漢字，這個基因起了基石般的作用」（趙世民，2003）。動態影像思維不斷拆解又重組，便有無限的創意，饒宗頤老師指中文字的特殊文化：「漢字始終屹立不動，文字圖形的用途更加深化，以至和藝術與文學結合，文字形態另行獨立發展成為一種『書法藝術』。造成中華文化核心是漢字，而且成為中國精神文明的旗幟。」（饒宗頤，2006）

(三) 禮字衍生的詞語意義

「夫禮」，出現 11 次，「禮者」，出現 7 次，用以解釋禮的各種衍生意義。當你聽到讚譽：「你有禮。」禮字可能包含很多意義，外在的禮貌、禮容，穿着禮服很得體，禮節進退行動有規範，禮儀程序很恰當，禮教方法非常合宜，禮義行為令人讚揚，禮制的認識有深度，禮讓謙虛的仁德受人敬佩，禮物豐厚感謝贈送，你是一位有修養的君子。

禮的家庭－長幼和樂。《孔子家語‧論禮第二十七》：「居家有禮，故長幼辨；以之閨門有禮，故三族和。」（潘樹仁，2013）家中有禮，才有長幼的秩序，擴大到宗族裏，整個大家族都和諧。長幼的秩序井然要自小在家庭生活中培養，現代人誤用平等自由思想，父子關係只講平等，沒有尊重，父子在討論問題時，

由父親主持討論也是尊重，我們不贊成賦予長輩權威，多一點尊重，感恩他們的辛勞貢獻，晚輩對他們回饋多一些禮貌是良性互動。全家有禮，可以影響三族（父母、兄弟、妻子，或父、母、妻）之間和樂共處。

禮的身心－肢體語言行為藝術。《孔子家語・五儀解第七》：「君入廟如右……日出聽政，至於中冥，諸侯子孫，往來為賓，行禮揖讓，慎其威儀，君以此思勞，則勞亦可知矣。」行禮要自然輕鬆，又要謹慎、恰當地表達禮節，確實是個人修養的道德，以至智慧藝術的肢體展現。

禮的國家－和諧溫婉。《孔子家語・大婚解第四》：「內以治宗廟之禮，足以配天地之神；出以治直言之禮，足以立上下之敬。物恥則足以振之，國恥則足以興之，故為政先乎禮。禮，其政之本與！」宗廟之禮是敬拜祖先宗親，達到古今和諧，直言之禮，便是溫婉的言語，成為上下互相尊重敬愛的禮義。國家領導人用禮儀向天地祖先展示天、地、人的和諧，並且推行直言有禮地向上司提出意見，這種模範由上而下，國家的風氣便步向和諧溫婉。

禮的根本－婚姻和合。《孔子家語・大婚解第四》：「古之為政，愛人為大；所以治愛人，禮為大；所以治禮，敬為大；敬之至矣，大昏為大；大昏至矣，大昏既至，冕而親迎；親迎者，敬之也。」婚姻培養人與人的互相尊敬，成為夫妻，仍然保持兩人相互的尊重空間，就是禮，家庭成為禮的榜樣，並由此積蓄成社會的大愛。《孔子家語・禮運第三十二》：「夫禮，先王所以承天之道，以治人之情，列其鬼神，達於喪、祭、鄉、射、冠、婚、朝、聘。故聖人以禮示之，則天下國家可得以禮正矣。」人的情慾、情緒是自然流露，若果偏於極端或泛濫，便會對人傷害，故必須管治，用各種不同內涵的禮儀活動，引領大眾向正路守秩序，便是最佳的治理方式。《孔子家語・本命解第二十六》：「夫禮言其極不是過也。男子二十而冠，有為人父之端；女子十五許嫁，有適人之道。於此而往，則自婚矣。」人類繁殖跳過了兄妹雜交導致弱能病殘的下一代，成為禮的根本，有禮的規範，人類的肉體才能茁壯延續。此時禮的意義提昇，上接天地大道而成為《易》理，蘇洵《易論》：「聖人之道，得《禮》而信，得《易》而尊，信之而不可廢，尊之而不敢廢。故聖人之道所以不廢者，《禮》為之明而《易》為之幽也。……故其道之所以信於天下而不可廢者，《禮》為之明也。」（王琳，2007）古語的理解：禮之尚：孝；禮之少：悌；禮之親：和；禮之始：飲食；禮之節：修養；禮之文：

談吐；禮之道：敬重；禮之行：秩序；禮之度：衣着。概括禮字的意義：

1/ 禮是經典，教學科目，六經，六藝；

2/ 禮是做人及自立的根本，失去禮會滅亡；

3/ 禮是用於管治國家、社會、人民的方法；

4/ 禮是做事的根本，禮序，管理；

5/ 禮是人的外表，禮容，禮貌；

6/ 禮是內在仁愛、修養、智慧的外延展示；

7/ 禮是義的實踐內涵，禮節義動，公共關係；

8/ 禮是源於飲食，故禮的教育由飲食開始；

9/ 禮是天地的道理；

10/ 禮是自然大道（太一）的運行；

11/ 禮是祭祀的總稱：五禮，包括人類繁衍的婚禮；

12/ 禮是人類的秩序。

二、禮文化的普世價值

（一）知禮的認知和教育範疇

禮的教育－愛德禮和。《孔子家語‧儒行解第五》：「儒有博學而不窮，篤行而不倦，幽居而不淫，上通而不困；禮必以和，優遊以法，慕賢而容眾，毀方而瓦合；其寬裕有如此者。」儒者的君子不斷努力學習終身不停，實行禮義仁德不會有些微倦容，慎獨而不起邪歪的念頭，若果顯貴而獲得祿位，不會因名利迷糊困窘。與人相處以和為貴，見到優閑淑德的人，必有效法學習的心，仰慕賢良的人，同時容和民眾，不會自視為高級人士而脫離低級大眾，不斷改善自己不足的德行修養、脾氣，與不同階級的人都能和合往來，從禮的角度出發，寬裕和合可以無限擴充，改善自己的缺點，學習他人的長處，這是儒者的心身靈成長，可至於萬物穹蒼。

《孔子家語‧賢君第十三》：「省力役，薄賦斂，則民富矣；敦禮教，遠罪疾，

則民壽矣。」禮的教育令民眾和諧謙讓，遠離罪惡，家庭、社會和樂共處。《孔子家語・哀公問政第十七》：「仁者、人也，親親為大；義者、宜也，尊賢為大。親親之教，尊賢之等，禮所以生也。禮者、政之本也。」禮的教育使人敬老尊賢，親疏有等級節制，由近而遠，才能發揮人們的仁愛之心，彰顯道德的修養，以至禮儀的秩序親和。政通人和的基礎，在於家庭和學校的禮教，從小培養知書識禮。《禮記・曲禮》：「道德仁義，非禮不成，教訓正俗，非禮不備。分爭辨訟，非禮不決。君臣上下父子兄弟，非禮不定。宦學事師，非禮不親。班朝治軍，蒞官行法，非禮威嚴不行。禱祠祭祀，供給鬼神，非禮不誠不莊。是以君子恭敬撙節退讓以明禮。」禮節維繫生活的各種行徑，善惡是非的正確辨別，須要學習及實踐，無謂胡亂的爭訟只會糾纏不清，軍紀混亂，師生歪亂，家庭混淆不清，禮儀謙遜必須樹立規範，否則生活不能順暢。

《孔子家語・五刑解第三十》：「不孝者、生於不仁，不仁者、生於喪祭之禮也，明喪祭之禮，所以教仁愛也。能致仁愛，則服喪思慕。祭祀不解人子饋養之道。喪祭之禮明，則民孝矣。故雖有不孝之獄，而無陷刑之民。殺上者、生於不義。義所以別貴賤，明尊卑也。貴賤有別，尊卑有序，則民莫不尊上而敬長。朝聘之禮者，所以明義也。義必明，則民不犯。故雖有殺上之獄，而無陷民之刑。鬬變者、生於相陵；相陵者、生於長幼無序而遺敬讓。鄉飲酒之禮者，所以明長幼之序而崇敬讓也。長幼必序，民懷敬讓。故雖有變鬬之獄，而無陷刑之民。淫亂者、生於男女無別；男女無別，則夫婦失義。婚姻聘享者，所以別男女、明夫婦之義也。」夫婦因愛而結合，謙讓是道德的修養，禮在生命中到處都發生功能，

人生的和順因為發揮了禮的教育作用，提升素質教化的感悟，達致充滿仁愛和道德。有仁愛便成為孝子，明白各種祭祀喪禮，孝敬愛護父母，義助朋友，敬愛長者，在親族之間禮讓弱小，在社會守秩序，不會輕易犯罪，不敢失義淫亂。

禮樂教化－均衡配合。要深化認知禮文化，產生最好的教育效益，必須推行均衡的禮樂教育，不可偏廢。《孔子家語‧致思第八》：「敷其五教，導之以禮樂。」教化民眾，除了推行父義、母慈、兄友、弟恭、子孝的教育外，還要引導人民學習禮樂，謙遜有禮，薰陶心身。禮樂教育的平衡，使身心發展平衡，不會有偏差出現。《孔子家語‧弟子行第十二》：「孔子之施教也，先之以《詩》、《書》，導之以孝悌，說之以仁義，觀之以禮樂，然後成之以文德。」文化道德的教育從《詩》、《書》開始，孩子運用字詞，都會優雅準確，領悟聖賢的智慧及經典的寶貴。跟着引導他們孝順父母親，友愛兄弟姐妹，領略生命中愛的互動。當青年漸次長大，對他們解說仁義的道德，在互相對答論述之中，令人在思辨裏成長，明白行仁舉義也要在恰當的禮節範圍內。然後帶年青人觀摩社會不同人物和團體的活動，研究禮樂齊備的好處，比較應用禮樂的得失，甚至煩瑣及奢侈的過度情況，用智慧而不是盲目追捧，凡事適宜地處理執行，才會達到預期的良好效果。才能達到均衡及教育的目標，使民眾及社會和樂暢順。

《孔子家語‧問玉第三十六》：

六經的教育	《詩》	《書》	《樂》	《易》	《禮》	《春秋》
教育正確：入其國，其教可知也	其為人也，溫柔敦厚，《詩》教也；（容顏溫婉，柔和性情，寬厚心態）	疏通知遠，《書》教也；（事理通曉，深知古代歷史）	廣博易良，《樂》教也；（廣大淵博，導引百姓善良）	潔靜精微，《易》教也；（冷靜論事，盡性窮理，精湛微妙）	恭儉莊敬，《禮》教也；（儉樸恭謹，莊重尊敬）	屬辭比事，《春秋》教也。（聚合相同之辭，比較善惡是非）
教育失誤：	《詩》之失愚，（愚蠢笨拙）	《書》之失誣，（不實錯誤）	《樂》之失奢，（奢侈浪費）	《易》之失賊，（傷害他人）	《禮》之失煩，（煩瑣擾攘）	《春秋》之失亂。（失禮無序）
深化教育恰到好處不會有錯誤：	其為人溫柔敦厚而不愚，則深於《詩》者矣；	疏通知遠而不誣，則深於《書》者矣；	廣博易良而不奢，則深於《樂》者矣；	潔靜精微而不賊，則深於《易》者矣；	恭儉莊敬而不煩，則深於《禮》者矣；	屬辭比事而不亂，則深於《春秋》者矣。

禮樂均衡令身心靈（mindfulness）和諧協調舒暢：

<pre>
            禮   樂
動ーーーーーーーー＞靜   靜ーーーーーーーー＞動
            節   舞
</pre>

（二）好禮的行為和實踐

好禮是時刻都謹守着禮節，不敢逾越，使禮義可以護身，《孔子家語‧儒行解第五》：「儒有忠信以為甲冑，禮義為干櫓；戴仁而行，抱義而處；雖有暴政，不更其所；其自立有如此者。」禮義成為儒者的盾牌（干櫓），在所有行為活動裏，避免傷害自己的道德修養，也防止傷害到他人。

《孔子家語‧王言解第三》亦提出行為實踐的見解：「上敬老，則下益孝；上尊齒，則下益弟；上樂施，則下益寬；上親賢，則下擇友；上好德，則下不隱；上惡貪，則下恥爭；上廉讓，則下恥節。此之謂七教。七教者，治民之本也。政教定，則本正矣。凡上者，民之表也。」禮的行為必須從小培養，成年人在實踐中身教兒童，由一般放任的習性，變為日常生活習慣的禮節，作為青少年自然行動中的修養。

身教的反射效果：

	上：主政者及領導團隊的身教榜樣	下：老百姓的跟隨
孝道：一切行為的開始，家庭核心道德價值，家族和睦的傳承	上敬老， （敬愛保護老人，因為他們年青時已作出貢獻。）	則下益孝； （孝順父母，孝敬所有老人家，青壯時期為國家社會貢獻，年老時受人尊敬，快樂地頤養天年。）
朋輩團結互助	上尊齒， （尊重比自己年齡較長的人，不論其它條件，都是我的前輩，要向他們禮讓。）	則下益弟； （愛護家中弟妹，照顧及保護比自己年紀較小的人，因為他們都那麼尊重我。）

(續)

社會慈善事業的建設	上樂施， （樂於施捨給貧困人士及弱勢社群，用慈愛的心關顧他們。）	則下益寬； （金錢眾多也買不到親情及愛心，有寬裕的錢財，不妨施惠給有需要的人，因而大眾心胸寬敞，不會因為錢而時常爭吵。）
培養尊師重道的風俗、禮貌	上親賢， （領導人親近賢德的人，向他們有禮地請教國家問題，解決的良方，尊為顧問、國師。）	則下擇友； （選擇好友是非常重要，當自己有困難，良師益友會大力襄助。）
凝聚社會重德尊賢的風氣，不以財富的多寡定社會地位	上好德， （主政者以高尚道德為自我標準，決不自甘墮落。因為權力使人腐化，絕對的權力使人絕對的腐化。）	則下不隱； （有德才的人都不會隱蔽，因為主政者不會嫉妒賢德，他們會為人民國家幹一番德業，為民眾謀幸福。老百姓不會隱瞞壞事，向政府揭露，共同維護德政的建設。）
廉政風範使社會人人行正道	上惡貪， （貪污令人痛恨厭惡，沒有人貪心小便宜。）	則下恥爭； （民眾覺得貪污或行賄是重大的羞恥，因而不會用非法手段爭奪利益。）
禮治則國家興盛	上廉讓， （廉潔禮讓被讚譽為品德高尚，主政者不敢輕易超越禮節。）	則下恥節。 （老百姓會以斤斤計較小節為可恥的品德。）

羅庸提出：「中國的社會，大體上說，是以倫理為中心的，家庭亦然。所以中國的社會，不能以法治，只可以禮治。因為這種制度，建立在人與人的情感之上。中國的文化與西洋的文化不同便在于此，維繫中國社會的，并不是法，而是禮。」（羅庸，2018）

儒家高度讚揚禮的功能，在人生中全方位應用：

修身－－－－－－＞齊家－－－－－－＞治國－－－－－－＞平天下

禮的學習	禮的節制	禮法兼備	禮的人際和善
身心修養	倫理秩序	敬老尊賢	禮讓謙遜
精簡合宜	長幼和樂	和諧溫婉	禮的功用最大發揮
	婚姻和合	愛德禮和	
		典章法令合宜	

（三）奉獻世界的禮文化價值

礼源於宇宙，屬於世界人類的文明，每個人都要時刻禮敬大自然賦予我們的一切珍寶，《孔子家語・禮運第三十二》：「夫禮、必本於太一，分而為天地，轉而為陰陽，變而為四時，列而為鬼神。」禮是世界通行的文化，當代有國際仲裁法律，國與國的利益或經濟紛爭，只會繞一個國際圈子，也不容易解決，互諒互讓的禮義精神，才是天下共贏的共通點。朱熹《論語纂疏》說：「愚謂政者，為治之具。刑者，輔治之法。德、禮則出治之本，而德又禮之本也。」（王子今，2017）禮節既簡易又隨身可帶，把禮的標準反問自己，不傷害自己更不傷害他人的行為，就是禮，培養個人的智慧判斷及抉擇能力，用智慧及道德滋潤世界，才是德才兼備的真君子，可以行遍天下而愉悅自在。以德治國鞏固國家，以禮行天下，成為互利多贏。

《孔子家語・問禮第六》：「夫禮初也，始於飲食。太古之時，燔黍擘豚，汙樽而抔飲，蕢桴而土鼓，猶可以致敬於鬼神。」燔黍，將黍米放在石頭上燒烤，擘豚，把肉類撕開，汙樽，鑿地下陷成窩形以便制造酒類或飲料，抔飲，用雙手盛載飲品入口，蕢桴而土鼓，用樹枝石頭或泥塊做成鼓槌打鼓。世界各地很多民族仍然在進食前舉行特別的儀式，只要入鄉隨俗，便不會令當地人尷尬。中國人用筷子的禮儀非常獨特，韓國人與東亞部份民族也仿傚，但他們的飲食禮儀也有不同，因為食材不同自然產生不同的烹飪方式，飲食方法又不同，在客人的位置上，跟隨主人的進食禮儀，口味不同也略為忍耐，自會有一番高興的宴饗。將蔬菜肉類等食物陳列整齊，擺設酒杯等飲食器具，然後祭禮開始，包括打鼓的伴奏，聲聞於天，希望上天能夠接受這種感恩崇拜，往後繼續庇佑下民飲食豐足。不能將人放於天之上，人類過於自大，便會自取滅亡，多一點禮讓，多一點感恩，世界會更美好。

《孔子家語・三恕第九》：「君子有三思，不可不察也。少而不學，長無能也；老而不教，死莫之思也；有而不施，窮莫之救也。故君子少思其長則務學，老思其死則務教，有思其窮則務施。」有道德修養的君子，有三個重要問題，不可以不小心考察。年少時不努力學習，長大後便沒有才能；年老時沒有把自己的經驗學識傳授給其他人，死後別人都不知道思念你；有錢財的時候而不施捨，自己窮困時便得不到救助。因此有道德智慧的人，少年時已經想到長大後的情況，

會勤奮學習；老年的時候想到死後的境況，會努力於教育工作；富有時則想到窮困，會勤於施捨窮人。少年時只要禮敬長輩、智者、賢士，學習的能力便會倍增，老年時向青少年分享人生經驗，反過來要禮待青少年，除了成為榜樣之外，還要向他們學習新事物，長者才能夠與時並進，不致於脫離社會現實。將禮文化奉獻予全人類，不分年齡種族，成為普世價值的禮節，可以傳揚天下，符合孔子的理想：「夫禮，為可傳也，為可繼也。」(《孔子家語・曲禮子貢問第四十二》) 地球是人類命運共同體，為了人類永續發展的和諧，中華民族將禮奉獻天下，禮才是世界步向和平共處的惟一目標。

三、結語

《孔子家語》中「禮」字的語文表達是全方位，包含着先秦對禮的多元化闡釋，有精湛的演繹及智慧的結晶，語文當中蘊含豐富的禮文化訊息，禮的文化教育是超越時空，是普世價值，當代人不能缺乏的文化，因而互相學習達到相互溝通，以禮相待是人類共存共榮的堅固磐石。柯雄文 (Antoni S. Cua) 指出：「對儒家道德哲學家而言，就理想上來說，能力方面的訓練是對個人合乎禮的應對進退之完熟技巧的掌握，而對道德關懷的諄諄教誨，則和對人類的廣博關懷有關。能力方面的訓練，以及對仁－在人際關係 (倫理) 中某些被視為是重要關懷事物的人道態度－的諄諄教誨必須同時進行，好讓道德學習者能夠在對他人的道德理解，以及在面對問題和困惑中成長。」(柯雄文，2017) 禮與仁是不可或缺的基本道德元素，通過語文的學習和理解，可以傳遞優秀的文化叡智，內化於心靈成為個人的修養，更是應付困難時成長、成熟的指標。

共存共榮：各國獨立，各人自主，獨行互助人我一體，相互照顧。
宇宙自然共存共榮－－－＞天人合一，星體迴環生生不息，天地諧和。
生態環境共存共榮－－－＞物類合一，禮敬萬物地球一家，生態均衡。
種族文化共存共榮－－－＞禮合中外，多元文化種族同存，人類平等。
國際關係共存共榮－－－＞禮行天下，協同互利和平共存，消弭戰爭。
人際關係共存共榮－－－＞禮尚往來，化解怨懟和睦相處，化解禍亂。

參考文獻

柯雄文 (2017)〈第二章・導言〉,《君子與禮 Junzi& Rites》,頁 89,台灣:台大出版中心出版。

羅庸 (2018)〈一、周禮與魯禮〉,《儒學述要》,頁 10,北京:北京出版社。

潘樹仁 (2013)〈新視野中華經典文庫〉,《孔子家語》,香港:中華書局出版。

饒宗頤 (2006)〈漢字圖形化持續使用之「謎」〉,《符號・初文與字母 —— 漢字樹》,頁 174,香港:商務印書館。

王琳 (2007)〈蘇洵文選・易論〉,《蘇洵・蘇轍集》,頁 85,南京:鳳凰出版社。

王子今 (2017)《王霸之道・禮法並重的政治制度》,香港:中華書局。

趙世民 (2003)〈自序〉,《漢字・中國文化的基因 (一、二)》,頁 1,廣西:廣西人民出版社出版。

周聰俊 (2011)《三禮禮器論叢》,台灣:文史哲出版社印行。

The Textual Expression of the Word "Propriety" in "Family Sayings of Confucius" and the Cultural Education of "Propriety"

Poon, Shue Yan Abraham

Abstract

Confucianism values the teaching and implementation of propriety which becomes the core of Confucius's propriety-music education. Propriety is extensive in scope in the pre-Qin period. It forms the prerequisite in all aspects and constitutes the basis of self-cultivation. From the perspective of appearance, propriety modes the language art of physical behavior to express filial piety to parents, reverence to the elderly, equality and respect for friends. The textual language displayed by propriety is honest and graceful, revealing the cultivation of propriety. The research and language utilization of Propriety studies represent the essences of wisdom. Confucius left《Family Sayings of Confucius》, although it was placed under《The Analects of Confucius》, the book contains unique and amazing words and wisdom.

Firstly, this article includes the textual expression of the word "propriety" and interprets the in-depth meaning of propriety in vernacular.《Family Sayings of Confucius·Questioning of Propriety – Chapter Six》refers to "Great Propriety" which conveys that propriety stems from the "Great Tao". The "Great Tao" is the ultimate principle of Chinese philosophy. The rules and scope of propriety follow the natural laws of the cosmos. Secondly, it is the elaboration of the propriety culture, which implies two aspects of "knowing propriety" and "clinging to propriety". Knowing is cognition and education, which includes inner awareness and experience. Clinging to propriety is the dynamic extension of the self-practice of propriety. The heritage and change in the application of propriety in the habit of life become Chinese customs. It demonstrates the present practice from the ancient age. "Propriety" is an important element of universal value.

Keywords   Family Sayings of Confucius, propriety, rites, propriety culture, cultural education

創意教學融入孝親教育之研究

吳善揮　　黃綺筠　　文德榮

摘　要

　　本研究試以創意教學融入孝親教育之中，以了解創意教學能否提升學生對孝道的認識、認同，以及對中國文化之學習興趣。

　　研究對象：香港一所中學 94 名中一級學生。

　　研究方法：本研究採用紙筆測試（寫作短文），以探究是次課程能否提升學生對孝道的認識。另外，本研究實施學生反思日誌，以了解學生對於孝道認同的深度。最後，本研究實施問卷調查（前測及後測），以評量學生能否提升對中國文化的學習興趣。

　　教學方法：本次課程共有 24 節（每節 35 分鐘）。教學流程為：1. 文學作品賞析；2. 創意教學活動；3. 師生討論；4. 填寫反思日誌。

　　研究結果：是次研究發現學生能藉此提升對孝道的認識及認同，並對相關的議題產生深刻的反思。同時，他們也提升了對中國文化的學習興趣。

關鍵詞　　中國文化　孝親教育　創意教學

一、研究緣起

　　近年，社會出現不少青年人對父母不尊重、不諒解的事件，部分青年人更不顧父母的感受及養育之恩，便因為學業、感情或心理等問題而自殘或自殺，傷害

吳善揮，明愛元朗陳震夏中學，聯絡電郵：ngsinfai@gmail.com。
黃綺筠，明愛元朗陳震夏中學，聯絡電郵：wyk@cys.edu.hk。
文德榮，明愛元朗陳震夏中學，聯絡電郵：mtw@cys.edu.hk。

了父母的感情、忽略了父母的感受，這都反映出現今的青年人並不明白孝的意義及價值（袁新秀、嚴由銘、劉善玖，2012）。事實上，青年人之所以出現不孝的行為及表現，當中有三個主要原因：第一，由於現時不少的青年人都是獨生子女，因此父母都極為寵愛他們，乃至出現溺愛孩子的行為，孩子犯錯也不願意懲罰他們，反而處處包庇他們，結果在這樣的家庭教育下，他們自然變成一個自我中心、不懂感恩的人；第二，現今的社會以應試教育為取向，人人都以考試分數論英雄，結果造成家長、學校教育都以訓練孩子應試為尚，忽略了培養孩子應有的品德情意；第三，學校在推行品德教育之時，未有以學生的特質、興趣及需要為本，只流於教條式的說教，最終使到品德教育欠缺成效（嚴瑾蒙，2012）。由是觀之，青年人之所以出現不孝的表現及行為，就是因為他們缺乏應有而具質素的孝親教育，因此，學校必須思考如何實踐孝親教育，以重建學生應有的孝親意識。

在這樣的背景下，筆者嘗試把「孝親」元素融入中文科校本課程之中，並設置獨立的學習單元「孝親：生命之源，啟迪之始」，以讓學生能夠學習與孝親文化相關的知識。另外，筆者嘗試以創意教學融入孝親教育之中，以提升學生對學習孝親文化的興趣及動機。結果發現，學生們都能夠從中加深對孝道文化的認識及認同，而且亦提升了對中國傳統文化精神之學習興趣。因此，本文旨在探討創意教學對孝親教育之影響、分享創意教學融入孝親教育的經驗，以及當中之教學省思。

二、文獻回顧

(一) 孝親教育之意涵

所謂孝，就是指子女能夠供養父母，使他們能夠老有所依，並且以敬愛之心去對待父母（秦琴、李美雙，2011）。其具有豐富的文化意涵，當中的具體表現包括：尊敬祖先、敬愛父母並侍親至孝、揚名聲以顯父母、把孝親之心擴展至國家、民族（楊維琴，2011）。事實上，孝順父母是人類最基本的德性要求，其本質始於人與人之間的仁愛之心，強調子女應對父母的撫育心存感激，並以一顆感恩的心去善待父母，以及回饋他們的愛（梁明玉，2016）。另外，知孝固然很

重要，可是行孝也同樣重要，這是因為道德意識與道德行為是密不可分的，只有做到知行合一，才算得上真正的孝（盧明霞、楊吉春，2016）。由此可見，孝的價值在於敬愛父母、供養父母，而個體需要以具體的行動把孝道實踐出來，才能夠真正做到孝；當然，孝親的終極目標在於達到「移孝及忠」，即個體能夠把孝擴展至國家、民族，使國家、民族能夠變得更強盛。

所謂孝親教育，就是希望透過實施以「孝」為本的道德教育課程，培養學生應有的人格及素質，當中強調讓學生明是非、懂情理，使他們能夠對父母長輩心存感恩及敬愛，只要他們能夠從孝敬父母的過程之中學會知恩感恩，那麼他們便能夠把這種態度遷移至與他者的關係之上（韓潔、劉明，2017）。另外，孝親教育也能夠讓學生明白「身體髮膚，受之父母，不敢毀傷，孝之始也」的道理，並由此學會珍惜自己的生命、愛惜自己的身體，讓學生發展出重生惜命的態度（肖行，2013）。而最重要的，就是孝親教育提倡了很多不同的建設家庭的美德，包括：尊老愛幼、養老護幼、安老幫幼、學老教幼等，此等品德價值都能夠有助穩定家庭內部關係，而在此基礎上，社會的發展也得以穩步向前，最終實現國家與民族的繁榮穩定（趙麗，2013）。由此可見，孝親教育培育學生知恩感戴、自重自愛的特質，這不但對個人成長及發展有所助益，而且更對家庭、社會及國家的發展有很大的裨益。

（二）創意教學之意涵

所謂創意教學，就是指教師自行發明新奇的教學方法、策略等，以進行教學，並達成教學目標（向婉惠，2006）。當中，教師破除傳統教學方法的束縛，運用創意活潑的教學方法，激發學生之學習興趣及熱情，營造開放接納的課堂氣氛，使學生樂於學習、自發學習，進而提升學生的學習成效（黃永寬，2014）。另外，運用創意教學的教師也會善用現代資訊科技，採納多樣化的教學方法，給予學生思考的時間，讓他們探索並反思學習內容之問題，同時也容許他們犯錯及表達不同的意見，以激發更多不同的創新思維（洪秀燊，2008）。此外，創意教學可從以下不同的角度切入，包括：教學觀念、教學模式、教學計劃、教材內容、教學方法、教材設計、解決問題策略、教學行為、教學資源、教學評量、班級經營策略（黃玉幸，2008）。由是觀之，教師能夠在不同方面實施創意教學，以誘

發學生的學習興趣及動機，進而促進他們的學習過程及成效。

(三) 創意教學對孝親教育之作用

　　創意教學能夠提升學生對孝親教育的學習興趣。現行的孝親教育的教學內容及教材教法已經過於陳舊，而且課程亦與日常生活脫節，使到學生難以對相關的教學產生學習興趣（馬榕，2018）。事實上，創意教學正好能夠解決以上問題，這是因為創意教學建基於學生的學習興趣為本，並以之為主要的教學目標，以發展出學生對學習的熱情及動機，使之能夠樂於學習、自主學習（魏惠娟，2007）。由此可見，以創意教學活化孝親教育課程的內容及形式，自然能夠提升學生學習孝親文化的能動性及動機，並且為課程的成功實施建立出厚實的基礎。

　　創意教學能夠促進學生對孝親之道的反思。在實施孝親教育之時，大部分教師只是依書直說，機械式地講授孝親的故事，以及當中的文化意涵（仁、義、禮、智等），並且強迫學生在毫無思考的情況下，死記硬背當中的條文及知識，致使孝親教育變成生吞硬剝的學習（馬榕，2018）。事實上，創意教學鼓勵學生進行主動而深層次的思考，而在學與教的過程中，教師對學生的意見及看法抱持尊重及開放的態度，並對他們給予相應的肯定及支持，這都有助他們更深入地反思所學，並發展出創造性的思維（吳宗立、徐久雅，2010）。由是觀之，創意教學能夠改變現行孝親教育死板的教學狀況，並且鼓勵學生對相關的道德問題及概念進行思考，推進了學習的深度。

　　創意教學能夠誘發出學生對孝親在情感上的認同。現行的教育制度強調應試教育，一切都以升學為優先的考量標準，因此，學校的思想品德教學也只以紙筆評估為主，以協助學生應試；在這樣的情況下，學生自然只會視思想品德教育為考試取分的工具，並且未能對孝親文化產生認同感（馬榕，2018）。然而，創意教學拋卻傳統的評量方法，以多元評量的方法來檢驗學生學習表現，讓他們得以透過不同的渠道建構成功的學習經驗，進而加強他們在情感上對相關學習的認同感（常雅珍、曾榮祥，2014）。簡言之，若教師能夠運用創意教學之策略及方法實施孝親教育，那麼學生不同的學習差異自然能夠得到照顧，而學生自然能夠因着成功的學習經驗而強化對孝親教育之認同感。

三、研究方法

(一) 研究對象

是次研究的對象為筆者任教學校之中一級學生，全級共有 94 人，全級學生對中國傳統文化之學習興趣不高，而且對孝道文化亦欠缺應有的認知。另外，他們處於青春期的成長階段，不少同學也會與家人發生不同程度的衝突。同此外，他們與筆者之間存有良好的師生互動關係，願意按照老師的指示完成學習任務。

(二) 研究問題

是次研究的主要目的在於探究下列問題：

1. 創意教學融入孝親教育課程能否提升學生對孝道的認識？
2. 創意教學融入孝親教育課程能否提升學生對中國文化的學習興趣？
3. 創意教學融入孝親教育課程對學生之孝道認同深度有何影響？

(三) 研究工具

1. 紙筆評估

是次研究以前測及後測之方式，來檢驗這次課程對於學生有關孝道的認識之影響。當中，筆者按照學生的能力，把 94 名學生分為「實驗組」(49 名學生) 及「對照組」(45 名學生)。「對照組」學生接受相同的篇章教學，上課時數也與「實驗組」相同，然而，當中的教學過程並不包含創意教學的元素。此外，在研究開展前，「實驗組」與「對照組」學生均參與前測；在課程結束後，兩組學生都參與後測。前測及後測之考核內容、測試題型，以及深淺程度均大致相同，以提升測試的準確度。當中，測試的內容為寫作評論一篇 (學生需先閱讀一則以孝親為主題的新聞報道，然後就當中的問題進行評論)。在評閱試卷前，筆者先與有經驗教師討論評分標準，之後再隨意抽出數份試卷進行評閱，在經過詳細的討論後，再修訂並統一評閱標準，以避免出現評閱工作欠客觀的情況。在收集紙筆評估的數據後，筆者將以 SPSS 25.0 (統計產品與服務解決方案) 的 Paired Samples T-Test 對之進行分析，以了解研究對象參與是次研究的前後差異。

表 1. 紙筆評估評量表

品位	分數	評分描述
極佳	10	• 具有清晰立場 • 具有論點 • 能精準地援引相關文化精神之定義 • 分析清晰而具條理
上	7-9	• 具有清晰立場 • 具有論點 • 能援引相關文化精神之定義 • 分析清晰
中	4-6	• 具有立場 • 具有基本的論點 • 尚能說明一些相關的文化理念 • 分析多有沙石
下	1-3	• 具有立場 • 論點欠清晰 • 未能具體地說明一些相關的文化理念 • 分析多有出錯或欠奉
不予評級	0	• 答案偏離題旨

2. 問卷調查

為了解是次研究對學生學習中國文化的興趣之影響，筆者設計了相關的問卷（曾與具碩士學歷、研究經驗豐富的中學教師進行討論），並在課程完結後分發給研究對象填寫。當中，問卷共設有 10 題，並採用五欄式之選項。在收回所有問卷後，筆者便以 SPSS 25.0（統計產品與服務解決方案）對當中的數據進行分析。

3. 反思日誌

為了解學生對於孝道之認同深度，筆者要求學生填寫反思日誌，並以之作為量度的根據。在學習的過程中，學生都需要填寫反思日誌，以說明自己的得着及反思。在課程結束後，筆者以隨機抽樣的方法，抽出 10 位同學的反思日誌進行分析，以了解是次教學研究對於研究對象的孝道認同度有何影響。

（三）教學設計之創新

創意教學不一定要花巧，只要教師能夠做到以多樣化的方式融入教學，又或者教學模式與過往不一樣，就已經屬於創意教學的展現（邱珍琬，2014）。基於以上的考慮，在設計教材方面，除了傳統的經典作品外，筆者也以三首華語流行曲作為教材，包括：小肥《負親》、蘇打綠《小時候》、魔幻力量《讓我罩着你》，以圖引發學生對孝親教育的學習動機。事實上，華語流行曲向來不被視為文學作品，同時也受到語文教師的忽視（吳善揮，2015），因此本次研究立足於學生的學習興趣，以切合他們生活經驗的華語流行曲為孝親教育的教材，自然具有創意之處。另外，在教授歌詞之時，筆者也會播放音樂視頻（MTV），而當中的故事情節也必定有助深化學生所學。此設計在語文教育上也具有創意的元素。此外，筆者也會在課堂完結前，與學生一起歌唱所教授的流行曲，以從音樂旋律之中感受詞人的情思感受。這種音樂融入中文課堂的方式，也是一種語文學習的另類體驗，當屬創意教學的具體展現。最後，筆者也設計了相關的創意教學活動，以引起學生對歌詞內容的反思，例如：蘇打綠《小時候》歌詞中「我忘了說當我仔細回想/ 腦海最珍貴的一幅畫/ 是你載着我/ 叮嚀我/ 要我抓牢你身旁/ 安心在你背後飛翔」的一句，講述了詞人與父親之間最珍貴的回憶及畫面。而筆者便在此基礎上，設計了「我與父母最美的合影」之活動，要求學生回家選取一張與父母的合照，並扼要地說明為何相片中的畫面，對其而言具有價值及意義。

在教學設計方面，筆者也引入了不同的創意課業，以打破了學生「學習中文必然是沉悶」的印象。例如：筆者要求學生代入孟子的角色，並撰寫一封感謝信給孟母，以感謝她的養育之恩；創作《二十四孝故事》四格漫畫等。當中的創新之處，在於學生可以多元的方法展現所學，而非只以傳統的方式去展現自己的學習成果。這樣的教學對於學生而言是具有創意性的，使他們更願意學習中華文化的傳統孝道精神。

（四）研究流程

這次研究主要之實施策略，在於以創意教學之方法，引發學生對孝親文化之反思，以及他們對中國文化的學習興趣。以下為本次研究的實施過程（實驗

組）：（一）學生參與前測；（二）筆者教授學生校本課程指定的課文篇章及華語流行曲歌詞（創意教學材料），當中，筆者重點教授學生與孝道文化相關的品德情意；（三）實施創意教學活動，並輔以學生討論、小組匯報等活動，以促進學生對孝道文化之思考；（四）評閱及點評學生的創意教學習作；（五）筆者總結單元學習內容；（六）實施後測、總結性問卷。本課程共計 36 節，每課節為時 35 分鐘。

至於對照組方面，筆者實施了以下的教學流程：（一）學生參與前測；（二）筆者教授學生校本課程指定的課文篇章，並重點教授學生當中與孝道文化相關的品德情意；（三）完成學習單；（四）評閱及點評學生的學習單；（五）筆者總結單元學習內容；（六）實施後測。

圖 1. 創意教學融入孝親教育課程之架構圖

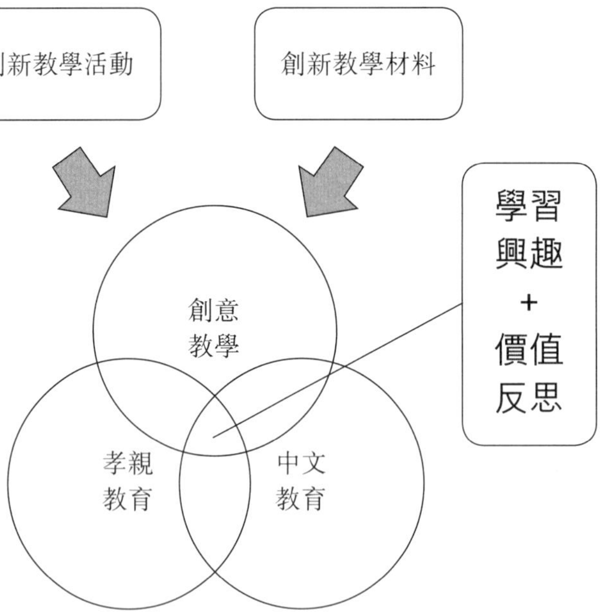

四、研究結果與討論

（一）紙筆評估

整體而言，參與是次研究的學生都能夠提升對孝道的認識，以下為紙筆評估的結果分析：

表 2. 實驗組、對照組之前測成績比較

		學生數目	平均數	標準差
前測	實驗組	49	2.96	1.17
	對照組	45	2.91	1.16
後測	實驗組	49	7.94	1.42
	對照組	45	3.67	1.09

表 3. 創意教學融入孝親教育對學生在孝道的認識單因子變異數分析

		SS	df	F 值	Sig.
前測	組間	0.05	1	0.04	0.84
	組內	125.56	92		
	總和	125.62	93		
後測	組間	428.12	1	264.67	0.00
	組內	148.82	92		
	總和	576.94	93		

從表 2 可見，兩組在前測之間的成績並沒有任何顯著的分別（F=0.04、p>0.05）。

表 4. 實驗組、對照組之前測及後測成績比較

Paired Samples T-Test					
	平均數	學生數目	標準差	平均數的標準誤差	t 值
A	-4.98	49	1.99	0.28	-17.48***
B	-0.76	45	1.42	0.21	-3.58***

註：A 為實驗組，B 為對照組。*p<0.05、**p<0.01、***p<0.001。

根據 Paired Samples T-test 的分析結果，實驗組學生所得分數之平均數有顯著的提升（t=-17.48、 p =0.000）；而對照組學生所得分數之平均數都有顯著改變（t=-3.58、 p=0.001）。故此，實驗組及對照組的學生都能夠提升對孝道的認識。然而，實驗組學生（M=7.94、SD=1.42）所取得之進步較對組照學生大（M=3.67、SD=1.09）（F=264.67、 p<0.001）。可見，創意教學融入孝親教育課程能夠有效提升實驗組學生對孝道的認識。

(二) 問卷調查

從表 4 的結果顯示，透過創意教學融入孝親教育的課程，實驗組學生均能夠增加對中國文化學習的興趣（各題之平均數都在 4 分以上）。

表 5. 與中國文化學習興趣之相關題項

項目	平均數	標準差
1. 我很享受這次孝親教育課程的學習過程。	4.22	0.90
2. 基於這次課程的學習經驗，我會積極參與和中國文化相關的課堂。	4.14	0.84
3. 基於這次課程的學習經驗，我往後也會專心地上課（中國文化課）。	4.22	0.77
4. 基於這次課程的學習經驗，我會認真地完成與中國文化相關的課業。	4.35	0.63
5. 我認為這次課程的課堂活動能夠讓我對中國文化產生學習興趣。	4.31	0.80

由表 5 的結果顯示，這次創意教學融入孝親教育之課程，實驗組學生都能夠提升學習中國文化的自發性（各題之平均數都在 4 分以上），即實驗組學生對中國文化具有學習興趣，並在此基礎上產生中國文化學習的自發性。

表 6. 與學習自發性之相關題項

項目	平均數	標準差
1. 這次課程啟發了我閱讀與中國文化相關的書籍。	4.37	0.64
2. 這次課程引發了我探究中國文化精神的自發性。	4.22	0.74
3. 這次課程推動了我主動思考有關中國文化的問題。	4.29	0.74
4. 這次課程的學習經驗啟發了我認真鑽研有關中國文化的資料。	4.35	0.78
5. 這次課程引發了我主動反思中國文化的優良與不足之處。	4.33	0.66

(三) 反思日誌

　　整體而言，從學生的反思日誌，我們可以看到參與研究的學生，都能夠透過這次課程增加對孝道文化之認同感 (掌握孝道精神之要點)，包括：尊敬父母、自重自愛、感激父母，以及體察父母。同時，我們從學生實踐孝道的意願及態度，可以看到他們能夠將孝道的價值內化，並提升至情感方面的認同。從中，可見本次創意教學融入孝親教育之研究取得一定的成效。

1. 知孝

(1) 孝莫大於尊親

　　從下列的反思中，學生指出父母對我們有養育之恩，因此，不論甚麼情況，我們都應該尊重父母的尊嚴及感受，不應該在情感上傷害他們。可見，他們都能夠從本次課程之中理解到敬愛父母的重要性。

> 「就算爸爸和媽媽責罵我們，我們也應該反思，而不應因而罵他們，因為父母罵我們，是為我們的好。」(學生 H)

> 「我們要尊重父母，因為由小到大，我們一直都是由母親養育我們，令到我們長大成人，讓我們有飽肚的食物吃，我們想買甚麼，他們都一定滿足我們……我們不要學那些人把父母困在籠子裏，把父母當成是畜生，令父母毫無尊嚴。」(學生 I)

(2) 自重就是孝的起點

　　同學都認為自重自愛是孝順父母的應有表現，因為父母最愛的人就是子女，因此我們要好好保存自身，並且要潔身自愛，以免使父母為此而感傷心及擔憂。由此可見，學生都能夠藉着本次課程學會自重自愛乃是孝的開端之道理。

> 「父母最愛我們，所以我要好好孝順父母……我們不要讓自己生病，以免要父母擔心。」(學生 A)

「我們要做一個好人，不要做壞事，父母就會放心和開心了。」(學生 E)

(3) 常懷感恩之心

綜合學生的反思內容，他們都認為父母對我們恩重如山，並且犧牲自己的一切，以換取我們健康快樂地成長，因此，我們應要有感恩之心，不要忘記自己的生命本源。由是觀之，透過本次研究，學生都能夠培養出顧念之情，並且不忘父母施予的恩情。

「我們要孝順家人，要感謝家人，因為孝順是很重要的，因為如果沒有媽媽生了我們，我們沒有存在這個世上的機會。」(學生 A)

「我們要感謝媽媽，雖然媽媽常常罵我，但是她為我們付出青春，為我們付出金錢，也為我們放棄了自己的理想。」(學生 B)

「我從中學到了，父愛如山，有媽的孩子像塊寶。父母愛我們的方式都不同，但他們一定是愛我們的。我的父母雖然沒有讓我成為富二代，但我從不缺零用錢，我的父母雖然沒有讓我住豪宅，但也沒有讓我流落街頭，我的父母雖然沒有天天帶我去吃山珍海味，但也沒有讓我餓着。」(學生 F)

(4) 學會體諒父母／感受父母的愛

綜合學生的意見，他們都指出我們應該體諒父母，並且從他們的角度出發思考，這是因為父母為了我們付出良多。可見，學生都能夠從是次課程之中學會易地而處，並體諒父母的難處。

「我學會了愛惜父母。從前，我是把父母當成奴隸一樣，從不聽他們勸告，並認為我自己永遠是對的，現在我則懂得體諒父母、親人、同學等……我也變成了體諒他們的人。」(學生 C)

「我會孝順父母……媽媽奉獻出無私的青春，而爸爸會奉獻出他肩膀，他們

默默地支持我，我們應體諒他們，因為我相信每一個父母也會疼愛子女，並且情意深長。」(學生 C)

(5) 孝的擴充

從以下反思，我們可以看到學生能夠把孝的概念擴充至與其他人的關係之上，例如：師生之情。這就是說學生能夠掌握「移孝及忠」的概念。

「最後，我很感謝 XXX 老師教我們這些道理，正所謂一日為師，終身為父，我們也要尊敬我們的老師啊！」(學生 J)

2. 行孝

(1) 具有行孝的意識

綜合以下的反思內容，我們可以看到學生都明白到孝道不能只說不做，孝道必須透過實際的行動來實踐之。在供養方面，我們需要為父母提供舒適安泰的環境，讓其得以頤養天年。在行為方面，我要努力取得學業佳績以使父母感到驕傲，即所謂「揚名聲，顯父母」。在尊親、敬親方面，我們要聽從父母的教導、讓父母開心等，讓其能夠感到稱心如意，並在精神上獲得愉悅。由此可見，學生都能夠發展出行孝的意識。

「我在未來要找一份好的工作，多賺錢，買一棟整齊、漂亮的住宅，以讓父母過得開開心心的。」(學生 C)

「從中，我學到好好孝順父母，父母在我們小時候一直照顧我們，他們老了後，我們要像他們照顧我們一樣照顧他們。」(學生 G)

「在未來，我會讓父母過上好生活，不讓他們吃苦，並讓他們現在所受的苦變為可以在未來所享受的福。爸媽，我愛你們。」(學生 E)

「我希望在未來的日子裏，加倍努力，考上自己喜歡的大學，大學畢業後，再找一份好的工作，並當上總裁，供養爸媽。」(學生 B)

「在未來，我會遵循父母的指導和命令，也會報答父母的養育之恩。」(學生 D)

「我們在萬聖節時打扮成搞笑的小丑逗父母開心。」(學生 A)

「在生日的時候，我會送禮物給他們，哄他們開心。」(學生 I)

「我以後一定會認真學習，掙錢來養他們，報答他們對我的養育之恩。」(學生 F)

「我們應該努力讀書，考好成績，並給父母看。」(學生 H)

(2) 及時去愛

綜合以下的學生反思，學生都明白到行孝須及時之道理，不要在父母離開世界時才感到後悔。可見，學生都能夠建構出及時去愛的意識。

「我學會了要和爸爸好好相處和珍惜和家人相處的時間，因為對我最好的人只得我們家人，萬一他們死了，對我們好的人就沒有了。」(學生 A)

「從中，我學到要及時地孝順父母，否則會後悔，因為父母很辛苦地養大我們，把我們養育成人，父母把他們的青春都獻給我們。」(學生 D)

「我們要把握時間，去回饋父母，不要等到父母不在時才去回饋他們。」(學生 J)

(3) 傳承孝道精神

從以下學生的意見，我們可以看到學生認同傳統孝道文化精神的意涵，並且認為我們有責任傳承孝道的精神。可見，學生對孝道文化精神的高度認同。

「我會趁父母有生之年，好好孝順他們，不會對他們刻薄，並且也會教導我的孩子孝順，一代一代傳下去。」(學生 I)

五、結語

　　本研究以創意教學融入孝親教育之中，試圖藉此提升學生對中國傳統文化學習的興趣，以及加深他們對孝親文化的認識及認同，當中取得一定的教學成效。首先，本研究能夠提升學生對孝道文化的認識，這是因為學生能夠透過多元化的創意教學內容，以及創意教學活動，產生對孝親教育的學習興趣，並因而刺激思考，並反思所學，使到他們能夠從中加強對孝道文化的認知。另外，本研究亦能夠提升他們對中國傳統文化精神的學習興趣，改變他們對中國文化學習「沉悶」的刻板印象，加強他們學習中國文化的動機，進而提升他們參與課堂活動的主動性。另外，本研究也能夠有助學生把孝親的價值內化，讓他們從情感上認同孝親的價值及意義。當然，本課程的缺失，就是在於教學時間緊迫，故筆者未有設計後續的孝親活動，為學生提供實踐孝道的機會，使到他們能夠學以致用。

　　基於以上的結論，筆者有以下的建議，以供各位教育同仁作為參考，如下：（一）學生對於富創意性的教學內容，例如：華語流行曲等，具有濃厚的學習興趣，因此，筆者建議後續研究者可以嘗試善用不同的多媒體教學素材，例如：華語流行曲、微電影等，以設計能夠提升學生學習興趣的孝親課程。（二）由於課時及人力資源有限，因此本次課程未有為學生提供行孝的機會，故此，筆者建議中文科教師可推動跨組別的合作，例如：中文科可與德育及公民教育組、公教組（辦學團體有宗教背景，如：基督教、天主教、佛教、道教等）舉辦親子活動，例如：家務日、家庭旅行日、親子烹飪比賽、孝親獎勵計劃等，以讓學生能夠藉此實踐所學，並達至知行合一的目標。（三）由於創意教學活動能夠深化學生對品德價值的思考，因此筆者建議中文科教師也可以創意教學融入其他品德價值教育之中，使學生能夠加深對其他品德情意價值的認同度。

　　最後，中華文化的品德價值教育對學生的成長而言，具有極大的意義及重要性。因此，筆者盼望是次初探性的研究，能夠為各位關心中文教育及品德價值教育的同工帶來啟發，並且一起在這片園地之中努力深耕，願共勉之。

參考文獻

常雅珍、曾榮祥 (2014)〈創意夏令營活動設計與實施：以幼兒單車騎乘認證課程
　　為例〉，《人文社會科學研究》，8 (4)，頁 79-102。

韓潔、劉明 (2017)〈在中職德育教學中如何借鑒中國傳統孝文化〉，《天津職業
　　院校聯合學報》，19 (12)，頁 97-100。

洪秀焱 (2008)〈開發「創意教學」的教育行政思維〉，《學校行政》，53，頁 66-
　　81。

黃永寬 (2014)〈體育創意教學〉，《學校體育》，140，頁 76-83。

黃玉幸 (2008)〈通識教育創意教學之探究〉，《正修通識教育學報》，5，頁 199-
　　215。

梁明玉 (2016)〈略論《孝經》孝道思想與大學生孝道教育〉，《內江師範學院學
　　報》，31 (1)，頁 107-110。

盧明霞、楊吉春 (2016)〈宋明理學孝德教育思想探析〉，《東北師大學報 (哲學
　　社會科學版)》，283，頁 233-237。

馬榕 (2018)〈以孝為先導，加強青少年的感恩教育〉，《內蒙古師範大學學報 (教
　　育科學版)》，31 (5)，頁 40-43。

秦琴、李美雙 (2011)〈當代大學生對傳統孝德文化的繼承和超越〉，《重慶理工
　　大學學報 (社會科學)》，25 (7)，頁 81-85。

邱珍琬 (2014)〈大學生眼中的創意教學〉，《教育學誌》，32，頁 153-184。

魏惠娟 (2007)〈「方案規劃」的創意教學設計與實施之行動研究〉，《課程與教學
　　季刊》，10 (4)，頁 63-83。

吳善揮 (2015)〈淺析華語流行歌曲的寫作美學—意象與情感的交纏〉，《思源—
　　啟思教學通訊》，1，頁 37-39。

吳宗立、徐久雅 (2010)〈屏東縣國小教師教學快樂感與創意教學關係之研究〉，
　　《教育理論與實踐學刊》，22，頁 29-61。

向婉惠 (2006)〈創意體育教學以低年級遊戲為例〉，《國教新知》，53 (1)，頁
　　14-17。

肖行 (2013)〈傳統孝倫理對高校生命教育的現代啟示〉，《湖北工程學院學報》，
　　33 (1)，頁 102-105。

嚴瑾蒙 (2012)〈淺談以孝文化背景下的大學生思想教育〉,《湖北科技學院學
　　報》,32 (10) ,頁 15-16,19。

楊維琴 (2011)〈家庭養老之孝文化的變遷與調適〉,《東北農業大學學報 (社會
　　科學版)》,9 (6) ,頁 139-142。

袁新秀、嚴由銘、劉善玖 (2012)〈大學生孝德教育的調查與思考〉,《贛南醫學
　　院學報》,32 (5) ,頁 755-757。

趙麗 (2013)〈大學生傳承中國孝文化的理論思考〉,《蘭州教育學院學報》,29
　　(2) ,頁 40-43。

附錄：創意教學融入孝親教育之課大綱

教學課節	教學目標	教學篇章	課業	類型	任務
1-5	• 分析文章的記敘六要素； • 應用劃分文章層次的原則； • 歸納作者的思想感情； • 分析內容作用及結構作用。	朱自清《背影》	親人的背影	繪畫	在我的生命中，有養我、育我、愛我、疼我的親人，我最難忘記的，是他/她的背影。試在下方繪畫出那個背影，將當刻情景定格。
6-10	• 分析文章的記敘手法； • 複習劃分層次的方法。	張之路《羚羊木雕》	孝道文化海報設計	繪畫	孝是儒家家庭倫理的核心，是我們終身學習的課題。試在下方作海報設計，傳揚孝道文化。
11-12	• 學會體諒父母的處境； • 理解父母對我們的愛。	小肥《負親》	給父母的道歉信	書寫	作為子女，我們感恩父母一直以來的悉心照顧。可是，父母自我們襁褓起，總有讓他們擔憂或勞神的時候。每當我們回首過去，卻是萬分歉疚。試撰寫一封道歉信給父母（二選其一），表達心中所思所感。
13-15	• 分析文章的記敘手法； • 理解母親對我們的愛與付出。	劉向《孟母三遷》	給孟母的感謝信	書寫	試以孟子的身份，撰寫一封感謝信給孟母。
16-17	• 學會及時地愛； • 學會勇於向父母表達愛意。	蘇打綠《小時候》	我與父母最美的合影	書寫	試以文字表達你與相中人的感情。
18-20	• 認識儒家對孝道的定義； • 學會對父母盡孝。	《論語・論孝》	我的不孝故事	書寫	「百行以孝為先」，然而年幼的我們不免年少氣盛，作出不孝之舉。試在下方寫出「我的不孝故事」，回望親人當刻的心情，反思自己的舉動，日後力行孝道。
21-22	• 學會回饋父母的愛； • 明白感恩之重要性。	魔幻力量《讓我罩你》	新聞評論	書寫	試就以上的新聞內容（有關不孝行為）撰寫評論一則。
23-24	• 複習儒家對孝道的定義； • 明白母子情深、血濃於水的文化內涵。	《廿四孝》（選篇）	《廿四孝》漫畫創作	繪畫	《廿四孝故事》為中國古代宣揚儒家思想及孝道的讀物，故事主人翁的孝行家喻戶曉，促使我們立身行孝。試在《廿四孝故事》中選取其中一篇，在下方以四格漫畫形式繪畫出來。

A Study of Integrating Creative Instruction into the Teaching of Filial Piety

Ng, Sin Fai Eric   Wong, Yee Kwan   Man, Tak Wing

Abstract

In order to understand whether creative instruction can enhance students' recognition of filial piety and their learning interest in Chinese culture, this study tries to integrate creative instruction into the teaching of filial piety. Participants: 94 middle-level students from a secondary school in Hong Kong. Research Method: This study involves a paper-and-pen test (writing essay) to examine whether the course can foster students' filial piety. In addition, this study adopts a student reflection log to understand the depth of student recognition of filial piety. Finally, a questionnaire was conducted to assess whether students have increased interest in Chinese culture. Teaching Method: This course has 24 sessions (35 minutes each). The teaching process: 1. Appreciation of literary works; 2. Creative teaching activities; 3. Discussion between teachers and students; 4. Reflective log. Findings: This study found that students can have enhanced understanding and recognition of filial piety and have a deep reflection on related issues. At the same time, they had increased interest in learning Chinese culture.

Keywords   Chinese culture, filial piety education, creative instruction

混合式在線學習實踐個案研究

文英玲

摘　要

　　高等院校一向積極推動教學更新，務求為學員提供易於接近而高質素的學習經驗。因應資訊科技長足的發展，在線學習備受器重。傳統面授學習與新興在線學習有效融合，造就了混合式在線學習傳遞模式。本研究介紹一次混合式在線學習的教學實踐，並通過問卷調查了解學生對在線學習、面授學習的觀感，以及利用科目教學評估來對比前後兩屆分別沒有運用和運用混合式在線學習的學生回饋，加上焦點訪談，以檢視是次運用混合式在線學習的成效。研究結果顯示，學員喜歡在線學習，但更喜歡面授學習。同時，在線學習雖然增加了課堂的彈性，但未能如面授課堂增加科目興趣，而且面授課堂令學習更愉快。此外，焦點訪談反映部分學生在線學習輕率了事。因此，設計及實施混合式在線學習時，須關注學生學習興趣及學生的自律性。

關鍵詞　　混合式學習　　在線學習　　面授學習　　混合式學習設計　　學生態度

一、引言

　　電子資訊科技迅速發展，在政治、經濟、文化、社會、教育各層面都產生了巨大作用，尤其隨着互聯網普及，數據管理躍升，「在線」更成了人們互相溝通、獲取資訊以至消閒玩樂的重要途徑。科技與教育結合是教學趨勢，基礎教育和高等教育都已進入「在線」時代。以香港為例，21 世紀初香港教育進行課

文英玲，香港教育大學中國語言學系，聯絡電郵：ylman@eduhk.hk。

程改革，運用資訊科技進行互動學習就是四個關鍵項目之一（課程發展議會，2001； 2002）； 香港高等教育也推動以科技促進大學的教與學，好像 2017 年香港五所大學 [1] 聯合推動「BOLT」（Blended and Online Learning and Teaching）計劃，為香港的大學教師提供專業資訊科技、在線及混合教學技能等支援，以促進大學的教與學（BOLTProject, 2018）。

研究者任教的香港教育大學是「BOLT」成員之一，展開了名為「混合式學習促進大學發展」（Blended Learning for University Enhancement， BLUE）計劃，旨在支持教學人員在課程中實施在線與面授混合學習，以促進學生具反思性的參與和深度學習； 就實施而言，計劃倡議每門科目至少增加一節在線課堂。作為大學的一員，研究者以任教的一門有關中國文學的通識科目參加了此計劃，藉以擴寬研究者的教學視野，同時探討教學中使用混合式在線學習的學生回饋。通過沉澱實踐經驗與整理學生回饋，尋找改進混合式在線學習的方向。

二、研究背景

教育新常態

Hinssen（2010）以「新常態」一詞描述現今社會的數碼化，就是科技的應用不限於科技的範疇，而進入了日常生活之中，成為不可或缺的部分； 在教育界，運用科技這新常態已逐漸形成（Norberg, Dziuban &Moskal, 2011）。美國 Ambient Insight（2011）統計預測報告稱，五年內高等教育中自行設定步伐學習產品和服務的傳統面授課程的學生會減少 22%，而在線或混合面授與在線學習的學生會增加 11%。這推算說明了高等教育的主流正朝着在線或混合式學習自動催化，並成了高等教育的新常態。

1　香港理工大學、香港教育大學、香港浸會大學、香港大學和香港科技大學。

在線世代

電子資訊科技不斷創新，日益普及，滲入社會各個層面、各階層人士，讓所有人可以在互聯網線上獲得無限資訊，也塑造了種種教育的機會。根據皮尤研究中心 2018 年發表的調查報告，95% 的美國少年 (13-17 歲) 擁有智能手機或可以使用智能手機； 45% 受訪者表示可以隨時在線上網 (Pew Research Center, 2018)； 根據《香港青少年生活狀況調查 2018》(香港遊樂場協會，2018) 報告，香港 13 至 18 歲少年每週使用互聯網 20.28 小時。對於今天的年輕人來說，如影隨形的電子資訊科技不僅伴隨他們成長，也孕育了他們的生活格調、思考方法以至日常習慣。大學教師若能善用電子科技，使用學生熟悉的媒體進行教與學，就正好配合他們的學習模式，令學與教事半功倍。

學生參與

學生參與是學習的重要條件。學生通過參與發揮主體性、引導投入感 (B.A. 蘇霍姆林斯基，1983)，同時獲得最大的學習成果 (Astin，1985)； 反之，缺乏參與會導致分神、被動、疏懶、輕易放棄和負面情緒，阻礙學生學習 (Connell& Wellborn, 1991; Skinner & Belmont, 1993)。因此，教師須認真研究和運用學生參與過程的規律，促進學生主體的建構和發展 (趙麗敏，2002)。學生參與不宜以隨機式注入課堂教學，反要以提升學生持續參與和促進學生主體發展為目標，規劃和運用不同的學生參與策略 (文英玲，2017)。

以往在大學講壇上，教授們大多使用講授法來傳遞學習內容。這種單向的傳統教學方法，大抵由來已久，就是印刷術未發明以前，此法已把信息迅速地傳送給學生 (Garrison & Vaughan，2008, 頁 4)； 不過，對於培養學生的高階學習成果，則不及師生互動、合作學習來得有效 (Palloff &Pratt, 2005)。誠如 Law, Pelgrum &Plomp (2008) 指出 21 世紀教育目標有兩個導向，分別是終身學習導向和連接導向。終身學習導向是學生需要具備終身學習能力，發展學生分析、評鑒、綜合、批判思維、解難思維等協作探究的高階思維能力； 連繫導向是學生需要具備與世界上的同儕、專家連接的能力。隨着生活、學業、職業或專業的需要，學生通過聯繫同儕、專家等獲取解決困難的方法。今天，互聯網和通訊科技的發

達和普及，正好藉以增加師生、學生間的互動，促進學生參與和學習經驗，培養大學生的終身學習與連繫溝通的學習能力。

混合式在線學習

不論基礎教育和高等教育，教師都擔任關鍵的角色，既是課程發展者，也是學習引導者（林生傳，2007）。大學教師引入在線學習的同時，不能偏廢課堂教學，因為課堂教學是教育活動的基本組織形式（盧敏玲，2011）。大學教師可以通過在線學習的設計與執行，配合適切的課堂活動，促進學生學習，旨在培養大學生自主自覺、認識及掌握各種知識體系，讓大學生據此應對專業或社會上的事情，發展他們的潛能。當然，除了在線學習、課堂學習，教師還可以佈置不同的體驗活動，豐富混合學習的內容與形式。

Garrison & Vaughan（2008，頁 5）指出，混合式學習的特點在於面授學習中口語溝通與在線學習中書寫溝通的融合，讓學生獲取配合教學情景及其延伸的獨特學習經驗。他們認為高等教育中的混合式學習設計必須包含以下三項假設：

1. 深思熟慮地融合面授與在線學習；
2. 基本地再思課程設計以增加學生的參與；
3. 重新建構及取代一些傳統課堂時間。

Norberg, Dziuban & Moskal（2011，頁 209）認為「混合式在線學習」的定義屬典型的邊沿事物，集合了教學人員、學生、行政人員、教學設計者、資訊人員、圖書館長、評鑒人員以及媒體記者的理解；透過不斷發展、對話、參與為「混合式在線學習」產生不同的定義與方案。不過，概括而言，「混合式在線學習」意指以在線學習取代部分面授課堂為起點，通過具彈性和多樣化的面授與在線學習，營造高階的學習環境、溝通特性，並關注不同學科的獨特條件和資源，貫徹課程的特定學習目標（Garrison & Vaughan，2008，頁 6）；同時，以進行時間而言，混合式在線學習，包括了時間同步與時間異步兩大部分。時間同步是指面授學習、電子會議、交談等；時間異步是指閱讀教材、寫作報告、錄影課堂、異步研討、討論等等。同步與異步學習的結合，正好增加了學生學習的彈性，讓學生

可以因應自己步伐好好學習。因此，設計混合式在線學習的時候，教學人員必須考慮時間配置。

更重要的是，科技發展促成了混合式在線學習，但是要是單單調動科技，沒有革新思維和優化學習的願景，混合式在線學習，就會成了趕時髦的玩意。有了革新思維和優化學習的願景，也需要課程設計者和施教者勇於嘗試，敢於改正的精神，為教與學提供實踐的經驗，才能讓教學界累積知識，建構一股滿有活力又具啟發性的風氣，創造更切合青少年學習的環境。

三、研究方法

研究者嘗試以一門有關中國文學的通識科目為研究範疇，實行混合式在線學習，以兩節在線學習代替兩節面授學習，並進行相關教學調度。本研究着眼於檢視學生對是次混合式在線學習運用的評價，繼而進行相關的討論。

(一) 研究問題

1. 學生對兩節在線學習的回饋評分有甚麼差異？
2. 學生對在線學習與面授學習的回饋評分有甚麼差異？
3. 是次混合式在線學習的學生對科目教學評估評分與以往面授為主導的教學評估評分有甚麼差異？

(二) 研究對象

本研究的對象，主要是香港教育大學 2017 / 2018 年度「仙凡之戀 — 愛情與文學」學生，是屆學生共有 41 名。就第三項研究問題，研究者以 2016 / 2017 傳統面授為主教學的 79 名學生為對照組，2017 / 2018 年度學生為實驗組。

(三) 研究工具

本研究以學生問卷和焦點學生訪談為主要研究工具。學生問卷有以下三種，每種學生問卷結果，均使用費雪精確檢定法 (Fisher's exact test) 以檢驗每道題

項回饋是否存在顯著差異；由於「教學評估」問卷結果未能提供每名答卷人的各項答案，因此只有「在線學習」和「面授學習」問卷結果可加入 Mann-Whitney U Test 檢驗兩組總體的平均值是否存在顯著差異。

(1) 學生「在線學習」課後問卷：

研究者設計兩份項目相同的「在線學習」課後問卷，讓學生完成在線學習後填寫，此部分問卷內有 17 道命題，供學生按四點李克特量表 (1=「非常不同意」，2=「不同意」，3=「同意」，4=「非常同意」) 對題項評分。題項計有：

本課整體經驗

1. 我喜歡電子課堂的靈活性，因為可以隨時隨地上課。

2. 我感覺獨立自主地學習。

3. 我主動投入這次學習。

4. 這次學習經驗是愉快的。

5. 這次學習具學習成果。

6. 這次學習增長我的知識／技能。

7. 這次學習有助培養我的正面態度。

8. 這次學習增加我對本科的興趣。

9. 我喜歡電子學習多於面授學習。

課堂的設計及使用

10. 我能順利使用電子學習教材。

11. 電子學習教材設計吸引。

12. 電子學習教材資料充足。

跟進測驗

13. 測驗配合我的程度。

14. 我喜歡多項選擇。

15. 我喜歡短問答。

16. 我喜歡互評問答。

17. 我希望有更多線上討論的機會。

(2) 學生「面授學習」課後問卷：

研究者設計一份項目跟「在線學習問卷」相近的「面授學習」課後問卷，讓學生完成面授學習後填寫。面授學習沒有緊接測驗，所以只有 12 道命題，供學生按四點李克特量表 (1=「非常不同意」，2=「不同意」，3=「同意」，4=「非常同意」) 對題項評分。題項計有：

本課整體經驗

1. 我喜歡面授課堂，因為可以直接與老師、同學交流。

2. 我感覺獨立自主地學習。

3. 我主動投入這次學習。

4. 這次學習經驗是愉快的。

5. 這次學習具學習成果。

6. 這次學習增長我的知識 / 技能。

7. 這次學習有助培養我的正面態度。

8. 這次學習增加我對本科的興趣。

9. 我喜歡面授電子學習多於電子學習。

課堂的設計及使用

10. 我能順利接收面授學習內容。

11. 面授學習教材設計吸引。

12. 面授學習教材資料充足。

(3) 學生「教學評估」問卷：

本研究使用香港教育大學提供的學生「教學評估：關於老師教學」問卷及其統計分析結果。「教學評估：關於老師教學」問卷是校方供給學生在完成科目課堂時填寫的問卷。供學生按四點李克特量表 (1=「非常不同意」，2=「不同意」，3=「同意」，4=「非常同意」) 對題項評分。題項計有：

1. 有系統地傳授該科目。

2. 使學與教配合該科目的大綱。

3. 啟發學生思考和學習。

4. 照顧學生的學習需要。

5. 增進學生與該科目相關的知識或技巧。

6. 提供適切回饋以促進學習。

7. 鼓勵學生在學習上相互交流。

8. 提供機會予學生透過不同渠道或方式學習。

9. 引導學生從多角度思考。

10. 鼓勵學生主動投入學習。

11. 熱心教學。

12. 整體教學是高質素的。

以上題目的問卷，雖旨在評量學生對於老師教學的回饋，但也可視為學生學習成效的一種評鑒工具。利用這工具，掌握整體學生視角下的學與教成效。

(4) 焦點訪談

本研究隨機邀請兩位學生，一男一女，在課程完結後進行單獨 10 分鐘訪談。訪談題目是以半結構方式擬設，以確保訪談的彈性及適度的追問。

訪談大綱

1. 談談你選修這科的原因與期望。

2. 談談你在這科所學到的知識、技能和情意等等。

3. 你參與了面授課堂和在線課堂嗎？請談談你對兩種課堂的看法和感受。

4. 你認為兩者最大的分別是甚麼？你較喜歡哪一種？

5. 在線課堂接連着測驗，你認為如何？就你所知，同儕的反應如何？

6. 面授課堂跟進一些在線課堂的內容，你認為如何？就你所知，同儕的反應如何？

7. 在線課堂與面授課堂現行比例，合適嗎？有沒有改進建議？

8. 對於混合式在線學習，你有甚麼意見？為甚麼？

9. 還有甚麼看法、感受和經驗，你想跟我分享？

10. 感謝你參與是次訪談。

四、教學方案

本研究的混合式在線學習設計配合的四個要項：一、深思熟慮地融合面授與在線學習；二、重新調整課程設計來增加學生的參與；三、建構在線學習以取代一些傳統課堂時間；四、時間同步與異步的學習配置。以下先簡述使用混合式在線學習前後兩期的教學設計，以作對照。

1. 2016 / 2017 年度所使用的教與學活動安排，是沿用較傳統的教學取向，也是非混合式在線學習的教學設計。設計中以面授為主導，而網上交流，僅止與在線學生、師生的自由討論，沒有精密部署。

表 1. 2016 / 2017 年度科目教學設計簡表

	學習內容	教與學活動
第一課	仙凡之界別：愛情之超越的涵義。	講授、討論、小組學習活動。
第二、三課	仙凡之戀重要類型：以重要作品作示例。	講授、討論、小組學習活動。
第四至七課	中國祭曲、辭賦、傳說、小說、詩詞、劇作及道經中的仙凡愛情題材及其演化脈絡。 重要作品的研讀：情節、意象及語言。 仙凡之戀的心理特質及思維模式	討論、小組學習活動、小組報告、課後網上交流。
第八至十一課	西方重要愛情理論介紹：弗洛姆（E. Formm）的情愛觀、史坦伯格（R.J. Sternberg）的愛情三角理論及鮑比（J. Bowlby）的依附理論等。 審視中國文學中仙凡愛情故事的愛情元素及特質。	討論、小組學習活動、專題報告。
第十二、十三課	文學中的仙凡愛情故事的現代詮釋與個人反思	講授、討論、網上交流、經驗分享。

2. 2017 / 2018 年度，科目採用混合式在線學習的教學設計。在線學習與面授學習分佈，學習內容的安排，也作調整。在線學習，除了提供學習指引文件電子檔，還以動畫、電視劇片段、電子簡報配合旁白、文學作品朗讀、流行歌曲多元方媒體展示學習教材，並設置多項選擇、短問答及開放式問題，以評估促進學生學習。開放式答題，由學生互評給分和提供意見。

表 2. 2017 / 2018 年度科目教學設計簡表

	學習內容	教與學活動
第一課	導論：愛情與仙凡	面授課堂：講授、討論、小組學習活動。
第二課	愛情理論與感生神話	面授課堂：講授、討論、小組學習活動。
第三課	愛情幻想與祭曲中的仙凡思慕	在線學習與測驗、互評活動。
第四課	中外仙凡文學作品研讀	作品研讀及在線交流。
第五課	糾纏關係與傳說中的仙凡奇遇	面授課堂：跟進在線學習、講授、討論、小組學習活動。
第六課	正邪逆位與仙凡傳奇	面授課堂：講授、討論、小組學習活動。
第七課	妓院文化與詩詞中的仙凡愛思	在線學習與測驗、互評活動。
第八課	仙凡文學作品研讀	作品研讀及在線交流。
第九課	愛情理論與現代愛情	面授課堂：跟進在線學習、講授、討論、網上交流、經驗分享。
第十課	仙凡文學作品探究	專題研讀及在線交流。
第十一課	道教修煉與道經中的仙凡修煉	面授課堂：講授、討論、小組學習活動。
第十二課	永恆信念與戲曲中的仙凡姻緣	面授課堂：講授、討論、小組學習活動。
第十三課	凡仙文學與真愛的追尋	面授課堂：學生分享、討論、總結。

　　比較以上兩期的教學方案，2016 / 2017 年度教學以傳統面授學習為主導，是時間同步的學習；2017 / 2018 年度教學採用混合式在線學習，面授學習與在線學習分佈配置，同步學習與異步學習交錯間雜，讓學生同步開展學習，異步獨立或交流學習，之後安排同步面授學習，以澄清學生的概念，解答學生的疑難。還有，兩節在線學習後都緊接在線測驗，以評估促進學習。

五、研究結果與討論

(一) 在線學習回饋正面，兩次回饋見差異

　　從兩次在線學習學生問卷數據分析顯示，學生對在線學習的經驗都是正面的。

　　如表 3 所見，第一次問卷結果的各項平均值都在 2.81 以上。在「本課整體經驗」部分，第一次問卷結果評分最高的是學生認為「這次學習有助培養我的正面態度」(3.41) 和「這次學習增加我對本科的興趣」(3.41)，其次是「這次學習經驗是愉快的」(3.34)，最低的是「我喜歡電子學習多於面授學習」(2.81)；在「在線課堂的設計及使用」部分，最高的是學生認為「我能順利使用電子學習教材」和「電子學習教材設計吸引」(3.38)，其次是「電子學習教材資料充足」(3.34)。在「跟進測驗」部分，最高的是「我喜歡多項選擇」(3.44)，而「我喜歡短問答」(3.00) 和「我喜歡互評問答」(2.94) 均在其下。由此可見，第一次在線學習已順利進行，學生回饋是正面的。

　　第二次問卷結果的各項平均值都在 3.04 以上。在「本課整體經驗」部分，第二次問卷結果評分最高的是學生認為「我主動投入這次學習」(3.50)，其次是「這次學習有助培養我的正面態度」(3.46)，再其次是「我喜歡電子課堂的靈活性，因為可以隨時隨地上課」(3.43)，最低的是「我喜歡電子學習多於面授學習」(3.18)；在「在線課堂的設計及使用」部分，最高的是學生認為「電子學習教材設計吸引」(3.43) 和「電子學習教材資料充足」(3.43)，其次是「我能順利使用電子學習教材」(3.39)。在「跟進測驗」部分，最高的是「我喜歡多項選擇」(3.45)，而「我喜歡短問答」(3.11) 和「我喜歡互評問答」(2.75) 均在其下。由此可見，第二次在線學習也是正面的。

　　通過數據分析，比較兩次「在線學習」問卷結果，Mann-Whitney U Test 檢定所得總體 p 值為 0.443，沒有顯著差異。然而各項評分平均值也有變化。首先，在「本課整體經驗」部分，所有題目評分都增加了，平均每項增了 0.14，增加最多是「我喜歡電子學習多於面授學習」增了 0.37，其次是「我喜歡電子課堂的靈活性，因為可以隨時隨地上課」增了 (0.24)，「我主動投入這次學習」增了 (0.22)。由此可見，經過兩次的在線學習，學生對電子學習感覺更正面了。同樣，在「在線課堂的設計及使用」部分，三題項評分都增加了，最多的是「電子學習教材設計吸引」增多了 0.09。不過，在「跟進測驗」部分，五題中有三題評分減少，最多是「我喜歡互評問答」減少了 0.19，其次是「我希望有更多線上討論的機會。」減少了 0.20；而稍有增加評分的是「我喜歡短問答」(0.11)，「測驗配合我的程度」(增加 0.1)，「喜歡多項選擇」(0.01)。由此可見，學生熟悉了在線

學習，投入感增加，比起面授學習的觀感也提升了；同時，學生對於學習的互評及討論的興趣則顯得下降了。

　　第二次在線學習的學生回饋較好，顯示教師和學生經歷了第一次在線學習的經驗，在設計和執行上都比較熟悉，也有了進步。因此，教師持續發展在線學習教材，學生具備更多在線學習經驗，都可以產生較佳的效果。

表 3. 在線學習學生問卷結果比較

範疇／項目	第三課 在線學習及測驗 （一） N =32		第七課 在線學習及測驗 （二） N=28		兩次評分比較	
	平均值	標準差	平均值	標準差	差異	P 值
本課整體經驗						
1. 我喜歡電子課堂的靈活性，因為可以隨時隨地上課。	3.19	0.47	3.43	0.50	0.24	0.130
2. 我感覺獨立自主地學習。	3.31	0.54	3.39	0.50	0.08	0.890
3. 我主動投入這次學習。	3.28	0.52	3.50	0.51	0.22	0.189
4. 這次學習經驗是愉快的。	3.34	0.48	3.39	0.57	0.05	0.502
5. 這次學習具學習成果。	3.31	0.54	3.43	0.50	0.12	0.788
6. 這次學習增長我的知識／技能。	3.28	0.46	3.39	0.50	0.11	0.418
7. 這次學習有助培養我的正面態度。	3.41	0.56	3.46	0.51	0.05	0.695
8. 這次學習增加我對本科的興趣。	3.41	0.56	3.39	0.50	-0.02	0.889
9. 我喜歡電子學習多於面授學習。	2.81	0.86	3.18	0.77	0.37	0.369
課堂的設計及使用						
10. 我能順利使用電子學習教材。	3.38	0.55	3.39	0.50	0.01	0.373

（續）

11. 電子學習教材設計吸引。	3.38	0.49	3.43	0.50	0.05	0.041**
12. 電子學習教材資料充足。	3.34	0.48	3.43	0.50	0.09	0.033**
跟進測驗						
13. 測驗配合我的程度。	3.22	0.49	3.32	0.48	0.1	0.880
14. 我喜歡多項選擇。	3.44	0.50	3.43	0.50	-0.01	1.000
15. 我喜歡短問答。	3.00	0.76	3.11	0.63	0.11	0.245
16. 我喜歡互評問答。	2.94	0.80	2.75	0.80	-0.19	0.381
17. 我希望有更多線上討論的機會。	3.06	0.67	3.04	0.64	-0.02	0.938
總平均值	3.24	----	3.32	------	0.08	0.443

單項 p 值為費雪精確檢定所得，＊以 p≤ 0.051-0.100 作為接近差異； ＊＊以 p≤ 0.05 作為顯著差異；總體 p 值為 Mann-Whitney U Test 檢定所得，＊＊以 p≤ 0.05 作為顯著差異。

（二）面授學習回饋正面，比在線學習更好

本研究進行了一次面授學習的課後問卷，由於面授學習對學生來說毫不陌生，因此，現以是次面授學習學生問卷結果與第二次在線學習學生問卷結果作比較。這兩次學生問卷數據分析顯示，面授學習比在線學習更受學生肯定。Mann-Whitney U Test 檢定所得總體 p 值為 0.056**，可見差異顯著（見表 4）。

如表 4 所見，第一至十二題項，學生對面授學習評分都較高，總平均值高 0.32。其中差異最大的是第四項「這次學習經驗是愉快的」，平均值高 0.43，P 值低於 0.0149，異差顯著；其次是第十二項「面授學習教材資料充足」比「電子學習教材資料充足」平均值高 0.30，P 值低於 0.0320，異差顯著。第一項「我喜歡面授課堂，因為可以直接與老師、同學交流」（P 值 =0.0624） 及第八項「這次學習增加我對本科的興趣」（P 值 =0.0643），兩題項比較起來，都展示接近顯著差異。此外，第九項「我喜歡面授電子學習多於電子學習」比「我喜歡電子學習多於面授學習」平均值高 0.32； 第八項「這次學習增加我對本科的興趣」平均值

高 0.28； 第十項「我能順利接收面授學習教材」比「我能順利使用電子學習教材」
平均值高 0.28。由此可見，學生喜歡面授學習多於在線學習，而以學習經驗愉
快感和教材充足感最為優勝。

　　以上提及面授學習中的優勝元素，包括愉快的學習經驗、充足的教材、直
接與師生文流及增加對科目興趣，正好說明了混合式在線學習必須有面授學習的
元素。另一方，在線學習可以汲取行之有效的面授學習優點，令混合式在線學習
配合學生的學習需要。

表 4. 在線學習與面授學習學生問卷結果比較

在線學習問卷項目	第七講 在線學習及測驗 (二) N=28		第四講 面授學習 N =30		兩次評分比較	
	平均值	標準差	平均值	標準差	差異	p 值
本課整體經驗						
1. 我喜歡電子課堂的靈活性，因為可以隨時隨地上課。 1#. 我喜歡面授課堂，因為可以直接與老師、同學交流。	3.43	0.50	3.70	0.47	0.27	0.062*
2. 我感覺獨立自主地學習。	3.39	0.50	3.40	0.50	0.01	1.000
3. 我主動投入這次學習。	3.50	0.51	3.57	0.50	0.07	0.793
4. 這次學習經驗是愉快的。	3.39	0.57	3.77	0.43	0.38	0.015**
5. 這次學習具學習成果。	3.43	0.50	3.57	0.50	0.14	0.431
6. 這次學習增長我的知識 / 技能。	3.39	0.50	3.57	0.50	0.18	0.202
7. 這次學習有助培養我的正面態度。	3.46	0.51	3.60	0.50	0.14	0.791
8. 這次學習增加我對本科的興趣。	3.39	0.50	3.67	0.48	0.28	0.064*
9. 我喜歡電子學習多於面授學習。 9#. 我喜歡面授電子學習多於電子學習。	3.18	0.77	3.50	0.63	0.32	0.226

（續）

課堂的設計及使用						
10. 我能順利使用電子學習教材。 10#. 我能順利接收面授學習內容。	3.39	0.50	3.67	0.48	0.28	0.064*
11. 電子學習教材設計吸引。 11#. 面授學習教材設計吸引。	3.43	0.50	3.67	0.48	0.24	0.112
12. 電子學習教材資料充足。 12#. 面授學習教材資料充足。	3.43	0.50	3.73	0.45	0.30	0.032**
總平均值	3.32	------	3.62	------	0.32	0.056**

面授學習問卷題項。單項 p 值為費雪精確檢定所得，* 以 p≤ 0.051-0.100 作為接近差異；
　　** 以 p≤ 0.05 作為顯著差異。總體 p 值為 Mann-Whitney U Test 檢定所得，** 以 p≤ 0.05
　　作為顯著差異。

（三）混合式學習比傳統面授學習回饋稍遜，但差異不顯著

　　根據香港教育大學發表的學生「教學評估」問卷統計結果，比較實驗組
（2017/ 2018 混合式在線學習學生）和對照組（2016 / 2017 傳統面授學習學生）的
回饋。如表 5 所顯示，在「關於老師教學」部分，除了「鼓勵學生在學習上相互
交流」（0.00）、「提供機會予學生透過不同渠道或方式學習」（0.07）和「整體教學
是高質素的」（0.03）外，所有題目包括「有系統地傳授該科目」（-0.15）「使學與教
配合該科目的大綱」（-0.14）、「啟發學生思考和學習」（-0.06）、「照顧學生的學
習需要」（-0.0.12）、「增進學生與該科目相關的知識或技巧」（-0.21）、「提供適
切回饋以促進學習」（-0.07）、「引導學生從多角度思考」（-0.06）、「鼓勵學生主
動投入學習」（-0.06）、「熱心教學」（-0.07）九項實驗組低於對照組。縱然在「教
學評估」問卷結果在數據上有差異，但其 p 值卻未有顯示顯著差異，因此在統計
學上可說是實驗組與對照組沒有差異。

表 5. 學生「教學評估：關於老師教學」實驗組與對照組比較

Part A Section 1. About the teaching	SET 關於老師的教學	2017/2018 混合式 在線學習 n = 31	2016/2017 傳統 面授學習 n = 57	兩次評分比較	
				差異	p 值
Q1	有系統地傳授該科目。	3.39	3.54	-0.15	0.186
Q2	使學與教配合該科目的大綱。	3.42	3.56	-0.14	0.265
Q3	啟發學生思考和學習。	3.52	3.58	-0.06	0.655
Q4	需要照顧學生的學習需要。	3.42	3.54	-0.12	0.194
Q5	知識增進學生與該科目相關的知識或技巧。	3.39	3.60	-0.21	0.280
Q6	提供適切回饋以促進學習。	3.42	3.49	-0.07	0.394
Q7	鼓勵學生在學習上相互交流。	3.61	3.61	0.00	0.883
Q8	提供機會予學生透過不同渠道或方式學習。	3.58	3.51	0.07	0.651
Q9	引導學生從多角度思考。	3.45	3.51	-0.06	0.680
Q10	鼓勵學生主動投入學習。	3.48	3.54	-0.06	0.658
Q11	熱心教學。	3.61	3.68	-0.07	0.638
Q12	整體教學是高質素的。	3.68	3.65	0.03	0.819
總平均值		3.50	3.57	-0.07	

單項 p 值為費雪精確檢定所得，* 以 $p \leq 0.051\text{-}0.100$ 作為接近差異； ** 以 $p \leq 0.05$ 作顯著差異。

(4) 學生對面授學習與在線學習抱有不同態度

1. 學生對面授課堂較認真、投入：

兩位受訪學生都表示較喜歡面授課堂，訪談中細問原因時，他們提及：

S1：老師在課上說故事，聲情並茂，不時讓我們參與，來得生動有趣，我喜歡這種互動。

S1：分析作品方面，一定是上課比網上好，在課上跟老師一起分析，會更詳細。在情意方面，上課會比網上學習好，同學也會認真點。

S1：面授課堂可以與老師交流，即時提問。

S2：面授課堂，老師教授知識，面對面與我們互動，即時指正我們，來得
　　更專業。

S2：我建議把在線課堂放在面授課堂，如在課上看短片，以手機答多項選
　　擇和短問答，更多交流。

S2：面授課堂，我們可以直接問老師的看法，不必通過電子平台。

由此可見，學生喜歡與老師面對面交流互動，同時在老師指導下會更認真，
更投入學習。

2. 學生對在線課堂較被動、輕率：

兩位受訪學生都表示在線課堂態度較輕率，訪談中細問情況，他們提及：

S1：網上學習，內容知識方面很詳盡，好像仙凡故事、愛情理論，解釋都
　　很詳盡，但我較喜歡上課，因為獨個兒單單望着電腦，戴着耳機，覺
　　得單向。

S1：網上學習電子材料多，但我自覺很被動。不明白又不可以即時提問。

S2：在線課堂，資料很豐富，有選擇性，有趣的影片我會看，但不是細看
　　全部內容。

S1：其實，我不肯定同學看網上課堂，可能問其他同學答案。

S2：聽聞有同學不在線學習，但老師已盡了責任，是學生的問題，不是老
　　師的問題。

由此可見，學生對於異步學習或獨個兒學習不太喜歡，同時對於在線學習
內容未必全部細心學習，或會用別人的答案來應付課後測驗。這種不自律學習態
度妨礙了在線學習，正如 Kintu, M. J., Zhu, C., & Kagambe, E.（2017）提及學生
自律特質正是混合學習中學習者滿意度的重要預測因素。這也是在線學習的關鍵
因素。

3. 學生認同混合式在線學習：

兩位受訪學生都較喜歡面授課堂，當問及對混合式在線學習，他們都予以
肯定。

S1：我喜歡現時的混合式在線學習，現在一科兩節，我覺得合適。不同的
　　上課方式，多元化學習，不錯。

S2：學生角度，就不想所有課是面授的，因為想減少上課時間。哈哈。現
　　在的混合式在線學習很有彈性，很好。

由此可見，學生都認同混合式在線學習，一則喜歡多元化的課堂模式，二
則視在線學習為減少上課時間的途徑。

4. 學生投入在線課堂源於對科目興趣及學習自律性

S1：兩位受訪學生對於在線學習方式與態度不同，其差異來源可見於訪談
　　回應。

S1：我會用心在線學習，是因為興趣。從大學一年級開始，我就對這科目
　　最感興趣的。因為大學裏可選一門專談愛情的科目，我覺得很新鮮。
　　由第一課開始，我就很喜歡，理論、文學作品和現代愛情都有興趣。
　　現在，上過了都覺得很不錯。

S2：這門科目題目很有趣，有同學修讀過也説「好玩」。愛情貼近我們年輕
　　人，且通識科目會選自己喜歡的。我喜歡生活上的愛情實例。在線學
　　習，好些資料我會略看，會看有趣的影片。

S1 學生會用心進行在線學習的所有內容，對科目的興趣比較全面，這正好
推動在線學習；反觀 S2 學生只會隨自己的喜好，選擇愛情與生活的實例來學
習，忽略在線學習的其他內容。由此可見，學生在線學習的方式及態度源自他們
對科目整體或局部的興趣。同時，學生的自律性也是影響在線學習的重要因素。

　　從訪談回饋所見，學生對面授學習比較認真、投入，而對在線學習則較為
輕率、被動，甚至敷衍了事。雖然學生較喜歡面授學習，但也認同混合式在線學
習，並希望維持混合式在線學習的模式及比例。通過訪談，研究者發現推動學生
用心在線學習的關鍵，在於學生對科目的興趣和學生自身的自律性。

六、結論

在線學習是今天教育的新常態，而面授學習是行之有效的教學方式。把在線學習與面授學習有效有機地融合起來，是可行可取的方案。本研究以一次混合式在線學習為研究範疇，利用學生不同的回饋檢視是次學與教實踐的成效。現在總結發現如下：

（一）是次混合式學習中，學生對於兩次在線學習經驗都給予正面的回饋，並以第二次回饋評分較高，這可能是教師與學生都取得了經驗，優化了設計與執行，才會獲得更好的回饋。由此可以推論，持續發展在線學習，讓學生得到更多在線學習經驗，可以產生較佳的效果。

（二）是次混合式學習中，學生對面授學習的回饋比在線學習較正面，並在愉快的學習經驗和充足的教材兩方面有顯著差異，而提供師生直接交流、提升科目興趣則接近顯著差異。這說明了混合式在線學習中的面授學習在目前情況是不能取代的；同時，為了改進現時在線學習設計，汲取面授學習的長處也是未來的思考課題和未來研究的方向。

（三）是次混合式學習與以往傳統面授學習的教學評估較為遜色，也許可以詮釋為是次混合式在線學習不優於過往傳統面授學習。由此或可推論，傳統面授學習的優點，實在不能短時間內被混合式在線學習所超越。

（四）是次混合式在線學習的訪談回饋顯示，學生對面授學習較認真投入，而對在線學習較輕率被動；推動學生用心在線學習的關鍵，在於學生的學習興趣和學生的自律性。因此，推行混合在線學習必須關注學生的學習態度。

參考文獻

B. A. 蘇霍姆林斯基著, 趙瑋等譯（1983）《帕夫雷什中學》，北京：教育科學出版社。

課程發展議會（2001）《學會學習 — 課程發展路向》，香港：課程發展議會。

課程發展議會（2002）《基礎教育課程指引—各盡所能‧發揮所長》，香港：課程發展議會，載於：https://www.edb.gov.hk/tc/curriculum-development/4-key-tasks/it-for-interactive-learning/index.html，檢索日期：2018 年 12 月 21 日。

林生傳（2007）〈資訊社會中的教師角色研究〉，《教育學術彙刊》，1（1），頁 1-14。

盧敏玲（2011）《變易理論和優化課堂教學》，合肥：安徽教育出版社。

文英玲（2017）〈「學生作夥伴」：參與式學習實踐研究〉，輯於施仲謀、廖佩莉主編：《漢語教學與文化新探》，香港：中華書局，頁 80-97。

香港遊樂場協會（2018）《香港青少年生活狀況調查 2018》，9，載於：http://hq.hkpa.hk/document/press/Report，檢索日期：2018 年 12 月 21 日。

趙麗敏（2002）〈論學生參與〉，《中國教育學刊》，04，頁 26-29。

Ambient Insight.（2011）. 2011 *Learning and Performance Technology Research Taxonomy*. Ambient Insight:Monroe, WA.

Astin, A. W.（1985）. *Achieving Educational Excellence*. San Francisco: Jossry-Bass.

BOLT Project.（2018），載於：https://www.bolt.edu.hk/，檢索日期：2018 年 12 月 21 日。

Connell, J. P., & Wellborn, J. G.,（1991）. Competence, autonomy, and relatedness: A motivational analysis of self-system processes. In M. R. Gunnar & L.A. Sroufe（Eds）. *Self processes in development: Minnesota symposium on child psychology*（Vol. 23, pp. 167-216）. Chicago, IL: University of Chicago Press.

Hinssen, P.（2010）. *The New Normal*. MachMedia, Edison, NJ.

Garrison, D. R., & Vaughan, N. D.（2008）. *Blended Learning in Higher Education Framework, Principles, and Guidelines*. San Francisco, CA: John Wiley and Sons.

Kintu, M. J., Zhu, C., &Kagambe, E.（2017）. Blended learning effectiveness: the relationship between student characteristics, design features and outcomes.

International Journal of Educational Technology in Higher Education, 14, [7]. Retrieved 21 December,2018, from https://doi.org/10.1186/s41239-017-0043-4.

Law, N., Pelgrum, W., &Plomp, T., （2008）. *Pedagogy and ICT use in schools around the world : Findings from the IEA SITES 2006 study*. Hong Kong: Springer.

Norberg, A., Dziuban, C.D.&Moskal, P.D. （2011）. A time-based blended learning model. On the Horizon, 19（3）, 207–216. Retrieved 21 December,2018, from: https://www.diva-portal.org/smash/get/diva2:706050/FULLTEXT01.pdf.

Palloff , R.M., &Pratt, K. （2005）*Collaborative online learning together in community*. San Francisco: Jossey-Bass.

Pew Research Center. （2018）. Teens, Social Media & Technology 2018. Retrieved 21 December, 2018, from: file:///C:/Users/Papa/Downloads/PI_2018.05.31_ TeensTech_FINAL.pdf.

Skinner, E. A., & Belmont, M.J. （1993）. Motivation in the classroom: Reciprocal effects of teacher behavior and student engagement across the school year. *Journal of Educational Psychology*, 85, 571-581.

Blended Learning in Practice:
A Case study

MAN, YIng Ling

Abstract

Effective and flexible delivery models have been advocated in the field of higher education to ensure quality learning experiences. Blended learning, commonly defined as an integration of traditional face-to-face and online approaches to instruction, is now being proposed to an effective tool addressing both student learning and teacher professional development. This paper describes and evaluates a pedagogical approach to blended online learning. Two classes of two consecutive years of the same course in a university were being studied. Utilizing teacher rating scales and questionnaires, together with a focus group surveys, qualitative and quantitative data were collected, which were then being analyzed by the mixed method. Results demonstrated that online learning provided learning flexibility but could not stimulate learning motivation, whilst face-to-face approach was able to make the learning process more enjoyable. Student characteristics (attitudes and self-regulation) should be considered when any blended online learning programs was structured.

Keywords   blended learning, online approach, face-to-face approach, design of blended learning, student attitude

香港初小語文教學結合動漫元素的教學設計

蔡逸寧

摘　要

　　隨着科技高速發展，多媒體成為課堂教學不可或缺的方式。教師將動漫運用到語文教學中，有利學生培養創造力和想像力，並提升小學生對語文學習的興趣。

　　香港教育大學於 2017 年開展「賽馬會與『文』同樂學習計劃」。計劃以初小學童為對象，透過製作生動有趣的多媒體教材，把「文學性」、「故事性」手法注入動漫及教材中，建立學童對漢字結構、文字藝術及中華文化的興趣，並藉此建立良好品德。

　　本文主要探討「賽馬會與『文』同樂學習計劃」的第一至四集動漫如何應用在語文教學當中，並展現教材設計的理念及特色，闡述動漫與教材之間如何配合，從而提升學生的語文能力和品德情意，同時加強對中華文化的認識。

關鍵詞　　動漫　語文教學　學習興趣　教案設計　多媒體

一、前言

　　在科技日新月異的今天，動漫教材亦廣為老師所應用，而動漫教材與語文教學可以如何結合？二者如何配合以發揮最大的教學效能？本文以「賽馬會與

蔡逸寧，香港教育大學中國語言學系，聯絡電郵：ylchoy@eduhk.hk。

『文』同樂學習計劃」的第一至四集動漫及教學設計為例[1]，展現四集動漫教學設計的理念和特色，以及教學設計的預期效果。

二、動漫教學設計的理念及特色

「賽馬會與『文』同樂學習計劃」的第一至四集動漫教學設計可獨立應用於初小一年級中國語文科的課堂，也可配合學校原有的中文科單元主題或學習重點使用。每集動漫教學設計以兩節課為單位，每一節課的教學目標、教學內容及教學活動設計配合相對應的動漫內容。基於每所學校的校情不同，老師可以按照教學進度、學生能力的差異等進行調適。教材設計的理念及特色如下：

(一) 學習目標呼應香港初小學生中國語文科的學習需要

美國教育學者布魯姆將教育目標分為三個領域：一是認知的領域（Cognitive domain）── 知識（Knowledge）；二是情意的領域（Affective domain）── 態度（Attitude）；三是技能的領域（Psychomotor domain）── 技巧（Skill）（黃光雄，1993，頁91）。而《中國語文教育學習領域課程指引（小一至中六）》（課程發展議會，2017）中，建議小一至小三學生側重培養學生聽説的能力為主，讀寫能力和語言文化知識為輔，也兼顧其文學、思維、品德情意、文化等領域的發展。課程文件亦強調教師選用多樣化的教材，才能為學生提供適切的學習情境，以配合學習目標及重點，引起學生的學習興趣。

1. 知識

四集動漫教學設計亦呼應了上述的教育目標分類及香港教育局的指引內容。教學設計的目標涵蓋了讀、寫、聽、説四個範疇，並以漢字作切入點，帶動字詞、文化、品德情意的教學。教學設計教學生中文字的部首、字形結構等、從認讀字形到正確書寫常用字等，例如首四集動漫以認讀及書寫部首「木」、「手」、「月」、

1　香港教育大學「賽馬會與『文』同樂學習計劃」主頁：載於 http://chin.eduhk.mers.hk/animation. php，檢索日期：2018 年 11 月 20 日。

「水」為學習目標，並以上述部件作為主線，擴散至相同部件的字或詞，同時兼及獨體字與合體字；象形字、形聲字；名詞、動詞、形容詞等，選詞的生活範疇涉及個人、學校、社會等，讓學生有系統地學習。

2. 價值觀

教學設計利用語文學習材料中與品德情意、中華文化的相關素材引導學生討論、反省，讓學生在培養語文能力中，自然而然地得到品德情意的培育。例如：第一集教材透過學生於校園的日常生活故事，帶出以禮待人、禮多人不怪的道理；第二集教材透過小朋友之間在課餘時間一同玩耍的片段，帶出與人分享玩具及樂於分享的重要性；第三集教材以主角游小魚在中秋節當天與家人歡聚的景象，帶出家人團聚的重要性及中國文化習俗的傳承；第四集教材則以學生在中文課堂學習的一首童詩《小青蛙》引申至教導同學愛護小動物及欣賞大自然。每一節課堂都滲透品德情意及中華文化的教學活動，通過語文能力的培養，陶冶性情，從而逐步形成學生的良好個性和健全人格，達至提升品德情意及體認中華文化的教學目標。

3. 共通能力

教學設計亦着重培養學生的解難能力、創意能力、協作能力和評鑒能力。創造性思考是指運用掌握的信息，產生出新穎、獨特意念的思維過程。通過一些語文學習活動，可以刺激學生根據已有的資料或想法去構想新的意念，令語言文字的表達更加新穎、獨特（課程發展處，2008，頁 80），創造性思考最常使用的技巧或策略，就是發問技巧（林寶山，1998），例如：第二集動漫教學設計中，第一節課堂結束前，老師可請同學按已知的故事內容猜想故事情節的發展，以訓練學生的創造性思維。而解難能力是指運用已學過的知識和技能求得答案、對策的思維過程。通過運用語文的情境，學生可以學習分析、綜合有關的資料，找出多個可解決問題的方法，然後決定採取最適合的行動（課程發展處，2008，頁 80），例如：第二集動漫教學設計中，老師提問「我們除了要收拾玩具外，怎樣做才可以保存玩具？」學生要回家思索不同的方法，然後於第二節課堂匯報，並透過討論選出適當、可行的方法。

(二) 配合動漫內容的有效提問

播放動漫只是教學的起點，配合好的提問才能引發學生有更深入、更多的聯想。教學設計中運用不同類型和層次的提問，為學生提供表達的機會，以增進他們的表達能力。正如張玉成 (1999，頁 29)《教師發問技巧》提到：

> 發問技巧之內涵包括各類別、各層級問題兼顧——先行發問低層次認知問題以探測基本了解程度，並藉以診斷其從事高層思考的潛力；高認知性問題可促進學生應用所學，並從事批判性和創造性思考。

本教學設計也是按上述由淺入深的準則設計提問。第一至四集的教學設計以動漫故事的內容為基礎，於播放動漫前，學生需要對動漫的人物有所認識，所以會先介紹幾位主角。由於全套動漫都是圍繞幾位相同的主角，於第二集教案開始，老師會於播放動漫前透過提問跟學生重溫動漫的主要人物角色，讓學生對動漫人物更有熟悉感和親切感。

1. 複述動漫內容的提問

每集動漫的內容約三分鐘，對小一學生而言，三分鐘的視訊包括動漫情節內容、學習的部首、字詞等等，資訊頗多。故此，教案設計會將三分鐘動漫分開兩至三次播放，並配合不同的提問，以確定學生能接收動漫的情節內容。教學設計的提問涵蓋不同類型，先有複述型的問題，請學生直接、明確敍述對話的內容，例如：第一集動漫中，主角游小魚和漢堡包上學去，途中看見不同的景物，動漫播放完畢後，老師請同學指出路上所見的景物。此外，老師亦可請學生複述動漫提及的主要學習字詞、書寫方法、字詞結構、讀音等，從而達至讓學童認字、識字的教學目標。

2. 觀察畫面信息的提問

動漫的一大特色是展示了動態的畫面，因此老師除了可請學生複述動漫角色的對話內容，更可提問畫面展示而又是學生容易忽視、混淆的信息。這既能發展學生的辨認能力，更能提升學生的觀察能力。例如：第二集動漫中，主角的爸爸說竹蜻蜓的玩法是「把竹蜻蜓插在頭上就可以飛上天」，但從動畫所見，竹蜻蜓的實際玩法是「以手磨擦，藉此轉動竹蜻蜓的桿子，讓竹蜻蜓飛上天」。在課

堂教學中，配合動漫教材能充分運用學生視聽方面的感官刺激，提升教學效果之餘亦能藉此訓練學生的觀察力。

3. 評鑒型提問

還有，教學設計中配合動漫的內容設計了不少評鑒型的提問，即請同學評價動漫角色人物的思想內容或行為表達，從而發展學生的批判性思維。第一集中，主角游小魚上學時會跟沿途的花朵、樹木說早晨，回到學校也會跟學校、校長說早晨，老師透過提問學生「你認為游小魚是一個怎樣的孩子？」，從而引發同學思考游小魚的行為是好是壞，又是否值得學習和仿效。另外，在第二集中，當游小魚問哲哲借遙控直升機時，哲哲不肯跟她分享，因為他覺得自己的遙控直升機很昂貴，老師透過提問學生「你覺得哲哲是一位怎樣的孩子？」，從而引發學生思考哲哲的行為，繼而帶出樂於分享的重要性。透過評鑒型提問，配合開放的學習氣氛，可以展示語文學科的多元性、多義性、模糊性，亦提供空間讓學生發揮自己的意見，增加學生的參與度。

(三) 教學活動多向互動

本教材設計着重課堂活動的多樣性，老師時而透過有效提問、時而請同學回家翻閱字典、時而請同學搜集網上資料、時而請同學分組交流討論，以多元化的學習提升學生內在的學習動機。引發生學生學習動機可驅使學生主動學習的內在動力，使學生發現自己的熱情，使之自發學習，提升其學習興趣。正如林寶山（1990，頁 36）在《教學論 —— 理論與方法》中提到：

> 在教學歷程中，引起學生的學習動機乃是正式教學活動的開始。因此教師首先必須利用各種激發動機的策略來使學生具備學習的心向和達到學習的成熟度，才能使教學活動順利展開。

1. 創設情境

課程發展議會（2017）建議教師可因應不同的學習內容，創設情境，讓學生在情境中感知、理解學習內容，提高教學效能。動漫第一至四集教學設計中，教材設計就動漫相關內容創設不同情境，讓學生在課堂活動交流經驗和看法，通過

互動的學習形式，同學之間可以取長補短，同時訓練學生的聽說能力。設計不同情境必須考慮到學生實際的生活經驗，情境的設計亦要凸顯說話的目標，對話內容要幫助學生掌握學習重點，學生於活動前亦要有足夠的語言材料進行對話。例如：第二集中，老師着學生二人一組，先改寫哲哲與游小魚的對話內容，然後老師着學生分別扮演這兩個角色，引導學生代入角色，並模擬日常生活中的對答，從而提升學生的說話能力及協作能力。透過創設情境，同學能運用短句表達自己的意見和想法，活動亦能提供真實的情境，幫助同學明白說話的內容，讓學生在愉快學習之中提升聽說能力。

2. 分組討論

其次，教學設計中有分組討論的環節，分組討論以學生為中心，學生可透過接觸不同的觀點、想法，謀求共識，從而找出答案。例如：第一集中，教學目標為提升學生對禮貌語句的認知，老師着學生四人一組，每組派發「多謝」、「有勞」、「對不起」的字咭。老師讀出不同的情景，例如：「你忘記帶課本，你會對老師說甚麼？」、「爸爸送你一份禮物，你會對他說甚麼？」等。各組同學討論適合的禮貌用語，在討論的過程中，學生更能針對問題仔細思考，提出不同的答案，有助於思考能力和價值判斷能力的發展（林寶山，1998）。分組討論能提升學生的表達能力及溝通技巧，學生在討論後對課題內容有更深入的了解，更可培養質疑、思辨的習慣（張世忠，1999）。

3. 朗讀訓練

朗讀與語文教學關係密切。情感蘊含豐富的朗讀能把課文中的人物、事物、景物生動地呈現在學生眼前，藉由朗讀的抑揚頓挫提升學生口語表達情感的能力。若把朗讀規律運用到無聲的閱讀之中，就可使書面中的文字變成腦海中的立體形象，連成一幅幅活動的畫面，便能激發其想像力，觸動其內在感情，並能加深對文字的理解和鑒賞（施仲謀，1990，頁215）。說話教學的內容要配合教學目標及學生的程度，而分組的形式如何，例如是老師選一位學生示範、全班進行、分組進行等，都是設計時的考慮。教學設計中亦安排了課堂朗讀的環節，例如：第四集中，教學設計以教授學生有感情地朗讀童詩及感受詩歌的韻律和節奏感為目標。老師先讓學生熟悉詩歌的情感和所運用的聲線，然後帶領全班學生一邊朗讀，一邊做配合童詩的動作，讓全班同學一同參與其中。之後，老師着同學分組

以不同形式朗讀詩歌，如全組一同朗讀、接力朗讀等，並鼓勵學生自創動作，演繹課文中的童詩。朗讀活動安排先由老師為主導，直至學生熟悉誦材後，轉變為由學生擔任主導的角色。學生透過不同形式的反覆練習，從老師回饋中逐漸改正錯誤，加強正確的部分，以達習慣穩定、動作熟練、知識牢固（張世忠，1999）。

教學設計透過多向互動的教學活動，鞏固輸入的信息，同時讓同學有更多分享和表達意見的機會。教學設計安排每個教節都有實際練習的環節，讓學生發揮創意，共同解難。透過不同形式的活動設計，提供一個開放的學習空間，讓學生提出自己的見解，由此可以鼓勵學生在語文學習的過程中多作嘗試，增加學生的滿足感和投入感。

（四）配合學童生活經驗，引起共鳴

第一至四集的動漫內容選取生活化的題材，故事提到的人物、事物都是學生常見的，故事發生的場景都是在學生熟悉的地方，如學校、家中、公園等。根據赫爾巴特的形式階段，他認為在教學過程中，首先讓學生有機會去回憶一連串的舊經驗，才促使學生認識到新教材學習的意義與目的何在，而產生有興趣去追究原因（林寶山，1998，頁232）。教學活動喚起學生的舊經驗可引發其學習動機，因此教材設計的取材亦貼近學生的生活，配合學生發展，例如將新聞時事、生活見聞等融入課堂活動中，學生若感興趣，便會主動參與。教學內容以學童的生活經驗作為切入點，令學生更容易從不同角度思考，學生在課堂後亦易於遷移所學，在日常生活中加以實踐。教學設計中，善用引起動機、討論情境、角色扮演或延伸學習的環節喚起初小學生的生活經驗。

1. 學生的個人生活體驗

教學設計中，引起動機是教學活動的首要步驟，有了學習動機可引發學生認真學習，學習更會有明顯的效果（林寶山，1998）。學生日常生活的個人經驗是最切身的學習素材，例如：第二集中，教學主題是樂於分享及珍惜物品，教師提問學生「你們玩過哪些玩具？」、「你喜歡玩哪些玩具？」作為引起動機；於課堂之中提問學生「你有收拾玩具的習慣嗎？」、「如果你是壞掉的玩具，你會有甚麼感覺？」，由學生的感受帶出珍惜玩具和收拾玩具的重要性，亦形成學生自身生活實踐與動漫內容的對比，從而拉近學生與動漫教材的距離，並觸及學生的

情感和意志。

2. 學生與家人的相處經驗

對初小學生而言，同學、朋友和家人都是日常生活中較常接觸的對象。第三集中，教學主題是中秋節，教師以中秋節的相關照片引起學生學習動機，並請學生分享與中秋節相關的人、事、物，以喚起他們的經驗和回憶；第一節課堂結束前，老師先請學生回家想想，選出一件喜愛的中秋節物品，並說明原因，着學生於第二教節時匯報；老師在課堂之中請同學二人一組，訪問同學，互相分享自己是否喜歡和家人一起過中秋節等。透過各個環節，讓學生回憶自己與朋友或親人相處的經驗，以此結合語文科的學習，讓學生知道中華文化是無處不在，處處滲透在日常生活之中。

3. 學生與大自然的相互關係

陳素芹認為教師可引導學生從各方面多角度積累素材，不僅要把目光投向身邊的小事，還要把目光轉向社會，發現其中的真、善、美，讓學生關注社會，認識社會，並思考生活（2015，頁 91-92）。第四集中，教學主題是愛護小動物和欣賞大自然，老師可以展示大自然的圖片以引起學生的學習動機；老師於分組活動前可提問學生相關的經驗，以帶動學生投入課堂活動，例如：請同學分享一次親近大自然的經歷，說說看見甚麼和感受如何。老師先喚起學生在日常生活的經驗，學生在課堂中理解到大自然是小動物的家，人們要愛護大自然，小動物才可在舒適的環境下生活和成長。學生可以結合舊有的知識，將新知識統一於舊有經驗體系中而使之相結合（林寶山，1998，頁 232），最終將課堂所學於日常生活中加以應用及實踐。

教師導向的學習重視外誘動機，如學生只受制於外在獎賞與懲罰的局限，學習效果不佳（林進材，1999）。因此，本教學設計以學生為中心，重視學生內在動機的滿足，每個環節都儘量緊扣學生的生活經驗，使學生得到來自內在動機的支持，從內在動機的滿足中，完成學習活動。而且，情意領域的學習必有對象，態度可能是人、可能是事、也可能是物。個人的態度乃個人對人、事、物等協調一致的、學得的、內在的行為傾向。價值亦為對人、事、物等所作的是非、好壞、美醜等之判斷（王克先，1995，頁 254）。透過喚起學童生活經驗，既能提升學習動機，亦能以其生活環境作為真實的學習材料，從中培養學生的態度及價值觀。

(五) 引導學生自學，鞏固學習

學生於課堂的學習時間有限，除了透過課堂上老師播放動漫內容及老師帶動下的有效學習，課後延伸學習有助學生鞏固所學，並培養學生的自學能力。每集配套教材除了包括教學設計及文字補充資料外，更提供配合動漫內容而設計的工作紙樣本、延伸學習活動及延伸學習書目和網頁，以鞏固學生的理解，有助學生於課堂以外繼續學習。教學設計中，課業的設計從學生角度出發，考量學生的興趣，配合學習對象的程度及需要。

1. 延伸學習工作紙

四集教學設計皆附有與動漫內容相對應的課文，課文用字參考《香港小學學習字詞表》（課程發展處，2007），每課字數約 150-200 字內，符合香港小一學生的閱讀程度。課文的內容主題健康，思想積極，配合相關的閱讀理解，既可擴闊學生的閱讀面，又能促使學生能力遷移及內化。課後工作紙按照課文內容設計一系列的題目，題型包括選擇題、連線題、填充題、排序題等，透過學生簡單作答亦能檢視學生是否掌握課堂上所學習的知識。此外，工作紙的設計按照學生認知發展規律，一材多用，老師可按學生能力、興趣等加以剪裁以照顧學習差異。例如：四集的教學設計中，皆附有「漢字結構工作紙」，工作紙上展示了部首常用字的金文圖畫和楷書字體，學生需要把相同的圖畫和字連在一起。針對能力較高的同學，老師可請學生寫出與金文圖畫相應的文字，同時訓練學生書寫部首常用字。學生學習各種課程，最後必須以作業加以貫穿，才能稱之為完整的學習。作業是課程的一個部分，令學生在課內、外的學習，最後能作一個輕鬆的總結與統整（黃政傑，1997，頁 249）。

2. 延伸學習活動

一般老師在教學告一段落後或單元結束時才讓學生以課文後面的練習題作為家庭作業。然而，作業應包含整個教學活動，包括課前、課間、課後的學習活動，而作業的形式亦是多樣化，包括製作、報告、活動參與等皆是（黃政傑，1997）。教學設計中，提供了不同的延伸學習建議，例如：學生於第一節課堂學習了「木」字部首及「木」字部的常用字字義、字形結構，老師請學生回家選一個木部首的生字，寫出該字的規範字形、讀出該字的字音、說出該字的字義及運用該字組詞造句，並準備於下一教節匯報。透過延伸學習活動，老師可以檢測學生

對部首的認知能力，並鞏固學生對「木」部首字的字形、字音、字義的認識和聯繫。對於能力較高的同學，老師可將延伸學習內容轉換為請學生在圖書館或互聯網中找出一個謎語，謎底必須是包括該部首的字，下一教節匯報時，也讓其他同學參與猜謎遊戲，透過延伸學習活動可以同時加強課堂的互動。

　　3. 延伸學習書目及網頁

　　語文能力，是在對語文材料大量反復感受、領悟、積累、運用的過程中形成的。學生必須透過廣泛閱讀，儲積語匯、句型、培養語感，豐富知識，開拓思想（課程發展處，2008，頁 80）。因此，每集教學設計亦提供延伸學習書目及網頁，老師可因應學生的能力，建議學生延伸閱讀。教學設計的延伸閱讀建議書目，當中較多是香港或台灣出版的圖畫書，這些書籍是學童優秀的學習材料，對初小學生既有示範作用，又能豐富學習內容。老師可於課堂中稍加點撥，讓學生自學，打下終身學習的基礎。

三、動漫教學設計的預期效果

（一）提升學生學習興趣，使課堂更加靈活

　　透過將動漫元素滲透於課堂之中，並結合相關的學習活動，預期能提升香港初小學生學習中國語文科的興趣。動漫故事內容健康，選材又富有教育意義，能令學生有所啟發。加上，動漫中的人物活潑可愛，配合生活化的故事情節能吸引學生。動漫的人物表情誇張，例如：第二集中，哲哲說全憑自己很努力地在商場中大聲哭鬧，媽媽才願意買玩具給他時，動漫中以一個大大的汗珠掛在游小魚及漢堡包的臉上，以表示他們感到無奈。第一集中，因為哲哲沒有禮貌，所以變成了野人，哲哲深感委屈，眼淚從他的眼眶噴出等。韓若冰認為動漫中的情節內容、人物的反應和表情與現實中不盡相符，或者比現實人物的心情、反應更為誇張，但卻更接近人的心理及內心世界（2008，頁 78-80），可見動漫既是學習內容的根本，又是激發動機的好材料。動漫教材自身有着巨大優勢，它圖文並茂，使靜止的變為動態的，能引發學生的好奇心。它又是表情達意的重要輔助，彌補視覺和聽覺上的不足，將抽象的文字和符號具體化表達，扮演具體訊息和抽象概

念之間的橋樑（陳美伶，2012，頁 164）。因此，在語文課堂中結合動漫元素，期望令課堂更多元化、更靈活，同時強化初小學生學習中國語文科的意願。

(二) 學生學習更有系統

動畫的內容包括每一課的教學重點，不論是中國語文科讀、寫、聽、說四方面的學習目標，或是品德情意及中華文化都一一覆蓋在內。每集的動漫皆有系統、有組織地綜合了所學之要點，配合相關的教學活動，讓學生有一個整體的概念和輪廓。林生傳（1994，頁 215）的《教育心理學》中提到：

> 根據學者的研究發現，訊息在被編碼之際，有良好組織或有結構的訊息，通常會比沒有良好組織或沒有結構的訊息好記。因此，在教學活動之前，應先將教材有效加以組織，使之有完整結構；而在教學活動中，則應有系統地呈現教材，並輔以系統地講解說明。

教學設計中，課堂前、課堂中、課堂後的作業皆圍繞學習目標，而透過動漫內容與教學目標、教學活動緊密的配合，為學生提供了應用的機會，將「知識」與「實際」相結合，有助於學生對新知識的收錄以及將所學遷移到社會實際生活情境中。而且，動漫及教學設計的編排由近及遠，由簡單到複雜，讓學習挫折儘量降低（黃政傑，1997，頁 187）。四集動漫的生活範疇及主題由個人、學校、家庭、社會依次擴展，有助學生循序漸進地學習。此外，在學習歷程中，學生需要加以練習、複習，所學的知識才不會被遺忘。學生於課後可以隨時在網上重溫相關動漫內容，而每集教學設計配合的不同延伸學習材料，增加學生複習的機會，並強化記憶。透過教材的選擇與組織，每課教材考慮到「上下銜接」與「左右溝通」的原則，教學活動排列由易到難、由簡到繁、由具體到抽象，皆有助學生有系統地學習（林生傳，1994）。

(三) 提升初小學生的聽說讀寫能力及品德情意

老師於中國語文科的課堂之中結合動漫元素，動漫作為輔助教學的材料，由此師生之間的口頭表達和聽力扮演着重要的角色。動漫教材可以運用感官刺激

學習語文，而在聽力訓練方面尤有優勢，比起紙本教學的單調和不足，更能增加學生的語感。正如周軍（2003，頁237）認為：

> 聆聽和閱讀是學生接受能力的兩個方面，但二者都是以理解為核心的複雜思維活動。閱讀是對書面語言的接受，聆聽是對口頭語言的接受，聆聽與閱讀是密切相關的。在語文教學中進行聆聽能力的訓練，也會促進閱讀能力的提高。

教學設計中，配合更多訓練聆聽、說話能力的教學活動，重觀察、重思考、重喚起學生真實的情感，又鼓勵學生想像，通過說話活動來表情達意。透過聽、說訓練的活動，既能促進學生的閱讀能力，又能提升學生閱讀相關教材及課文的興趣，並透過課堂活動激發學生多角度地觀察生活，以積累更多寫作的材料。在生活中寫作，學生的寫作水平與自身生活經驗和情感有着明顯正向的關係（石衛芳，2017）。透過動漫作為起點，老師可以配合教學設計加以剪裁，以不同的向度把學生的視野引向家庭、社會、國家各個層面，因為只有從學生的思想、生活實際出發，學生於寫作時才有事可敘，有情可抒，有感可談，有議可發（周軍，2003）。讀、寫、聽、說的能力互有關連，在學習上可互相促進。因此，透過這套教材期望能在各個方面回應初小學生中國語文科的學習需要，兼及培養學生的品德情意。

四、結語

「賽馬會與『文』同樂學習計劃」的動漫內容及題材經過謹慎的組織和篩選，配合香港初小學生的學習能力及心理發展，訂定相關的教學目標及學習內容。動漫配合相應的教學活動、延伸學習等，整套教材的規劃和設計考慮到易行性、靈活性和針對性，盼望能達到提升香港初小學生中國語文的讀、寫、聽、說的能力及學習興趣，同時兼及學童品德情意的培養和對中華文化的認知，使學生成為學習真正的主角。

參考文獻

陳美伶 (2012)《電影在語文教學上的運用》，台北：秀威資訊科技股份有限公司。

陳素芹 (2015)〈初中語文教學應滲透生活化教育理念〉，《語文天地》，第 11 期。

黃光雄 (1993)《教學原理》，台北：師大書苑。

黃政傑 (1997)《教學原理》，台北：師大書苑。

韓若冰 (2008)〈日本動漫於日語學習的意義〉，《山東外語教學》，第 6 期。

課程發展處 (2008)《小學中國語文校本課程及學習單元設計示例理念篇》，香港：教育局課程發展處。

林寶山 (1990)《教學論 ── 理論與方法》，台北：五南圖書出版有限公司。

林寶山 (1998)《教學原理與技巧》，台北：五南圖書出版有限公司。

林進材 (1999)《教學理論與方法》，台北：五南圖書出版有限公司。

林生傳 (1994)《教育心理學》，台北：五南圖書出版有限公司。

石衛芳 (2017)〈立足生活 捕捉個性 激發靈感〉，《語文天地》，第 21 期。

施仲謀 (1990)〈朗讀與語言教學的關係〉，《第二屆世界華語教學研討會論文集・教學與應用篇中篇》。

王克先 (1995)《學習心理學》，台北：桂冠圖書公司。

張玉成 (1999)《教師發問技巧》，台北：心理出版社。

張世忠 (1999)《教材教法之實踐 ── 要領、方法、研究》，台北：五南圖書出版有限公司。

周軍 (2003)《教學策略》，北京：教育科學出版社。

課程發展議會 (2017) 編訂《中國語文教育學習領域課程指引（小一至中六）》，取自：https://www.edb.gov.hk/attachment/tc/curriculum-development/kla/chi-edu/curriculum-documents/CLEKLAG_2017_for_upload_final_R77.pdf，檢索日期：2018 年 11 月 20 日。

課程發展處 (2007) 編訂《香港小學學習字詞表》，取自 https://www.edbchinese.hk/lexlist_ch/，檢索日期：2018 年 11 月 20 日。

香港教育大學「賽馬會與『文』同樂學習計劃」主頁：http://chin.eduhk.mers.hk/animation.php，檢索日期：2018 年 11 月 20 日。

Teaching Design of Combining Animation Elements in Chinese Language Teaching in Hong Kong

CHOY, Yat Ling

Abstract

With the rapid development of science and technology in the world, multimedia has become a common technique applied in classroom teaching. Teachers can apply animation in Chinese teaching to arouse students' creativity and imagination and stimulates students' interest in language learning.

In 2017, the Education University of Hong Kong launched a project which is "From Words to Culture: An Animated Way to Learn Chinese".This project aims to inject "literature" and "story" techniques with animation by creating vivid and interesting multimedia materials. Theory applying these methods, primary school children can develop interest in Chinese character, text art and Chinese culture with the final aim to cultivate good virtue in life.

This article focuses on how the first to fourth episodes amination are applied in Chinese teaching. The concepts and characteristics of amination elements were utilized in teaching pedagogy. It explains how the animation and teaching materials synthesize together to enhance the mastering of language among primary students by promoting the language competency, moral character, understanding of Chinese culture.

Keywords   animation, language teaching, learning interest, lesson plan, multimedia

從「促進學習的評估」到「作為學習的評估」：
語文科評估概念的深化和實踐

張壽洪

摘　要

　　以「學會學習」為主題的香港課程改革已進入「學會學習 2+」階段，香港課程發展議會在 2014 年頒佈的《基礎教育課程指引——聚焦、深化、持續 (小一至小六)》文件中，提出「邁向『作為學習的評估』」口號，指出為了培養學生自主學習和有效學習的習慣，教師在教學上該更積極地聯繫學習和評估，引導學生自我監控學習的進展。

　　本研究通過對不同評估理念的探討，反映「作為學習的評估」的內涵和特質，然後展示一些切合有關理念的案例，供教師參考和討論。

關鍵詞　　作為學習的評估　促進學習的評估　自評　互評　語文評估

一、研究背景

　　不少教育研究的結論顯示：過去半世紀世界各地的教育改革，多以評估概念的更新和實踐模式的調整為基礎 (Linn & Miller，2009，頁 4-10；唐秀玲等，2010，5)。[1] 香港在 2001 年開展以「學會學習」為主題的課程改革，在評估的實施方面提出「加強促進學習的評估」理念，建議教師在教學的過程中，通過評估

張壽洪，香港教育大學中國語言學系，聯絡電郵：shcheung@eduhk.hk。

1　Linn & Miller 認為自二十世紀六十年代起，美國的教育改革如「國民教育方案」、「最低精熟水平測驗」和「國家教育改革法令」，主要均是通過評估改革來促進學生的學習成效。

診斷學生的學習困難，然後提供有效的回饋，以優化學與教的效能（課程發展議會，2001，頁 72-74）；2014 年，香港的課程改革進入「學會學習 2+」階段，課程發展議會在《基礎教育課程指引——聚焦、深化、持續（小一至小六）》文件中，提出「邁向『作為學習的評估』」口號，指出為了培養學生自主學習和有效學習的習慣，教師在教學上該更積極地聯繫學習和評估。《指引》建議教師在日常教學中，引導學生認識教學目標和掌握自我監察學習進展的方法，從而反思和回饋學習的進度和策略，並規劃個人未來學習的方向；實踐「作為學習的評估」的目的，就是積極培養學生的自主能力，讓每一位學生都成為個人學習的主人，以達致課程改革提出的「終身學習」的理想。

「作為學習的評估」的主要含意是甚麼？它跟「促進學習的評估」兩者有甚麼分別？在「邁向『作為學習的評估』」的理念下，語文科教師該如何適切地落實革新的評估方案？本研究首先綜合教育文獻和教改文件的資料，剖析「作為學習的評估」的內涵，並探索「作為學習的評估」和其他評估模式的分別，最後根據研究員從事師資培訓工作的經驗，列舉一些在現行語文課堂中出現並切合「作為學習的評估」的例子，供語文教師參考和討論。

二、研究目的

本研究主要結合文獻探討和課堂觀察等方法，剖析「作為學習的評估」的含意和在語文科實踐的要點。研究目的包括：

1. 了解「作為學習的評估」的意義、性質和特點；

2. 剖析「對學習的評估」、「促進學習的評估」和「作為學習的評估」三者的內涵，並比較後兩者的異同，以清晰地顯示「作為學習的評估」的內容和特質；

3. 根據研究員日常探訪學校和觀察課堂的經驗，列舉一些切合「作為學習的評估」的例子，供語文教師參考，並作為語文教育不同持分者進一步討論的基礎。

三、文獻概覽和討論

香港教育當局頒佈的教改文件，一般根據評估課業施行的階段，把評估分為「總結性評估」和「進展性評估」兩大類。[2] 此外，課程發展議會又因應評估的功能和目的，把評估分作「對學習的評估」、「促進學習的評估」和「作為學習的評估」三類型。

1.「總結性評估」和「進展性評估」[3]

二次世界大戰前，西方學校都是在學習階段完結時，通過考卷形式，判斷學生的學習成果。戰後，西方教育學者為探討提升普及教育效能的方案，紛紛研究運用評估工具改善學與教效能的方法。1967 年，美國學者克理芬（Scriven）提出運用「進展性評估」來蒐集學生的學習結果，作為改善教學設計的參考（陶西平，1998，97）。後來，布魯姆（B. S. Bloom）在克理芬的概念上，把學校日常的評估分為「總結性評估」和「進展性評估」兩大類；前者指學校在學段結束時，為了解學生學習水平施行的考試和測驗；後者指教師在教學的過程中，為了解學生的學習困難和優化教學安排，根據教學目標設計和進行的檢測（Bloom 等，1971，頁 117-118）。總的來說，總結性評估旨在對教學的成果作出整體的總結，強調甄別拔尖，判斷優劣。

從二十世紀七十年代至二十世紀末，如何有效地運用上述兩類評估來提升教學效能，成為教育研究的重要課題，而重視進展性評估的運用更是評估發展的主要取向（唐秀玲等，2010，頁 3）。

2.「對學習的評估」、「促進學習的評估」和「作為學習的評估」

不同的學習心理理論，從不同的角度闡釋學習和知識建立的過程；在不同的學習概念下，評估的功用和目的可說是大相徑庭的。

2　如從評估的實施時間進行分類，尚有「安置性評估」和「診斷性評估」兩類別。

3　布魯姆把評估分為「總結性評估」（summative assessment）和「形成性評估」（formative assessment）兩類。香港的教育文件上一般把「formative」譯作「進展性」，本文現採用香港的翻譯。

（1）對學習的評估

「對學習的評估」指在教學單元、學期或學年終結時進行的評估，目的是向教育系統匯報學生的學習情況；「對學習的評估」就是上文所述的傳統評估方式——總結性評估（課程發展議會（第五分冊），2017，頁 5）。傳統評估多以紙筆形式進行，重點只在測驗和量化學生的學習成果，基本上完全不會觸及學生學習情意和學習策略發展的狀況。

（2）促進學習的評估

受建構學習理論發展的影響，上世紀七十年代以還，西方學者開始懷疑傳統紙筆評估的方式，在測量學生真實能力方面的準確性。他們紛紛從重視學習過程的角度，提出克服傳統評估缺點的主張。英國的「評估改革小組」（Assessment Reform Group）委托學者 Black & Wiliam 進行實地研究，探討課堂評估對學生學習的影響。

1998 年，Black & Wiliam 發表研究報告，指出只要教師把評估看作為教學和學習的一部分，就能運用評估來有效地提升學習的水平。他們建議教師因應學習內容的性質，在學習的過程中選取合適的評估工具，了解學生的學習成果、學習需要和教師個人的教學得失，然後通過回饋活動來優化教學，讓學生在學習過程中不斷進步（Black & Wiliam，2002，頁 8）。

「促進學習的評估」理念明顯是在「進展性評估」的基礎上。它進一步強化運用進展性評估的回饋功能來優化學與教素質的特點，強調把「教學」、「學習」和「評估」三者結合和借助評估後的跟進措施來完善學生的學習和教師的教學（羅耀珍，2008，10-12；唐秀玲等，2010，頁 5-8）。

（3）作為學習的評估

建基於評估是學習過程中不可或缺的一部分，評估活動能優化學習過程和進一步促進學生的發展，西方學者近年致力探討教師和學生雙方在不同評估活動中的角色和互動情況。他們發現在不同的進展性評估活動中，教師和學生的角色有很明顯的差別，於是把以學生為主體的評估活動定性為「作為學習的評估」。（Earl，2003，頁 21-22）

處身於知識爆炸的年代，「學習」是每個人必須具備的生存能力；要學生能夠「終身學習」，學校必須幫助學生發展個人「自主學習」的意識和能力，引導學

生成為學習的主人。在「作為學習的評估」理念下，學生是學校教育中學習的主體，學校必須培養學生有效學習的技巧和習慣，引導學生不僅對學習有興趣，還要對個人的學習負責。簡單來說，學生該建立「認識教學目標、自我監察學習進展、反思學習策略、調節學習方法和規劃未來學習方向」的能力。成功的學習者必須發展個人成為自己的最佳評估者，並通過回饋為個人確立清晰的努力方向。（課程發展議會（第五部分），2014，頁 3-6）

在培養學生自我評估能力的過程中，教師的主要職責是要把學習和評估融為一體，教師的工作和角色包括：

① 按照學生的特點設計合適的教學和評估活動。

② 向學生清楚介紹學習重點和評估準則，讓學生訂立具體的學習方案。

③ 教導學生自評和互評的技巧，並培養應有的態度，如：判斷自己的水平、分析個人失誤的方法。

④ 多提供自評和互評活動，培養學生成為自信和具能力的評估者。

⑤ 訓練學生有系統地記錄個人的學習歷程。

⑥ 引導學生具體地提出改善個人學習的方法，並能確立個人未來的學習方向。（課程發展議會（第五部分），2014，頁 6）

在具體實踐方面，「作為學習的評估」主張把學習和評估活動結合起來，同時具有下列的特點：

① 鼓勵學生多就學習提出問題和意見；

② 由教師和學生一起訂定學習目標；

③ 教師幫助學生透過自評回饋學習，並訂定下一步學習的細節；

④ 鼓勵學生進行同儕互評。（課程發展議會（第四分冊），2017b，頁 5）

根據上述的理念，在實踐的層面上，自評和互評是「作為學習的評估」中最常用的評估活動。

3.「促進學習的評估」和「作為學習的評估」的比較

「促進學習的評估」和「作為學習的評估」是香港課程發展議會先後就「學會學習」課程改革提出的新評估理念。兩者都在實踐「進展性評估」的精神，下表展示兩者的差異：（Berry，2008，42; Earl，2003，26）

	促進學習的評估	作為學習的評估
學習理論依據	建構主義學習理論	認知發展學習理論
評估目的	通過對學習過程的了解，幫助教師優化學與教的措施	培養學生自主監控、自我調整和自我完善的能力，幫助學生建立良好的學習習慣和訂定個人學習計劃。
評估焦點	學生的學習進程、學習困難和學習需要	學生的學習策略運用、個人學習監控能力和對學習的反思能力。
評估標準	參考課程要求而訂定的教學目標	個人期望和師生一起參考課程要求而訂定的學習目標
評估措施的主要執行者	教師	學生為主，教師為輔
信度和效度	專業教師該能設計出具有信度和效度的評估課業	主要通過自評和互評等活動進行，在分析的過程中難以完全消除主觀因素，因此信度和效度較低。

4. 小結

根據對學術文獻和教改文件的分析，各類評估的角色和「作為學習的評估」的特質和效用，可以簡單總結如下：

（1）從施行階段和作用等角度，可把評估分為不同的類別。「學會學習」課程改革強調通過評估優化日常的教與學活動和學習效能，因此較重視「促進學習的評估」和「作為學習的評估」；兩者皆源於「進展性評估」概念。

（2）「作為學習的評估」以認知發展心理學為理論基礎，着重學生個人自我監控和後設認知能力的培養，通過完善學生的學習策略和學習習慣，促進學習的成效。

（3）「作為學習的評估」主要以「非正式評估課業（informal assessment task）」如「自評」、「互評」等方式進行，信度和效度較一般評估活動低。

（4）「作為學習的評估」以學生為主導，教師應了解個別學生的水平和學習風格，跟學生通過討論訂定個人的學習目標，並為學生設計個人化的評估課業；課業的內容如貼近生活和富趣味，效果會更理想。

四、在語文教學中實踐「作為學習的評估」

課程發展議會在《基礎教育課程指引 —— 聚焦、深化、持續（小一至小六）》中提出「邁向『作為學習的評估』」的目標，在現階段，語文教師在實踐有關理念方面是存在一定的困難的，原因如下：

（1）課程文件雖有闡釋「作為學習評估」的含意，但未有提供詳細的說明和適用的例子。例如 2017 年出版的《中國語文教育學習領域課程指引（小一至中六）》，只在〈第五章評估〉的第一節「主導原則」中，以一個句子「讓學生在學習的過程中認識自己的強項和弱項，更積極地聯繫學習與評估，從而發展自主學習的能力」解說「作為學習的評估」的作用（課程發展議會，2017a，頁 49），沒有具體說明操作的方式。

（2）以往教育當局在推行新措施時，多會以「種籽計劃」的形式，邀請學校進行試驗，累積經驗，供不同的持分者參考。不過，可能基於「邁向『作為學習的評估』」只是「評估的未來發展方向」【課程發展議會（第五章），2014，頁 4】，教育當局目前完全沒有提供適用於語文科的具體參考資料或案例。[4]

不過，研究員因從事師資培訓工作，平日經常探訪學校和觀課，在實地觀察中發現不少教師設計的自評和互評活動，頗切合「作為學習的評估」的精神，可供語文科教師參考。

1. 自評的特質和案例

自評是指學生通過自行監察，判斷個人的學習水平。認知教育心理學認為自評是學習的基本，學生必須了解學習目標，然後根據目標評核自己還需要做些甚麼，才能有效地促進學習。自評讓學生對學習有一個整體的了解，認識個人的強弱項，認定自己是學習過程中的主動者，進而確立自我改善的方法。

4　研究員在香港教育局的網頁上，輸入「作為學習的評估」作檢索，只能找到一個名為「於初中推行『作為學習的評估』以促進學生英語讀寫技能發展的自主學習」計劃，詳見：https://www.edb.gov.hk/tc/edu-system/primary-secondary/applicable-to-primary-secondary/sbss/sbps/usp/usp-eng-ks3/index.html（瀏覽日期：7.1.2019）

（1）自評個案一

本個案為一所中學的「閱讀手冊」設計。[5] 該校為了推動閱讀，貫徹課程改革重視「閱讀量和閱讀面」的概念，設計了供學生填寫「閱讀紀錄」的《閱讀手冊》。《手冊》要求學生在學期開始時，為個人計劃該學期的閱讀數量，然後填寫「我的目標」頁，詳見下圖。

圖 1. 閱讀手冊目標頁示例

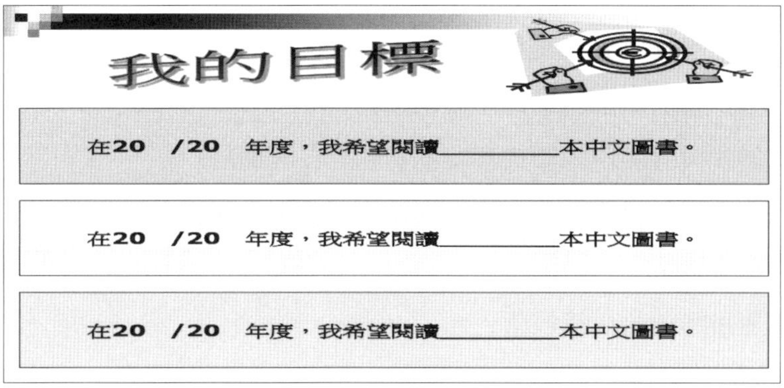

學期終結時，學生須自行檢視閱讀目標能否達成。如學生的閱讀數量跟目標有明顯的差距，她必須在《手冊》內的指定位置以文字分析「不達標」的因由。教師檢視學生的《手冊》後，會跟進相關個案，如跟學生一起商議如何訂定下一學期的目標。

日常閱讀是一個自主學習的歷程，一般學校的《閱讀手冊》多只要求學生記下讀物的基本資料。本個案的學校則要求學生在閱讀進行前首先規劃個人閱讀的進程，訂立閱讀數量的目標，在閱讀後檢討目標的達成度，有需要時更自我反思學習結果和學習計劃出現落差的原因，再由教師提供輔導，協助學生訂定下一步的學習計劃。

（2）自評個案二

本個案展示一所小學的寫作評量設計，寫作的題目是「藍巴勒海峽之冬」，

5　本個案取材自「寶血女子中學」的設計。

是五年級上學期一個名為「自然世界：秋天的童話」單元的篇章寫作。[6]

學生在四年級已唸過描寫文，學習過「步移法」、「白描」和「細描」等描寫方法。五年級的「自然世界：秋天的童話」單元會通過課文《城門河的秋色》和課後練習，重點教授「多感觀描寫」、「動態描寫」和「靜態描寫」等技巧。由於學校位於荃灣藍巴勒海峽旁，因此本單元寫作的題目是「藍巴勒海峽之冬」，教師建議學生寫作前先跟家人趁假日到藍巴勒海峽旁的公園逛逛。

寫作課開始時，老師首先發給學生一張結合「教師評估」、「自評」和「互評」資料的表格，然後講解是次寫作的要求（即評估重點），包括：

(1) 運用步移法和定點描寫寫兩個片段；

(2) 每個片段有四個細節描寫（必須包括心理獨白）；

(3) 情節中必須運用五感、修辭手法去描寫景物的動態或靜態；

(4) 能寓景抒情；

(5) 能運用過渡語銜接段落。[7]

教師同時運用《城門河的秋色》課文，解說上述評估重點，教師並補充五項重點的權重各有不同。

6　本個案取材自「香港浸信會聯會小學」的設計，該校使用的教科書為《現代中國語文》。

7　表格中第一格供「教師評改」用，另五項評估重點根據本單元寫作教學重點擬訂。

圖 2. 結合「教師評改」、「自評」和「互評」的寫作評估表格

學生寫作完成後，需根據有關重點，自評個人的寫作表現，然後交給同學進行互評，最後交給老師評改。根據認知心理學理論，寫作是一個需要學生自行監控的歷程。本設計讓學生在寫作前先蒐集寫作資料和掌握寫作的要求，訂定個人的寫作計劃，然後選取合適的素材和方法。寫作完成後，學生根據評估重點檢視和評價個人的表現。另一方面，教師可從學生的寫作和自評表現中，評定學生對單元寫作目標的掌握程度和自我監控能力，以及反思能力的發展。待老師的評改發還給學生後，學生可以比較教師的評價跟自己對個人表現的評價不同的地方，進而對個人的學習達成度有更深入的了解。此外，教師可選擇有需要的個案，提供進一步的輔導或指引。

2. 互評的特質和案例

互評又稱「同儕互評」。同儕是年齡、地位、能力和志趣相近的平輩，同儕的意見往往較老師的容易理解和接受。互評一般可分作「組內互評」和「組別互評」，多在協作學習期間進行。互評有助引發深層思考，促進反思，提供改進學習的意見和說明進一步學習的方向。互評和自評可互補不足，互評可彌補自評可

能欠缺的客觀精神。評估學者強調：學生在互評前須接受培訓，理解評估標準的內容和操作方法。

(1) 互評個案一

本個案與「自評個案二」相同，個案中的「寫作評估表格」同時作「互評」用途。（詳見圖 2）

「寫作評估表格」內列明了五項「評估重點」，用作為「教師評改」和「自評」的標準；學生寫作前，教師運用課文作輔助解說了「評估重點」的內容，這也可算是給學生的「互評培訓」，讓學生清楚本寫作課業的要求。本互評活動雖然採用「開放形式」，學生可從任何角度評價同學的表現，不過，根據「圖 2」資料，甲同學對同學作品的評價是「有心理獨白，佳」，另一位同學的意見是「描寫佳」，可見學生都是運用「評估重點」的內容作基礎。此外，根據所得資料顯示，本設計採用「組內互評」的方式，由三位同學組成學習小組，互評另外兩位成員的表現；「被評價的同學」可在事後向評價者查詢，深入了解評價者的意見和改善問題的建議，然後修改個人的寫作，才交給教師評改。

由此可見，互評能積極地聯繫學習和評估，教師在寫作前對評估標準的講解有助全體學生掌握課業的目標，互評和自我修改等環節引導學生在學習的過程中掌握別人的意見，認識個人在學習上的不足，同時運用有關意見優化個人的表現，並進一步發展自主學習的能力。

(2) 互評個案二

本個案顯示在教師引導下，幾位有特殊教育需要的中學生討論的過程。

在一節初中的語文寫作課上，教師跟同學一起進行集體詩歌創作。詩歌的第二節快要完成，只要在第三句填上一個形容詞便可以了（詳見表一）。三位學生先後提出「舒適、幸福、溫馨」等詞語，另一位學生小傑對上述建議有保留。在教師的引導下，小傑建議使用「窩心」一詞。這時，一位同學提議一起使用「幸福、溫馨和窩心」三個詞語，教師請小傑表示意見，他指出「窩心」的意義已包含「幸福和溫馨」，連用三個形容詞反覺累贅。最後，同學同意小傑的意見。

表 1. 集體寫作互評活動詳情 [8]

所屬級別 S9（寫作範疇） 級別描述：學生能評價自己及同學的文章，並能作出相應的修訂，以提升寫作質素。
學習成果：學生能評賞自己和同學的文章，指出優點及有待改善的地方。
課堂顯證示例： 某天的語文課，老師與學生一起作詩。收集學生的意見後，詩歌的第二段內容快將完成： 暖蛋是一塊不會融化的肥皂 給我們帶來溫暖 令我們 ＿＿＿＿＿＿＿＿ 學生甲説：「填令我們『舒適』。」小傑回應：「但係，第一段已經用過『舒適』這個詞語了。」 學生乙説：「咁用『幸福』吧！」。小傑回應：「用『幸福』感覺好似有點平淡。」 學生丙説：「我覺得『溫馨』都可以呀！」 老師説：「上一句已經有『溫』字了，有無其他建議？」 接着小傑提議説：「唔用呢幾個的話，我覺得可以用『窩心』。」 學生丁説：「那不如都用，就『令我們幸福、溫馨和窩心』吧！」 老師看見小傑正在思考，便問道：「小傑，你認為呢？」 小傑回應説：「不過『窩心』已經包括了『幸福』和『溫馨』的感覺，連用三個詞語反而會令首詩累贅。」 其他同學點頭應和。

8　本個案選自「為智障學生而設的中國語文學習進程架構（小一至中三）」（試行稿）(2018)（註：研究者為制訂架構項目的顧問）。另個案內詩歌的第一行有需要填上詞語的空間，該為手民之誤，現略作調整。
https://www.edb.gov.hk/tc/curriculum-development/major-level-of-edu/special-educational-needs/basic-edu-curriculum/index.html（瀏覽日期：7.1.2019）

本示例反映互評能引導學生投入學習，激發學生從不同的角度，深入思考問題，進而養成良好的學習習慣。互評幫助學生發展成為學習的評估者，向同儕提供合適的反饋，彼此在互動中回饋，在互相砥礪中進步。此外，本個案也展示教師在互評中擔任「學習促進者」的角色。更重要的是：本個案給我們一個很重要的啟發，即使是能力稍遜的有特殊學習需要的學生，也可以在教師的指導下進行互評，同時能在互評中獲益。

五、建議和總結

在中小學基礎教育裏，學習的主體該是學生。學校教育必須培養學生的自我監控學習的能力，課程改革的「學會學習」和「終身學習」等理想才能實現。認知心理學主張的「作為學習的評估」，對學生掌握學習目標、自我監察學習進展、反饋學習策略和規劃未來學習方向有積極的意義。因此，語文教師宜在日常教學中，適量加入「作為學習的評估」活動，引導學生把學習和評估融為一體，促進他們自主學習能力的發展。

現時教改文件只提出「邁向『作為學習的評估』」的口號，暫時未有仔細說明具體操作的方法，容易使教師不知所措，影響政策的落實。建議教育當局儘快大規模地在各學科進行試驗，探討實踐「作為學習的評估」的方法和技巧，然後通過講座和工作坊等與教師和不同的持分者分享，讓教育界在廣泛的討論下總結出適用於不同教學環境的方案。

在現階段，學校可在校內鼓勵教師多運用「自評」和「互評」課業。例如語文科教師可通過「共同備課」環節，就教學單元內容設計自評或互評活動，然後在課堂上試行，再通過「觀課」和「評課」安排，一起檢討和優化相關設計，讓教師在實踐的過程中掌握推動「學生作為學習真正的主人」的策略和技巧。這樣，學生才能在評估的改革中受益。

參考書目

課程發展議會 (2001)《學會學習 —— 終身學習、全人發展》，香港：政府印務局。

課程發展議會 (2014)《基礎教育課程指引 —— 聚焦、深化、持續 (小一至小六)》，香港：課程發展議會。

課程發展議會 (2017a)《中國語文教育學習領域課程指引 (小一至中六)》，香港：課程發展議會。

課程發展議會 (2017b)《中學教育課程指引》，香港：課程發展議會。

羅耀珍 (2008)《促進學習的評估》，香港：香港大學出版社。

評估改革小組著，教育署課程發展處譯 (2002)《促進學習的評估飛越暗箱》，香港：香港特別行政區。

唐秀玲、張壽洪、鄺銳強、王良和、司徒秀薇 (2010)《優化語文學習的評估：理念與策略》，香港：香港教育學院中文學系。

陶西平 (1998)：《教學評價詞典》，北京：北京師範大學出版社。

Black, P. & Wiliam, D. 著，教育署課程發展處譯 (2002)《暗箱內探透過課堂評估提高學習水平》，香港：香港特別行政區。

Linn & Miller 著，王振世等譯 (2009)《教育測驗與評量》，台北：培生教育。

Bloom, B.S., Hastings, J.T. & Madaus, G.F. (1971). Handbook on Formative and Summative Evaluation of Student Learning, New York: McGraw-Hill.

Berry, R. (2008). Assessment for learning (Hong Kong teacher education). Hong Kong: Hong Kong University Press.

Earl, L. (2003). Assessment as learning: Using classroom assessment to maximize student learning (Experts in assessment). Thousand Oaks, Calif.: Corwin Press.

From Assessment for Learning to Assessment as Learning: the Deepening of the Concept and Practice of Assessment in Chinese Language Subject

CHEUNG, Sau Hung

Abstract

The Hong Kong curriculum reform with the theme of "Learning to Learn" entered the stage of "Learning to Learn 2+" and the issue "Towards ˹Assessment for Learning˼" was proposed in the "Basic Education Curriculum Guide – to Sustain, Deepen and Focus on Learning to Learn (P1 - P6)" published by The Hong Kong Curriculum Development Council in 2014. It is suggested that teachers should be more active in connecting teaching and assessment, and help to cultivate students' self-learning and effective learning habits.

This study attempts to probe the connotation and characteristics of "Assessment as Learning" through the discussion of different concepts of assessment, and then presents some relevant cases for teachers' reference and further discussion.

Keywords   assessment as learning, assessment for learning, self-evaluation, peer-evaluation, language assessment

傳承語學習者漢語學習策略初探

—— 以意大利為例

梁源　葉麗靜

摘　要

本文使用語言學習策略量表〔Strategy Inventory for Language Learning surveys (SILL，5.1 版本)(Oxford，1990)〕對意大利一所中文學校 35 名漢語傳承語學習者的漢語學習策略進行調查，探討學習者性別、年齡、漢語水平等因素與使用學習策略之間的關係。數據結果說明：(1) 傳承語學習者使用漢語學習策略依次為社交策略、認知策略、記憶策略、元認知策略、情感策略和補償策略；(2) 學習者性別與學習策略的使用沒有顯著相關性；但年齡與社交策略正相關，漢語水平與情感策略負相關。據此，本文提出了一些教學應用和改進建議。

關鍵詞　　漢語傳承語學習者　語言學習策略

　　傳承語教育最初出現於上個世紀七十年代的加拿大，然後在美國發展并盛行。2000 年，美國加州大學洛杉磯分校的 Russell N. Campbell 明確提出要區分傳承語學習者和傳統外語學者 (引自 Brinton, Kagan, &Bauckus, 2017)，隨後，加州大學洛杉磯分校創辦了專門的傳承語期刊 Heritage Language Journal。傳承語教育逐漸成為一個新興的教育研究領域。

　　比起東南亞、北美和澳洲，歐洲是相對新的中國移民地區。1960 年以前，

梁源，香港教育大學中國語言學系，聯絡電郵：yliang@eduhk.hk。
葉麗靜，香港教育大學中國語言學系，聯絡電郵：s1129837@s.eduhk.edu.hk。

中國移民主要前往英國、法國和德國等地，但 1975 年以後，南歐國家如西班牙、意大利和葡萄牙開始成為接納中國移民的主要國家。特別是西班牙和意大利兩國，由於移民政策較為寬鬆，在八十年代兩國均接受了大批移民，這些移民大多數來自中國江浙一帶。根據 Latham &Wu（2013）的報導，到 2011 年為止，中國合法移民在英國有 630000 人，在法國有 540000 人，在意大利有 330000 人，在西班牙有 170000 人。那麼，這些移民後代有沒有傳承中文？又是如何學習中文呢？

一、漢語傳承語學習者的學習策略研究

（一）漢語傳承語學習者

學界對於傳承語和傳承語學習者的定義并不統一。以美國為例，Draper、Hicks 和 Scalera 認為傳承語學習者是在正規教育系統外接觸英語以外語言的人（引自 Webb & Miller，2000；Brinton, Kagan & Bauckus，2017）。該定義強調語言能力，傳承語學習者包括所有第二語言學習者、以及隨同父母在國外短暫生活或工作的美國人。Campbell 和 Peyton（1998）認為傳承語學習者指第一語言不是英語的學習者，不管他們在國內或國外出生。Valdés（2001）則認為傳承語學習者是在家中說英語以外語言的學習者，在某種程度上，他們是英語和傳承語的雙語者。Fishman（1991；2001）從社會學角度定義了三種傳承語（以及他們的學習者）：美國本土印地安人傳承的土著語；歐洲早期的殖民地國家帶來的殖民地語，如法、德、意、西語；移民語言，包括漢語、日語和韓語。Hornberger & Wang's 結合內在和外在身份認同感，提出傳承語學習者是與英語以外語言的人有家庭或者祖輩聯繫的人（引自 Brinton, Kagan & Bauckus，2017）。

從漢語來看，傳承語學習者主要分為兩類（Wen，2011）。根據 Valdés（2001）的定義，漢語傳承語學習者在一個非漢語的環境裏生活和學習，由於父母至少一方是漢語母語者，他們往往是漢語和另一個語言的雙語者，會說或會聽一些漢語。而採用 Fishman（1991；2001）的定義，漢語傳承語學習者則指與漢語者有家族或血緣關係的學習者，他們可能會或不會漢語（比如被美國家庭領養的中國兒童），但具有學習漢語的「傳承動機」（Van Deusen-Scholl，2003；Mu，

2016）。綜上所述，本文採用第一類定義，主要針對華裔移民二代。

對漢語傳承語學習者的研究主要集中在以下幾個方面：社會文化和家庭背景對漢語學習的影響和衝擊（Curdt-Christiansen & Handcock，2014；Yun, 2006；He，2006）；漢語傳承語學習者語用能力（pragmatic competence）和語言特點（Hong，1997；Zhang，2014；Li、Zhang & Taguchi，2017）；普通話和方言傳承語學習者的區別（Kelleher，2008；Wong and Xiao，2010；Hsiao，2010；Wu，2014）；漢語傳承語學習者的學習動機、態度和焦慮等（Yang，2003；Xu &Moloney，2014；Comanaru& Noels，2009；Lu & Li，2008；Wen，1999、2011；Le，2004；Luo，2013、2015；Xiao & Wong，2014）。這些研究多數針對北美和東南亞的漢語傳承語學習者，對歐洲漢語傳承者的研究較少。

（二）學習策略

學習策略指學習者為了更好地學習而採取的具體行動、行為、步驟或技巧（Scarcella & Oxford, 1992），比如尋找語言夥伴練習説話、當遇到學習困難時進行自我鼓勵等等（Oxford, 2003）。Oxford（2017）強調學習策略是學習者自我意識的選擇，複雜多變，學習者可以從不同途徑獲得和學到學習策略。

目前，關於學習策略研究主要採用 Oxford（1990）設計的語言學習策略量表（SILL）。該量表有兩個版本。5.1 版本適用於以英語為母語的其他語言學習者（包含 80 個項目），7.0 版本適用於以其他語言為母語的英語二語學習者（包含 50 個項目）。SILL 把學習策略劃為兩類（直接和間接策略）和六種（記憶策略、認知策略、補償策略、元認知策略、情感策略和社交策略）。其中，直接策略指直接參與目標語學習的策略，包括：記憶策略、認知策略和補償策略。記憶策略在目標語學習中幫助記憶，認知策略用於理解和產生語言，補償策略使得學習者可以在目標語學習有限的情況下仍可運用所學語言。而元認知策略、情感策略和社交策略屬於間接策略。它們用來管理學習，比如通過計劃、評估、合作和自我管理等方法對語言學習提供指導和間接支持。元認知策略指學習者對認知過程的認識，通過協調各種學習活動來幫助語言學習；情感策略用來管理情緒；社交策略是與他人的合作學習（Oxford，1990；江新，2000）。SILL 自出版后被廣泛使用，由於其信度和效度經過大量研究檢驗，Chamot（2005）甚至認為 SILL 是

一個標準量表。SILL 不僅用於調查成年學習者的語言學習，也用於調查中小學生的研究，比如 Doró 和 Habók（2013）對 275 名匈牙利小學生的研究，以及 Lan & Oxford（2003）調查了台灣 379 名小學生的學習策略。

由於傳承語學習者具有既不同於外語學習者、又有別於母語學習者的特點，他們在學習漢語時採取哪些具體策略，引起了研究者的興趣。Sung（2011）對比了 134 名美國的漢語傳承語學習者和非傳承語學習者的漢語學習策略，發現性別對策略使用沒有影響，但家庭語言和學習語言種類多少對策略使用有顯著影響。董青霖（2012）對英國大學 38 位大學生的漢語學習策略的研究指出，華裔學生更傾向於使用情感策略和社交策略。謝俏藝（2012）以問卷調查、訪談、課堂觀察相結合的方式，對 129 名印尼慈育大學華裔學生進行調查，發現他們的學習策略依次是情感策略、補償策略、社交策略、認知策略、元認知和記憶策略，學習策略和學生的漢語水平相關。王湞嬿（2014）同樣對印尼學生進行了研究，卻得到相反結果，發現印尼華裔學生最常用的學習策略為記憶策略，而印尼非華裔學生最常用元認知策略。

本文希望通過對意大利一所中文學校的漢語傳承語學習者的學習策略的調查，補充前人研究中缺少的歐洲漢語傳承語學習者的數據。基於調查結果，本文擬探討歐洲漢語傳承語學習者常用的學習策略和性別、年齡、漢語水平的關係，為漢語教學提供參考和指引。

二、研究設計

本文調查對象為意大利曼托瓦地區（Castel Goffredo）的某中文學校學生（以下皆稱「意大利學生」）。該學校一共有 40 名學生，年齡 7 至 16 歲，學習漢語時間 1 至 5 年不等。其中，36 名學生參與了本文的調查（包括一名自閉兒童），因此，有效問卷一共 35 份，16 份來自男生、19 份來自女生。這些學習者全部是中國移民第二代，也就是說，父母至少一方是說漢語的母語者，符合我們對漢語傳承語學習者的定義。學校採用中國人教版語文課本作為教材。根據學生中文水平和授課老師的觀察，35 名學生大致可劃分為高、中、低三個水平組別。

　　本研究採用 SILL5.1 版本（Oxford，1990）作為測量工具。該量表共由 80 個項目組成，分為六個分量表：

　　　　　1）記憶策略，1-15 項（總數 15）

　　　　　2）認知策略，16-40 項（總數 25）

　　　　　3）補償策略，41-48 項（總數 8）

　　　　　4）元認知策略，49-64 項（總數 16）

　　　　　5）情感策略，65-71 項（總數 7）

　　　　　6）社交策略，72-80 項（總數 9）

量表選項採用 5 點制（5-point scale），由被試根據自己實際情況對每一項陳述進行評價：1 表示不這樣做，2 表示很少這樣做，3 表示有時這樣做，4 表示常常這樣做，5 表示一直這樣做。

　　數據採集在學校完成。考慮調查對象的年齡和漢語水平，學生由老師陪同完成填寫問卷。對於年齡較小的學生，老師會就問題等提供解釋和協助，當然，所有協助不能干涉學生的選擇。收到問卷後，研究者對問卷進行檢查和錄入。若任何一道題未被作答，則缺失數值取該題數值的平均值。數據分析使用 SPSS-25 統計軟件進行，包括：使用平均數、標準差等數據分析意大利漢語傳承語學習者使用語言策略的整體情況；運用 t 檢驗分析不同性別的學生在漢語學習策略是否有顯著差異；運用單因素方差（One Way ANOVA）分析不同年齡和不同漢語水平的學生在漢語學習策略上的差異；等等。

三、結果分析

　　意大利學生使用漢語學習策略的整體情況見表 1。其中，最常用的語言學習策略是社交策略和認知策略；其次是記憶策略和元認知策略；最不常用的是情感策略和補償策略。

表 1. 學習策略的整體情況

	平均數	標準差
記憶策略	3.3067	0.56342
認知策略	3.4720	0.46686
補償策略	2.8321	0.66001
元認知策略	3.2875	0.63687
情感策略	2.8816	0.59053
社交策略	3.4794	0.78186

從描述性統計結果來看（圖 1），男女學生在策略使用上沒有很大區別。在補償策略使用上，男學生比女學生稍多；在社交策略使用上，女學生比男學生稍多。

圖 1. 性別與策略從描述性統計

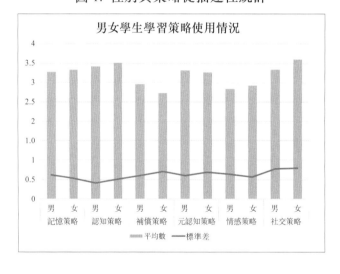

進一步對數據做方差齊性檢驗和獨立樣本 t 檢驗，結果見表 2。男女組在方差齊性檢驗（Levene's Test for Equality of Variances）的顯著性 p 值均大於 0.05，表示兩組變異數並無顯著性差異。方差齊性條件下的 t 檢驗結果顯示，補償策略的 t 值為 1.061，雙尾顯著性 p 值為 0.296>0.05，也就是說，男女學生在補償策略使用上沒有顯著性差異。因此，可認為男女性別在策略使用上沒有顯著性差異。

表 2. 性別與策略獨立樣本 t 檢驗

	方差齊性檢驗 (Levene's Test) t 檢驗			
	F	Sig.	T	Sig.（2-tailed）
記憶策略	0.036	0.851	-0.341	0.735
認知策略	0.279	0.601	-0.599	0.553
補償策略	1.997	0.167	1.061	0.296
元認知策略	0.407	0.528	0.21	0.835
情感策略	0.014	0.905	-0.466	0.644
社交策略	0.082	0.777	-0.965	0.342

此外，我們希望了解學生年齡與學習策略使用的關係。通過單因素方差分析（One way ANOVA），發現社交策略與學生年齡顯著相關（p = 0.016 < 0.05），其他策略和年齡都不具有顯著相關性（p 都大於 0.05）。説明隨著年齡增長，學生將更多地使用社交策略學習漢語。見表 3。

表 3. 年齡和策略的相關性

		平方和	Df	均方	F	Sig. 顯著性
記憶策略	組之間	2.55	9	0.283	0.859	0.572
	組內	8.243	25	0.33		
	總計	10.793	34			
認知策略	組之間	2.154	9	0.239	1.139	0.374
	組內	5.256	25	0.21		
	總計	7.411	34			
補償策略	組之間	5.158	9	0.573	1.484	0.208
	組內	9.653	25	0.386		
	總計	14.811	34			
元認知策略	組之間	5.186	9	0.576	1.674	0.148
	組內	8.604	25	0.344		
	總計	13.791	34			

(續)

		平方和	Df	均方	F	Sig. 顯著性
情感策略	組之間	4.912	9	0.546	1.965	0.088
	組內	6.945	25	0.278		
	總計	11.857	34			
社交策略	組之間	10.669	9	1.185	2.93	0.016
	組內	10.115	25	0.405		
	總計	20.784	34			

　　利用單因素方差分析（One way ANOVA）對學生漢語水平與學習策略的使用進行比較，結果見表 4。其中，記憶策略、認知策略、補償策略、元認知策略、以及社交策略與學生水平均無顯著相關性（p 都大於 0.05），只有情感策略與漢語水平有着顯著相關性（p=0.029<0.05）。均值圖（圖 2）顯示，高水平組學生在情感策略的使用上要明顯少於低分組。

表 4. 漢語水平和策略的相關性

		平方和	Df	均方	F	Sig. 顯著性
記憶策略	組之間	0.658	2	0.329	1.039	0.365
	組內	10.135	32	0.317		
	總計	10.793	34			
認知策略	組之間	0.641	2	0.321	1.515	0.235
	組內	6.769	32	0.212		
	總計	7.411	34			
補償策略	組之間	1.77	2	0.885	2.172	0.13
	組內	13.041	32	0.408		
	總計	14.811	34			
元認知策略	組之間	0.49	2	0.245	0.59	0.56
	組內	13.3	32	0.416		
	總計	13.791	34			

(續)

情感策略	組之間	2.36	2	1.18	3.976	0.029
	組內	9.497	32	0.297		
	總計	11.857	34			
社交策略	組之間	0.218	2	0.109	0.17	0.844
	組內	20.566	32	0.643		
	總計	20.784	34			

圖 2. 漢語水平和情感策略的相關性 - 均值圖

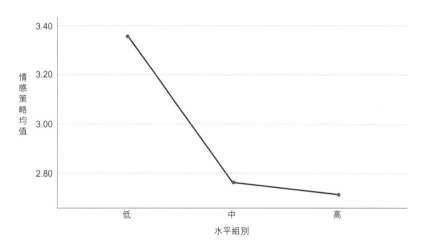

四、討論

　　本文使用了語言學習策略量表，對意大利某中文學校的漢語傳承語學習者進行了調查，探討了學習策略的使用與學習者性別、年齡和漢語水平的關係。

　　從整體情況上來看，漢語傳承語學習者依次使用社交策略、認知策略、記憶策略、元認知策略、情感策略和補償策略進行漢語學習，這一結果和前人研究（江新，2000；林可、呂峽，2005；那劍，2007；何蘭芳、阮芳，2012）有相似處。漢語傳承學習者最常用社交策略，反映他們善於與他人合作和互動學習。這一結果可能與傳承語學習者的家庭語言環境有關，由於他們的父母至少一方為漢語母語者，在家中或家族親友之間頻繁使用漢語，在日常生活中，社交策略已自覺

或不自覺被運用。漢語傳承語學習者不常用情感策略，是在其他研究中已發現的普遍現象。情感策略涉及情緒管理和心理調解，比如鼓勵或調節情緒以應對學習上遇到的挫折。中國傳統教育方式比較內斂，不太給予孩子正面直接的讚揚，因此，文化特點可能導致學習者不重視情感策略。另外，情感策略提供間接情感支持、而非直的幫助，這也可能導致它的重要性常被忽視。

學習者性別與學習策略的使用沒有顯著相關性，這一點和其他研究相符。[1] 隨着年齡的增長，交際環境也擴增，學習者有更多機會與他人交際互動，為達到交際目的他們會更多地使用社交策略。學習者的漢語水平與學習策略的使用相關，這一點也與其他研究一致。漢語水平低的學習者傾向於更多使用情感策略。Ehrman, Leaver 和 Oxford（2003）指出水平越高，對情感策略的需求越少。水平低的學習者往往需要他人的表揚和鼓勵，而高水平的學習者對於表揚和鼓勵沒那麼在意，因而，高水平組較少使用情感策略的結果並不意外。

在整體上，傳承語學習者和其他漢語二語學習者還是有很多相之處。我們比較了本文研究與前人研究結果的差異（1 表示最常用，6 表示最不常用），見表 5。

表 5. 不同學習者學習策略比較

	1	2	3	4	5	6
本文	社交	認知	記憶	元認知	情感	補償
江新（2000）	社交	元認知	補償	認知	情感	記憶
謝俏藝（2012）	情感	補償	社交	認知	元認知	記憶

與其他漢語二語學習者相比〔比如江新（2000）〕，漢語傳承語學習者在使用記憶策略上明顯高於留學生，而補償策略正好相反，是他們最不常用的策略。出現這種結果可能與學習者年齡、以及學校教育有關。本文調查的學生年齡最大不過 16 歲，有一些只有 7、8 歲。在教學上，該中文學校的老師基本每一堂課都要求學生聽寫，平時教學會強調新舊對比、組織和聯繫所學知識，所以，學生在一定程度上會運用記憶策略進行學習，可見教師的教學方法和教學風格會影響學

1　吳勇毅（2007）的研究提出學習者性別與策略使用相關。

習者在策略上的選擇和使用（Oxford，1990a）。補償策略是傳承語學習者使用得最少的策略，我們推斷可能多數學習者具備一定漢語基礎，基本上聽說不存在太大問題，在漢語水平上要比其他漢語二語學習者要高，因此，補償策略不常用。與其他漢語傳承語學習者相比〔比如謝俏藝（2012）〕，歐洲傳承語學習者和印尼華裔學生有顯著區別，這些差異有可能源於文化和學習生活環境的不同，但需要進一步的研究分析。

根據本文研究，我們提出一些教學應用和改進建議。

由於傳承語學習者擅長社交策略，教師可以設計更多的小組討論，讓學習者彼此互動，提供他們合作、相互促進的機會。此外，認知策略也是傳承語學習者普遍使用的策略。如果條件允許，教師可以安排一些漢語興趣小組，比如中文歌曲比賽、書法小組等等，鼓勵學習者把所學知識運用到現實生活中，把自己的興趣愛好和學習結合起來。在記憶策略上，教師需要引導學生採取更有效的記憶策略，避免死記硬背。由於學習者對元認知策略不夠重視，教師可以每隔一段時間讓學習者做學習回顧和學習計劃，平時也可與家長合作，幫助學習者自我監控其學習進程。情感策略對傳承語學習者非常重要，可惜常常被忽視。傳承語學習者家庭文化與社會文化、母語與漢語之間可能產生的衝突需要情感支持，教師應該注意這些變化和需求，引導學習者學會使用情感策略進行自我調節和鼓勵，這對於漢語的長遠學習尤為重要。傳承語學習者最不常用的是補償策略，教師應鼓勵學習者大膽嘗試，在平時教學中增加一些推測能力的訓練，比如讓學生預測對話內容或故事結尾。

最後，通過本文的調查分析和討論，我們可以看到傳承語學習者的漢語學習策略與其他漢語二語學習者的相似性與差異性，了解傳承語學習者的學習策略在教學上有啟示意義。目前，對傳承語學習者的漢語學習策略研究非常有限，本研究以意大利一間中文學校為調查對象，有助於我們了解歐洲傳承語學習者在漢語學習策略上的選擇和使用。將來，我們需要進一步細化和深化研究，比如擴大樣本數，注意個體差異，對比歐洲不同國家傳承語學習者的學習策略使用情況，以及實施教學策略培訓的前後實驗對比等等。

參考文獻

董青霖 (2012)《英國學生漢語語音學習策略調查研究》(碩士論文)，南京大學。

何蘭芳、阮芳 (2012)〈相同文化背景下不同語種外語學習者學習策略異同研究——以英國中學漢語，法語和德語學習者為例〉，《淮海工學院學報》(人文社會科學版)，10 (22)，頁 106-110。

江新 (2000)〈漢語作為第二語言學校策略初探〉，《語言教學與研究》，(1)，頁 61-68。

林可、呂峽 (2005)〈越南留學生漢語學習策略分析〉，《暨南大學華文學院學報》，(4)，頁 19-24。

那劍 (2007)〈韓國學生和歐美學生漢語口語學習策略對比研究〉(碩士論文)，重慶大學。

王滇嬿 (2014)〈印尼學生漢語語音學習策略調查研究 —— 以印尼四所大學為例〉(博士論文)，南京大學。

吳勇毅 (2007)《不同環境下的外國人漢語學習策略研究》(博士論文)。上海師範大學。

謝俏藝 (2012)〈印尼華裔學生漢語學習策略調查研究〉(碩士論文)，關西師範大學。

Brinton, D. M., Kagan, O., & Bauckus, S. (Eds.). (2017). *Heritage language education: A new field emerging.* Routledge.

Campbell, R., & Peyton, J. K. (1998). Heritage language students: A valuable language resource. *Eric Review*, 6 (1), 38-39.

Chamot, A. U. (2005). Language learning strategy instruction: Current issues and research. *Annual review of applied linguistics*, 25, 112-130.

Comanaru, R., & Noels, K. (2009). Self-determination, motivation, and the learning of Chinese as a heritage language. *The Canadian Modern Language Review*, 66 (1), 131-158.

Curdt-Christiansen, X. L., & Hancock, A. (Eds.). (2014). *Learning Chinese in Diasporic Communities: Many Pathways to Being Chinese* (pp.243). Philadelphia, PA: John Benjamins.

Doró, K., & Habók, A. (2013). Language learning strategies in elementary school: the effect of age and gender in an EFL context. *Journal of Linguistics and Language Teaching*, 4 (2), 25-37.

Ehrman, M. E., Leaver, B. L., & Oxford, R. L. (2003). A brief overview of individual differences in second language learning. *System*, 31 (3), 313-330.

Fishman, J. A. (1991). Reversing language shift. Clevedon, England: Multilingual Matters.

Fishman, J. A. (2001). Can threatened languages be saved?: *Reversing language shift, revisited: a* 21*st century perspective. Tonawanda*, NY: Multilingual Matters.

He, A. W. (2006). Toward an identity theory of the development of Chinese as a heritage language, Heritage Language Journal, 4 (1), 1-28.

Hong, W. (1997). Sociopragmatics in language teaching: with examples of Chinese requests. Journal of the Chinese Language Teachers Association, 32, 95–107.

Hsiao, J. C. (2010). Fangyang-speaking learners of Mandarin Chinee in U.S. universities: experiences of students with heritage backgrounds in Chinese language other than Mandarin (Doctoral dissertation). The University of Texas at Austin. Austin, TX.

Kelleher, A.M. (2008). Placements and Re-Positionings: Tensions Around CHL Learning in a University Mandarin Program. In Chinese as a heritage language: Fostering tooted world citizenry, edited by A.W. He and Y. Xiao (pp. 239–258). Honolulu: University of Hawai'i, National Foreign Language Resource Center.

Lan, R., & Oxford, R. L. (2003). Language learning strategy profiles of elementary school students inTaiwan. IRAL, 41 (4), 339-380.

Latham, K., &Wu, B. (2013). Chinese immigration into the EU: New trends, dynamics and implications. Europe China Research and Advice Network 2013.

Le, J. (2004). Affective characteristics of American students studying Chinese in China: A study of heritage and non-heritage learners' beliefs and foreign language anxiety (Doctoral dissertation). The University of Texas at Austin, Austin, TX.

Li, Q., Zhang, H., & Taguchi, N. (2017). The use of mitigation devices in heritage learners of Chinese. Heritage Language Journal, 14 (2), 150-170.

Lu, X.,& Li, G. (2008). Motivation and achievement in Chinese language learning. In

A. He & X. Yun (Eds.). Chinese as a heritage language (pp. 89-108). Manoa, HI: The University of Hawaii Press.

Luo, H. (2013). Chinese language learning anxiety and its associated factors. Journal of Chinese Language Teachers Association, 48 (2), 109-133.

Luo, H. (2015). Chinese language learning anxiety: A study of heritage learners. Heritage Language Journal, 12 (1), 22-47.

Mu, G. M. (2016). Learning Chinese as a heritage language: An Australianperspective. *Multilingual Matters* (pp.21-22), Bristol Buffalo.

Oxford, R. L. (1990a). Language learning strategies. In A. Burns, & J.C. Richards (Eds.), The Cambridge guide to learning English as a second language(pp.81-90). Cambridge: University Printing House.

Oxford, R.L. (1990). Language Learning Strategies: What Every Teacher Should Know. Boston: Heinle&Heinle.

Oxford, R. L. (Ed.). (2003). Language learning styles and strategies. Mouton de Gruyter.

Oxford, R.L. (2017). Teaching and Researching Language Learning Strategies: Self-Regulation in Context (2nd Edition). New York: Routledge.

Scarcella, R. & Oxford, R. (1992).The Tapestry of Language Learning: The Individual in the Communicative Classroom. Boston: Heinle&Heinle.

Sung, K. (2011). Factors influencing language learners' strategy use in Chinese as a foreign language classrooms. International Journal of Multilingualism, 8(2), 117-34.

Valdés, G. (2001). Heritage language students: Profiles and possibilities. In J. K. Peyton, D. A. Ranard, & S. McGinnis (Eds.), Heritage languages in America: Preserving a national resource (pp.37-77). Washington, DC/McHenry, IL: Center for Applied Linguistics/Delta System.

Van Deusen-Scholl, T. (2003). Toward a definition of heritage language: Sociopolitical and pedagogical considerations. Journal of Language, Identity and Education, 2, 211-230.

Webb, J. B., & Miller, B. L. (Eds.). (2000). Teaching heritage language learners: Voices from the classroom. ACTFLForeign Language Education Series.

Wen, X. H. (2011).Chinese language learning motivation: A comparative study of heritage and non-heritage learners. Heritage Language Journal, 8(3), 333-358.

Wen, X. H. (1999). Chinese learning motivation: a comparative study of different ethnic groups. In Chu, M. (Ed.), Mapping the course of the Chinese language field (Vol.3, pp. 121-150). Kalamazoo, MI: Chinese Language Teachers Association.

Wong, F. K., & Xiao, Y. (2010). Diversity and difference: Identity issues of Chinese heritage language learners from dialect backgrounds. Heritage Language Journal, 7(2), 153-187.

Wu, M. H., (2014). Re-envisioning heritage language education: A study of middle school students learning Mandarin Chinese. Heritage Language Journal, 11(3), 207-223.

Xiao, Y.,&Wong, K. F. (2014). Exploring heritage language anxiety: A study of Chinese heritage language learners. The Modern Language Journal, 98(2), 589–611.

Xu, H. L., & Moloney, R. (2014). Identifying Chinese heritage learners' motivations, learning needs and learning goals: A case study of a cohort of heritage learners in an Australian university. Language Learning in Higher Education, 4(2), 365-393.

Yang, J. (2003). Motivational orientations and selected learner variables of East Asian language learners in the United States. Foreign Language Annals, 36, 44-55.

Yun, X. (2006). Heritage learners in the Chinese language classroom: Home background. Heritage Language Journal, 4(1), 47-56.

Zhang, L. (2014). College Chinese heritage language learners' implicit knowledge of compound sentences. Heritage Language Journal, 11(1), 45-75.

The Chinese Learning Strategies of Heritage Learners: Investigating a Chinese School in Italy

LIANG, Yuan   YE, Lijing

Abstract

This study investigates the Chinese learning strategies of heritage learners (HL) in Europe through using Oxford's Strategy Inventory for Language Learning Surveys (version 5.1, (Oxford, 1990)) on 35 Chinese HL in a Chinese School located in Italy. The results show that the participants most often used social strategies and cognitive strategies, followed by memory strategies and metacognitive strategies. They used affective strategies and compensation strategies less. Gender had no significant effect on strategy use, while age had significant effects on social strategies and the level of Chinese also had significant effects on affective strategies. Based on the results, teaching application and improvement are provided.

Keywords   Chinese heritage learners, language learning strategies

如何走好每一「步」？

—— 落實「中國語文課程第二語言學習架構」的挑戰

梁佩雲

摘　要

　　有鑒於香港非華語學生的中文學習需要，教育當局先後編訂《中國語文課程補充指引 (非華語學生)》(2008) 及「中國語文課程第二語言學習架構」(下稱「第二語言架構」) (2014)，以指導學校教學。課程文件擬定教學宗旨、目標、學習成果及示例，本來是教師重要的參考指標。然而，由於上述文件均以「落實中國語文課程的原則、策略和建議」為前提，而「中國語文課程」卻是以中文為母語教學的課程，要在教授以中文為第二語言的非華語學生時貫徹相同的課程精神，教師往往困惑不已。

　　「第二語言架構」強調以「小步子」原則為非華語學生擬定中文學習成果，本文嘗試審視這些成果及相關的說明示例，以檢討落實中國語文課程的原則、策略和建議的挑戰，並藉此探討如何設計教學，才能一如當局預期，讓以中文為第二語言的非華語學生儘早「融入主流中文課堂」。

關鍵詞　　中國語文課程　中文二語　學習成果　非華語學生

梁佩雲，香港教育大學中國語言學系，聯絡電郵：pleung@eduhk.hk。

一、背景

按《2014 年香港少數族裔人士貧窮情況報告》（香港特別行政區政府，2015），少數族裔（Ethnic Minorities, EM）人口在 2001 至 2011 年十年間的增長迅速，其中南亞裔有兒童住戶的貧窮率（30.8%）遠高於全港有兒童的住戶（16.2%）。在南亞裔的貧窮人士中，兒童的中英文能力均較成人優勝，而使用中文則是他們的主要困難。語言障礙不但影響少數族裔人士與本地華人的溝通，而且影響他們對現行支援服務的了解，更難以融入社會。能否學好中文成為決定香港少數族裔人士未來生活的關鍵。

多年來，各方的研究積累了不少有關香港 EM 的語言文化背景（戴忠沛，2014）、學習中文的困難（樂施會，2014）、教師教學實踐的經驗（梁慧賢、余德光，2014；劉國張，2014；張積榮，2014）、教學策略（關之英，2010；廖佩莉，2012；林偉業，2014）和適用的語文評估工具（香港教育局，2014）等方面的成果。

對大部分的 EM 而言，中文既非母語，也不是家庭語言，是以在香港學校升學的 EM 子弟，都統稱為非華語學生（non-Chinese speaking students, NCSs）。面對 NCSs 的中文教育問題，當局一直都採取「融和」政策。《中國語文課程補充指引（非華語學生）》（2008，下稱《補充指引》）把 NCSs 定性為「在香港定居的非華語學生與其他本地學生，同樣是香港社會的下一代」，建議的課程設置模式強調讓 NCSs 融入本地社會，接受本地文化，靠攏母語課程。

當局考慮社會規劃和長遠發展，提倡民族共融本來無可厚非，但在實際操作層面，教授 NCSs 中文的教師往往要面對「教不會，學不懂，記不住」的困難和挑戰（謝錫金、岑紹基、祁永華，2012）。教師教授 NCSs 中文，採用傳統母語教學的模式似乎不切實際。回應各界對支援 NCSs 中文教學的訴求，當局於 2014 年推出「中國語文課程第二語言學習架構」（下稱「第二語言架構」），試圖從第二語言學習角度出發，開列不同學習層階的預期學習表現，讓教師以「小步子」方式設計教學，以便 NCSs 拾級而上。然而，「第二語言架構」設定的課程框架仍然以中國語文科課程為藍本，只是把原來的課程目標細分為較細緻的學習成果，即使輔以教學示例、評估工具和學習材料，最終目的仍然是訓練 NCSs 儘早銜接主流的中文母語課程。要在教授以中文為第二語言的 NCSs 時貫徹中文母語

的課程精神，無疑是艱巨的教學挑戰。

通過對照中、英文兩門香港學校核心語文科目的要求，陳瑞端 (2014) 闡明母語與二語課程的差異——不在於水平要求的高低，而在於能力性質不同，即使是二語課程，本港優秀的中文母語學生，英文能力足以媲美英語母語人士；同理，即使是二語課程，應該同樣可以培養出 NCSs 良好的中文能力。

關之英 (2014) 從觀課所見，發現在中學和小學，NCSs 的中文教學內容竟然相同，難怪老師困擾，學生生厭，學習成效大打折扣。謝錫金 (2014) 重申學校應該設計不同層級的課程，如果資源許可，最理想的非華語中文教學，當然是在校本課程的基礎上，建立班本課程、組本課程以至人本課程。

樂施會 (2016) 主張在校內為 NCSs 開設「獨立沉浸學習班」，使用經調適的教材或自編校本中文課程。不過校本課程也有潛在風險，由於各校對課程框架有着各自的詮釋，容易忽略了學生在不同中文學習階段的銜接需要。

社會人士熱烈討論，學者研究不斷，在新教育政策推出之前，前線教師仍然要面對教授 NCSs 中文的考驗。為釐清在現行制度下教授 NCSs 中文的要求及具體執行指引，本文將審視當局制訂的「第二語言架構」及輔助說明的成果示例，以探求提升 NCSs 中文教學效能的可行途徑。

二、非華語學生的中文學習

隨着世界教育的發展大勢，香港的學校課程也以持續更新為未來的發展方針。按《中國語文教育學習領域課程指引 (小一至中六)》(香港課程發展議會編訂，2017，下稱《課程指引》)，中國語文是「學習各門學問的基礎」，而「必須在學生的母語基礎上發展」(頁 2)。先不說中國語文教育學習領域劃分為中國語文、普通話以及中國文學等不同學科，涵蓋面廣，在中國語文教育課程發展的基本理念中，以中文為母語教育的定位明確，因為大部分香港學生的母語是中文。對在香港生活的 NCSs 而言，《課程指引》只以「起步點或有不同，但亦可透過本領域課程架構上的調整，循序漸進學好中文」輕描淡寫，至於如何能啟導 NCSs 達成中文母語學習的各種理念，卻未見具體闡發 (頁 3)。

與其他教育體制不同，即使 NCSs 的家庭語言並非中文，一旦進入香港學校，就要準備接受中文母語教育，與本地其他學生一起學習語文，分別只在於「各有不同步伐」（頁 5）。因此《課程指引》每從「照顧學生學習語文的多樣性」的角度着眼，建議學校參照「第二語言架構」發展校本課程，為校內 NCSs 訂定循序漸進的學習目標、進程及預期學習成果（頁 7，10），並讓學生透過小步子方式學習，提高學習效能（頁 45）。按《課程指引》，「第二語言架構」與中國語文課程的關係建基於共同課程架構的理念，而「這個架構參照主流課程的學習進程架構，從第二語言學習者的角度，為閱讀、寫作、聆聽、説話四個範疇列載不同學習層階的預期學習表現」（頁 20）。令讀者困惑的是，主流課程的學習進程架構明明為母語教學而設，換了第二語言學習者的角度後，卻只列載閱讀、寫作、聆聽、説話四個範疇不同學習層階的預期學習表現，然則中國語文教育學習領域的其他學習內容，包括文學、中華文化、品德情意、思維、語文自學等知識、能力、興趣、態度和習慣將如何培養？（頁 13）。教師又可以怎樣按照「第二語言架構」，幫助 NCSs 儘早融入主流中文課堂？（頁 20）

既然《課程指引》建議學校從學生學習需要出發，配合中國語文教育課程發展方向，發展校本課程，要有效教授 NCSs 中文，教師首要的任務似乎是具體解讀「第二語言架構」。因此，本文將從教師設計教學角度出發，審視「第二語言架構」內的成果及相關成果示例，以探求提高 NCSs 中文學習效能的門徑。

三、「第二語言架構」的「小步子」教學指引

開宗明義，「第二語言架構」根據中國語文課程「學習進程架構」發展而成，而「學習進程架構」又源自《小學中國語文建議學習重點》和《中學中國語文建議學習重點》（「中國語文課程第二語言學習架構」簡介，頁 1），可見「第二語言架構」有深厚的中文母語教學淵源，而主流課程的「學習進程架構」正好作為審視「第二語言架構」的參照。

由於不同課程文件的關係千絲萬縷，要一目了然，筆者嘗試以對照方式顯示「第二語言架構」的「小步子」課程精神，如何在各個教學範疇中體現。根據「第

二語言架構」的內容，〔附表〕按照不同學習成果在不同學習範疇中的要求順序開列。

(一) 閱讀教學的實施

在閱讀範疇中，閱讀能力的學習成果包括「認讀文字、理解、分析和綜合、評價、探究和創新」、「欣賞、感受與鑒賞」以及「掌握視聽資訊」。這些學習成果在〔附表〕中都標示在分項的「學習進程架構」和「第二語言架構」(縮寫為「進程」及「二語」) 的對照表格上，而一階至八階的劃分，則反映學生由小一至中六課程的學習表現及進程 (「中國語文課程第二語言學習架構」簡介，頁 1)；由於旨在凸出「分層遞進」的學習重點，稱為層階。第一至四層階大致對應學校課程的第一至二學習階段 (小學課程)；第五至八層階則大致對應學校課程的第三至四學習階段 (中學課程)。至於學習成果在〔附表〕內出現的位置，正表示個別項目的適用範圍。例如：成果「認讀文字、理解、分析和綜合、評價、探究和創新」和「掌握視聽資訊」的適用範圍均涵蓋一階至八階，「欣賞、感受與鑒賞」分兩段標示則表示「欣賞」只適用於一至四階，而「感受與鑒賞」則只適用於五至八階而已。

由〔附表〕的閱讀能力成果分析可見，無論是「層階」、「進程」或「二語」架構，不同學習成果的劃分方式詳略不同，至於這些差異是否如「簡介」所言──參考學生的實際表現而訂定 (頁 1)，暫時無從稽考。〔附表〕內 ✓ 號表示「進程」及「二語」架構內提供了文字說明，在閱讀範疇內，「二語架構」不但把「進程架構」在一至八階內原有的學習成果細分，而且在成果「認讀文字、理解、分析和綜合、評價、探究和創新」下的一階之前，還附加了三項基礎成果，包括：「能認讀學習和生活上的常用字詞」(NLR (1.1) 1)、「能理解簡短句子的意思」(NLR (1.1) 2)、「能理解短小段落的大意」(NLR (1.1) 3)，作為正式踏入一階學習成果「能理解閱讀材料的內容大意」(NLR (1.1) 4) 前的鋪墊。

細看二階及以上層階的學習成果說明，把主流中文「進程」切分為「二語」架構的「小步子」方式，主要是把概括的描述寫得較為具體，例如在「進程」中的二階成果「能理解閱讀材料的內容、寓意能對內容提出簡單的看法」(LR (2.1))，在「二語」中就衍生為三「小步」，在文件中分五行開列如下：

NLR（2.1）1

能理解閱讀材料的時地人關係

能對閱讀材料中的具體事件提出簡單的看法

NLR（2.1）2

能理解閱讀材料的內容

能對閱讀材料中人物的性格、行為提出簡單的看法

NLR（2.1）3

能簡單指出閱讀材料的寓意

顯然，「閱讀材料的內容」可以很廣泛，但化身「小步子」後「閱讀材料」的意涵其實在跟隨層階不斷遞進，其中二階的範圍縮小到時、地、人和具體事件，最高層次的成果到指出寓意。至於分行表述者，對照《閱讀能力學習成果示例》的說明，似乎是並列關係，因為在同一成果示例中，分行表述的成果都會一並闡述。

從設計教學的角度着眼，參考「小步子」教學指引除了要注意「閱讀材料」的意涵隨層階演變的潛規則外，何謂「概略」、何謂「簡單」也是拿捏教學要求的挑戰。例如主流「進程」中的三階成果「能概略分析閱讀材料的內容；能簡單評價閱讀材料的內容」（LR（3.1）），在「二語」架構中只細分為兩項如下：

NLR（3.1）1

大致能概括段落的意思

能簡單評價人物角色的行為

NLR（3.1）2

能概略分析閱讀材料的內容要點

參照《閱讀能力學習成果示例》的說明，三階採用的閱讀材料無論是題材及表達形式都比二階豐富多樣，是以要求學生的概括能力較高，似乎順理成章。然而，細看三階的示例要求學生從兩篇有關讓座的日記中「簡單評價人物角色的行為」的「簡單」程度可以簡單至「『我』是個好孩子。」（頁 9）反而二階的示例要求學生從「守株待兔」、「鷸蚌相爭」等成語故事中指出「不應奢望不勞而獲」（頁7）、「兩人爭執，互不讓步，最終大家也有損失」（頁 8）等寓意，卻毫不「簡單」，並不比三階的閱讀能力成果要求容易。此外，三階還以《媽媽喜歡吃魚頭》一文

為例，説明成果「能概略分析閲讀材料的內容要點」的要求，而「概略分析」的要求只是「在『我』小時候，媽媽給我魚肉，自己吃魚頭；外婆探訪我們，給『我』魚肉，自己吃魚頭；『我』的太太給女兒吃魚肉，自己吃魚頭」（頁 11）。除了閲讀材料的篇幅較長之外，這樣的學習成果要求，會否比二階的閲讀理解要求「簡單指出閲讀材料的寓意」淺易，實在值得深思。無論如何，各個階段的學習成果示例都有助刺激教師思考切合學生中文水平及學習需要的教學，都值得保存，可惜當局只就一階至四階提供了部分成果示例（見如〔附表〕着色的部分），教師仍須繼續努力探索和鑽研。

(二) 寫作教學的實施

在四個教學範疇中，寫作能力學習成果説明所佔的篇幅最多。「確定目的、內容和表達方式」、「審題立意」、「組織結構」、「布局謀篇」、「書面表達」、「修訂」、「表達方式的運用」、「實用文寫作」、「文學創作」等學習成果分布於不同層階，反映不同學習階段的側重點和遞進的學習要求，例如「審題立意」和「布局謀篇」只適用於五階至八階，即使是主流中文課程，也屬於中學階段的訓練。為照顧 NCSs 的需要，在「確定目的、內容和表達方式」及「修訂」的成果下，「第二語言架構」又在一階之前訂定額外要求如下：

> NLW (1.1) 1
>
> 大致能書寫與生活相關的常用字
>
> NLW (1.1) 2
>
> 能正確書寫常用字
>
> NLW (1.1) 3
>
> 大致能運用提供的字詞寫簡短句子（如填句、續句或看圖寫句）
>
> NLW (1.4) 1
>
> 能按回饋，謄正句中錯用的字詞和標點符號

由這些成果描述可見，在要求學生能用中文「寫作」之前，教師必須面對更基本的條件 —— 學生要先學會書寫漢字。上述 NLW (1.1) 1-3 項都是 NLW (1.1) 4 成果「能就熟悉的事物寫句子，內容完整」的前設，未能獨立書寫和運用中文字詞，根本談不上寫作句子。同理，在期望學生能自行「改正」句子的錯處之前，

NLW (1.4) 1 先要求學生按教師的回饋，「謄正」曾犯錯誤的地方。從書寫到寫作，「二語」架構的「小步子」寫作教學任務似乎比主流「進程」更加崎嶇，學習路途也更加漫長。

雖然寫作能力學習成果說明的篇幅最多，細看之下，除了由小至大的寫作或運用單位（字、詞、句、段、篇；標點符號）可以比較客觀評價外，部分成果的描述，如：內容「大致完整」、「完整」、「切合主題」、「與主題配合」、「緊扣主題」（頁 1-2）；又如書面語表達成果「大致能運用所學詞語寫簡單句子」（NLW (1.3) 1）、「能運用所學詞語寫大致通順的句子」（NLW (2.3) 1）與「能運用所學詞語寫大致通順的文句」（NLW (3.3) 1）等，應該如何把握，恐怕仍然有賴教師及教學團隊的專業判斷，細心琢磨，才能一致實施。

此外，由〔附表〕的分析可見，相同的「進程」成果，在「二語」中卻會對應為不同的「小步」。例如成果「確定目的、內容和表達方式」和「表達方式的運用」的一階與二階、三階與四階的成果相同。這些在「進程」中兩兩相同的成果，除了在「二語」中細分並遞進編排外，其中的意涵其實不盡相同 ── 本來「根據需要確定內容」（LW1.1）成為先「就熟悉的事物」（NLW (1.1) 4-5；NLW (2.1) 1），才「根據需要確定內容」（NLW (2.1) 2），反映適用範圍由小至大漸進。在再細分不了的情況下，「二語」的成果其實與「進程」成果一致，如：「能根據需要確定內容及主題，內容完整」（LW3.1，LW4.1；NLW4.1）以及「能敍述及寫感受」（LW1.5，LW2.5；NLW2.5）。

在各項成果中，最容易令人糊塗的是有關「實用文寫作」的描述，因為一階至四階成果完全一樣 ── 能確定對象，運用恰當的格式及用語寫簡單實用文，而細分的「小步子」不過是實用文的種類，有賀卡、邀請卡、便條、心意卡、書信、日記、報告等，如此類推（頁 7-9）。究竟實用文寫作的一階至四階成果何以要如此鄭重重申，而文學創作的一階至四階的相同成果卻一言蔽之，只陳述一次？文件中並無說明，教師讀者要特別留意。

回顧《寫作能力學習成果示例》，涵蓋範圍只到四階，關於「修訂」的成果並無示例。示例的出處，有部分是「自擬材料」，有部分是「調適自」不同學校的校本教材，有部分甚至直接採用校本教材的篇章。編者用心良苦，無非嘗試為讀者釐清不同層階學習成果的差異，無奈層階之間的差異卻不容易通過孤立說明。

這樣的挑戰，從書面語表達成果的示例（頁 13）可見一斑：

　　　NLW（1.3）1　　　　大致能運用所學詞語寫簡單句子：

妹妹畫圖畫。

哥哥吃水果。（自擬材料：運用「畫」和「吃」）

　　　NLW（2.3）1　　　　能運用所學詞語寫大致通順的句子：

爸爸放假今天，他要帶我公園去。出門口忽然下大雨。

爸爸説：「下雨了！我們不去公園玩耍。」我很失望。　　（自擬材料）

　　　NLW（3.3）1　　　　能運用所學詞語寫大致通順的文句：

迎新年

　　今天是年三十。早上，我跟媽媽到市場買菜，準備晚上的年夜飯。市場有很多食材，看得我目不轉睛。逛了約兩小時，我們最後買了海鮮、生菜、冬菇和雞等食物。

　　回到家中，祖母和媽媽忙着準備晚餐，我和哥哥負責打掃。到了晚上，我們一家大小圍在一起吃團年飯。飯後，還有甜點——西米露和湯圓呢！

　　吃過甜品，爸爸帶我們到年宵市場逛逛，看看年花。年宵市場十分熱鬧，我們逛了很久，終於買了一棵桃花，回家時已是夜半了。

　　睡覺前，我和媽媽一起準備紅封包，姊姊把糖果放入全盒，一家人歡歡喜喜地迎接年初一。　　　（自擬材料）

　　同屬「書面語表達」成果，如果只看一階至三階的相關描述，可能讓「大致能運用」、「大致通順」等用語模糊了視線。但看過以上的「自擬材料」示例，又不免令人聯想到一階至八階的學習進程會否只是連續順序，而各個層階並非等距關聯（楊惠中、朱正才、方緒軍，2012）。如是，作為課程文件，「第二語言架構」實在有必要向讀者表明立場，以釋除教師讀者的疑慮，否則面對從二階至三階、從「句子」到「文句」的差距，教與學雙方都難免卻步。

(三) 聆聽教學的實施

　　按照學生的語文能力發展，中國語文科在不同學習階段的重點不同——初小以聽說為主；高小以讀寫為主；初中以聽說讀寫及其綜合運用為主；高中則

發展學生綜合運用讀寫聽說及多元化語文能力（頁 18）。然而，由〔附表〕的分析可見，由於主流中文課程素來側重閱讀及寫作教學，聆聽能力學習成果似乎也在閱讀能力學習成果的基礎上發展而成（掌握視聽資訊的學習成果與閱讀能力一致），課程指導文件按閱讀、寫作、聆聽、說話的順序編排與課程提倡的教學先後似乎不大吻合。

在體現「小步子」課程精神方面，所有聆聽能力的學習成果在「二語」架構中的一階至八階都適用，其中「理解語意、分析和綜合」及「評價、探究和創新」在一階之前又分別訂定以下成果，為 NCSs 在聆聽理解和「感受說話者顯露的情緒」（NLL（1.1）4-5）前作準備：

NLL（1.1）1

能理解與個人、家庭、學校生活相關的詞語

NLL（1.1）2

能大致理解小語段中的事情

NLL（1.1）3

能聽出對話內容的要點

NLL（1.2-2.2）1

能就話語內容說出簡單直接的感受

由以上學習成果可見，要得悉學生能否理解聆聽資料（視聽資訊）的內容，評估的設計極需心思，除了用圖畫代替文字外，口頭回應更是檢測聆聽能力的重要手段，所以「評價、探究和創新」的學習成果同時是說話能力的表現，而聆聽與說話教學應該緊密結合，才能有效運用教學時間，提高教學成效。

細看《聆聽能力學習成果示例》，「小步子」的切分單位由詞語、語段（對話）到話語（單向講話），而要求學生理解內容的同時，並以提問引導（如：NLL（2.1）2），基礎階段的訓練按部就班，教師參考示例自擬教學內容應該比較容易。然而，要達成三階以上的學習成果，教師在擬題時必須考慮得更加細緻，如「能理解話語內容，概括要點」的成果示例（NLL（3.1）1）：

問題：小方和小圓爭論不休，因為

A. 小圓不滿小方把足球變成方形

B. 小方不滿小圓把磚頭變成圓形

C. 小方和小圓都覺得自己的本領比對方大（正確選項）

D. 小方和小圓對三角爺爺說的話有不同意見

如果問題和答案選項由錄音或教師現場朗讀，學生作答時能否全部記住？如果是書面問題，學生要先讀懂提問才能作答，聆聽理解到頭來又會否成為閱讀理解訓練？雖然聆聽和閱讀都是重要的語言輸入途徑，但聲音和文字是不同媒介，訓練方式和側重點不同，訓練的素材應該有不同設計。除非學生有相關的生活或學習經驗，要「能聽出故事的寓意或教訓」（NLL（3.1）2），其實需要聆聽前充足的鋪墊，否則不可能一步到位。因此，NLL（3.1）2 的聆聽成果竟然採用閱讀能力成果（NLR（2.1）3）相同的素材為示例，頗有商榷餘地。試問要求學生理解「守株待兔」的故事，並指出「不應奢望不勞而獲」的寓意談何容易？如果學生已學過「守株待兔」的故事，是否需要通過聆聽訓練，才能再理解寓意？況且閱讀篇章採用的書面語言，與生活用語有相當差異，如「大清早」、「烈日」、「飛快」、「碰上」、「撞破」、「便」、「連忙」、「耕作」等，尤其是廣州話，都有不同口語用詞；假如用作聆聽材料，原來的閱讀篇章尚須調節。

（四）說話教學的實施

雖然與聆聽教學密不可分，說話能力的學習成果闡述似乎比聆聽能力細緻。如〔附表〕所示，除了五階至八階以跨層階方式交代外，一階至四階均各有獨立的學習成果。此外，「進程」的成果「確定目的、內容和表達方式」和「口語表達」分為較宏觀和較微觀的描述，順理成章「二語」的「小步子」也就有對應細分的成果（〔附表〕內的甲、乙由筆者標示）。所謂宏觀與微觀描述之別，似乎是傳統主流中文課程的通用準則和具體教學重點，如「進程」的成果：

LS1.1

能按表達需要確定說話的內容，運用適合的表達方式說話，內容大致完整

LS1.2

能簡單交代人物及事件的梗概；能就日常生活的話題和別人交談

LS1.4

能運用所學的詞語表情達意

LS1.5

能掌握所學字詞的發音；說話的音量、速度、語氣和語調大致恰當

由 LS1.1 和 LS1.2 的對照可見，在成果「確定目的、內容和表達方式」之下，前者並無規範特定內容，而後者則要求說出人物、事件以及圍繞日常生活對話。在「口語表達」的成果方面，LS1.4 指向的可以是任何學習內容，而 LS1.5 則着重技術性的表達技巧。

值得關注的是，相同的學習成果在主流「進程」不同層階中重複使用的情況比寫作能力更加普遍，如〔附表〕顯示，在成果「確定目的、內容和表達方式」（甲）、「組織結構」以及「口語表達」（乙），「進程」的一階與二階、三階與四階的學習成果本來是相同的，反而「二語」相應的「小步子」內涵，與「進程」描述的成果卻並不一致，例如：

NLS（1.1）1

能大致說出與個人、家庭、學校生活相關的詞語

NLS（1.1）2

能大致說出與個人、家庭、學校生活相關的簡短語句

NLS（1.1）3

能就熟悉的主題，簡單敍述內容（如日常生活事件、故事）和回答問題

與 LS1.1 的成果對照，原來「能按表達需要確定說話的內容」，範圍都落實為與個人、家庭、學校生活相關，「適合的表達方式」則按表達單位由小至大（從詞語到簡短句子）及溝通方式（單向敍述和回答問題）開列，「二語」的指引無疑比「進程」明確；至於同一層階的「小步子」會否比相應的「進程」成果淺易，則見仁見智。

再看原來較「微觀」的「進程」成果 LS1.2，也對應成「二語」中三個「小步子」：

NLS（1.2）1

能運用與日常生活相關的詞語，簡單交代人和事

大致能複述別人的說話內容

NLS（1.2）2

能就日常生活的話題交談，以簡短的句子交代人和事

能複述別人的說話內容

NLS（1.2）3

能就日常生活的話題交談，作出簡單的回應

能複述別人說話內容的大意

顯然，日常生活仍然是訓練初階學生表達的主要話題，而按語言單位由小至大的遞進要求與對照 LS1.1 的成果似乎並無差異。學生的「日常生活」離不開「個人、家庭、學校生活」，這一點從《說話能力學習成果示例》可以得到肯定（頁1-2；6-7）。然而，「複述別人的說話」在主流的中文課程卻並無明文指引，教師設計教學時需要特別留意。

此外，LS3.1 與 LS4.1 的成果相同，「二語」的「小步子」則要求學生從「圍繞話題」表達意見到「按主題」報告，並運用從敘述、說明到說明、描寫等不同方式說話。同樣地，在說話的組織結構方面，「進程」的一階與二階均要求「能順序講述事件，大致有條理」，而相應的「二語」一階衍生的是側重於「事件的梗概」（NLS（1.3）1）、「發生經過」（NLS（1.3）2）及「大致有條理」（NLS（1.3）3）的三個小步；相應的二階除了要求學生同步「能順序講述事情發生的原因、經過及結果」外（NLS（2.3）1），又把講述的事件訂明為「日常見聞」（NLS（2.3）2），與各層階要求並不銜接，頗令人費解。至於「進程」中三階與四階的相同要求「能圍繞中心說話，話語有條理」，在「二語」架構雖然再細分不了，但仍然加上「大致」，以區分由 NLS3.3「內容大致有條理」與 NLS3.4「內容有條理」的要求，突出「小步子」的遞進理念。

在「口語表達」方面，「二語」架構甲組的一階至四階成果較其他範疇、其他成果都最貼近「進程」。除了把 LS1.4 中的「表情達意」細化為先「表達感受」（NLS（1.4）1）再「表情達意」（NLS（1.4）2）外，二階至四階的成果均與「進程」完全一致。另一方面，「口語表達」乙組的「小步子」成果則較甲組劃分仔細，可能因為發音、吐字、音量、語氣、語調等技術性要求可以較明確開列，即使再細分不了（如 NLS3.5；NLS4.5），在「二語」架構中也會分行標示。有趣的是，NLS3.5 和 NLS4.5 的成果「能掌握所學字詞的發音；說話的音量、速度、語氣和語調恰當」相同，但在相應的「二語」成果中，兩個層階的「語調」要求都消失了，NLS4.5 更貿然出現運用「聲調」的要求，教師參考指引，不妨留意：

NLS3.5

按需要，運用適當的音量、語速説話

按表達需要，能運用陳述、感歎、疑問、祈使等語氣説話

NLS4.5

音量充足，清晰嘹亮

按説話需要，調節説話的語速

配合説話內容，運用聲調變化表情達意

再看《説話能力學習成果示例》，從看圖説詞語、簡單句子、答問、描述熟悉事務、表達感受或想法，示例的內容都相當完整，而且條理清晰，媲美書面語的寫作。尤其是取材自校本教材範文的示例，例如口頭報告要「能清楚交代參觀圖書館的經過，以説明方式介紹圖書館不同的部分，能描述圖書館的設施，自己對圖書館的感覺，並能總結這次參觀的啟發」(NLS (4.1) 2)，事前應該需要相當準備，甚至寫作文稿（頁 5）。問題是説話能力訓練的重點，應該在要求學生背誦文稿，還是訓練他們邊想邊説？事實上篇幅越長的示例，詞彙和用語變化就越豐富，教師設計教學時，必須提供足夠的語言輸入，才能要求合理的輸出，不可能高估 NCSs 接受過的中文訓練。

四、教學啟示及結語

無論香港社會如何包容，除非少數族裔成員都學會使用中文，而摒棄各自的本族語言，NCSs 的中文教學本質是第二語言教學的事實始終不能改變（謝錫金，2014），否則也不會出現「中國語文課程第二語言學習架構」。作為教學建議，在過渡期間支援教師應付教學需要，「第二語言架構」的參考價值毋庸置疑。然而，套上主流「中國語文課程」的框架後，執行「第二語言架構」卻不容易。NCSs 的先天中文基礎不足，後天又缺乏中文浸潤滋養，莫説要落實主流課程的母語教學精神，培養中文學習能力，即使要以中文表達所見所聞或個人感受，都要先學習相關的詞彙或用語，否則就啞口無言。

通過對照「第二語言架構」的學習成果及成果示例，本文指出為 NCSs 設計

中文教學時，教師參考課程文件需要關注的若干細節：

1. 母語教學進程與二語教學有不同的對應情況，母語教學的一「步」，往往對應二語教學的同一層階或不同層階的一「步」或多「步」不等；

2.「小步子」成果的切分，甚至分或不分，並無客觀準則；即使在同一成果中，文件中分行標示的編排，似乎是可以逐一達成的暗示；

3. 母語教學進程的靈活性可能較高，不同層階每有採用共通成果的情況；相應的二語「小步子」成果，由淺入深的編排的痕跡明顯，學習的先後次序不宜逾越；

4. 成果示例只集中於部分一階至四階的成果，五階至八階闕如；

5. 成果示例的作用在展示個別成果的意涵多於成果之間的遞進差異；

6. 相同語料會用作不同能力、不同層階的成果示例，教師取捨時必須注意。

由〔附表〕可見，「小步子」顯示出「二語」架構細化的學習過程，但卻沒有顯示學生在每一「步」內的學習需要，正如文件所言：「非華語學生語文積累未足，即使或能理解某一閱讀材料中的內容大意，但在閱讀其他題材內容的材料時，教師仍須協助他們從認讀生活常用字詞開始，進而理解句子、段落大意」（「中國語文課程第二語言學習架構」簡介，頁2），試想每一個篇章、每一項能力訓練都要「從頭學起」的過程，又豈是一個「小步子」的教學口號可以概括？難怪文件也只期望NCSs與華語學生兩者的學習表現和成果「接近」而已。

總結而言，發展語言教學的課程理應按部就班，經歷界定語言學習表現、等級、臨界水平、學習內容、學習的序列、學習活動，到教材設計、評估設計等程序，這些方面英文二語教學已有相當成熟的發展（Richards, 2001），目前香港的校本中文課程發展恐怕仍未能及。課程文件明言提供的只是課程調適方向，雖然期望NCSs能儘早「融入主流中文課堂」，但同時強調學生的中文修養需要長期浸淫。因此，要落實「小步子」的課程精神，並照顧學習的多樣性，教師先不能假設NCSs具備與同年級華語學生相同的中文認知基礎；調適教學內容時，還要作充足的循環教學準備，包括在相同學習層階內儘量採用統一的詞彙和表達方式，不能忽視字詞、句式變化可能引起的理解障礙。最後，必須確定有足夠的語言輸入，才能要求學生作合理的語言輸出，令教學成效更有保證。

附表：「中國語文課程第二語言學習架構」學習成果及示例淺析

閱讀能力學習成果

認讀文字、理解、分析和綜合、評價、探究和創新：

	一階	二階	三階	四階	五階	六階	七階	八階
進程	✓	✓	✓	✓	✓	✓	✓	✓
二語	✓ ✓ ✓ ✓	✓ ✓	✓	✓	✓ ✓ ✓ ✓ ✓	✓ ✓ ✓ ✓	✓ ✓ ✓	✓

欣賞：　　　　　　　　　　　　　　　　　感受與鑒賞：

	一階至二階	三階至四階	五階至六階	七階至八階
進程	✓	✓	✓	✓
二語	✓ ✓ ✓ ✓ ✓	✓ ✓ ✓ ✓ ✓	✓ ✓ ✓ ✓	✓ ✓ ✓ ✓

掌握視聽資訊：

	一階至二階	三階至四階	五階至六階	七階至八階
進程	✓	✓	✓	✓
二語	✓ ✓ ✓ ✓ ✓	✓ ✓	✓ ✓ ✓	✓ ✓

寫作能力學習成果

確定目的、內容和表達方式：　　　　　　　審題立意：

	一階	二階	三階	四階	五階至六階	七階至八階
進程	★	★	⊙	⊙	✓	✓
二語	✓ ✓ ✓	✓ ✓	✓ ✓	✓ ✓	✓ ✓ ✓	✓ ✓ ✓

組織結構：　　　　　　　　　　　　　　布局謀篇：

	一階	二階	三階	四階	五階	六階	七階	八階
進程	✓	✓	✓	✓	✓	✓	✓	✓
二語	✓ ✓	✓ ✓	✓ ✓	✓ ✓	✓ ✓	✓ ✓	✓	✓

書面表達：

	一階	二階	三階	四階	五階至六階	七階至八階
進程	✓	✓	✓	✓	✓	✓
二語	✓ ✓	✓ ✓	✓ ✓	✓ ✓	✓ ✓ ✓	✓ ✓

修訂：

	一階	二階	三階	四階	五階	六階	七階	八階
進程	✓	✓	✓	✓	✓	✓	✓	✓
二語	✓ ✓	✓ ✓	✓ ✓	✓ ✓	✓ ✓	✓ ✓	✓ ✓	✓ ✓

表達方式的運用：

	一階	二階	三階	四階	五階至六階	七階至八階
進程	★	★	✓	✓	✓	✓
二語	✓ ✓	✓ ✓	✓ ✓	✓ ✓	✓ ✓ ✓	✓ ✓

實用文寫作：

	一階	二階	三階	四階	五階至八階
進程	★	★	★	★	✓
二語	✓ ✓	✓ ✓	✓ ✓	✓ ✓	✓ ✓ ✓ ✓

文學創作：

	一階至四階	五階至八階
進程	✓	✓
二語	✓ ✓ ✓ ✓	✓ ✓ ✓ ✓ ✓

聆聽能力學習成果

理解語意、分析和綜合：

	一階	二階	三階	四階	五階	六階	七階	八階
進程	✓	✓	✓	✓	✓	✓	✓	✓
二語	✓ ✓	✓ ✓	✓ ✓	✓ ✓	✓ ✓	✓ ✓	✓ ✓	✓ ✓

評價、探究和創新：

	一階至二階	三階至四階	五階至六階	七階至八階
進程	✓	✓	✓	✓
二語	✓ ✓	✓ ✓	✓ ✓ ✓	✓ ✓ ✓

掌握視聽資訊（學習成果與閱讀能力一致）：

	一階至二階	三階至四階	五階至六階	七階至八階
進程	✓	✓	✓	✓
二語	✓ ✓ ✓ ✓ ✓	✓ ✓	✓ ✓ ✓ ✓	✓ ✓ ✓

說話能力學習成果

確定目的、內容和表達方式（甲）：

	一階			二階		三階		四階		五階至六階			七階至八階	
進程	★			★		⊙		⊙		✓			✓	
二語	✓	✓	✓	✓	✓	✓	✓	✓		✓	✓	✓	✓	✓

確定目的、內容和表達方式（乙）：

	一階			二階			三階		四階		五階至六階			七階至八階		
進程	✓			✓			✓		✓		✓			✓		
二語	✓	✓	✓	✓	✓	✓	✓	✓	✓		✓	✓	✓	✓	✓	✓

組織結構：

	一階			二階		三階	四階	五階至六階				七階至八階	
進程	★			★		⊙	⊙	✓				✓	
二語	✓	✓	✓	✓	✓	✓	✓	✓	✓	✓	✓	✓	✓

口語表達（甲）：

	一階		二階	三階	四階	五階至六階			七階至八階		
進程	✓		✓	✓	✓	✓			✓		
二語	✓	✓	✓	✓	✓	✓	✓	✓	✓	✓	✓

口語表達（乙）：

	一階				二階		三階	四階	五階至六階	七階至八階
進程	★				★		⊙	⊙	✓	✓
二語	✓	✓	✓	✓	✓	✓	✓	✓	✓	✓

▨ 附學習成果示例　✓ 文字描述　★ 文字描述相同　⊙ 文字描述相同

參考資料

陳瑞端 (2014)〈對香港非華語中文教學的一些思考－語言環境、課程、教學規劃〉，輯於王惠芬、葉皓羚編，《無酵餅－「中文為第二語言」教與學初探》(香港，香港融樂會)，頁 168-190。

戴忠沛 (2014)〈香港多元族裔的歷史淵源〉，輯於王惠芬、葉皓羚編，《無酵餅－「中文為第二語言」教與學初探》(香港，香港融樂會)，頁 48-77。

關之英 (2014)〈香港中國語文教學 (NCSs) 的迷思〉，《中國語文通訊》，93 (1)，頁 39-57。

關之英 (2010)〈語文學習的鷹架：中文作為第二語言教學的課堂研究〉，Journal of Chinese Teachers Association，45 (3)，頁 67-103。

樂施會 (2016)《中小學為 NCSs 提供中文學習支援研究調查》，載於：http://www.oxfam.org.hk/content/98/content_24801tc.pdf

樂施會 (2014)〈低收入家庭南亞裔幼稚園學生的中文學習挑戰研究調查內容撮要及政策建議〉，載於：http://www.oxfam.org.hk/content/98/content_20711tc.pdf

梁慧賢、余德光 (2014)〈十年春秋－非華語學童中文校本課程發展回顧〉，輯於輯於王惠芬、葉皓羚編，《無酵餅－「中文為第二語言」教與學初探》(香港，香港融樂會)，頁 124-131。

廖佩莉 (2012)〈浸入式教學：香港小學非華語學童學習中文為第二語言的策略〉，《華文學刊》，10 (2)，頁 72-85。

林偉業 (2014)〈非華語幼兒中文學習有效策略〉，輯於王惠芬、葉皓羚編，《無酵餅－「中文為第二語言」教與學初探》(香港，香港融樂會)，頁 192-207。

劉國張 (2014)〈中文作為第二語言校本課程發展探究〉，輯於王惠芬、葉皓羚編，《無酵餅－「中文為第二語言」教與學初探》(香港，香港融樂會)，頁 92-98。

香港課程發展議會編訂 (2008)《中國語文課程補充指引 (非華語學生)》，香港：政府物流服務署印。

香港教育局課程發展處中國語文教育組委託香港大學教育學院編製 (2014)：《中國語文校內評估工具 (非華語學生適用)》，香港，香港特別行政區政府教育局。

香港課程發展議會編訂 (2017)《中國語文教育學習領域課程指引 (小一至中六)》, 載 於 : https://www.edb.gov.hk/attachment/tc/curriculum-development/kla/chi-edu/curriculum-documents/CLEKLAG_2017_for_upload_final_R77.pdf

香港特別行政區政府 (2015)《2014 年香港少數族裔人士貧窮情況報告》, 載於 : http://www.povertyrelief.gov.hk/chi/pdf/2014_EM_Report_Chi.pdf

謝錫金 (2014)〈非華語學生中文學與教的經驗總結與展望〉, 輯於王惠芬、葉皓羚編,《無酵餅－「中文為第二語言」教與學初探》(香港, 香港融樂會), 頁 250-257。

謝錫金、岑紹基、祁永華 (2012)《非華語學生的中文學與教－課程、教材、教法與評估》, 香港：香港大學出版社。

楊惠中、朱正才、方緒軍 (2012)《中國語言能力等級共同量表研究理論、方法、與實證研究》, 上海：上海外語教育出版社。

張積榮 (2014)〈未雨綢繆, 穩健開展少數族裔中文教學工作〉, 輯於王惠芬、葉皓羚編,《無酵餅－「中文為第二語言」教與學初探》(香港, 香港融樂會), 頁 78-91。

中國語文課程第二語言學習架構, 載於：https://www.edb.gov.hk/tc/curriculum-development/kla/chi-edu/second-lang/resource.html

Richards, J. C. (2001). Curriculum development in language teaching. Cambridge, England: Cambridge University Press.

Taking every step correctly: Challenges of implementing the "Chinese Language Curriculum Second Language Learning Framework"

LEUNG, Pui Wan Pamela

Abstract

In view of the Chinese language learning needs of non-Chinese speaking students in Hong Kong, the Education Bureau has compiled the *Supplementary Guide to the Chinese Language Curriculum for Non-Chinese Speaking Students* (2008) and the "Chinese Language Curriculum Second Language Learning Framework" (hereinafter referred to as the "Second Language Framework") (2014) to provide guidelines for practices in schools. The programme documents define the aims and objectives of teaching, learning outcomes and exemplars, which should be important references for teachers. However, with an ultimate goal to "fulfil the principles, strategies and recommendations for the implementation of the Chinese Language Curriculum" and the Chinese Language Curriculum meant to be a Chinese as the first language curriculum, teachers are often confused by the requirements of following the guidelines of teaching Chinese as a first language to teach non-Chinese speaking students to whom Chinese is a second language.

The "Second Language Framework" emphasizes taking a "small step" approach in the development of Chinese learning outcomes for non-Chinese speaking students. By scrutinizing these outcomes and respective exemplars, this paper attempts to review the challenges of implementing the principles, strategies and recommendations of the Chinese Language Curriculum, and to explore effective instructional designs forfacilitating non-Chinese speaking students to "integrate into the mainstream Chinese classroom" the soonest as expected by the authorities.

Keywords   Chinese language curriculum, Chinese as a second language, learning outcomes, non-Chinese speaking students

文類教學法研究：提升中文第二語言學習者實用文寫作能力

邱佳琪

摘　要

　　實用文作為教材與評估中主要文類之一，相關的教學法及研究有待進一步發展。尤其對於二語學習者來説，需要掌握文類、語境、語言功能的概念，以準確、恰當地完成實用文的溝通或交際目的。Reading to Learn 文類教學法以系統功能語言學為基礎，融合教學話語與支架教學的概念，形成從閱讀到寫作的完整教學設計。此研究以中文二語學習者為對象，進行量化及質性數據的收集與分析，研究目標在於發展有效的中文第二語言教學法，通過文類教學法進行實用文教學研究，結合課堂實踐提升中文二語學習者的實用文寫作能力。研究結果顯示文類教學法能有效地提升中文二語學習者的寫作表現達 50%，且在前測中表現較弱的文步、語場、語旨、語式、連接、指稱等方面，在後測都有明顯改善。因此可進一步將此教學法推廣應用中文教學上，以有效地提升學生的寫作表現。

關鍵詞　　中文第二語言教學　實用文　寫作　文類教學法

一、研究背景

　　記敍文、説明文、議論文、實用文等都是教學中的主要文類。其中，實用文具有鮮明的文類特點，既在結構上具有一定的形式，也在內容上以傳達信息、溝通想法為主要目標，因此不僅是教材中的主要文類，更是日常生活中常見的

邱佳琪，香港教育大學中國語言學系，聯絡電郵：ckhiew@eduhk.hk。

文本類型,包括新聞、廣告、信函、告示等等。文類(genre)又稱文體或語類,在語言學上泛指各種具有一定功能的語言體式(方琰,1998)。每種文類有一定的特徵,例如在結構、語言、表現手法等方面有各自的特點,而掌握不同文類的不同特徵,能讓教學重點更明確,教師能有系統地進行閱讀講解或寫作引導,輔助學習者組織文本信息及理解文本主題,以處理信息的輸入或輸出。但現有的論述大多討論實用文的文類特徵,針對中文第二語言學習者的寫作分析和教學方法等研究較為少見。實用文自 20 世紀 90 年代以來日漸重要與普及,其教學及研究也應進一步推廣發展(裴顯生,2006)。尤其對於二語學生來說,除了文類結構的概念以外,更需要對於不同情境下適用的語氣態度、謹詞用句、表達形式等等有所了解,以準確、恰當地完成溝通交際或分享信息的目的,而這些學習需求和語言的功能及語境等因素是息息相關的。因此本研究采用 Reading to Learn 文類教學法(David Rose, J. R. Martin,2012)進行中文實用文的讀寫教學實踐。此教學法以系統功能語言學(Halliday,1994)為基礎,融合教學話語(Bernstein,1995)與支架教學(Vygotstky,1962)的概念,形成從閱讀到寫作的完整教學設計。一方面,系統功能語言學為讀寫教學提供了關於語言、文類、語境的系統性知識,有助於學習者掌握不同文類的結構與語言特點,並應用於閱讀及寫作;另一方面,此文類教學法由澳洲學者在近 20 年來經過不斷的實踐與完善,聯結各種文類從閱讀到寫作的教學過程,從英語作為第一語言及第二語言學習者的寫作成果,已證實能有效地提升英語學習者的語文能力。但該教學法在中文的教學與應用層面仍處於發展階段(岑紹基,2010),相關的實踐與系統性論述較為少見。因此中文教學及課堂實踐有其必要性,以觀察文類教學法的中文教學效果及發展空間。

　　基於發展有效教學法的目的,需要先通過課堂實踐與測試分析教學法的成效,證實有效後則可進一步推廣到中文第二語言教學中,所以此文的研究問題為:Reading to Learn 文類教學法能否提升中文第二語言學習者的實用文寫作表現?研究目標在於通過 Reading to Learn 文類教學法進行實用文教學研究,透過課堂教學與數據收集,探討其實踐重點與效果,以提升中文二語學習者的實用文寫作能力,發展經實證研究證實有效的中文第二語言教學法。此研究以中文二語學習者(主要來自南亞或東南亞的非華裔中學生,以英語或其他語言為母語)為

對象，采用混合式個案研究法（mixed-methods case study）收集數據，通過前、後測，訪談等研究工具，進行量化及質性數據的收集與分析。量化數據包括全班學生的寫作前、後測成績及描述性數據分析；質性數據則選出能力較好及較弱的學生各 1 名作為代表，重點分析他們的前、後測作文表現；訪談則探討這兩位學生對文類教學法的反饋。本文第二節將探討相關研究領域的論述；第三節將說明研究方法及教學設計；第四節分析量化數據與質性數據以探討實踐成果；第五節則作出總結。

二、文獻綜述

中文閱讀與寫作教學材料的常見文類包括記敍文、實用文、議論文、說明文等等。由於二語學習者以掌握基礎文類特點及應對日常生活交際為主要目標，因此傳遞日常生活與人際互動信息的實用文類，也就成為二語閱讀與寫作教學中必不可少的文類類型。實用文或應用文是指處理日常事務、具有直接實用價值和某種慣用格式的一種文章體裁（張子睿，2004）。實用文的特徵是日常所需、以實際的事為其內容、以特定的人為對象（孫旗，1971）。實用文具有鮮明的文類特點，既在結構上具有一定的形式，也在內容上以傳達信息、溝通想法為主要目標，因此不僅是教材中的主要文類，更是日常生活中常見的文本類型，包括新聞、廣告、信函、告示等等。實用文除了是生活中傳遞信息和交際溝通的主要文本類型，也是各地課程教材或語文能力評估中的常見文類。例如新加坡華文課程從中小學教材到會考都包含日記、電子郵件等實用文作為教學與測試的篇章。在中國國家漢辦所開發的漢語水平考試（HSK）中包括實用文如新聞的閱讀，商務漢語考試（Business Chinese Test）中也包括了實用文如電子郵件的寫作（王海龍，2002）。在國際上常用的 GCE（General Certificate of Education）考試也包含實用文如書信、報告的寫作。在香港的全港性系統評估（Territory-wide System Assessment）中，實用文如書信的閱讀與寫作是考核的環節之一，香港也在 2015 年開始推行高中應用學習中文（Applied Learning Chinese for non-Chinese speaking students）課程，其中閱讀和寫作的學習目標是主要是讓中文第二語言學

習者能閱讀日常生活和工作環境的實用文書和資料,並運用適當的詞語、句子完成常用的實務文書,有效地進行日常交際及工作任務(香港教育署,2014)。可見實用文作為教學及評估的主要文類,具有發展相關教學方法及研究的必要性。

實用文作為語文教學內容的一部分,相關的教學法與研究日趨重要,但過去的文類研究中,針對實用文的論述雖不少見,卻大多集中在體裁特徵或語境分析層面(鄭丹,2006;謝佔麗,2012),或對過往研究的歸納總結(余國瑞,2006;李先鋒,2011),能落實於課堂教學的研究仍較為少見(邱忠民,2008)。這些文類研究固然有助於理解、歸納實用文文類特點,但有待更進一步的教學設計與實踐,以針對教學需求提供輔助。曾有研究通過測試檢查學生的實用寫作知識和能力水平,結果發現很少有學生能正確把握自己的角色地位,信函的內容和形式大多隨意而不得體(沈琳,1998)。但是相應的應用寫作課並不一定能提高學生的寫作能力,例如某校的調查顯示選修應用寫作課的學生與未選修該課學生的應用寫作水平差距甚微,平均及格率僅差 2 個百分點(謝錫金、鄧薇先、關之英、薛鳳鳴,1994)。因此相關學者指出這種差距主要是知識而不是能力的差距,其中的原因主要是教學內容和方法都嚴重脫離實際(岑紹基、謝錫金、祁永華,2006)。另外,香港的調查也顯示香港許多學生感到寫作時難以找到寫作目標,其中一個原因是由於沒有真實的寫作對象,加上傳統的寫作教學活動都是采用教師命題及教師批改的方式,學生的寫作目標只是在一段固定的時間內完成作文,很少注意該篇文章的真正寫作目的,更不會考慮到采用甚麼策略來達到寫作目的,教師教學時也很少有這方面的教導(Tse,1998)。實用文自 20 世紀 90 年代以來日漸重要與普及,其教學及研究有待進一步推廣發展。但實用文教學長期缺乏一套完整的教學理論可以配合課程的發展,因此不少語文教師都感到教實用文十分困難。而在二語教學層面,有學者指出大部分任教中文二語學習者的中文教師,由於過去接受的師資培訓,對象是以中文為母語的本地學生,並沒有包括母語不是中文的學習對象,所以前線教師在教學時遇到不少困難(關之英,2014)。

由於二語學習者往往需要應用二語的語言技能去完成特定情境下的溝通目的,包括理解課堂或生活中的各類信息並作出回應,因而關於語境及語言功能的知識是不可或缺的。因此本研究以系統功能語言學為基礎,歸納實用文的語境及

語言特點，應用在課堂教學中。許多研究指出聯結閱讀及寫作教學能有效地提升教學成效（Pressley, M.; Mohan, L., Raphael, L. M., Fingeret, L，2007），由於讀寫教學其實都牽涉了不同文類的閱讀和寫作，每種文類具備一定的特徵，例如在結構、語言、表現手法等方面有各自的特點。因此可通過文類分析探討不同文類的特徵，並進一步應用在教學上（Bhatia，1993）。由澳洲學者所設計的 Reading to Learn 文類教學法涵蓋了從閱讀到寫作的教學，以系統功能語言學為基礎，融合教學話語與支架教學的概念，形成從閱讀到寫作的完整教學設計。一方面，系統功能語言學為讀寫教學提供了關於語言、文類、語境的系統性知識，有助於學習者掌握不同文類的結構與語言特點，並應用於閱讀及寫作；另一方面，此文類教學法在近年來經過不斷的實踐與完善，聯結各種文類從閱讀到寫作的教學過程，從英語作為第一語言及第二語言學習者的寫作成果，已證實能提升學生 2 到 4 倍以上的進步幅度（Culican，2006）。曾有論述指出教學法研究與課堂教學之間往往存在着一定的差距，唯有能讓教師親自掌握並具體應用於課堂實踐的教學設計，才能體現出教學法的效用（David Rose, J. R. Martin，2012）。基於這樣的理念，Reading to Learn 文類教學法與其他學習理論的不同在於它兼具學習理論與教學步驟（在第三節的教學設計中展示說明），既為教師培訓與課堂教學提供了完整、具體的內容及操作細節，又通過一系列的課堂實踐與行動研究證實此教學設計的效用，最終發展成可用於提升教師專業能力與課堂教學成效的教學法。但該教學法在中文教學領域仍處於起步階段，尤其是關於中文第二語言教學的應用較為少見。因此本研究通過課堂實踐與前後測來探討文類教學法是否能有效地提升中文第二語言學習者的實用文寫作表現，目的在於發展實用文教學的實務應用，產出適用於中文第二語言的教學設計，以應用於實用文寫作教學中。

三、研究方法

此文采用混合式個案研究法，研究問題為：文類教學法是否能提升中文第二語言學習者的實用文寫作表現？目的在於探討「閱讀促進寫作」教學法的教學成效，因此將以前、後測數據為主，訪談為輔。作為個案探討對象的班級一共有

12 位中文二語學習者,所有學生完成寫作前、後測及基本信息問卷,進行描述性數據統計(所有學生)及文本分析(根據分數高低,抽取各 1 位分數屬於高、低水平的學生,一共 2 名學生);訪談則對這 2 名學生進行單獨訪談。關於文類教學法對學生寫作表現的影響,主要觀察兩方面,一是在整體寫作成績上是否有所提升,二是觀察在後測的作文中,按照寫作評量標準評估學生的寫作內容及層次是否更全面,更能掌握實用文在語境及語言方面的表達特點。接下來逐一説明 3 種研究工具的內容,及相應的數據收集過程與處理方法:

1. 前、後測:在進行教學前後分別進行前測與後測,用以測試所有學生的實用文寫作表現是否有變化,將由 1 名合作教師及 1 名研究者(即筆者)按照統一評估標準分別進行批改及評分,並取其平均分做為每位學生的最終得分。前、後測分別包括寫作測試各 1 篇,每次測試讓每位學生在 30 分鐘內根據寫作要求完成 1 篇約 150 字的實用文作文,並按照基於系統功能語言學發展出的評估標準進行評分。

2. 問卷:此問卷純粹收集學生的基本信息以了解其語言背景,不牽涉意見調查。問卷內容包括學生的性別、年齡、學校、年級、出生國家、居住於香港的時間長度、母語、對不同語言的流利程度(中文、英文、母語、其他語言)排序、在學校是否學過實用文(特指此研究中所采用的教學文本類型,即建議書)等等。

3. 訪談:針對前、後測文本分析選中的 2 位學生(根據前測分數高低,抽取分數屬於高、低水平的學生各 1 位)進行單獨訪談。由 1 名研究者(即筆者)進行訪問,訪談以雙語進行,因為對象是中文二語學習者,為使學生能不受語言流利程度影響他們表達感想,學生可自由選擇用中文或英文回應問題,研究者將記錄原話並翻譯成中文。

另外在信度與效度方面,此研究采用三角驗證(Triangulation)方式,通過量化的寫作測試成績、質性的作文文本分析與學生訪談,根據多方面的的數據來觀察教學成效。在信度層面,研究過程中固定以 1 位合作教師及 1 班學生為對象,用相同的前、後測,在 1 個月內進行 2 次測量,測試內容相近(寫作測試設題標準固定,以同一文類中類似的主題為測試內容),確保前後一致。在效度層面,此研究的樣本包含來自不同國家、母語背景、居港時間、學習中文時間的學生,

涵括香港中文二語學習者中主要的類型與特點，加強研究成果的代表性。接下來分別從 3.1 及 3.2 小節說明研究設計與教學設計。

(一) 研究設計

此研究先收集一班共 12 位學生的語言背景與基本資料，包括年齡、性別、學校、年級、出生國家、居住於香港的時間長度、母語、對不同語言的流利程度 (中文、英文、母語、其他語言) 排序、在學校是否學過實用文 (特指此研究中所採用的教學文本類型，即建議書) 等等；再通過寫作測試讓學生根據寫作要求完成 1 篇實用文作文；最後按照基於系統功能語言學發展出的評估標準進行評分。以下為研究設計的重點：

1. 年級：中學 1 年級，13 至 14 歲
2. 性別：男女混合班，女生 8 位，男生 4 位
3. 人數：1 班共 12 人
4. 身份背景：非華裔，大多來自南亞和東南亞，出生地包括菲律賓、巴基斯坦、尼泊爾
5. 語言背景：第一語言為英語或母語 (例如烏爾都語、尼泊爾語、他加祿語、普什圖語)；中文讀寫能力水平大多處於中低水平，學生在語言流利度調查中，超過一半的學生反饋本身的語言掌握程度第一位是母語，第二位是英語，中文則排最後；另一部分學生則反饋語言流利度第一位是英語，中文為第二位
   ① 教學與測試文類：建議書，因為這是中學課程與教材中的主要實用文之一，且全班學生都不曾學過讀寫建議書，因此能更明顯地看出此研究的教學法成效
   ② 課堂模式：課外學習中文班 (由不同中學的學生自願報名參加)，每次課堂時長約 2 小時，在 1 個月內完成約 7 小時的課程
   ③ 研究時長：1 共 4 堂課，每週 1 次，每次 2 小時，總共 8 小時當中進行教學的總課時為 7 小時，另外 1 小時進行測試，即前、後測每次測試各 30 分鐘
   ④ 研究步驟：先讓學生完成背景調查問卷與前測，然後通過 4 堂課學習

讀寫建議書，采用「閱讀促進寫作」模式進行教學，最後完成後測與訪談

　　測試內容是讓所有學生完成 1 篇實用文，內容是該學生作為學生會主席，寫一封約 150 字的中文建議書，前測作文主題是向校長提議擴建學校的體育館，後測則是向校長提議改善食堂服務和設施。在作文評改方面，由 2 位評改員按照同一標準進行評分，即研究員（筆者）與該班級的教師分別評分，最後取其平均數作為每位學生的作文得分。2 位評改員皆有 2 年的中文第二語言教學經驗，並且熟悉此套寫作評量標準。此標準以系統功能語言學為基礎，發展出 3 大類一共 14 條細項，具體如下：

表 1. 寫作評估標準（David Rose, J. R. Martin，2012）

類別	評量項目
語境內容	目的：達到該文類的寫作目標與溝通目的
	文步：有正確、完整的文步，即將該文類的組成元素按順序書寫鋪陳，形成完整的文本結構
	層次：文步內的架構或發展具有合理的組織性
	語場：涵蓋所需內容並符合相應主題
	語旨：恰當地體現作者與讀者的身份與關係
	語式：用語正式，符合書面規範
表述方式	用詞：使用恰當且豐富的詞匯
	情態：合適地描寫情緒、表達態度
	連接：采用適當的連詞有條理地連結內容
	指稱：人、事、物的指稱正確且清楚
文法呈現	文法：使用正確、通順的文法
	拼寫：正確地拼寫字詞，沒有錯別字
	標點符號：使用正確標點符號
	呈現形態：段落構成合理，整體的呈現清楚有序

每項的分數為 0 到 3 分，滿分一共 42 分（在數據分析環節將換算成滿分為 100

分）。0 分為留白或書寫內容極少，無法傳達完整的信息；1 分為小部分達標，但錯誤較多，各方面都有較大的不足；2 分為大部分達標，各方面都基本表現良好，只有少量錯誤；3 分為各方面表現良好，沒有缺漏或錯誤。采用此評估標准的原因，一方面是和此教學法同樣基於系統功能語言學發展而來，從教學到評估模式可以保持一致；另一方面是此評估標準更為詳細、深入，有助於教師更具體地了解學生在不同層面的表現與強弱項，以便進一步采取教學策略有針對性地改善中文第二語言學習者的寫作。

（二）教學設計

文類教學法包括 3 個層次，每個層次包含 3 個環節：

1. 第一層：讀前準備——共同寫作——獨立寫作
2. 第二層：細讀——共同改寫——獨立改寫
3. 第三層：構思造句——拼寫字詞——句子寫作

在課堂實踐層面，教師在課程設計與教材篇章選擇、規劃、評估的基礎上進行「閱讀促進寫作」的教學流程，並視乎教學需求與學生的語文能力水平，提供相應層次的支架輔助教學。這 3 個層次的教學活動可視教學需求及學生的程度進行不同的調整與組合，配合支架教學的理念，以及二語學習者語文能力水平不一的常見課堂情況，教師可靈活選擇合適的教學流程，提供學生所需的教學輔助。例如對低年段及起步階段的二語學習者，可采用完整的教學模式，從讀前準備開始，通過細讀講解閱讀材料的文類結構及語言知識，然後指導學生進行字詞句的重組與拼寫，再結合閱讀材料進行重點句子或段落的改寫，最後應用所學到的語言、內容、結構等知識，進行新段落或篇章的寫作，流程如表 2 所示（按數字順序進行）：

表 2. Reading to Learn 文類教學法教學環節

	階段一	階段二	階段三
第一層（導入與輸出）	1 讀前準備 ↓	8 共同寫作 →	9 獨立寫作
第二層（深入）	2 細讀 ↓	7 獨立改寫 ↑	6 共同改寫 ←
第三層（輔助）	3 詞句重組 →	4 字詞拼寫 →	5 造句 ↑

　　若面向起步階段的學習者，可將 9 個環節按步驟進行：1 讀前準備 →2 細讀 →3 詞句重組 →4 字詞拼寫 →5 造句 →6 共同改寫 →7 獨立改寫 →8 共同寫作 →9 獨立寫作。若面向中等程度的學習者，可省略詞句重組與獨立改寫環節，在讀前準備與細讀後進入字詞拼寫、句子寫作階段，然後進行共同改寫，最後完成共同寫作新篇章及獨立寫作。若面向高年段或程度較高的學生，或是課堂教學已進行過多次「閱讀促進寫作」教學模式，學生對讀寫流程都較為熟悉，則可在完成讀前準備和細讀環節後，就進入共同改寫特定句段的階段，再由學生合作構思寫作新文本，最後獨立完成新篇章的寫作。

　　將此教學模式應用在建議書教學時，整體教學流程如下（以中等程度學生為例）：

1. 讀前準備：教師說明建議書的整體情景語境知識與文本重點。

2. 細讀：教師結合文本分析講解閱讀材料的文本意義、文步、語境與語言知識，同時結合閱讀技能的教學，讓學生標示重點並進一步理解文本的各個層次。

3. 字詞拼寫、重組與造句：學生根據完成閱讀文本時所標示的重點詞句進行替換與拼寫，學習該文類與語境中常用的詞彙及句式。

4. 共同／獨立改寫：學生根據剛閱讀的文本進行重點段落改寫，在相似的主題下適當替換語境，學生共同提出可融入的寫作要點，如內容、詞句的改寫，教師加以輔助；然後每個學生獨立完成另一段落的改寫。

5. 共同／獨立寫作：學生應用前面所學到的情景語境知識寫作新篇章，提出同一文類下的新課題，並共同構思內容及語言形式，教師從旁提示在寫作中需要注意的語場、語旨、語式等方面，從討論與學生們的提議中選擇合適的意見，集體完成新篇章；最後由每位學生獨立完成另一個新篇章。

四、數據分析與研究結果

　　2 位評改員的寫作評分相關係數為 0.83，呈高度正相關。在滿分為 100 分的情況下，12 位學生在前測的平均得分為 39.19，後測平均得分則是 58.73，標準

差為 10.45。研究結果顯示在采用文類教學法以後，全班學生的實用文寫作得分平均提升了 50%，前後測差異的 p 值小於 0.05，證明前、後測之間達到了顯著差異，表示此教學法能有效提升中文二語學習者的實用文寫作表現。

表 3. 寫作前後測成績差異分析（滿分為 100 分）

學生人數	前測平均得分	後測平均得分	進步幅度	P 值
12	39.19	58.73	50%	0.00005

在質性分析方面，前、後測內容同樣是要求學生以學生會主席的身份，寫一篇約 150 字的中文建議書，向校長提出建議，前測的主題是建議擴建學校體育館及增加體育設施，後測的主題則是增加食堂桌椅及增添食物種類。但是在前測中，全班學生普遍缺乏實用文的文類知識，對建議書的完整文步缺乏概念，所有學生所寫的篇章都沒有完整的建議書文步和結構，主要是遺漏了標題和日期，以及發文者身份或署名有所缺漏，例如只在發文者部分寫出學生會主席的身份但沒有署名，或完全沒有註明發文者。在語旨和語式部分，大部分學生缺乏情景語境的概念，沒有清楚地掌握受文者與發文者的身份關係或使用正規書面語，整體語氣和態度不符合立場。因寫作要求是由學生會主席寫一封給校長的建議書，屬於下對上且較為陌生的關係，因此在受文者部分應使用「尊敬的某校長」，但大部分學生「親愛的某校長」或直接稱呼「某校長」，在發文者部分也沒有使用「敬上」或「謹啓」等禮貌性用詞，且在正文中提出建議寫出「我是覺得……」及「我就建議那麼多……」等句子，既不符合建議書使用正規書面語的語式要求，也在語旨方面無法達到客觀、禮貌的表述要求。此外，許多學生也在詞彙、連接、指稱等方面表現較弱，無法掌握正確的人事物稱呼與指代關係。例如在指稱方面，直接使用「我」作為自稱及「你」稱呼受文者即校長，而非保持客觀立場的「本人」和表示尊敬的「您」。另外在連接方面，一半以上的學生只使用了最基本的連詞如「和」，且重復性較高；少數學生則使用了較常見的連詞如「因為」和「所以」，但缺少其他表示並列、順序、推進、轉折等關係的連詞。但采用文類教學法後，學生在後測較能掌握建議書的語境及語言特點，包括在語旨方面能理解雙方的身份及關係，使用客觀有禮的態度進行表述，例如「本人代表學生會提出建議」、

「希望您考慮以上建議」、「學生會主席敬上」等等；一半以上的學生在後測的寫作具備完整的文步結構，在內容方面也包含現有問題、具體建議、結論等清楚的層次。

接下來以前測寫作表現較好與較弱的學生各一位為例子，分析他們的前後測寫作表現及進步。兩位都是 12 歲且以英語為第一語言的中文二語學習者，無論是程度較好 (以下用學生甲指稱) 或較弱的學生 (以下用學生乙指稱)，在經過「閱讀促進寫作」教學模式以後，在前測中表現最弱的文步、語場、語旨、語式、連接、指稱等方面，在後測都有明顯改善，能寫出內容完整、條理清晰的建議書。

表 4. 前、後測寫作分析對比

評估標準	前測	後測
文步	學生甲、乙的文步都不完整，在 6 個文步當中遺漏了 3 個 (標題、結論、日期)	學生甲、乙都具備完整的文步
語場	學生甲、乙都提出了初步的建議但是沒有細節描述	學生甲提出了完整的建議，包括問題、應對方法及益處； 學生乙提出了現有問題和建議，較前測描寫了更多細節
語旨	學生甲、乙都沒有掌握發文者 (學生) 和受文者 (校長) 的身份及關係，使用不恰當的語氣或表述方式，例如：「我就建議那麼多……」	學生甲、乙都能掌握發文者和受文者 (校長) 的關係及立場，呈現有禮、尊敬的態度，例如「敬上」、「希望您……」
語式	學生甲、乙的寫作都不符合書面語，例如「我是覺得……」、「我有這些建議……」	學生甲、乙都使用正規書面語，例如：「具體建議如下……」、「希望您采納建議」
連接	學生甲使用了一些連詞，例如：「因為」、「所以」、「和」； 學生乙沒有使用任何連詞	學生甲使用許多連詞，例如「因為」、「所以」、「和」、「此外」、「由於」； 學生乙使用了一些連詞，例如：「因為」、「和」
指稱	學生甲、乙都使用了不恰當的指稱，例如：「我」(發文者為學生) 和「你」(受文者為校長)	學生甲、乙都能清楚地指稱相關人士，例如：「本人」(發文者)、「您」(受文者)、「學生們」

此研究在完成教學及前、後測之後也分別和學生甲、乙進行單獨訪談，無

論是寫作表現較好或較弱的學生，都表示文類教學法對寫作有所幫助，體現了此教學法的正面效果：

表 5. 中文二語學習者對文類教學法的反饋

訪談問題	學生甲	學生乙
你認為學習文類教學法對你在中文實用文寫作方面有甚麼效果或影響？	這個方法幫助我了解建議書的內容和結構，使我可以有步驟地寫一篇正式的建議書。	它提供了讓我們更好地閱讀和寫作的框架。
你認為文類教學法哪一部分或環節對你在中文實用文寫作方面的效用或幫助最大或最小？	細讀和共同寫作的幫助最大，我通過和老師及同學的討論學到更多。	共同寫作最有幫助。
你希望在哪些層面繼續學習及使用文類教學法？	我希望使用這個方法繼續學習其他文類，例如如何更好地寫新聞稿。	我希望繼續在中二、中三學習及使用文類教學法。

五、結論

此研究以中文二語學習者為對象，采用混合式個案研究法收集數據，通過前、後測、訪談等研究工具，進行量化及質性數據的收集與分析。研究結果顯示文類教學法能有效地提升中文二語學習者的寫作表現達 50%，且在前測中表現較弱的文步、語場、語旨、語式、連接、指稱等方面，在後測都有明顯改善。無論是在寫作前、後測成績，或是寫作內容及訪談方面，都體現了這個教學法的正面效果。因此可進一步將此教學法推廣應用語文教學上，使實用文教學及中文第二語言教學能更有步驟地進行，並有效地提升學生的寫作表現。

參考文獻

岑紹基、謝錫金、祁永華 (2006)《應用文的語言‧語境‧語用》，香港：香港教育圖書公司。

岑紹基 (2010)《語言功能與中文教學：系統功能語言學在中文教學上的應用 (第二版)》，香港：香港大學出版社。

方琰 (1998)〈淺談語類〉，《外國語 (上海外國語大學學報)》，1，頁 17-22。

關之英 (2014)〈香港中國語文教學 (非華語學生) 的迷思〉，《中國語文通訊》，93 (1)，頁 39-57。

李先鋒 (2011)〈全球語境下的實用文章研究與教學應用〉，西南大學博士論文。

裴顯生 (2006)〈應用文寫作的發展趨勢〉，《應用文的語言‧語境‧語用》，頁 7-9，香港：香港教育圖書公司。

邱忠民 (2008)〈運用「文類教學法」在應用文寫作之運用〉，《遠東學報》，25.3，頁 431-442。

沈琳 (1998)〈關於應用寫作教學效果的思考〉，《安徽農業大學學報 (社科版)》3：頁 69-72。

孫旗 (1971)《最新實用應用文》，台北：大中國圖書公司。

王海龍編 (2002)《應用漢語讀寫教程》，北京：北京大學出版社。

香港教育署 (2014)〈高中應用學習的最新發展〉，載於：http://www.edb.gov.hk/attachment/en/curriculum-development/cross-kla-studies/applied-learning/professional-development-programmes/2014-15%20School%20Year/ApL15%20The%20lastest%20development%20of%20ApL.pdf

謝佔麗 (2012)〈商務英語建議書的體裁特徵研究〉，黑龍江大學碩士論文。

謝錫金、鄧薇先、關之英、薛鳳鳴 (1994)〈小學中文寫作新教學法：全語文寫作教學〉，《教育曙光》，35，頁 48-58。

余國瑞 (2006)〈大學應用寫作教學改革初探〉，《應用文的語言‧語境‧語用》，頁 312-324，香港：香港教育圖書公司。

張子睿 (2004)《實用文寫作理論與方法》，北京：清華大學出版社有限公司。

鄭丹 (2006)〈計算機媒介語篇：英文建議書體裁語域對比分析〉，東北師範大學碩士論文。

Bernstein, B.（1995）. *The structuring of pedagogic discourse*. London: Routledge.

Bhatia, V. K.（1993）. *Analysing Genre: Language Use in Professional Settings*. London: Longman.

Culican, S.（2006）. *Learning to read: reading to learn, a middle years literacy intervention research project. Final report* 2003-4. Melbourne: Catholic Education Office.

Halliday, M. A. K.（1994）. *An Introduction to Functional Grammar*（2nd ed.）. London: Arnold.

Pressley M., Mohan L., Raphael L. M., Fingeret L.（2007）. How does Bennett Woods Elementary School produce such high reading and writing achievement? *Journal of Educational Psychology*, 99（2）: 221-240.

Rose, D. & Martin, J. R.（2012）. *Learning to write, reading to learn: Genre, knowledge and pedagogy in the Sydney School*. London: Equinox.

Tse, S. K.（1998）. Planning and developing the new Chinese language curriculum（secondary）, in M. L., Cheng（Ed）*Creative ideas: Scholars' view on Chinese language curriculum (secondary)*（pp. 41-52）. Hong Kong: Curriculum Development Institute, Education Department, Hong Kong SAR Government.

Vygotsky, L.S.（1962）. *Thought and Language*. Cambridge, M.A.: MIT Press.

Improving Chinese-as-second-language Learners' Practical Writing through Genre Pedagogy

HIEW, Cha Kie

Abstract

Practical writing is one of the main genre in teaching materials and assessment. Relevant pedagogy and research should be conducted to provide second language learners the knowledge about genre, context, and function of language about practical writing. Considerable work has been done to study genre theory and prove its effectiveness especially in the field of teaching in English, and the Reading to Learn pedagogy had been recognized as a well-designed genre program from theoretical and pedagogical perspectives. Based on the theories of Systemic functional linguistics, pedagogical discourse, and scaffolding, the Reading to Learn pedagogy has demonstrated improvement in English learners' writing competency. For further development of genre pedagogy in different languages, there is a need to investigate the effect and feasibility of applying Reading to Learn in teaching languages other than English. This paper reports on the effect of Reading to Learn in CSL (Chinese as second language) education through mixed-method case study research. And this study also proves that genre pedagogy can improve CSL learners' performance of practical writing performance by 50%, especially in aspects of stages, field, tenor, mode, conjunction, and reference.

Keywords   Chinese-as-second-language education, practical writing, writing, genre pedagogy

大學中文課程設計與教學實踐述要

吳學忠

摘　要

　　香港浸會大學規定所有學生必須修讀由語文中心開辦的核心必修課「大學中文」，大學「質素核證委員會」屬下「教與學政策委員會」更要求每三年檢討大學中文課程的教學內容，以應對瞬息萬變的社會，滿足學生的需求。

　　大學中文課程修訂小組在檢討課程時強調讀寫結合的教學策略，鼓勵學生大量閱讀經典文章以提高中文水平。本論文嘗試闡述設計大學中文新課程的背景、課程內容、學習重點以及教學歷程等。新修訂的大學中文課程旨在通過文辭辨識、語段書寫、名篇賞析及篇章寫作，全面提高學生的讀寫能力。

關鍵詞　　大學中文　課程設計　教學　實踐

一、緒論

　　香港浸會大學規定所有學生必須修讀由語文中心開辦的核心必修課「大學中文」，大學「質素核證委員會」屬下「教與學政策委員會」更要求每三年檢討大學中文課程的教學內容，以面對瞬息萬變的社會，回應當代大學生的需求。

　　由於大多數香港學生不重視課外閱讀，不少學生沒有大量閱讀的習慣，大學中文課程的當務之急是增加學生的閱讀量。因此，大學中文課程修訂小組在檢討課程時強調讀寫結合的教學策略，鼓勵學生大量閱讀。希望通過課堂教學達至提高學生語文水平的目的。

───────────

吳學忠，香港浸會大學語文中心，聯絡電郵：hcng@hkbu.edu.hk。

二、設計大學中文新課程背景

香港浸會大學以全人教育為辦學理念，畢業生七大特質中要求學生做到「精通兩文三語、能清晰表達有條理的想法」[1]。大學高度重視學生的語文水平，規定所有本科生必須修讀六學分大學英文和三學分大學中文。

(一) 浸會大學必修中文課程教學傳統

浸會大學一向注重學生的語文水平，規定學生必須修畢一定學分的中英語文課程方可畢業。

在八十年代和九十年代，浸大學生必修中文課程主要分為兩大類：一類是現代中文傳意課程，由范國教授和張日燊教授負責課程設計並擔任教學統籌員，此課程主要供商學院和傳理學院學生修讀；另一類則為現代中文寫作課程，由課程設計者胡燕青教授擔任教學統籌員，此類課程主要供文學院和社會科學院學生修讀。

自 2004 至 2005 學年起，浸會大學重新規劃必修語文課程，規定所有學生必須修讀三學分「大學中文」課程，該課程以「全面提升學生的讀、寫、聽、說水平，培養他們對語文的興趣，並提供自學途徑，鼓勵他們持續學習」為教學目標。

及至 2012-2013 學年，為配合實施「三三四」新學制，語文中心中文組在何成邦博士帶領下，以「成效為本」課程設計理念重新修訂了大學中文課程。課程共有三個教學單元：（一）演辯技巧與實踐；（二）評判式閱讀與寫作；（三）進階語文知識。其教學目的是：分析演辯的策略與技巧，並通過實踐，提高學生的演辯能力；介紹評判式閱讀與寫作的理論和策略，指導學生撰寫評說文章；講授字詞句進階知識，幫助學生了解中國語文的文化內涵，提高溝通效率。由這一學年開始，大學中文和大學英文成為浸會大學通識教育核心必修科目。

至 2015 年春季，浸會大學「質素核證委員會」屬下「教與學政策委員會」以

1　「浸會大學畢業生特質」見香港浸會大學網頁：http://chtl.hkbu.edu.hk/main/hkbu-ga/

每三年檢討大學通識課程的教學內容為由，提出全面修訂大學中文課程的教學內容。該委員會成員認為浸會大學通識課程中尚有一門「公共演說課」，故要求刪除大學中文課程中的「演辯技巧與實踐」教學單元，將教學重點集中在閱讀與寫作上，新課程於 2016-2017 年度開辦。

在 2018 年秋季，校方將大學中文和大學英文改列為大學核心科目（University Core），課程內容沒有變動。

（二）課程定位：

「大學中文」課程定位為：由語文中心開辦，對應浸會大學畢業生特質的中國語文必修課。

（三）浸大學生中文成績與範文教學

香港社會向來重英輕中，學生中文水平低落是不爭的事實。香港浸會大學一年級學生中學文憑試中文科成績多達四級或以上，成績屬中等。修讀大學中文的學生主要是剛剛考完中學文憑試的一年級新生，歷屆《香港中學文憑試中國語文考試報告及試題專輯》皆指出這些考生的語文基礎未夠扎實，對平素學習材料未能消化、體會和提煉。考生須養成良好的閱讀習慣和認真地學習寫作，方能提升語文能力。（香港考試及評核局 2013，頁 142）有些學者甚至認為學生中文水平低落是由於取消了範文教學，例如凌友詩在〈回歸後一場挫傷根本的教育革命〉一文中指出：「回歸後課程改革……（把）中國語文科空洞化了。所謂空洞，有兩重作為：（一）中國語文科工具化……（二）把千古總結出來最具道德意涵、人文典範的範文從必讀必考的地位拉下來。」（凌友詩，2016）

其實，香港特區政府官方文件從未否認範文在語文教學中的重要位置，例如香港特別行政區政府教育統籌局課程發展議會與香港考試及評核局聯合編訂之《中國語文教育學習領域 —— 中國文學課程及評估指引》就指出：「欣賞文學作品以直覺的感受為先，誦讀是感受作品音節、韻律以至文氣的直接途徑。優美的文學作品，大多聲情並茂，教師宜引導學生，誦讀吟詠，藉作品的音樂性與節奏感，體會作品中的意境情韻，並增強語感。對於典範性的作品，特別是詩詞或某些琅琅上口的散文，教師可因應學生的能力和作品的特點，選取片段或全篇讓學

生作適量背誦，以幫助深入領會，豐富積儲。」（2007，頁 30）又如香港教育局〈高中中國語文課程問與答〉一文指出：「透過學習古今優秀作品，參與各種語文活動，以及在日常生活實踐，學生不但能汲取豐富的語文知識，也能從中掌握學習方法和建構知識的能力，培養良好的學習態度和情感態度。」（2015，頁 8）

似乎官方文件也認同範文在語文教學中的重要位置。社會上不少言論皆批評中學階段放棄範文教學，造成香港學生中文水平日漸低落。慶幸的是，自 2018 年開始，香港中學文憑考試恢復了考核十二篇文言經典篇章範文考試，雖然所佔分數比重偏低，但也算是中文科考核內容的一項較大調整，回應了廣大教師和學生的訴求。

筆者認為：香港大多數學生的母語是中文，母語的語文教學，應該有別於第二語言的外語教學。在母語中文教學過程中，若用學習外語的方法來學習母語，就會把傳統有思考啟發性和心靈培育功效的範文捨棄，割裂了文化傳承。因此，浸會大學語文中心中文組老師支持母語教學，更鼓勵學生多閱讀優秀篇章以提高中文水平。

（四）編選大學中文教材的取向

範文學習有助學生穩固薄弱的中國語文、文化基礎，循序漸進地提升文學的鑒賞能力。大學中文教材的編選內容對學生的學習影響是相當大的，大學生接受語文訓練，必須通過教材來研習。浸會大學語文中心中文組老師編寫的教材希望可以做到提高學生的學習興趣，包括自學的興趣，在學習過程中認識中國傳統文學、文化的優點，懂得正確運用文字來表達自己的思想情感。中文組老師期望學生努力學好中文，在提升語文能力的同時，提升個人的文化素養。

三、大學中文新課程內容

新修訂的大學中文課程旨在提升學生之中文水平，通過文辭辨識、語段書寫、名篇賞析及篇章寫作，全面提高學生的讀寫能力。[2]

本課程共有三個教學單元：一、書面表述要則；二、說明篇章讀寫；三、議論篇章讀寫。各單元教學內容包括：

單元一：1. 句子結構分析；2. 書寫清通語段；3. 辨識文辭正誤。

單元二：1. 說明名篇賞析；2. 說明方法及應用；3. 撰寫說明篇章。

單元三：1. 議論名篇賞析；2. 議論方法及應用；3. 撰寫議論篇章。

其中單元一和單元二各佔 13 教節，單元三佔 16 教節。與舊課程比較，新課程更加重視閱讀與寫作。每教學單元共設兩篇精讀篇章和四篇自習篇章。大學中文教材發展小組挑選的文章以白話文為主，編選範文的原則：1. 語言規範；2. 具備豐富的語言文化元素；3. 文質兼備，能提升學生個人品德和人文情懷；4. 能兼顧不同學系、不同能力學生的需求；5. 能聯繫學生生活經驗，引發學生深入思考；其中「說明篇章讀寫」單元的兩篇精讀文章為胡適〈讀書〉和張五常〈說服文章要怎樣寫才對〉。自習篇章包括葉至善〈漉豉以為汁〉、〈巴黎的豆腐公司〉、豐子愷〈黃山松〉、高士其〈血的冷暖〉。「議論篇章讀寫」單元的兩篇精讀文章為胡適〈讀書的習慣重於方法〉和朱光潛〈朝抵抗力最大的路徑走〉。自習篇章包括林行止〈人力資源回報率高　增加學費無可厚非〉、李怡〈「鎮館之寶」無藝術價值〉、古鎮煌〈工作環境的重要性〉、老舍〈文病〉。「書面表述要則」單元的兩篇精讀篇章為黃維樑〈文字清通與風格多姿〉和董橋〈鍛句煉字是禮貌〉。自習篇章包括呂叔湘〈漢語語法的特點〉、唐曉敏〈語言依靠文學而發展〉、余光中〈哀中文之式微〉和胡燕青〈華中語文水平急劇下降〉。大學中文教材發展小組還設置了篇章語料庫，收錄了數十篇範文，以供必要時替換教學篇章。

2　本文章引錄大學中文新課程內容，均見香港浸會大學語文中心「大學中文」課程文件。

　　李學銘先生在〈經典閱讀與教學的實踐與思考〉一文中指出：「談教育實踐，不能不面對現實，不能不配合客觀條件，也就是不能不考慮時代、社會的需求。」（2017，頁 105）考慮到大多數學生不太重視課外閱讀，不少學生沒有大量閱讀的習慣，大學中文新課程其中一項重要任務就是增加學生的閱讀量，中文組老師期望通過範文教學，以一篇帶動多篇，讓學生多閱讀經典文章，達至提高語文水平的目的。此外，授課老師還因時制宜，積極鼓勵學生多閱讀各類課外書籍，包括大多數學生比較容易接受的慧科新聞網站中的香港報刊社評和政論文章。

　　大學中文新課程各單元基本教學活動包括：課堂講授與導引討論、小組討論、課堂練習。

　　其中課堂講授、導引與小組討論包括研讀、理解論説名篇之內容，分析、評論篇章主旨及其含意，辨析篇章之寫作技巧。而小組討論與練習則要求學生運用所學寫作技巧完成說明及議論短段練習，草擬並討論專題寫作之大綱及初稿。授課老師還希望通過小組討論與練習讓學生比較、辨識文辭正誤，學會訂正語病，從而撰寫精練清通之文句。

　　大學中文教材修訂小組還剪輯了切合教學的影音短片，希望引發學生學習中文的興趣。此外，授課老師還會向學生介紹及示範使用「大學中文學科網站」和「語文自學設施網站」的自學材料。

四、教學目標

語文中心中文組老師希望學生修習本課程後，應能：

1. 辨識文辭正誤並能以清通精確之文句表述意念。
2. 理解、分析、評論説明及議論名篇之內容要點及寫作技巧。
3. 運用具體、恰當及充足的説明方法深入析述事理並撰寫精練清通、組織嚴密之説明篇章。
4. 運用明確、合理及嚴密的論證方法支持論點、説服他人並撰寫精準有力、組織嚴密之議論篇章。

5. 利用多媒體自學資源提高中文水平及寫作技巧。[3]

五、教學實踐

(一) 教學進度

大學中文每週上三節課，共 13 週，合共 39 節。考慮到學生做功課、老師批改功課需時等因素，語文中心中文組老師將授課次序安排如下：

1. 說明篇章讀寫（第一至四週），

2. 議論篇章讀寫（第五至九週），

3. 書面表述要則（第十至十三週）。

同時，語文中心中文組老師要求學生從第一週開始，利用大學中文學科網站做語文基礎知識自習練習，儘量減少在篇章寫作過程中出現語文毛病。

(二) 習作與課堂評核

評分習作分別為「說明專題寫作 A」（佔 15%）；「說明專題寫作 B」（佔 10%）；「議論專題寫作」（佔 25%）。

學生須在第六週交「說明專題寫作 A」，字數要求約 1300 字，授課老師於第八週派回習作，學生須按老師的批改建議修改習作，於第九週交回修訂稿。同時，授課老師安排學生在第九週的課堂上做「說明專題寫作 B」，要求學生運用恰當、有效的說明方法，在課上一小時內撰寫一篇 600-700 字的說明篇章，以「說明專題寫作 A」稿及修訂稿為例，清楚說明在是次寫作練習中的得着或個人學習心得。授課老師更要求學生在習作上清楚標示相關語段及兩種說明方法。

每份習作均設計了評分量表，以「說明專題寫作 A」為例，按內容、說明技巧、行文組織三方面評分。至於「議論專題寫作」則安排在第十一週繳交，學生須撰寫約 2000 字的議論篇章。

3　本文章引錄大學中文新課程預期學習成效，均見香港浸會大學語文中心「大學中文」課程文件。

　　課堂評核則安排於第十三週進行，限時 20 分鐘。考核範圍包括「書面表述要則」單元教學內容及所有修改病句練習。第一部分：病句修改 12 題，先分類後修改，共 12 分。第二部分：要求學生在指定句子中按題目指示，補寫／標示／簡釋不少於三種語法元素（主謂賓定狀補），共 3 分。

(三) 期末考試安排

　　期末考試佔 30%，考試時間為一小時十五分鐘，試卷共分兩大部分：甲部為閱讀查考（佔 5%），要求學生從選取的一篇課程指定範文回答問題。乙部為寫作考查（佔 25%），要求學生以指定的關鍵詞為議論起點，自擬題目，寫一篇完整而具說服力的議論文（900-1000 字，連標點符號），學生需在標示區內清楚標示兩個主要論據及兩種典型說明方法。

六、學生對大學中文課程的意見

(一) 課程評估問卷

　　語文中心每學期均開辦約 35 班大學中文，逾 650 名學生修讀。授課老師每學期均會向學生派發課程評估問卷，以檢討教學成效。問卷按課程內容調查學生的意見，共分為兩大部分：

甲部：下列各項對提高我的語文能力很有幫助
1、單元一、說明篇章讀寫；2、單元二、議論篇章讀寫；3、單元三、書面表述要則；4、整個大學中文課程。

乙部：你能掌握以下項目嗎?
說明篇章讀寫單元
1、能理解說明文的特色；2、能理解並活用說明的九種方法，3、能理解並活用客觀、簡潔的用語撰寫說明文，4、能閱讀說明文並了解篇章的優劣。

議論篇章讀寫單元

1、能理解議論文的特色；2、能理解並活用論點、論據、論證；3、能辨識和活用主題句；4、能撰寫完整而具說服力的議論文；5、能閱讀議論文並了解篇章的優劣。

書面表述要則單元

1、能分析句子的語法成分－主謂賓定狀補；2、能準確辨識和分析常見的病句類型；3、能針對句子毛病作恰當的修正；4、能撰寫通順而沒有語病的句子。

以 2017 至 2018 年度下學期收回的 558 份課程評估問卷為例，甲部的平均分數為 4.117 分（5 分滿分），乙部說明篇章讀寫單元的平均分數為 4.102 分，議論篇章讀寫單元的平均分數為 4.055 分，書面表述要則單元的平均分數為 4.113分。整體來說，學生對大學中文課程的評價是正面的。其中，「能撰寫完整而具說服力的議論文」一項的平均分數最低，僅 3.923 分，其他各項分數均超過 4 分，可見學生對於撰寫完整而具說服力的議論文的信心不足。茲將課程評估問卷統計結果列表如下：

香港浸會大學語文中心大學中文課程評估問卷統計數據（2017-2018 下學期）

問題	平均分數（5 分制）
甲部：下列各項對提高我的語文能力很有幫助	
1、單元一、說明篇章讀寫	4.072
2、單元二、議論篇章讀寫	4.088
3、單元三、書面表述要則	4.208
4、整個大學中文課程	4.101
乙部：你能掌握以下項目嗎?	
說明篇章讀寫單元	
1、能理解說明文的特色	4.17
2、能理解並活用說明的九種方法	4.13
3、能理解並活用客觀、簡潔的用語撰寫說明文	4.091
4、能閱讀說明文並了解篇章的優劣	4.018

（續）

問題	平均分數（5 分制）
議論篇章讀寫單元	
1、能理解議論文的特色	4.141
2、能理解並活用論點、論據、論證	4.05
3、能辨識和活用主題句	4.152
4、能撰寫完整而具說服力的議論文	3.923
5、能閱讀議論文並了解篇章的優劣	4.011
書面表述要則單元	
1、能分析句子的語法成分 - 主謂賓定狀補	4.225
2、能準確辨識和分析常見的病句類型	4.086
3、能針對句子毛病作恰當的修正	4.118
4、能撰寫通順而沒有語病的句子	4.023

（二）課程師生諮詢會

　　浸會大學語文中心中文組還設立學分課程師生諮詢會，邀請學生就教學內容發表意見。收集到的學生意見主要分成兩大類：一類學生認為新課程教授內容較保守，說明、議論等內容在中小學階段已學過了，沒甚麼新意。另一類學生認為課程講授內容比中小學階段更為深入，篇章選取很合適，尤其是習作中要求學生標示說明方法、標示論據等，對學生來說也是一種新的挑戰，持這種意見的學生佔大多數。

　　在教學內容方面，不少學生希望增加中國文化的內容，學生普遍認為現時課程着重說明文及議論文，以實用中文閱讀與寫作為主，大學中文課程內容還應該包括教授現代作家、寫作風格和抒情表達等內容，訓練學生表達情感以及文章鑒賞能力。學生普遍認為大學中文課程有助他們認識不同的寫作技巧，課程有助改善學生文筆，增強了文字表達能力，讓學生注意病句問題。閱讀篇章能配合課程重點，提高學生評價文章的能力。不少學生建議增加範文供課後閱讀研習，擴充閱讀層面；還有學生建議加入段落寫作模式的練習，循序漸進地學習議論文結構，通過學習了各種議論手法，明白了批判思考的作用和重要性，不致讓作者詭辯牽着鼻子走。也有不少學生反映增設三學分大學中文深進課程的期望，但在有限的教學資源下，這個願望短期內似乎難以實現。

七、結語

　　中文是大多數香港學生的母語，浸會大學語文中心中文組老師希望通過大學中文課程，對學生進行語言文字訓練，傳授語言文化知識，培養閱讀與寫作能力，強化母語教育，從而提高學生的語文素養，包括基礎語文知識、語文運用能力以及從語文學習中學到的文化修養，體現香港浸會大學人文素質教育的精神。大學中文教學要提高課程質量和教學效果，讓學生對中文感興趣，摒棄重英輕中的陋習，溫故知新，才能學有所獲。中文組老師希望透過閱讀與寫作教學，以優秀範文為知識載體，讓學生有效地掌握教學內容，改變浮談無根的陋習，全面提升中文水平。

參考文獻

李學銘 (2017)〈經典閱讀與教學的實踐與思考〉,《國際中文教育學報》總第 2 期,頁 93-107。

凌友詩 (2016)〈回歸後一場挫傷根本的教育革命〉,文章刊載於《明報》2016 年 5 月 29 日副刊版。

香港浸會大學語文中心 (2015)〈「大學中文」課程文件〉,香港浸會大學校方文件。

香港教育局 (2015)〈高中中國語文課程問與答〉,刊載於 http://www.edb.gov.hk/ attachment/tc/curriculum-development/kla/chi-edu/chi_lang_faq_20151231.pdf

香港考試及評核局 (2013)《香港中學文憑試中國語文 2013 考試報告及試題專輯》。

香港特別行政區政府教育統籌局課程發展議會與香港考試及評核局聯合編訂 (2007)《中國語教育學習領域 —— 中國文學課程及評估指引》,香港政府物流服務署印。

University Chinese Curriculum Design and Teaching Practice in HKBU

Ng, Hok Chung

Abstract

HKBU stipulates that all students must take the core compulsory course of the University Chinese which is offered by the Language Centre. The university authority also requires the Language Centre to review the course contents every three years so as to meet the social and students' needs.

The University Chinese Curriculum Revision Team emphasizes the teaching strategies of reading and writing in the review of the curriculum. We encourage students to improve their Chinese by reading a wide variety of classics. This article introduces the background, course contents, teaching activities, teaching assessment and teaching progress of the University Chinese. The new curriculum of the University Chinese aims to enhance students' Chinese proficiency in identifying ungrammatical expressions and producing concise writing pieces, analyzing expository and argumentative masterpieces and writing advanced expository and argumentative essays.

Keywords   the University Chinese, curriculum design, teaching, practice

透過「項目學習」發展語文準教師學習社群研究

何志恆

摘　要

　　是次研究，10 位語文科準教師以「學生參與者」(student participant) 身份參與一個「語文領袖計劃」[1]，透過籌劃及組織中文教育學術活動，探究「項目學習」促進語文準教師發展學習社群的可行性。從「學生參與者」組織的語文活動，以及問卷調查，證實「項目學習」有助促進語文準教師在真實學習「項目」拓寬視野、發揮解難能力，更能跟同儕合作，建立學習社群。論文將透過 10 位準教師的「項目學習」歷程反思「項目學習」在建立學習社群的作用。

關鍵詞　　語文教學　項目學習　準教師　專業成長　學習社群

一、引言

　　社會越趨多元，教師需要解決的問題也越加複雜。新世紀的教學，逐漸注重學習者的主體參與性。為配合香港社會及世界急速轉變，以及日趨多元的學生學習需要，香港課程發展強調資訊科技教育、跨課程語文學習等，以促進學生自

何志恆，香港教育大學中國語言學系，聯絡電郵：chho@eduhk.hk

1　「語文領袖計劃」是一個獲得香港教育大學學生事務處 2017/2018 年度 Specific Student Empowerment Work Scheme (Specific SEWS) 資助的計劃。Specific SEWS 計劃《申請指引 (Application Guidelines)》列明，Specific SEWS 計劃目標在 "To empower student learning through active ownership of project-based on-campus work and experiential learning opportunities"。

主探究能力，並強調建立課堂內外的學習社群的重要性。

「項目學習」(Project Learning) [2] 是「讓學生進行創作、驗證、完善，並製造出某種東西的活動」(Berman, S. 著；夏惠賢等譯，2004，序 I)，學生在真實情景下動手學習，學習內容綜合而開放，其結果也是真實的。「項目學習」在世界各地許多國家的學校廣泛採用，不少相關研究也證明「項目學習」有助促進學生實踐學習、提升學習效能 (Robinson, 2013; Moorthi & Vaideeswaran, 2015)。

是次研究，將透過一個中文教學研究計劃個案，探討教師訓練課程可以如何透過「項目學習」促進參與計劃的語文準教師的專業成長。

二、文獻探討

(一) 語文教育新趨勢

為配合全球資訊快速流通，香港社會及世界急速轉變，以及日趨多元的學生學習需要，香港語文課程最新發展趨勢，除了重視讀寫聽說能力和文學、文化內涵的培養、開放學習材料等，也強調資訊科技教育、跨課程語文學習等，以促進學生自主學習能力。教師要為學生提供不同的學習情境，透過適切的學與教活動和策略，讓學生發展及應用共通能力 (例如創造力、溝通能力、明辨性思考能力、協作能力、自我管理能力)、培養正面的價值觀和積極的態度、建構新的知識和加深對事物的了解。語文科知識、共通能力、價值觀和態度三者並重 (課程發展議會，2017，頁 1-2)。

課程文件強調，中國語文教育要重視應用和實踐，要為中小學生提供多元化的學習經歷，使學生能學以致用，在不同語境運用語文 (課程發展議會，2017，頁 4)。針對上述目標，課程文件強調加強培育課程領導，以規劃課程，並推動建立學習社群，以更新教師的專科知識和提升教學能力，同時善用外界資源，凝

2　「項目學習」(Project Learning) 或稱為「項目為本學習」(Project-based Learning)，香港課程文件將 "Project Learning" 譯為「專題研習」，例如課程發展議會 (2001)《學會學習——課程發展路向》，香港，政府印務局，頁 78。

聚專業力量，共同推動中國語文教育的發展（課程發展議會，2017，頁 11）。

　　新課程強調「學生是學習的主人」的「學與教」原則，課程文件指出：在學習過程中，教師的指導固然重要，但同時可提供機會與空間讓學生自行探究，並與同儕共同建構知識，從而鼓勵學生主動參與，發展獨立和自主學習的能力（課程發展議會，2014，頁 8）。為促進學生自主學習，培養學生學習語文的自覺性、敏覺性和進取精神，教師要讓學生：

- 積極主動學習：主動投入語文學習活動，積極思考，勇於探索，發揮創意，體驗學習的成功感；又積極投入同儕協作的學習活動，參與不同的學習社群，互相交流，刺激思考，享受學習過程的樂趣，同時提升語文和共通能力。

- 多作互動學習：以互動的方式學習，積極思考和發揮創意；多透過同儕協作學習方式，交流和解決問題，分享學習成果。

- 努力自我完善：在學習過程中，培養語文自學能力，逐漸學會自覺地監控、調節、反思、評鑒自己的學習，總結學習經驗進而調整學習策略和調節學習進程，不斷努力自我完善、精益求精（課程發展議會，2017，頁 35）。

　　明顯地，因應社會急劇發展而帶動的課程改革，帶來的衝擊不只限於學生的學習，課程文件指出今天語文教師「既是學習社群中的領導者，又是富有學習經驗的學生學習夥伴。」語文教師要「善用學生的生活情境或創設真實而具挑戰性的語文學習情境，靈活運用各種學與教策略施教，激發學生內在的學習動機；建立開放的語文學習環境，重視學生的學習過程，鼓勵學生積極參與課內和課外的語文學習活動，敢於發問，勇於表達。」也要「促進學生成為自主學習者，幫助學生因應自己的需要，訂立適當的學習目標，建立良好的學習習慣，掌握語文學習策略、自我監控和反思學習的能力。」（課程發展議會，2017，頁 36）

(二) 新世紀的教師課程

　　面對知識型社會的需求，加上教室內學生的學習差異日益擴大，正如 Pollard（2006，頁 4）所說，現在教師的工作要求，已不止於嫻熟的教學技巧。教師必須具備良好的反思能力，以對教學實務作出準確的分析，從而思考改善及

優化教學的策略及方向。

面對日趨複雜的教學場景，教師很難以「單打獨鬥」方式完成教學任務。Peter Senge 說過，一個機構如果希望生存，就必須轉化為「學習型組織」(Roberts & Pruitt，2003，頁 4)。然而，不少學者指出，學校教師群體中的孤立主義和山頭主義正是課程改革一大障礙 (Fullan & Hargreaves，1992)。學校需要變革成一個「專業學習共同體」(Professional Learning Community) (DuFour, DuFour & Faker，2013，頁 73)，要不斷提升效能，才能滿足社會的發展需要，教師必須具備良好人際溝通的技巧及態度，更要樂於跟同儕合作，才能跟同儕一起建立「專業學習共同體」。

因此，教師訓練課程的使命，已不再限於本科知識或教學策略的傳授，以香港教育大學為例，大學明確指出其使命在於「銳意培育優秀教師、推動學與教的創新、加強教育領袖訓練、促進學生全人發展，並推動足以影響教育、社會及人類發展的卓越研究。」而「培育優秀教師」的核心能力，包括正面的人格、積極的工作態度、團隊合作精神、人際溝通能力，以及專業知識與技能。」協助學生認識並鞏固正向價值觀、培養隨機應變的能力，勇於迎接新的學習體驗，鼓勵不同角度的互相欣賞和彼此尊重。促進全人發展。非正規的學習體驗 (non-formal learning) 除了補充正規師訓課程的不足，更是全人發展不可或缺的部分。[3]

回應上述大學教育使命，「中國語文教育榮譽學士（五年全日制）」課程 (BEd (CL) programme) 組織了不同的實踐活動，例如 Summer Internship Scheme，在 2017/ 2018 學年的暑期，共有 6 間中學參與，為 21 位課程學員提供暑期教學機會（BEdCL Programme committee, 2018, pp.9-10)。

（三）項目學習

香港的課程改革強調「學生是學習的主人」，指出教育的目標在於促進學生自主探究能力，以及建立課堂內外的學習社群。「項目學習」(Project Learning) 是信息時代一種重要的學習方式。在香港的課程文件，「項目學習」被視為「有

3　香港教育大學「規劃背景」，見 http://www.eduhk.hk/sp2016-25/theplanningcontext.html

效的學習與教學策略，推動學生自主學習、自我監控和自我反思。」「能促進學生把知識、能力、價值判斷與態度結合起來，並透過多元的學習經歷建構知識。」（課程發展議會，2001，頁78）

「項目」（project）在教育領域的應用，最早見於美國「實用主義」（Pragmatism）教育家杜威（John Dewey，1859 － 1952）的學生克伯屈（William Heard Kilpatrick，1871 － 1965）在 1918 年 9 月在哥倫比亞大學《師範學院學報》（Teachers College Record）[4] 發表的《項目教學法（The Project Method）》一文，「項目」是指學生自己計劃，運用已有知識經驗，通過自己的操作，在具體的情境中解決實際問題。克伯屈將「項目」教學劃分以下四個階段：

1. 決定目的（Propose）：根據學生自己的興趣和需要提出學習目的或要解決的問題。目的一般由學生自己確定，教師可以指導學生進行選擇，但不加限制；

2. 擬定計劃（Plan）：即制定達到目標的行動計劃，包括材料、工作任務分配、實施步驟等。擬定計劃由學生承擔，教師只對學生的計劃實施情況進行指導；

3. 實施計劃（Execute）：即學生運用給定的材料，通過實際的「活動」來完成計劃；

4. 評定結果（Judge）：即教師提出評定的標準和方法，由學生自己進行評定，如計劃是否按照原計劃進行、預訂的目標是否實現，學生從項目中學到了甚麼等（Berman, S. 著，夏惠賢等譯，2004，頁序 I-III）。

「項目學習」要求學生在一定的時間內選擇、計劃、提出一個項目構思，通過展示等多種形式解決實際問題。它是一種「以學生為中心」設計執行專案的教學和學習方法，以促進學生的學習效果。學生在真實情景下動手做學習，學習內容綜合而開放，其結果也是真實的。「項目學習」通過與現實相結合的實踐方式，使學生更有效率地掌握學科知識（subject core knowledge），並在此過程中培養學

4　Kilpatrick, William Heard (1918). *The Project Method*. Teachers College Record.

生的社會情感技能 (social-emotional skills)。「項目學習」在世界各地,例如北歐、北美等許多國家的學校廣泛採用,不少相關研究也證明「項目學習」有助促進學生實踐學習、提升學習效能 (Robinson, 2013; Moorthi & Vaideeswaran, 2015)[5]。

當然,教師的角色在「項目學習」仍然重要,教師需要指導學生對真實世界主體進行深入的研究,具體的活動過程包括: (1) 構思、 (2) 驗證、 (3) 完善,以及 (4) 製造出某種東西。「項目學習」的形式、規模可以有不同的變化,可以引導學生製作一本書,也可以引導學生設計一個劇本。

不少研究發現,當採用「項目學習」進行教學實踐時,學生的參與情況會呈現更加積極的狀態。在促進行為、認知、情感參與上均具有一定積極作用 (張凱黎、何加晉,2016,頁 168)。究竟教師課程採用「項目學習」方式,對學員的專業成長可以產生甚麼作用?

三、研究方法

是次研究,透過一個學生自由參與的計劃個案,探究「項目學習」方式在發展準教師的教育專業學習社群的作用,主要針對以下研究問題:

- 在「項目學習」過程中,「參與者」會產生甚麼「項目」成果?
- 「項目學習」有促進「參與者」建立學習社群的作用嗎?

是次研究的對象 (下稱「參與者」) 為 10 位中國語文教育榮譽學士 (五年全日制) 課程學員 (這個課程的學生都是「語文準教師」),不限年齡、年級、性別、學業成績等,均可參與。計劃為期 7 個月 (2017 年 12 月至 2018 年 6 月)[6],以中文教育活動為試點,「參與者」的主要「項目學習」任務包括:

- 構思中文教育活動,例如中文教育活動的宣傳、內容、組織、聯絡等。
- 組織中文教育活動,包括宣傳、組織有關中文教育活動等。

---

5 https://www.jiemodui.com/N/64110.html

6 是次研究獲得香港教育大學學生事務處 Specific Student Empowerment Work Scheme (Specific SEWS) 2017/18 資助,謹此致謝!是項計劃,參與學生名額 10 位。

- 反思中文教育活動，蒐集相關資料，綜合分析，探討有關活動成效。

「參與者」可以根據自己對中文教育的識見、同學的學習需要，以及大學的客觀環境，例如上課時間表、可借用的課室等設計中文教育活動。研究者會以「導師」身份直接觀察 (direct observation) 方式參與項目的進行，並蒐集有關文件，例如項目海報，作為分析材料 (王文科、王智弘，2011，頁 435-436)。研究者會參與「參與者」的討論，但主要角色是提供「參與者」需要的支援，而不干預「參與者」進行活動。

「參與者」進行項目活動前後，研究者以省時省力但效率高的問卷調查 (「問卷一」、「問卷二」) 蒐集數據分析 (Ruane, 2007，頁 161)。「問卷一」主要提問參與者對中文教育活動的想法、期望及建議：

- 中文教育活動可以發揮的作用
- 建議的中文教育活動
- 可以在中文教育活動擔任的角色／負擔的職務
- 對參與是項研究活動的期望

「問卷二」主要提問參與者對是次組織中文教育活動的觀察、評價及反思，包括：

- 在是次研究計劃參與的語文教育活動；
- 參與語文教育活動的得着；
- 根據觀察，哪一類語文教育活動最受歡迎？
- 根據觀察，哪一類語文教育活動對同學幫助最大？
- 在進行語文教育活動時遇上的困難，以及解決方法；
- 進行語文教育活動的成功要素，並說明原因；
- 對參與這項研究活動的感想；

「問卷一」和「問卷二」有兩道相同的題目，用作評估參與者在進行中文教育活動前後的改變，兩道題目分別如下：

1. 請根據你對下列句子的同意程度圈出合適數字，例如「1」代表非常不同意，「4」代表非常同意：

我喜歡與同儕一起工作
我擔心遇到複雜的問題
解決問題給我很大的滿足感
解決問題需要豐富的創造力
組織中文教育活動很有意義
同儕合作對解決問題十分有用
解決問題能提升我的學習能力
語文領袖[19]需要良好的語文知識
我自信是一位稱職的語文領袖
我懂得如何評估中文教育活動的成效

2. 作為一位中文科準教師，參與是項研究活動對您將來的學業 / 工作有甚麼作用？

整體而言，是次研究具體施行步驟如下：

表 1. 是次研究進行流程

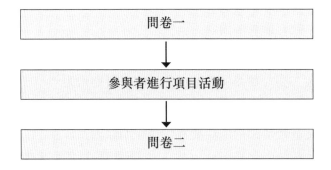

四、研究結果與討論

　　10 位「中國語文教育榮譽學士課程（五年全日制）」課程學員參與是次研究，其中以五年級生最多，佔 6 位（60%，分別是 C, H, J, YL, T, NY），四年級生佔 3 位（30%, 分別是 LS, LW, W），二年級生有 1 位（10%, 代號 WS），反映高年級生對於籌辦組織中文教育活動的積極性較強。「參與者」的性別方面，男的有 1 位（10%），女的佔 9 位（90%）。

「參與者」籌辦及參與的項目

　　「參與者」共籌辦以下 4 個項目：

- 「2018 年度香港教育大學員生硬筆書法比賽暨頒獎典禮」（2018 年 4-5 月）
- 「傳・『成』—— 傑出中文準教師分享會」（2018 年 5 月）
- 「最佳準語文教師教學資源庫」（2018 年 5-6 月）
- 「2018 年度語文教育學術研究成果分享會」（2018 年 6 月）

「參與者」也參與以下 2 個項目：

- 「普通話培訓測試中心二十週年慶典 暨 第二屆語文教育國際研討會」（2017 年 12 月）
- 一間小學的 STEM 教育研習（2018 年 4 月）

「2018 年度香港教育大學員生硬筆書法比賽暨頒獎典禮」（2018 年 4-5 月）

　　「2018 年度香港教育大學員生硬筆書法比賽」是香港教育大學中國語言學系組織的活動，旨在讓大學教職員工及學生可以透過比賽活動提升書寫能力、培養對書法藝術的興趣、弘揚硬筆書法藝術及書寫文化。「參與者」協助籌備有關比賽，例如 YL 主動提出設計海報：

圖 1. 2018 年度香港教育大學員生硬筆書法比賽海報

討論宣傳策略階段，WS 提議在大學舍堂張貼海報宣傳活動，LW 則提議透過「微信」(WeChat) 向內地生推廣有關比賽的信息，結果除了傳統校園張貼海報之外，是次活動也透過舍堂及微信推廣。

書法比賽的頒獎典禮由「參與者」籌備，設計活動流程。H 自薦擔任司儀，C 製作活動短片，其他同學負責場務、錄影、拍照等事宜。

最佳準教師分享會 (2018 年 5 月)

2018 年度「中國語文教育榮譽學士 (五年全日制)」課程同學參加「香港傑出準教師選舉」的表現出色，11 個金獎得獎者中，7 位是本課程的同學。「參與者」希望透過經驗分享交流，提供學弟妹借鏡學習機會，提升教學專業能力；也鼓勵學弟妹勇於突破，敢於創新，追求教育理想，實踐教育使命，於是籌辦「傳·

『成』——傑出中文準教師分享會」，活動名稱展示了「參與者」的抱負：傳承教學理念及策略、成就教育使命。T自薦擔任司儀，YL製作活動短片，其他同學負責場務、錄影、拍照等事宜。J自薦設計海報如下：

圖2.「傳・『成』——傑出中文準教師分享會」海報

最佳準教師資源分享（2018年5-6月）

承接「最佳準教師分享會」的是「最佳準教師資源分享」，「參與者」蒐集得獎同學的教學設計，並邀請得獎同學拍攝教學片段，以供學弟妹分享教學資源，薪火相傳。C及LW負責統籌，得獎同學的教學設計及教學片段已經上載大學的網頁，不但供學弟妹分享，公眾人士也可以登入瀏覽。

語文教育學術研究成果分享會（2018年6月）

為了提升同學進行語文教育研究的能力，「參與者」籌辦了「語文教育研究分享會」，邀請在學術研究論文表現出色的同學分享研究心得。「參與者」設計活動的流程，H擔任司儀，其他同學負責場務、錄影、拍照等事宜，YL設計海報：

圖 3. 語文教育學術研究成果分享會海報

「參與者」問卷調查

　　兩份問卷的回收率均達八成以上，問卷一全數回收（10 份，100%），問卷二收回問卷 8 份（回收率 80.00%）

問卷一調查結果

中文教育活動可以發揮的作用（可以提出多於一個答案）

　　「參與者」肯定中文教育活動的價值，理由主要是相信中文教育活動可以豐富學科知識、教學知識，以至教學經驗。9 位「參與者」（90%）指出中文教育活動可以「增加學生的本科知識」、「深入了解學科知識」，因為可以「更多吸收各

方專家的研究成果」、「有講者和同學分享一些本科知識」等等。

4 位「參與者」(40%) 指出中文教育活動可以「運用不同教學法及相關知識」、「了解本港中文教育現況及趨勢」、「對教學更熟悉」、「提升學生教學經驗」，因為「有很多與學生相處的知識是在課堂無法學到的，唯有真正去教學才能領略。」「更多認識中小學實際的教學操作及經驗分享」、「通過教學實習，學生可以親自感受真實的教學環境，提升自身的教學技巧和經驗」

也有 3 位「參與者」(30%) 指出中文教育活動可以「加深同學對中文的興趣」，因為「以新角度詮釋中文」、「可參與不同研究範疇相關的活動以對該範疇有基本了解，從而找出個人興趣。」

「參與者」建議的中文教育活動（可以提出多於一個答案）

「參與者」建議不同的中文教育活動，9 人 (90%) 建議「舉辦教學講座」，講題包括「如何結合 STEM 進行中文教育」、「作文批改」、「閱讀教學」、「電子學習」及「朗誦培訓」等，以「增加對教學場景的認知，例如請學校分享如何根據校本情況設計課程」「有系統的朗誦技巧訓練」等。

其次是跟中小學教師或同儕的交流活動，例如「在職和準教師教學交流」、「教師教學分享」、「同儕教案交流」、「學校觀課」(6 位 /60%)，以「了解現時教學情況、認識不同學校的教學方法」，「讓學生更能學習如何將理論於現實教學環境實踐出來」。

另外，3 位「參與者」(30%) 提議成立一些與語文教學有關的小組，例如「中文教育小組」、「語文科政策關注小組」及「書法等不同的中文教育興趣小組」「讓學生可以彼此交流學術問題」。

「參與者」可以在中文教育活動擔任的角色 / 負擔的職務

所有「參與者」(100%) 都表示可以在中文教育活動擔任「構思籌備活動」，理由包括「過往參與不少中文教育活動，有一些經驗儲備」、「自己對這方面有興趣。」「可以從構思活動中累積經驗」、「希望可以為活動的舉辦貢獻一份想法，亦可鍛煉自己的思維。」等。

9 位「參與者」(90%) 表示可以在中文教育活動擔任「執行者」角色，例如「聯絡、宣傳」、「主持」、「文書」或「蒐集及分析相關資料」，理由包括自己「有良好的溝通技巧」、「擅長整理資料」；表示可以擔任「主持」的「參與者」卻表示

自己「未有經驗」。

「參與者」對參與是項研究活動的期望

關於「參與者」的期望，6 位「參與者」(60%) 期望參與是次研究可以豐富學術知識或專業經驗，例如「體驗組織活動的過程；增進個人本科知識。」「在學術知識的層面上有所增長，並對中文教育的狀況及發展有更深厚的了解。」「提高自身的專業素養以及能力」、「增加經驗」、「希望能夠認識一班志同道合的同學，一起提高各項能力。」等。

4 位「參與者」(40%) 則期望參與是次計劃，可以提升自己其他方面的能力，例如「希望透過活動提升自己的溝通能力，以及解難能力，藉此提升個人的自信心，成為一位有專業能力的準教師。」「我希望在研究過程中自己可以提升自己的解難和溝通能力，學會如何和別人相處。」「學習其他同學設計活動時的創意」、「我希望通過這次活動，能夠與其他同學合作，共同成為優秀的語文領袖，增長彼此在中文教育的認識，從而擴闊自己的視野。」

問卷二調查結果

參與語文教育活動的得着

「參與者」指出自己在不同的語文活動均有得着。其中 6 位「參與者」(75%) 從「傳。「成」傑出中文準教師分享會」「學習到不同教學策略，以及獨特的實戰經驗」、「更了解如何組織語文活動，如如何邀請嘉賓，和活動的次序安排」，一位「參與者」指出「獲獎者的慷慨分享，給予了我一些教學上的靈感。同時，作為一名籌備人員，對於如何組織一場面向全校的分享會。從活動的流程細節到宣傳以及資源的配合，需要考慮的很多。而團隊的力量與智慧則為大家減輕了不少的壓力。能為教大人的薪火相傳出一份力，我覺得很有意義。」

5 位「參與者」(67.5%) 從「傑出語文準教師資源庫」「負責資源庫建立中教學設計部分的籌備工作，更多的是文字稿和電腦操作的處理。希望可以呈現出美觀而方便讀者觀看的教學設計。藉此機會，掌握了更多的電腦文件處理的方法，資訊科技方面的應用能力有所長進。從向獲獎者徵集到組員商量格式，到修改整理，當中，離不開各位計劃成員以及老師的幫助。團隊合作與溝通，非常重要，亦非常有效。」「從不同同學的教學示範中學習以及提升自己的溝通協作能力」、「能夠從師兄、師姐的優秀教案中學習」。

5 位「參與者」(67.5%) 從「語文教育成果分享會」「對分享會的認識加深、提升自己的協作能力以及了解到不同語文教育的研究」、「擔任司儀，培養了面對群眾及對突發情況的即時反應能力」、「籌備活動的經驗和技巧」及「對教案和教學設計了解更深入」等。

哪一類語文教育活動對同學幫助最大？

跟「參與者」自身的得着一樣，「參與者」發現「傳。「成」傑出中文準教師分享會」和「語文教育成果分享會」「對同學幫助最大」，各有 3 位「參與者」(37.5%) 選擇。選擇「傳。「成」傑出中文準教師分享會」的「參與者」指出，「同學能透過師兄師姐的經驗分享學習不同類型的教學策略。」(2 位)「無論是希望參加最佳準教師選舉的同學，或者是即將參與實習、投入教學工作的準教師，分享會都可以提供到優秀的經驗，以供參考。對於同學們的自我提升很有幫助。不同的分享會，講者都將自己的心得分享於大家，從中汲取進步的養分。」

至於「語文教育成果分享會」，「參與者」認為「可以為對畢業論文方向感到迷茫的同學提供靈感」、「同學提供研究方向，刺激他們的思維。」及「了解更多不同的課堂設計」。

在進行語文教育活動時遇上的困難，以及解決方法

除了一位「參與者」表示沒有困難外，3 位「參與者」(37.5%) 指出活動舉行時間方面的困難，「因為部分同學在四月到六月的時候都有不同事情要處理（找工作、回中國大陸、到國外旅遊），所以有時候難以聯絡上他們」、「因為學期尾比較忙碌，所以有些活動未能參與」(2 位)。另外 3 位「參與者」(37.5%) 則指出活動參與人數方面的困難，「同學參加活動的興趣不大」、「宣傳上推動人參與」等。

不過，「參與者」都找到一些可行的解決方法，例如難以聯絡上同學的，便「嘗試不斷聯絡他們，看看他們那時候有沒有空」「通過同系同學的幫助，了解他們的情況或取得相關的聯繫方法 (如微信)；遇上學業繁重的「參與者」「儘量騰出時間，排參與活動的優先次序」。至於同學對活動反應一般，「參與者」則會「擴大宣傳層面和延長宣傳時間」，「儘量邀請」。

進行語文教育活動的成功要素

談及進行語文教育活動的成功要素，6 位「參與者」(87.5%) 指出團隊合作

非常重要，「參與者」解釋「推行不同的語文活動有不同的程序，由宣傳、籌備到舉行需有充分的準備。同儕若能發揮長處，能夠負責不同的項目，分工合作，能夠使活動更順利推行。」「語文教育活動的成功有賴于團隊的緊密合作。如活動前期，無論是頭腦風暴還是準備工作，團隊的合作激發出很好的點子，也想得更加的周全細密。沒有團隊的合作，活動是很難成功舉辦的。」「團隊合作是成功的要素。以上三個活動都需團隊協作，每人進行自己擅長的部分才得以完成整個活動。」

另外 1 位「參與者」(12.5%) 指出導師的指導對於活動成功十分重要，還有另一位「參與者」(12.5%) 指出活動必須「切合同學的興趣」。

「參與者」參與是次研究的感想

「參與者」分享他們參與是次研究的感想，都很正面，例如「能夠參與籌備，實在十分榮幸。過程中能夠認識不同年級的中文系同學，開會籌備，分工，各展所長，實在是難能可貴的機會。同時自己能兼顧籌備及參與的角色，能從不同角度觀看活動的進行，是一次特別的體會。」「於是次活動中，我獲得了籌備活動的寶貴經驗，亦了解了整個語文教育活動從籌備到舉行的過程，以及要預備的工作，是一個值得付出時間和努力的活動，值得參與其中。」「很開心可以和組員之間融洽合作，讓活動順利進行」「對同學更了解，從合作過程中看到同學的技能和優點，讓自己也掌握多了一些技能和多了一些學習榜樣。」「這項研究活動很有意義，我從中學習到了很多，收穫滿滿。為同學們籌備語文教育活動，也讓我收穫了成就感與經驗。而同學們也可以從活動中，獲取資訊，增進知識，激發興趣。這樣研究的參與者，都可以有所收穫。」「這次經驗讓我體驗了籌備語文活動的過程，不但讓我更了解如何組織活動，也讓我學習到如何裝備自己成為一位更好的教師。」「我非常榮幸及感謝老師給予機會讓我參與這項研究活動。對於我，一名準老師而言，這次活動除了讓我意識到「充足準備」對於一位專業老師的重要性外，我還認識了一班志同道合的未來教師，成為我的同行者。而對於參與活動的同學而言，我相信不論是分享者的經驗，還是老師的專業指導都讓他們受益匪淺。」

研究參與者反思「推行不同的語文活動有不同的程序，由宣傳、籌備到舉行需有充分的準備。同儕若能發揮長處，能夠負責不同的項目，分工合作，能夠使

活動更順利推行。」「充足準備」等，充分反映他們進行是次項目學習過程中對於「項目學習」(Project Learning) 四個關鍵元素中「規劃方案 (Plan)」和「解決問題 (Execute)」的「評價和反思 (Judge)」。不過，參與者對於「提出問題 (Propose)」，則較少提及。

比較問卷一和問卷二

　　研究者在「問卷一」和「問卷二」預設兩道相同的題目，以探究參與者在是次研究前後的改變。「參與者」根據自己對下列句子的同意程度圈出合適數字，「1」代表非常不同意，「4」代表非常同意。因此，數值越高，反映「參與者」越同意該項。發現如下：

表 2. 比較問卷一和問卷二

	問卷一（平均值）	問卷二（平均值）	升降變化
我喜歡與同儕一起工作	3.2	3.5	+9.38%
我擔心遇到複雜的問題	2.7	2.625	-2.78%
解決問題給我很大的滿足感	3.5	3.625	+3.57%
解決問題需要豐富的創造力	3.4	3.125	-8.09%
組織中文教育活動很有意義	3.8	3.875	+1.97%
同儕合作對解決問題十分有用	3.2	3.875	+21.09%
解決問題能提升我的學習能力	3.6	3.75	+4.17%
語文領袖需要良好的語文知識	3.4	3	-11.76%
我自信是一位稱職的語文領袖	2.9	2.625	-9.48%
我懂得如何評估中文教育活動的成效	2.6	2.875	+10.58%

　　比較「參與者」在「問卷一」和「問卷二」10 個句子中，6 題的同意度上升了，升幅最大的是「同儕合作對解決問題十分有用」，由 3.2 上升至 3.875（上升21.09%），從「參與者」在上文闡述問卷「進行語文教育活動的成功要素」和「參與是次研究的感想」兩題的回饋，不難發現「參與者」在整個活動過程體驗了團隊合作在組織活動的重要性。

其次，句子「我懂得如何評估中文教育活動的成效」由「問卷一」的 2.6 上升至「問卷二」2.875（上升 10.58%），顯示「參與者」透過是次研究積累評估活動成效的經驗，對評估活動的信心也提升了。

另一句子「我喜歡與同儕一起工作」由「問卷一」的 3.2 上升至「問卷二」3.5（上升 9.38%），更顯示「參與者」認同「同儕合作對解決問題十分有用」後，對同儕合作的態度改變。正如一位「參與者」分享：是次研究讓她「對同學更了解，從合作過程中看到同學的技能和優點，讓自己也掌握多了一些技能和多了一些學習榜樣。」是次研究，拉近了「參與者」與同儕的關係。

另外 3 個句子「解決問題能提升我的學習能力」、「解決問題給我很大的滿足感」及「組織中文教育活動很有意義」的同意度也錄得高於 2% 的升幅，顯示是次研究有助「參與者」提高解決問題的信心及認同中文教育活動很有意義。

相反，「參與者」對句子「語文領袖需要良好的語文知識」的同意度由「問卷一」的 3.4 下跌至「問卷二」的 3（下降 11.76%），結合前述的數據，這正好顯示「參與者」經過是次研究，已經體會「語文領袖（不一定）需要良好的語文知識」；相反，同儕合作、溝通能力更加重要。

另一句子「我自信是一位稱職的語文領袖」的同意度由「問卷一」的 2.9 下跌至「問卷二」的 2.625（下降 9.48%）。這個句子的同意度變化，可能反映「參與者」的信心下降。不過，上文提及「參與者」其實未曾遇到不能解決的問題。同時，他們對有關解決問題的句子的同意度也上升了。與解決問題有關的句子，唯一出現同意度下降的是「解決問題需要豐富的創造力」。這個句子的同意度由「問卷一」的 3.4 下跌至「問卷二」的 3.125（下降 8.09%），更反映「參與者」經過是次嘗試，明白解決問題不能依賴創意。

最後一個句子「我擔心遇到複雜的問題」，由「問卷一」的 2.7 微降至「問卷二」的 2.625（下降 2.78%），反映「參與者」經過是次研究，已不再擔憂「遇到複雜的問題」，更進一步說明「我自信是一位稱職的語文領袖」的同意度下降不是出於信心問題，一個可能的解讀是：「參與者」經過是次研究計劃的經驗，發現組織語文教育活動不單是個人的事，而是團體的事。即使自己是一個「稱職的語文領袖」，還需要努力學習如何與他人合作。

參與是項研究活動對「參與者」將來的學業／工作的作用

當問及「作為一位中文科準教師，參與是項研究活動對您將來的學業／工作有甚麼作用？」「參與者」經過是次研究計劃後，看法有所改變，舉例如下：

「參與者」H

「參與者」H 在「問卷一」注重知識得着：「能體驗組織活動的過程；增進個人本科知識。」但在「問卷二」，她更關心與團隊合作等項目：「懂得怎樣和團隊合作，欣賞團隊成員的長處和優點，並提升解決問題能力。」

不少「參與者」其實不單在知識上，在態度情意方面也有得着，像 LS，她在「問卷一」期望「能夠盡自己的能力，努力完成計劃。通過這次活動，我能夠與其他同學合作，共同成為優秀的語文領袖，增長彼此在中文教育的認識，從而擴闊自己的視野。」在「問卷二」，她分享「我在這項活動獲益良多。我能夠和其他年級的同學合作，共同舉辦活動。而在活動中，我除了是領袖外，也是參加者。我能夠近距離學習，從優秀同學的教案中學習，得到許多教學的心得。我也可以到學校了解 STEM 教育的實踐，對我日後的教學工作也相當有幫助」可見「參與者」其實可以兼收並蓄，知識與態度均有得益。

「參與者」C 也有類似經歷，在「問卷一」，她期望「在研究過程中自己可以提升解難和溝通能力，學會如何與別人相處。」但在「問卷二」，她發現自己得着更多：「除了提升自己本科的知識外，更重要是讓自己和別人有合作的機會，提升自己溝通和協助能力，有助我融入日後教學工作，因為教師講求團隊合作，很多時候都需要共同備課和協助舉辦活動。」

五、結語

是次研究，透過一個「語文領袖計劃」由 10 位語文科準教師以「學生參與者」（student participant）身份籌劃及組織中文教育學術活動的歷程，探究「項目學習」在建立學習社群的作用。

10 位語文科準教師在是次研究歷程，共籌辦包括「2018 年度香港教育大學員生硬筆書法比賽暨頒獎典禮」、「傳·『成』──傑出中文準教師分享會」、「最

佳準語文教師教學資源庫」及「2018 年度語文教育學術研究成果分享會」等 4 個項目，也參與「普通話培訓測試中心二十周年慶典暨第二屆語文教育國際研討會」及一間小學的 STEM 教育研習活動。活動主題切合現時語文教育的趨勢及需要，例如書法、STEM 教育，也注重語文教育的成果交流分享，有利準教師的專業承傳。

「參與者」在每一個籌辦的語文活動，負責設計、執行及評估等任務，實踐了「項目學習」（Project Learning）的四個關鍵元素：

- 提出問題（Propose）
- 規劃方案（Plan）
- 解決問題（Execute）
- 評價和反思（Judge）

在組織有關語文活動的過程中，「參與者」勇於嘗試，例如司儀、設計海報的工作，雖然不一定是自己擅長的，卻會樂於嘗試，接受新挑戰。問卷調查說明了「參與者」那份熱誠，希望「能吸取經驗日後舉辦一些類似的活動，也讓我反思到自己的不足，思考如何改善」的學習態度。

在這個「以學生為中心」的學習歷程，「參與者」會遇上時間不配合、其他學生不積極回應的問題，然而「參與者」努力找尋解決方法，例如「預早開始宣傳」及「擴大宣傳層面和延長宣傳時間」等，「參與者」在研究過程，認識客觀環境的限制，以及如何善用資源以解決問題，提高效率，達到目標。不少「參與者」的初心不外「能體驗組織活動的過程；增進個人本科知識。」「幫助準教師增加籌辦活動的經驗」等。結果，「參與者」學習到的，除了不同教學策略、「獨特的實戰經驗」、「更了解如何組織語文活動，如如何邀請嘉賓，和活動的次序安排」，以及「從活動的流程細節到宣傳以及資源的配合，需要考慮的很多。」更重要的，是「參與者」從參與活動發現「團隊的力量與智慧」及「薪火相傳」的意義與作用。從問卷二調查，充分反映「參與者」的成長，認知方面，包括：

- 組織語文教育活動要針對受眾的需要；
- 組織語文教育活動要善用客觀環境的優勢、資源，就是所謂「天時、地利、人和」；
- 組織語文教育活動要認識自己及同儕的強項及弱點；

　　•　組織語文教育活動要有計劃、步驟，按部就班；

　　態度上，組織語文教育活動不是個人的事，而是團體的事，正如一位「參與者」所指出，「團隊合作是成功的要素。以上三個活動都需團隊協作，每人進行自己擅長的部分才得以完成整個活動。」「參與者」從真實的學習歷程觀察、分析、反思，因而減少了對難題的憂慮；相反地，對於同儕的接受與信任則提升了，「我喜歡與同儕一起工作」的同意度上升，這是「參與者」透過活動逐漸形成學習社群的重要證據。

　　研究參與者的反思，較少提及「項目學習」(Project Learning) 四個關鍵元素中「提出問題 (Propose)」一項。再看 10 位研究對象進行是次項目學習過程中，起始階段建議的活動多樣化，包括舉辦教學講座、跟中小學教師或同儕的交流活動，以至成立一些與語文教學有關的小組，例如「中文教育小組」、「語文科政策關注小組」及「書法等不同的中文教育興趣小組」「讓學生可以彼此交流學術問題」。上述部分建議主要從參與者的個人觀察出發。在結合考慮大學其他同學的學習需要、大學的客觀環境、資源等因素後，參與者都能知所選擇取捨，在有限時間及資源下，選擇「應作」而且「能作」的項目。

　　參與者的活動選擇，是「導師」與參與者一起商討的結果。切合客觀環境需要的活動，讓參與者體會導師指導對於活動成功的重要性，正如一位參與者指出，「老師的專業指導」，讓自己「受益匪淺」。所謂「萬事起頭難」，「提出問題 (Propose)」，選擇正確而應為的項目是「項目學習」的第一步，也是極其重要的一步。教師的角色在「項目學習」其實非常重要，需要指導學生對真實世界主體進行深入的研究 (Berman, S. 著，夏惠賢等譯，2004，頁序 I-III)。另外，要發揮「項目學習」的學習作用，「評價和反思 (Judge)」也是不可或缺的，正如是次研究，研究者運用了問卷調查方式，引出參與者不同角度的反思。

　　「項目學習」跟傳統的「接受式學習」最大的分別，在於學生不必完全聽命於教師的講授，而是學生根據自己的興趣、愛好、專長選擇適當的項目進行學習，它充分調動了學生的主動性和學習動機，還可以提升學生的解決問題的能力、提高信息素養，也為學生提供學習經驗，正如杜威所說：「教育是在經驗中、由於經驗、為着經驗的一種發展過程」(Berman, S. 著，夏惠賢等譯，2004，頁序 I-III)。

　　是次研究提供「參與者」一個真實教學示範，讓「參與者」認知如何在真實

的教學場景，根據教學實際需要進行「項目學習」。作為準教師，「參與者」可以從是次研習的歷程和經驗，體驗如何通過與現實相結合的實踐方式，引導學生更有效率掌握學科知識（subject core knowledge），以及培養學生的社會情感技能（social-emotional skills）。

當我們思考是次研究的經歷對中文科準教師有甚麼好處的時候，我們也該思考教師專業發展可以怎樣達成？是否只有導師才可以帶領學員發展專業素質？是否只有課堂學習，加上實習才可以協助學生走上教學專業之路？

正如杜威所說，教學必須從兒童的經驗出發，透過省思（reflective think）的歷程建構學習，而非是教師由外而內的灌輸。知識的建構是由探究者自己圍繞問題自主地完成的，任何人都代替不了他。但是，如何更有效地為學習者提供支持，以影響他們的環境和意義的自主建構，從而促成探究的成功？

其實，「參與者」在「項目學習」歷程中，也可以觀察教師／導師在的角色，正如其中一位「參與者」所分享，她在這個學習過程受益於「老師的專業指導」。事實上，在一個探究過程裏，教師的任務非常重要，如何引導學生從「做」中學習，以更新學生原來固有的錯誤信念（false belief），同時也更新教師的認知、技能與信念。在「項目學習」的歷程，教師其實同時也是「共同學習者」（學習伙伴／同伴）。

參考文獻

課程發展議會 (2001)《學會學習 — 課程發展路向》，頁 78，香港：政府印務局。

課程發展議會 (2014)《基礎教育課程指引－聚焦。深化。持續 (小一至小六)》，頁 8，香港：課程發展議會。

課程發展議會 (2017) 編訂《中國語文教育學習領域課程指引 (小一至中六)》，頁 1-2、4、11、35-36，網址：http://www.edb.gov.hk/attachment/tc/curriculum-development/kla/chi-edu/CLEKLA_20170513_for_uploading.pdf。

王文科、王智弘 (2011)《教育研究法》，頁 435-436，台北：五南圖書出版股份有限公司。

吳木崑 (2009)《杜威經驗哲學對課程與教學之啟示》，《台北市立教育大學學報－教育類》(第 40 卷第一期)，頁 35-54。

張凱黎、何加晉 (2016)《項目學習促進學生參與影響的調查研究》，見 Wu, Y.-T., Chang, M., Li, B., Chan, T.-W., Kong, S. C., Lin, H.-C.-K., Chu, H.-C., Jan, M., Lee, M.-H., Dong, Y., Tse, K. H., Wong, T. L., & Li, P. (Eds.). (2016). Conference Proceedings of the 20th Global Chinese Conference on Computers in Education 2016. Hong Kong: The Hong Kong Institute of Education，頁 168。

Berman, S. 著；夏惠賢等譯 (2004)《多元智能與項目學習 —— 活動設計指導 (*Project Learning for the Multiple Intelligences Classroom*)》，序頁 I，I-III，北京：中國輕工業出版社。

BEdCL Programme committee, The Education University Of Hong Kong (2018) *Annual Programme Report and Programme Improvement Plan (2017/18) on Bachelor of Education (Honours) (Chinese Language) (Five-year Full-time) (A5B060)*, pp.9-10.

DuFour, R., DuFour, R., & Faker, R. (2013)《關於有效專業學習共同體的新見解》，見 Fullan, M. 編，葉穎、高耀明、周小曉譯《變革的挑戰：學校改進的路徑與策略 (The Challenge of Change: Start School Improvement Now)》，頁 73-87，北京：北京大學出版社。

Fullan, M. & Hargreaves, A. (1992) *What's worth fighting for in your school?: Working together for improvement*, Buckingham: Open University Press in association with the Ontario Public School Teachers' Federation.

Kilpatrick, William Heard (1918). *The Project Method*. Teachers College Record.

Moorthi, M. N., & Vaideeswaran, J. (2015). Overview of effective and efficient learning model Project-Based Learning (PBL). Proceedings of the International Conference on Transformations in Engineering Education, 557.

Pollard, A. 著;王薇、鄭丹丹譯 (2006)《小學反思性教學 —— 課堂實用手冊 (Reflective Teaching in the Primary School: A Handbook for the Classroom)》,頁 4,北京:中國輕工業出版社。

Roberts, S.M. & Pruitt, E. Z. 著,柳雅梅譯 (2003)《學校是專業的學習社群:專業發展的合作活動與策略 (Schools as Professional Learning Communities: Collaborative Activities and Strategies for Professional Development)》,頁 4,台北:心理出版社。

Robinson, J. K. (2013). Project-based learning: improving student engagement and performance in the laboratory. Analytical and Bioanalytical Chemistry, 47(6), 7-13.

Ruane, J. M. 著;王修曉譯 (2007)《研究方法概論 (Essentials of Research Methods)》,頁 161,台北:五南圖書出版股份有限公司。

https://www.jiemodui.com/N/64110.html

香港教育大學「規劃背景」,見 http://www.eduhk.hk/sp2016-25/theplanningcontext.html

An Investigation of Developing a Learning Community Among Pre-Service Teachers Through Project Learning

Ho, Chi Hang

Abstract

This study investigated the feasibility of developing a learning community among pre-service teachers through Project Learning. 10 pre-service teachers participated in a project called "Language Leaders" to organize academic activities on Chinese Language. The findings of this study illustrate that Project Learning can widen the scope of, enhance the problem-solving abilities of, and improve interpersonal cooperation of student participants with authentic situations. The paper discusses the Project Learning journey of student participants and analyzes the effectiveness of building the learning community through Project Learning.

Keywords   language teaching, Project Learning, pre-service teachers, professional development, learning community